Эмма
Донохью

КОМНАТА

Санкт-Петербург

Эмма Донохью

КОМНАТА

АЗБУКА

Санкт-Петербург

УДК 821.111(73)
ББК 84(7Кан)-44
    Д 67

Перевод с английского Елены Ламановой

Серийное оформление Вадима Пожидаева

Оформление обложки Виктории Манацковой

Донохью Э.

Д 67   Комната : роман / Эмма Донохью ; пер. с
англ. Е. В. Ламановой. — СПб. : Азбука, Азбука-Аттикус, 2016. — 416 с. — (Азбука-бест-
селлер).
        ISBN 978-5-389-11044-1

Что такое свобода? И кто свободнее — человек, ни
разу в жизни не покидавший четырех стен, в которых
родился, и черпающий знания об окружающем мире из
книг и через экран телевизора? Или тот, кто живет снаружи? Для маленького Джека таких вопросов не существует. Он счастлив, с ним его мама, он не знает, что по
чьему-то злобному умыслу вынужден жить не так, как
живут другие. Но иллюзия не бывает вечной, маленький
человек взрослеет, и однажды наступает прозрение. Тогда комната становится тесной и нужно срочно отыскать
способ, как выбраться за ее пределы.

УДК 821.111(73)
ББК 84(7Кан)-44

ISBN 978-5-389-11044-1

Посвящаю Финну и Уне,
лучшим моим произведениям

Сколько я перенес тревог!
И вот ты спокойно спишь;
Во сне видишь мрачный лес
в отлитой из бронзы тьме,
и в ней ты лежишь одна,
недвижно и тихо.

Симонид[1]. *Даная*

[1] *Симонид Кеосский* (ок. 556–468 до н. э.) — один из самых известных поэтов-лириков Древней Греции.

Глава 1
ПОДАРКИ

Сегодня мне исполнилось пять лет. Когда я засыпал вечером в шкафу, мне было еще четыре, но, проснувшись ночью в кровати, я стал уже пятилетним, чушь какая-то. До этого мне было три года, а еще раньше — два, один и ноль.

— А у меня был минус?

— Что? — спрашивает Ма, сильно потягиваясь.

— На небесах. Был ли у меня минус один год, минус два, минус три?

— Не-а, счет начался только после того, как ты спустился на землю.

— Через окно на крыше. И тебе было очень тоскливо, пока я не завелся в твоем животике.

— И не говори. — Ма свешивается с кровати и включает лампу. Со звуком *вуш* вся комната освещается.

Я вовремя успеваю закрыть глаза, потом быстро открываю один, а за ним и второй глаз.

— Я себе все глаза выплакала, — говорит Ма. — Я лежала и считала секунды.

— И сколько же у тебя получилось секунд? — спрашиваю я.

— Много-много миллионов.

— Нет, ты скажи точно, сколько миллионов?

— Да я уж и счет им потеряла, — отвечает она.

— Тогда ты стала все время думать о своем яйце и вскоре растолстела.

Ма улыбается:

— Я чувствовала, как ты там толкаешься.

— А во что я толкался?

— В меня, конечно.

В этом месте я всегда смеюсь.

— Ты толкался изнутри, *бум-бум*. — Ма поднимает свою футболку, в которой она спит, и несколько раз с силой надувает живот. — И тогда я подумала: «Это Джек выходит наружу». А утром ты с широко раскрытыми глазами выскользнул на ковер.

Я смотрю на ковер, весь в красных, коричневых и черных зигзагах, обвивающих друг друга. На нем виднеется пятно, которое я нечаянно посадил во время своего рождения.

— А потом ты перерезала шнур, и я стал свободен, — говорю я Ма. — А потом я превратился в мальчика.

— Да ты уже сразу был мальчиком. — Она встает с кровати и включает обогреватель, чтобы согреть в комнате воздух.

Я думаю, что он, должно быть, не приходил вчера вечером после девяти, поскольку, когда он является, воздух в комнате немного меняется. Но спрашивать у Ма я не стал.

— Скажи мне, мистер Пятилетний, когда ты хочешь получить подарок — сейчас или после завтрака?

— А что это за подарок, скажи?

— Я знаю, что ты сгораешь от любопытства, — отвечает Ма, — но только не грызи ногти, ведь в дырочку могут пролезть микробы.

— И тогда я заболею, как в три года, когда у меня были температура и понос?

— Еще хуже, — отвечает Ма, — от микробов можно умереть.

— И раньше времени отправиться на небеса?

— А ты все равно продолжаешь грызть. — Ма отнимает мою руку ото рта.

— Прости. — Я засовываю провинившуюся руку под себя. — Назови меня еще раз мистером Пятилетним.

— Ну так как, мистер Пятилетний, сейчас или попозже?

Я запрыгиваю на кресло-качалку, чтобы посмотреть на часы. Они показывают 7:14. Не держась за ручки, я катаюсь на кресле-качалке, как на скейтборде, а потом перепрыгиваю на одеяло, представляя себе, что качусь теперь на сноуборде.

— А когда надо получать подарки?

— Когда тебе захочется. Давай я выберу за тебя, — предлагает Ма.

— Нет, мне уже пять, и я сам выберу. — Мои пальцы снова тянутся ко рту, но я засовываю их в изгиб локтя и крепко сжимаю. — Я выбираю сейчас.

Ма вытаскивает что-то из-под подушки, я думаю, она спрятала это, чтобы я не увидел. Это рулон разлинованной бумаги, обвязанный пурпурной ленточкой от шоколадок, которые мы получили на Рождество.

— Разверни его, — говорит Ма. — Только осторожно.

Я распутываю узел и разворачиваю бумагу — это рисунок, сделанный простым карандашом и нераскрашенный. Я сначала не понимаю, что это за рисунок, но потом до меня доходит.

— Так это же я! — Как в зеркале, только крупнее — моя голова, плечо и рука в рукаве футболки, в которой я сплю. — А почему это у меня глаза закрыты?

— Потому что я рисовала тебя ночью.

— Как же ты сделала рисунок, если ты спала?

— Нет, я не спала. Вчера утром и позавчера и за день до этого я включала лампу и рисовала тебя. — Но тут она перестает улыбаться. — В чем дело, Джек? Тебе не нравится подарок?

— Нет, мне не нравится, что ты не спала, когда я спал.

— Ну я же не могла рисовать тебя, когда ты бодрствовал, иначе бы это не было сюрпризом. — Ма ждет моего ответа. — А я думала, ты любишь сюрпризы.

— Я предпочитаю такие сюрпризы, о которых я знаю.

Ма издает короткий смешок.

Я залезаю на качалку, чтобы вытащить кнопку из набора, лежащего на полке. Минус одна означает, что теперь от пяти кнопок остался ноль. Когда-то их было шесть, но одна куда-то пропала. На одной кнопке держится картина «Великие шедевры западного искусства № 3: Богородица с младенцем, св. Анной и св. Иоанном Крестителем», которая висит позади качалки; на другой — «Великие шедевры западного искусства № 8: Впечатление: Восход», рядом с ванной; на третьей — картина с безумной лошадью, под названием «Великие шедевры западного искусства № 11: Герника». Мы получили эти шедевры вместе с коробками овсянки, но осьминога я нарисовал сам — это мой лучший рисунок, сделанный в марте; правда, из-за горячего воздуха, поднимающегося над ванной, он слегка покоробился. Я прикрепляю мамин сюрприз к пробковой плитке, расположенной в самом центре над кроватью, но она качает головой:

— Только не здесь.

Она не хочет, чтобы Старый Ник увидел этот рисунок.

— Тогда давай повесим его в шкафу, на его задней стенке, — предлагаю я.

— Отличная идея.

Шкаф сделан из дерева, так что мне приходится посильнее нажимать на кнопку. Я закрываю дверцы, которые всегда скрипят, даже после того, как мы смазали петли кукурузным маслом. Я гляжу в щелку, но внутри темно. Тогда я чуть-чуть приоткрываю дверцу — рисунок кажется белым, с маленькими серыми линиями. У самого моего глаза висит голубое мамино платье. Я имею в виду глаз на рисунке, поскольку платье — настоящее и висит в шкафу.

Я чувствую по запаху, что Ма стоит рядом, — у меня самый тонкий нюх в нашей семье.

— Ой, я забыл попить, когда проснулся.

— Ничего страшного. Может быть, пропустим разок, ведь теперь тебе уже пять?

— Ни в коем случае, Хозе.

Ма ложится на белое одеяло, а я устраиваюсь рядом и принимаюсь сосать молоко.

Я отсчитываю сотню подушечек и заливаю их молоком, которое почти такое же белое, как и наши тарелки. Мне удается не расплескать ни капли, слава младенцу Иисусу. Я выбираю оплавленную ложку с белой ручкой, покрытой пятнышками, — однажды ее случайно прислонили к горячей кастрюле, в которой варились макароны. Ма не любит оплавленную ложку, но у меня она самая любимая, потому что не похожа на все остальные.

Я разглаживаю царапины на столе, чтобы он получше выглядел. Наш круглый стол — белого цвета, только царапины на нем серые. Они образовались там, где Ма режет овощи и другие продукты. За едой мы играем в мычание, поскольку для этой игры не надо открывать рот. Я угадываю мелодии «Макароны», «Она спускается с гор» и думаю, что третья песня — это «Спустись пониже, милая колесница», но на самом деле это — «Штормовая погода». Так что я получаю два очка, и Ма целует меня два раза.

Я мычу «Греби, греби, греби, моряк», и Ма сразу же отгадывает. Когда же я начинаю песню «Говорун», она корчит гримасу и говорит:

— Я знаю эту песню, в ней поется о том, как человек упал и снова поднялся, только вот забыла, как она называется. — В конце концов она все-таки вспоминает ее название. В третий раз я мычу «Не могу выбросить тебя из головы», но Ма никак не может отгадать. — Ты выбрал такую сложную песню... Ты слышал ее по телевизору?

— Нет, ты сама мне ее пела.

Я исполняю припев, и Ма говорит, что она ужасно бестолковая.

— Тупица, — говорю я и дважды целую ее.

Я пододвигаю стул к мойке, чтобы вымыть посуду. Тарелки приходится мыть осторожно, зато мисками можно всласть позвенеть *банг-банг*. Глядя на себя в зеркало, я высовываю язык. Ма стоит позади меня; я вижу, что мое лицо накладывается на ее, словно маска, которую мы делали на Хеллоуин.

— Жаль, что рисунок не получился, — говорит она, — но, по крайней мере, на нем видно, на кого ты похож.

— И на кого же я похож?

Она прикладывает к зеркалу палец в том месте, где отражается мой лоб. От него остается кружок.

— Ты — точная копия меня.

— А что такое «точная копия»? — Кружок постепенно исчезает.

— Это означает, что ты во всем похож на меня. Наверное, потому, что ты сделан из меня. Те же самые карие глаза, такой же большой рот и острый подбородок...

Я смотрю в зеркало на нас с Ма, а мы с Ма из зеркала смотрим на меня.

— А нос у меня совсем другой.

— Ну, сейчас нос у тебя еще совсем детский.

Я трогаю его.

— А он что, отвалится и на его месте вырастет новый?

— Нет, нет, он просто станет больше. А вот волосы точно такие же, как и у меня, — темные.

— Но у меня они доходят до поясницы, а у тебя только до плеч.

— Это правда, — говорит Ма, беря тюбик с пастой. — Твои клетки в два раза живее моих.

Я не могу себе представить, как можно быть наполовину живым. Я снова смотрю в зеркало. Наши футболки, в которых мы спим, разные, и белье тоже — на мамином нет медвежат.

Когда она во второй раз сплевывает, настает моя очередь чистить зубы. Я чищу каждый свой зуб со всех сторон. Мамин плевок в раковине не похож на мой. Я смываю оба плевка водой и улыбаюсь улыбкой вампира.

— Ой! — Ма закрывает глаза. — Твои зубы сверкают такой чистотой, что я чуть было не ослепла.

Ее зубы совсем гнилые, поскольку она забывала их чистить. Сейчас она жалеет об этом и теперь уже чистит после каждой еды, но они все равно уже испорчены.

Я выравниваю стулья, поставив их у двери напротив одежного коня. Он всегда ворчит и говорит, что у нас мало места, но если его сложить, то места будет сколько угодно. Я тоже могу сложиться, но не вдвое, как он, из-за моих мышц — ведь я живой, а он нет. Дверь сделана из волшебного блестящего металла, и после девяти, когда я забираюсь в шкаф, она произносит *бип-бип.*

Сегодня в окне не было желтого лица Бога; Ма говорит, что Его свет не может пробиться сквозь снег.

— Какой снег?

— А вот, посмотри, — отвечает Ма, показывая на окно в крыше.

В него виден слабый свет, окруженный темнотой. В телевизоре снег всегда белый, а настоящий — нет, это что-то непонятное.

— А почему он не падает на нас?

— Потому что он снаружи.

— В открытом космосе? Жаль, что он не внутри, я хотел бы с ним поиграть.

— Тогда бы он растаял, потому что здесь тепло.

Тут Ма начинает мычать, и я сразу же догадываюсь, что это «Пусть идет снег», и пою второй куплет. Потом я пою «Чудесную зимнюю страну», и Ма присоединяется ко мне, только на тон выше.

Каждое утро у нас целая уйма дел — мы выливаем чашку воды в цветок, поставив его в раковину, чтобы вода не пролилась на шкаф, а потом ставим его назад на блюдце. Цветок раньше жил на столе, но лицо Бога сожгло у него лист. Теперь у него осталось девять листьев, они шириной с мою ладонь и покрыты ворсинками, словно собаки, как говорит Ма. Но собаки живут только в телевизоре. Мне не нравится число «девять». Я нашел на цветке крошечный новый листочек, я видел его уже два раза — значит, теперь их снова десять.

14

А вот пауки — настоящие. Я ищу паука, но вижу только паутину между ножкой стола и его норкой. Стол очень устойчивый, и это очень странно — я долго могу стоять на одной ноге, но в конце концов всегда падаю. Я не стал рассказывать Ма о пауке. Она тут же сметет его веником. Она говорит, что это грязь, но для меня паучья сеть похожа на тончайшее серебро. Ма любит животных, которые бегают повсюду и поедают друг друга в телепрограмме, посвященной дикой природе, а настоящих — нет. Когда мне было четыре, я наблюдал, как муравьи ползут вверх по плите, а она прибежала и раздавила их всех, чтобы они не съели нашу еду. Минуту назад они были еще живые и вдруг превратились в грязь. Я плакал так сильно, что казалось — мои глаза вытекут вместе со слезами. А в другой раз ночью что-то звенело и кусало меня, и Ма убила его на той стене, где расположена дверь. Это был комар. На пробке до сих пор осталось пятно, хотя она пыталась его оттереть, — это была моя кровь, которую выпил из меня комар, словно маленький вампирчик. Я первый раз в жизни потерял тогда немного крови.

Ма вынимает из серебристой упаковки с двадцатью восемью маленькими космическими корабликами свою таблетку, а я беру витаминку из бутылочки, на которой нарисован мальчик, стоящий на голове. Ма достает свою витаминку из банки с рисунком, на котором изображена женщина, играющая в теннис. Витамины нужно пить, чтобы не заболеть и не вернуться раньше времени на небеса. Я не хочу на небеса, мне не нравится умирать, но Ма говорит, что, когда нам будет лет по сто и мы устанем от игр, нам, возможно, и захочется умереть. И еще она принимает таблетку, убивающую боль. Иногда она глотает две такие таблетки, но не больше, поскольку есть вещи, которые полезны, а потом вдруг, когда их слишком много, становятся вредными.

— Что, опять зуб заболел? — спрашиваю я.

Этот зуб у нее наверху, в конце челюсти, он самый плохой.

Ма кивает.

— А почему ты не пьешь по две таблетки каждый день?

Она морщится:

— Потому что боюсь попасть в зависимость.

— Как это?

— Ну, это все равно что попасть на крючок, поскольку тогда я уже не смогу без них обойтись. То есть буду пить все больше и больше таблеток.

— А что в этом плохого?

— Это трудно объяснить.

Ма знает все, кроме вещей, которые она плохо помнит. Иногда она говорит, что я еще слишком мал, чтобы понять ее объяснения.

— Мои зубы меньше болят, когда я о них не думаю, — говорит она.

— Как это?

— Это называется зациклиться на чем-то. Но если не думать об этом, то оно теряет свое значение.

Странно: если у меня что-нибудь болит, я всегда об этом думаю. Ма растирает мне плечо, хотя оно и не болит, но мне все равно это нравится.

Я все еще молчу о паутине. Как странно иметь что-то свое, принадлежащее только мне. Все остальное — наше общее. Я понимаю, что мое тело принадлежит мне, как и мысли в моей голове. Но мои клетки сделаны из маминых, так что я — вроде как часть ее. И еще, когда я говорю ей, о чем я думаю, а она говорит мне, о чем думает она, наши мысли перепрыгивают из одной головы в другую. Это все равно что красить голубым мелком поверх желтого — получается зеленый.

В 8:30 я нажимаю кнопку телевизора, просматриваю три канала и нахожу «Дору-исследовательницу», мой любимый мультик. Ма медленно двигает проволочным кроликом, улучшая изображение с помощью его ушей и головы. Однажды, когда мне было четыре, телевизор умер, и я горько плакал, но ночью Старый Ник принес волшебную коробочку — преобразователь, и она вернула телевизор к жизни. На других каналах, кроме трех, изображение очень размытое, и мы их не смотрим, поскольку от этого болят глаза. Только когда на них бывает музыка, мы завешиваем экран покрывалом и просто слушаем ее.

Сегодня я кладу пальцы на голову Доры, обнимаю ее и рассказываю ей о том, что я умею делать в свои пять лет, и она улыбается. У нее на голове огромная шапка волос, похожая на коричневый шлем с выстриженными острыми прядями — они длиной с нее саму. Я сажусь на колени к Ма и ерзаю, пока не устраиваюсь подальше от ее острых костей. У нее не так уж много мягких частей, но те, что есть, очень мягкие.

Дора говорит что-то по-испански, вроде «le hicimos». Она всегда носит рюкзак, который внутри больше, чем снаружи. Там помещается все, что нужно, вроде лестниц и космических костюмов, одежды для танцев и игры в футбол. Еще там есть флейта и все, что нужно для приключений с Бутс, ее лучшей подругой — обезьянкой. Дора всегда говорит, что ей нужна моя помощь. Например, она спрашивает, могу ли я найти волшебную вещь, и ждет, когда я скажу «да». Если я кричу: «Она за пальмой» — и голубая стрелка показывает туда же, она говорит: «Спасибо». Но другие герои на экране нас не слушают. На карте каждый раз показывают три места — сначала надо дойти до первого, потом до второго и до третьего. Я иду с Дорой и Бутс, держа их за руки, пою вместе с ними все песни, особенно те, в которых они кувыркаются и хлопают друг друга по поднятой ладони или исполняют танец глупого цыпленка. Нам надо следить еще за трусливым Воришкой, — увидев его, мы должны три раза крикнуть: «Воришка, не воруй!» — а он злится и говорит: «О боже!» — и убегает. Однажды Воришка сделал бабочку-робота с дистанционным управлением, но она вместо Доры и Бутс ударила его самого по маске и перчаткам, а мы очень радовались. Иногда мы ловим звезды и кладем их в карман рюкзака. Мне больше всего нравится Крикливая Звезда, которая всех будит, и еще Переменчивая Звезда, которая может принимать самые разные формы.

На других каналах показывают в основном людей, сотни которых вмещаются в экран, за исключением одного человека, который крупнее и ближе всех. У них вместо кожи одежда, их лица — розовые, или желтые, или коричневые, или пятнистые, или волосатые, с очень красными губами и большими глазами, уголки которых подкрашены черным. Они много смеются и громко кричат. Я хотел бы смотреть телевизор не переставая, но от этого портятся мозги. До того как я спустился с небес, Ма целый день не выключала телевизор и превратилась в зомби, которая похожа на привидение, но только громко топает при ходьбе. Поэтому теперь, посмотрев одну передачу, она всегда его выключает; за день клетки в мозгу снова нарастают, и после ужина мы смотрим еще одну передачу, а во время сна мозг снова увеличится.

— Давай посмотрим еще одну, ведь сегодня мой день рождения. Ну пожалуйста!

Ма открывает рот, а потом закрывает. Она говорит:

— Хорошо, давай посмотрим. — Она выключает звук во время рекламы, потому что реклама съедает мозги гораздо быстрее, чем все другие передачи, а если звука нет, то она не попадает в уши.

По телевизору показывают игрушки, отличный грузовик, трамплин и бионики. Два мальчика воюют, держа в руках трансформеры, но я вижу, что это дружеская схватка, а не драка плохих мальчишек.

После этого начинается новая передача, это «Губка Боб — Квадратные Штаны». Я подбегаю, чтобы потрогать его и еще Патрика, морскую звезду, но не головоногого моллюска — от него меня бросает в дрожь. Это страшная история об огромном карандаше, и я смотрю ее сквозь мамины пальцы, которые в два раза длиннее моих.

Ма никого не боится, за исключением разве что Старого Ника. Большей частью она называет его просто «он». Я даже не знал его имени, пока не увидел мультфильм о старике, который приходит ночью и которого зовут Старый Ник. Я называю так реального человека, потому что он тоже приходит ночью, но он совсем не похож на парня в телевизоре — у того есть борода. Однажды я спросил у Ма, действительно ли Ник старый, и она ответила, что он почти в два раза старше ее, а это очень много.

Как только передача заканчивается, Ма встает и выключает телевизор.

Моя моча желтая от витаминов. Я сажусь покакать и говорю какашкам:

— До свидания, плывите в море. — Смыв их, я смотрю, как со звуком *бабл-гёгл-вёбл* бачок заполняется водой. Потом я тру свои руки до тех пор, пока мне не начинает казаться, что с них вот-вот слезет кожа. Так я узнаю, что хорошо вымыл руки. — Под столом — паутина, — говорю я, хотя совсем не собирался этого делать. — Там паук, он настоящий. Я видел его два раза.

Ма улыбается, но не по-настоящему.

— Пожалуйста, не смахивай ее веником. Потому что паука на ней нет, но он может вернуться.

Ма становится на колени и смотрит под стол. Я не вижу ее лица, пока она не закладывает волосы за уши.

— Знаешь что? Я оставлю паутину до уборки, хорошо?

Уборка бывает по вторникам, значит, еще три дня до нее.

— Хорошо.

— Знаешь что? — Она встает. — Давай-ка отметим твой рост, ведь тебе уже пять.

Я подпрыгиваю от радости.

Обычно Ма не разрешает мне рисовать на стенах или мебели. Когда мне было два, я нацарапал что-то на ножке кровати, около шкафа, и теперь, когда мы делаем уборку, она всякий раз стучит по этой ножке и говорит:

— Посмотри, эта надпись останется здесь навсегда.

Но отметки моего роста — это совсем другое дело. Это крошечные цифры на косяке двери: черная четверка и черная тройка под ней, а двойка имеет цвет пасты из старой ручки, которая уже давно закончилась. В самом низу — красная цифра «один».

— Стань прямо, — говорит Ма. Она кладет ручку мне на голову.

Когда я делаю шаг от стены, то чуть выше цифры «четыре» вижу черную цифру «пять». Я люблю эту цифру больше всех остальных; у меня пять пальцев на руках и столько же на ногах. То же самое и у Ма, мы ведь с ней точные копии друг друга. Зато я терпеть не могу цифру «девять».

— Ну и какой же я длины?

— Не длины, а роста. Ну, я точно не знаю, — отвечает Ма. — Может быть, как-нибудь попросим Старого Ника принести нам сантиметр в качестве воскресного подарка?

А я-то думал, что сантиметры бывают только в телевизоре.

— Нет, лучше попросим шоколаду. — Я кладу палец на цифру «четыре» и стою, уткнувшись в нее лицом. Палец лежит на моих волосах. — Я очень мало вырос за этот год.

— Это нормально.

— Что такое «нормально»?

— Ну... — Ма жует губу. — Это означает, что все в порядке. Никаких проблем.

— Зато посмотри, какие у меня мышцы.

Я прыгаю по кровати, представляя себя Джеком-Великаном в семимильных сапогах.

— Большие, — говорит Ма.

— Гигантские.

— Массивные.

— Здоровенные.

— Огромные, — говорит Ма.

— Огромассные.

— Это слово-бутерброд. Оно образуется, когда мы складываем два слова вместе.

— Хорошо сказано.

— Знаешь что? — говорю я ей. — Когда мне будет десять, я буду уже выросшим.

— Да?

— Я буду становиться все больше, и больше, и больше, пока не превращусь в человека.

— Но ты уже и так человек, — возражает Ма. — Мы с тобой оба люди.

Я думаю, что это слово к нам не подходит. Люди в телевизоре сделаны из цвета.

— Ты имел в виду женщину с буквы «Ж»?

— Да, — говорю я, — женщину с мальчиком в яйце в своем животике, и он тоже будет настоящим. Или я вырасту великаном, только добрым, вот такого роста. — И я подпрыгиваю, чтобы дотронуться до того места, где наклонная крыша соединяется со стеной, у которой стоит кровать.

— Звучит отлично, — говорит Ма.

Ее лицо становится скучным, а это означает, что я сказал что-то не то, только я не знаю что.

— Я вылечу через окно в крыше в открытый космос и буду *боинг-боинг* между планетами, — говорю я. — Я навещу Дору и Губку Боба и всех моих друзей и еще заведу пса по кличке Счастливчик.

Ма улыбается, укладывая ручку на полку.

Я спрашиваю ее:

— А сколько тебе исполнится в твой день рождения?

— Двадцать семь.

— Ух ты!

Но я не думаю, чтобы мой возглас приободрил ее.

Пока в ванну наливается вода, Ма достает со шкафа лабиринт и замок. Мы начали строить лабиринт, когда мне было два года. Он состоит из картонных трубок из-под туалетной бумаги, скрепленных внутри клейкой лентой, которые образуют туннели, изгибающиеся в разные стороны. Мячик очень любит прятаться в лабиринте, и мне приходится звать его оттуда — трясти и поворачивать изгибы в разные стороны и вверх ногами, пока он наконец не выкатится назад. Фу! Потом я бросаю внутрь лабиринта разные вещи вроде ореха, или обломка голубого мелка, или коротких кусочков сухих спагетти. Они гоняются друг за другом в туннелях, стукаясь и крича *бу*. Я не вижу их, но прислушиваюсь через картон и догадываюсь, где они. Зубная щетка хочет свернуть за угол, но я прошу у нее прощения и говорю, что она слишком длинная. Вместо этого она запрыгивает на башню замка, чтобы сторожить подходы к нему. Замок сделан из консервных банок и бутылочек из-под витаминов, и мы надстраиваем его, когда у нас появляются пустые. Мне хотелось бы брать его с собой в ванну, чтобы он стал островом, но Ма говорит, что в воде лента отклеится и он развалится.

Мы развязываем свои хвосты и пускаем волосы плавать по воде. Я лежу на Ма и молчу — мне нравится слушать стук ее сердца. Когда она вдыхает, мы немного поднимаемся, а когда выдыхает — опускаемся.

Сегодня я именинник, поэтому я выбираю, что нам обоим надеть. Мамина одежда живет в верхнем ящике комода, а моя — в нижнем. Я выбираю ее любимые голубые джинсы с красными стежками на швах. Она надевает их только в особых случаях, поскольку у них на коленях завязки. Для себя я выбираю желтую майку с капюшоном, очень осторожно выдвигая ящик из комода, но его правый край все равно выходит, и Ма приходится толчком задвигать его назад. Мы вдвоем с трудом натягиваем на меня майку с капюшоном.

— Может, немного увеличить вырез? — спрашивает Ма.

— Ни в коем случае, Хозе.

Перед тем, занятые физическими упражнениями, мы снимаем носки, потому что босые ноги меньше скользят. Сегодня для начала я выбираю Дорожку. Мы переворачиваем вверх ногами стол и кладем его на кровать, поверх ставим качалку и закрываем все это ковром. Дорожка проходит вокруг кровати от шкафа до лампы, она нарисована на полу в виде черной буквы «С».

— Эй, посмотри, я могу пробежать ее три раза туда и обратно за шестнадцать секунд.

— Ух ты! А когда тебе было четыре, ты пробегал ее за восемнадцать, помнишь? — говорит Ма. — А сколько раз ты можешь сейчас пробежать туда и обратно, как ты думаешь?

— Пять раз.

— А может, пять раз по пять? Это же твой любимый квадрат.

Мы считаем на пальцах, у меня получается двадцать шесть, а у Ма — двадцать пять, поэтому я пересчитываю и тоже получаю двадцать пять. Ма следит за временем по часам.

— Двенадцать, — кричит она. — Семнадцать. Отличный результат.

Я тяжело дышу *ху-ху-ху*.

— Быстрее.

Я бегу еще быстрее — лечу, словно супермен.

Теперь мамина очередь бегать, а я должен записывать в разлинованном блокноте время, когда она начинает бег, и время, когда заканчивает. После этого мы пересчитываем, с какой скоростью она бежала. Сегодня ее время на девять секунд превышает мое, а это означает, что я победил.

— Давай устроим гонки — кто кого обгонит.

— Устроить-то можно, — отвечает Ма, — но помнишь, мы однажды уже бегали и я ударилась плечом о комод?

Я иногда забываю какие-то события, но Ма рассказывает мне, и я вспоминаю.

Мы снимаем мебель с кровати и кладем на место ковер — он закрывает Дорожку, и Старый Ник не увидит букву «С», нарисованную на полу.

Ма выбирает трамплин, но на кровати прыгаю я, поскольку Ма может ее сломать. Она комментирует:

— Молодой чемпион США совершает смелый разворот в воздухе...

После этого я предлагаю сыграть в игру «Симон говорит», а потом Ма говорит, что надо снова надеть носки для игры в неподвижное тело. В этой игре нужно лежать неподвижно, как морская звезда, полностью расслабив пальцы ног, пупок, язык и даже мозг. У Ма зачесалось под коленкой, и она пошевелилась, поэтому я снова выиграл.

Сейчас 12:30, время обеда. Моя любимая молитва — о хлебе насущном. Я босс в играх, зато в еде босс — Ма. Она не позволяет мне есть на завтрак, обед и ужин одни подушечки, потому что я могу заболеть, да и подушечки слишком быстро закончатся. Когда мне было ноль и один год, Ма кормила меня только протертой пищей; но теперь у меня уже двадцать зубов, и я могу прожевать все что угодно. Сегодня у нас на обед тунец с крекерами, и я должен открыть крышку консервной банки, потому что у Ма повреждено запястье и она не может этого сделать.

Я сегодня немного возбужден, и Ма предлагает мне сыграть в оркестр. Мы бегаем по комнате и извлекаем из разных предметов звуки. Я барабаню по столу, а Ма делает *тук-тук* на ножках кровати, потом *флумф-флумф* на подушках, а я стучу по двери ножом и вилкой — *динг-динг*, а наши ноги бьют по плите *бам*. Но больше всего я люблю нажимать на педаль мусорного ведра, потому что его крышка открывается со звуком *бинг*. Мой самый лучший инструмент — это *тванг*, сделанный из коробки из-под подушечек, на которую я наклеил вырезанные из старого каталога ноги, туфли, куртки и головы самых разных цветов, а в центре перетянул тремя резинками. Но Старый Ник больше не приносит нам каталогов, чтобы мы заказывали себе одежду; Ма говорит, что он становится все скупее и скупее.

Я забираюсь на качалку, чтобы достать книги с полки, и сооружаю на ковре девятиэтажный небоскреб.

— Что это за небоскреб из девяти этажей! — говорит Ма и смеется, хотя я не вижу в этом ничего смешного.

У нас всего девять книг, из них только четыре — с картинками внутри: «Большая книга детских стихов», «Дилан-землекоп», «Сбежавший кролик» и «Объемный аэропорт». Есть еще пять книг с рисунком на обложке: «Бродяга», «Сумерки», «Охранник», «Горько-сладкая любовь» и «Код да Винчи».

Ма редко читает книжки без картинок, только тогда, когда на нее нападает тоска. Когда мне было четыре, я попросил принести мне в качестве воскресного подарка еще одну книгу с картинками и получил «Алису в Стране чудес». Мне она понравилась, только в ней слишком много слов, и многие из них уже устарели.

Сегодня я выбираю «Дилана-землекопа». Он лежит почти в самом низу, и, когда я его вытаскиваю, небоскреб рушится.

— Опять этот Дилан, — кривится Ма, а потом читает громким голосом:

> Во-о-о-от он, Дилан-землекоп!
> Роет землю, словно крот.
> Коль возьмется яму рыть,
> Не умеришь его прыть.
> Так орудует лопатой —
> Не догонит экскаватор!

На второй картинке изображен кот, а на третьей — тот же самый кот, сидящий на куче обломков. Обломки — это камни, они тяжелее керамики, из которой сделаны ванна, раковина и унитаз, но не такие гладкие. Коты и камни есть только в телевизоре. На пятой картинке кот падает вниз, но ведь у котов девять жизней, а у нас с Ма — только одна.

Ма почти всегда выбирает «Сбежавшего кролика» из-за того, что под конец мама-кролик ловит сына-кролика, сказав ему:

— Съешь морковку.

Кролики живут в телевизоре, а вот морковки — настоящие, как и их громкий хруст. Моя любимая картинка — это та, где кролик-сын превращается в камень на горе и кролику-маме приходится подниматься на нее, чтобы найти его. Горы слишком высокие, чтобы быть настоящими, я видел одну из них по телевизору, и на ней на веревках висела женщина. Женщины не настоящие, как моя Ма, и девочки с мальчиками — тоже. Мужчины тоже не настоящие, за исключением Старого Ника, но я до сих пор не уверен, настоящий он или нет. Может быть, только наполовину? Он приносит нам продукты, воскресные подарки и выносит мусор, но он не человек, как мы с Ма. Он появляется только ночью, как летучая мышь. Может быть, его создает дверь со звуком *бип-бип* и с изменением воздуха? Я думаю, что Ма не хочет говорить о нем, потому что боится, как бы он не превратился в реального человека.

Я поворачиваюсь у нее на коленях, чтобы посмотреть на мою любимую картину, где младенец Иисус играет с Иоанном Крестителем, который Ему одновременно друг и взрослый двоюродный брат. Богородица тоже здесь, она прижимается к своей матери, которая приходится бабушкой младенцу Иисусу, как abuela[1] Доре. Это странная картина: на ней нет красок и не у всех есть руки и ноги. Ма говорит, что она просто не закончена. Младенец Иисус начал расти в животике Марии после того, как к ней прилетел ангел, похожий на привидение, только с крыльями. Мария очень удивилась и спросила: «Как это может быть?» — а потом сказала: «Ну хорошо, пусть будет так». Когда младенец Иисус на Рождество вылез из ее живота, она положила Его в ясли, но не для того, чтобы Его съели коровы, а только для того, чтобы они согрели Его своим дыханием, поскольку Он был волшебным ребенком.

Наконец Ма выключает лампу, и мы ложимся и произносим сначала молитву пастухов о том, чтобы пастбища всегда были зелеными. Я думаю, что пастбища похожи на пододеяльник, только они пушистые и зеленые, а пододеяльник — белый и гладкий. Я немного пососал, на этот раз правую, поскольку в левой молока было мало. Когда мне было три, в обеих в любое время было много молока, но с тех пор, как мне исполнилось четыре, у меня появилось много занятий, поэтому я сосу лишь несколько раз в день или ночью. Жаль, что я не умею говорить и сосать одновременно, потому что у меня только один рот.

Я почти заснул, но не до конца, а вот Ма действительно уснула — я понял это по ее дыханию.

После сна Ма говорит, что она подумала, что нам не нужно просить сантиметр, мы сами можем сделать линейку.

Мы берем коробку из-под подушечек, на которой изображены древние египетские пирамиды. Ма показывает мне полоску длиной с ее ступню и го-

---

[1] Бабушка (исп.).

ворит, чтобы я вырезал такую же. На этой полоске
она рисует двенадцать черточек. Я измеряю мамин
нос — он длиной два дюйма. Длина моего носа —
один дюйм с четвертью, я записываю это число. Ма
прикладывает нашу линейку к дверной стене, где
отмечен мой рост, и, несколько раз переворачивая
ее, определяет, что мой рост — три фута три дюйма[1].

— Послушай, — говорю я, — давай измерим
комнату.

— Что, всю комнату целиком?

— Так ведь нам все равно нечего делать.

Она смотрит на меня как-то странно:

— Да, ты прав, совершенно нечего.

Я записываю все наши измерения: например,
высота дверной стены до того места, где начинается
крыша, равна шести футам семи дюймам.

— Кто бы мог подумать, — говорю я маме, —
что длина пробковых плиток, покрывающих стену,
чуть больше нашей линейки.

— Эх, — восклицает она, хлопая себя по голове, — ведь площадь этих плиток — один квадратный фут, значит, мы сделали линейку чуть меньше, чем нужно. Получается, что надо просто сосчитать плитки, это будет гораздо быстрее.

Я начал считать количество плиток на стене, у которой стоит кровать, но мама говорит, что все стены
одинаковой высоты. Другое правило гласит, что ширина стен такая же, как и ширина пола. Я насчитал одиннадцать футов с обеих сторон, значит, пол
у нас — квадратный. Стол — круглый, и я не знаю,
что с ним делать. Ма измеряет его посередине, там,
где он шире всего. Это составляет три фута девять
дюймов. Высота спинки моего стула — три фута
два дюйма, и у маминого точно такая же. Стулья на

---

[1] Фут = 30 см, дюйм = 2,5 см, 3 фута 3 дюйма = 97,5 см.

один дюйм ниже меня. Тут Ма говорит, что ей надоели измерения, и мы их прекращаем.

Я закрашиваю места, где написаны цифры, мелками разного цвета — голубым, оранжевым, зеленым, красным и коричневым. Других у меня нет. В конце концов страница блокнота становится похожей на наш ковер, только выглядит еще более дико, и Ма предлагает использовать ее как подставку для тарелки и чашки во время ужина.

На ужин я выбираю спагетти, к ним полагается еще сырая брокколи, которую выбираю не я, но она очень полезна. Я разрезаю брокколи на кусочки волнистым ножом. Когда Ма на меня не смотрит, я проглатываю кусочек, а она потом спрашивает:

— Ой, куда же девался этот большой кусок? — Но на самом деле она не сердится, потому что свежие овощи вливают в нас новые силы.

Ма разогревает два круга на плите до красноты. Мне не позволяется трогать ручки плиты.

Ма всегда следит, чтобы в комнате не вспыхнул огонь, как это бывает в телевизоре. Если кухонное полотенце или наша одежда хотя бы коснется раскаленного круга, все вокруг оранжевым языком охватит пламя и наша комната сгорит, а мы будем кашлять, задыхаться и кричать от невыносимой боли.

Я не люблю запах кипящей брокколи, но он еще не такой противный, как запах зеленой фасоли. Все овощи — это реальные вещи, а вот мороженое бывает только в телевизоре. Как бы мне хотелось, чтобы оно тоже было настоящим!

— А наш цветок тоже свежий?

— Да, только его нельзя есть.

— А почему он больше не цветет?

Ма пожимает плечами и помешивает в кастрюле спагетти.

— Он устал.

— Тогда ему надо лечь спать.

— Но, проснувшись, он все равно будет чувствовать усталость. Может быть, в почве его горшка недостаточно еды для него.

— Тогда давай отдадим ему мою порцию брокколи.

Ма смеется:

— Ему нужна другая еда, специальная подкормка для растений.

— Мы можем попросить, чтобы он принес ее в воскресенье.

— У меня уже накопился целый список того, что нам надо.

— Где?

— У меня в голове, — отвечает Ма. Она вытаскивает из кастрюли спагеттину, похожую на червяка, и пробует ее.

— Я думаю, они любят рыбу.

— Кто?

— Цветы, они любят протухшую рыбу. Или только рыбьи кости?

— Фу, какая гадость!

— Может быть, в следующий раз, когда у нас будут рыбные палочки, мы зароем одну из них в землю цветка.

— Только не мою.

— Хорошо, кусочек моей.

Я люблю спагетти больше всего на свете из-за песни фрикаделек; я пою ее, пока мама наполняет наши тарелки.

После ужина происходит совсем неслыханная вещь — мы печем именинный пирог. Клянусь, он будет очень вкусным, да еще со свечами, которых воткнут столько же, сколько мне лет, и с настоящим огнем, которого я еще ни разу в жизни не видел.

Я лучший протыкальщик яиц, их внутренности у меня вытекают без остановки. Для пирога мне надо вылить в тесто три яйца; я использую для этого кнопку, на которой держится картина «Впечатление: Восход», поскольку думаю, что безумная лошадь разозлится, если я сниму со стены «Гернику», хотя я всегда втыкаю кнопку назад. Ма считает «Гернику» самым лучшим шедевром, потому что она самая реальная, но на самом деле на ней все перемешано. Лошадь кричит, обнажив свои зубы, потому что в нее воткнули копье; еще там есть бык, и женщина, которая держит ребенка вниз головой, и лампа, похожая на глаз, но хуже всего — большая выпуклая нога в углу. Мне всегда кажется, что она собирается раздавить меня.

Я облизываю ложку, и Ма засовывает пирог в горячий живот плиты. Я пытаюсь жонглировать яичными скорлупками. Ма ловит одну из них.

— Сделаем Джека с разными лицами?

— Нет, — отвечаю я.

— Тогда, может, сделаем гнезда для теста? А завтра разморозим свеклу и покрасим их в красный цвет...

Я качаю головой:

— Лучше добавим их к яичной змее.

Яичная змея длиннее всей нашей комнаты. Мы начали делать ее, когда мне было три; она живет под кроватью, свернутая в кольца, чтобы ей не вздумалось нас укусить. Большинство скорлупок коричневого цвета, но иногда попадаются и белые. На некоторых из них мы нарисовали узоры карандашами, мелками или ручкой, а к некоторым клейстером прилепили кусочки скорлупы. У змеи есть корона, сделанная из фольги, желтый пояс из ленты и волосы из ниток и кусочков ваты. Вместо языка у нее иголка, от нее через все тело змеи тянется красная нить. Мы больше уже не удлиняем яичную змею, потому что иногда ее кольца цепляются друг за друга и трескаются и далее распадаются, и нам приходится использовать их для мозаики. Я вставляю иголку в дырочку одной из скорлупок — мне надо попасть этой иглой в дырку на противоположной стороне, а это не так уж и просто. Теперь змея стала на три яйца длиннее, и я очень осторожно сматываю ее кольцами, чтобы она уместилась под кроватью.

Вдыхая чудные запахи, мы целую вечность ждем, когда испечется пирог. Когда пирог остывает, мы делаем для него снег, только не холодный, как настоящий, а в виде сахара, растворенного в воде. Ма обмазывает им пирог со всех сторон.

— Теперь я помою посуду, а ты укрась его шоколадом.

— Но ведь у нас нет шоколада.

— А вот и есть, — говорит она, вытаскивая маленький пакетик и встряхивая его *шик-шик*. — Я отложила его из воскресного подарка три недели назад.

— Какая ты молодец, Ма. А где он лежал?

Она крепко сжимает рот.

— А вдруг мне снова понадобится место, где надо будет что-нибудь спрятать?

— Скажи! — кричу я.

Ма больше не улыбается.

— Не кричи, у меня от крика болят уши!

— Скажи мне, где ты прятала шоколад.

— Послушай, Джек...

— Мне не нравится, что у нас есть места, где могут спрятаться...

— Кто?

— Зомби.

— А.

— Или людоеды и вампиры...

33

Она открывает шкаф и, вытащив коробку с рисом, показывает мне темную дыру:

— Я спрятала шоколад здесь, вместе с рисом. Понял?

— Понял.

— Ничего страшного здесь нет. Можешь проверить сам в любое время.

В пакете пять шоколадок — розовая, голубая, зеленая и две красные. Когда я кладу их на пирог, краска и «снег» пачкают мои пальцы, и я тщательно их облизываю.

Пришло время ставить свечи, но их нет.

— Ты снова кричишь, — говорит Ма, закрывая руками уши.

— Но ты сказала, что будет именинный пирог, а что это за именинный пирог, если на нем нет пяти зажженных свечей!

Ма с шумом вздыхает:

— Я неправильно выразилась. У нас с тобой пять шоколадок, и они говорят, что тебе пять лет.

— Я не хочу есть этот пирог.

Я ненавижу, когда Ма молча ждет.

— Он противный.

— Успокойся, Джек.

— Надо было попросить свечей в качестве воскресного подарка.

— Ну, на прошлой неделе нам были нужны обезболивающие таблетки.

— Мне они не нужны, это только тебе! — кричу я.

Ма смотрит на меня так, будто у меня появилось новое лицо, которое она видит в первый раз. Потом она говорит:

— И все-таки не забывай, что нам приходится выбирать те вещи, которые ему легче всего достать.

— Нет, он может достать все, что угодно.

— Да, — отвечает Ма. — Но если ему пришлось побегать...

— Почему это ему пришлось побегать?

— Я имею в виду — если ему пришлось зайти в два или три магазина, он мог на нас рассердиться. А если ему вообще не удастся достать то, о чем мы попросили, тогда он, возможно, не принесет нам в следующее воскресенье никакого подарка.

— Но, Ма, — смеюсь я, — он не ходит по магазинам. Ведь магазины бывают только в телевизоре.

Она жует свою губу, а потом смотрит на пирог.

— И все-таки, прости меня, я думала, что шоколадки заменят свечи.

— Глупая Ма.

— Бестолковая. — Она бьет себя по голове.

— Тупая, — говорю я ласково. — На следующей неделе, когда мне будет шесть, постарайся все-таки достать свечи.

— На будущий год, — поправляет меня Ма. — Ты хотел сказать — на будущий год. — Ее глаза закрыты. Они у нее иногда закрываются, и она целую минуту молчит. Когда я был маленьким, то думал, что у нее села батарейка, как однажды в часах, и надо будет попросить, чтобы он в воскресенье подарил нам новую.

— Обещаешь?

— Обещаю, — говорит Ма, открывая глаза.

Она отрезает мне огромассный кусок пирога, а я, когда она отворачивается, сгребаю на него все пять шоколадок — две красные, розовую, зеленую и голубую.

Ма говорит:

— Ой, еще одна пропала, как же это случилось?

— Теперь ты уже не узнаешь, ха-ха-ха, — отвечаю я таким голосом, каким говорит Воришка, когда крадет что-нибудь у Доры.

Я беру одну из красных шоколадок и кладу Ма в рот; она передвигает ее к передним зубам, которые не такие гнилые, и, улыбаясь, жует.

— Смотри, — говорю я ей. — В моем пироге остались вмятины там, где до этого были шоколадки.

— Они похожи на маленькие кратеры, — говорит Ма и засовывает свой палец в одну из вмятин.

— А что такое кратеры?

— Это дырки, в которых что-то произошло, например извержение вулкана, взрыв или еще что.

Я кладу зеленую шоколадку назад в кратер и считаю:

— Десять, девять, восемь, семь, шесть, пять, четыре, три, два, один — бум!

Шоколадка взлетает в открытый космос и попадает мне в рот. Мой именинный пирог — лучшее, что я когда-либо ел.

Ма больше не хочется пирога. Окно в крыше высасывает весь свет и становится почти черным.

— Сегодня день весеннего равноденствия, — говорит она. — Я помню, что в то утро, когда ты родился, его так назвали по телевизору. В тот год в марте тоже еще лежал снег.

— А что такое равноденствие?

— Это слово означает «равный». В этот день количество темноты равно количеству света.

Из-за пирога смотреть телевизор уже поздно, часы показывают 8:33. Мой желтый капюшон чуть было не отрывает мне голову, когда Ма стаскивает с меня майку. Я надеваю свою лучшую футболку и чищу зубы, а Ма завязывает мешок с мусором и ставит его у двери, положив поверх список, который я написал. Сегодня там указано: «Пожалуйста, принеси нам пасту, чечевицу, консервы из тунца, сыр (если не слишком много $). С. Дж. Спасибо».

— А можно попросить винограда? Он ведь очень полезный.

И Ма в конце списка дописывает: «Виноград, если возм. (или любые свежие или консервированные фрукты)».

— Расскажи мне какую-нибудь историю.

— Только короткую. Хочешь... сказку про Пряничного Джека?

Она и вправду рассказывает ее быстро и смешно. Пряничный Джек выскакивает из печи, катится, катится, и никто не может его поймать: ни старушка, ни старик, ни крестьяне, которые молотят зерно, ни пахари, — но в конце концов он по глупости своей позволяет лисе взять себя в рот, чтобы переправиться через реку, и она тут же его съедает.

Если бы я был сделан из теста, я бы сам себя съел, чтобы никому не досталось.

Мы быстро-быстро читаем молитву, сложив руки и закрыв глаза. Я молюсь, чтобы Иоанн Креститель и младенец Иисус пришли поиграть с Дорой и Бутс. Ма молится, чтобы солнечное тепло растопило снег, облепивший наше окно на крыше.

— Я могу немного попить?

— Сразу же, как только проснешься утром, — говорит Ма, натягивая свою футболку.

— Нет, я хочу сегодня.

Она кивает на часы, которые показывают 8:57; осталось всего три минуты до девяти. Поэтому я залезаю в шкаф, и ложусь на подушку, и закутываюсь в одеяло, серое и пушистое, с красным кантом. Прямо надо мной висит рисунок меня, о котором я уже успел позабыть. Ма заглядывает в шкаф.

— Три поцелуя?

— Нет, пять для мистера Пятилетнего.

Она пять раз целует меня и со скрипом закрывает дверцы.

Но в щели пробивается свет, и я могу видеть кое-что на рисунке — черты, похожие на мамины, и нос, который похож только на мой собственный. Я трогаю бумагу — она шелковистая на ощупь. Я вытягиваюсь так, что моя голова и ноги упираются в стенки шкафа. Я слушаю, как Ма надевает свою ночную футболку и принимает таблетку, убивающую боль. Она всегда пьет две таблетки на ночь, поскольку, как она говорит, боль похожа на воду — она разливается, как только Ма ложится в постель. Ма выплевывает зубную пасту.

— Наш друг и приятель Баз чешет свой левый глаз, — начинает Ма.

Я придумываю свой стих:

— Наш друг и приятель За говорит «бла-бла-бла».

— Наш друг Мурзилка живет в морозилке.

— Наша подруга Нола пошла в школу.

— Неудачная рифма, — говорит мама.

— О боже! — рычу я совсем как Воришка.

— Наш друг младенец Иисус... попробовал сыр на вкус.

— Наш друг, несясь на коне, пропел свою песню луне.

Луна — это серебряное лицо Бога, которое появляется только в редких случаях.

Я сажусь и прижимаюсь лицом к щелке. Я вижу кусочек выключенного телевизора, туалет, ванную, свой покоробившийся рисунок голубого осьминога и Ма, которая убирает нашу одежду в ящики комода.

— Ма?

— Да?

— А почему ты прячешь меня, как шоколадки?

Я думаю, она сидит на кровати. Она говорит так тихо, что я ее почти не слышу.

— Я просто не хочу, чтобы он тебя видел. Когда ты был еще младенцем, я всегда перед его приходом заворачивала тебя в одеяло.

— А что, мне будет больно?

— Из-за чего?

— Из-за того, что он меня увидит?

— Нет-нет. Спи давай, — говорит мне Ма.

— Скажи про клопа.

— Ночь, скорее засыпай, клоп, малютку не кусай.

Клопы такие маленькие, что их нельзя увидеть, но я разговариваю с ними и иногда считаю. В прошлый раз я добрался до трехсот сорока семи. Я слышу звук выключателя, и одновременно с ним гаснет свет. Судя по звукам, Ма забирается под одеяло.

В отдельные ночи я видел Старого Ника в щелку, но никогда всего целиком и вблизи. У него много белых волос, которые доходят только до ушей. Быть может, его взгляд способен превратить меня в камень. Зомби кусают детей, чтобы оживить их, вампиры сосут из них кровь, пока они не умирают, людоеды подвешивают их за ноги и съедают. Великаны тоже очень противные: «живой он или мертвый, я из его костей наделаю мучицы и хлеба для гостей». Но Джеку все-таки удалось удрать от него с золотой курицей — он быстро-быстро спускался по бобовому стеблю. Великан спускался за ними, но Джек закричал, чтобы мама принесла ему топор, что-то вроде ножа, только гораздо крупнее. Мама Джека побоялась сама срубить стебель, так что, когда Джек оказался на земле, они срубили его вместе, и великан разбился, и все его внутренности вывалились наружу, ха-ха-ха. И тогда Джек стал Джеком — Победителем великанов.

Интересно, уснула ли Ма?

В шкафу я всегда покрепче закрываю глаза, чтобы побыстрее уснуть и не слышать, как придет Старый Ник. Тогда, когда я проснусь, уже наступит утро, и я заберусь к Ма в постель и пососу молока и все будет в порядке. Но сегодня я никак не могу уснуть — у меня в животе бурчит пирог. Я считаю языком свои верхние зубы справа налево до десяти, потом нижние — слева направо, потом опять справа налево. Каждый раз у меня получается десять, а дважды десять равно двадцати — вот сколько у меня зубов.

Звука *бип-бип* все не слышно, а ведь уже давно десятый час. Я снова считаю свои зубы и получаю девятнадцать, — наверное, я неправильно сосчитал или один из зубов выпал. Я легонько кусаю себя за палец, потом еще раз. Я жду долгие часы.

— Ма, — шепчу я, — так он придет или нет?

— Похоже, что нет. Иди ко мне.

Я вскакиваю и распахиваю дверцы шкафа. Не проходит и двух секунд, как я уже в кровати. Под одеялом очень жарко, и я высовываю из-под него ноги, чтобы они не сгорели. Я напиваюсь до отвала из левой, а потом из правой груди. Я не хочу засыпать, потому что завтра уже не будет дня рождения.

Неожиданно мне в лицо бьет свет. Жмурясь, я выглядываю из-под одеяла. Ма стоит рядом с лампой, в комнате светло, потом вдруг, *щелк*, и снова становится темно. Опять свет, через три секунды — тьма, потом свет, который горит всего секунду. Ма смотрит в окно на крыше. Опять наступает темнота. Она иногда делает это в ночи, я думаю, это помогает ей снова заснуть.

Я жду, когда Ма окончательно выключит лампу. Тогда я шепчу в темноте:

— Все сделала?

— Извини, что разбудила тебя, — отвечает она.

— Ничего.

Она ложится в постель, замерзшая, и я обнимаю ее рукой посередине.

Сегодня мне пять лет и один день.

Глупый пенис всегда встает по утрам, я опускаю его вниз.

Когда мы, пописав, моем руки, я пою «Весь мир у него в руках». Другой песни о руках я вспомнить не могу, а в песне о птичках поется только о пальцах.

> Улетай, Петр,
> Улетай, Пол.

Два моих пальца летают по комнате и чуть было не сталкиваются в воздухе.

> Возвращайся, Петр,
> Возвращайся, Пол.

— Я думаю, что это песня об ангелах, — говорит Ма.

— Да?

— Ой нет, о святых, прости меня.

— А кто такие святые?

— Очень праведные люди. Вроде ангелов, но без крыльев.

Я смущен.

— Как же они тогда взлетают со стены?

— Это песня о птичках, они умеют летать. Я хочу сказать, что их назвали в честь святого Петра и святого Павла, которые были друзьями младенца Христа.

А я и не знал, что у него, кроме Иоанна Крестителя, были еще другие друзья.

— Святой Петр однажды сидел в тюрьме...

Я смеюсь.

— Детей не сажают в тюрьму.

— Это случилось, когда он и все остальные уже выросли.

А я и не знал, что младенец Иисус был взрослым.

— Святой Петр был плохим?

— Нет-нет, его посадили в тюрьму по ошибке, я хочу сказать — его отправили туда плохие полицейские. Тем не менее он все время молился, чтобы его освободили, и знаешь что? С небес спустился ангел и разбил дверь тюрьмы.

— Круто, — говорю я. Но мне больше нравится думать о них как о младенцах, бегающих голышом.

Тут что-то весело барабанит по стеклу, и я слышу *скрип-скрип*. В окне на крыше светлеет, и темного снега почти не видно. Ма тоже смотрит вверх и улыбается. Я думаю, Бог услышал ее молитву.

— А сегодня снова свет и тьма равны?

— Ты спрашиваешь о равноденствии? — говорит Ма. — Нет, теперь уже свет будет потихоньку побеждать тьму.

Она разрешает мне позавтракать пирогом, чего раньше никогда не было. Он немного подсох, но все равно вкусный.

По телевизору показывают передачу «Удивительные домашние животные», но изображение совсем нечеткое. Ма не переставая двигает кроликом, но и это не помогает. Я беру пурпурную ленточку и завязываю бантик на его проволочном ухе. Я хотел бы посмотреть «Жителей заднего двора», я не видел этой передачи уже целую вечность. Воскресного подарка мы еще не получили, потому что Старый Ник вчера вечером не приходил, и я считаю это самым лучшим подарком ко дню рождения. Мы попросили совсем неинтересные вещи — новые штаны, поскольку у моих черных брюк на коленях образовались большие дырки. Мне эти дырки совершенно не мешают, но Ма говорит, что в них я похож на бездомного, но объяснить, что это такое, не может.

После ванной я играю с одеждой. Сегодня утром мамина розовая юбка превращается в змею, которая спорит с моим белым носком.

— Лучший друг Джека — это я.

— Нет, я.

— Я тебя укушу.

— А я цапну.

— А я превращу тебя в порошок с помощью моего летающего огнестрельного насоса.

— Ха, а у меня есть реактивный мегатронный трансформер-бомбомет...

— Эй, — говорит Ма, — может, сыграем в мяч?

— Но ведь у нас больше нет пляжного мяча, — напоминаю я ей. Он лопнул, когда я нечаянно слишком сильно ударил его ногой и он стукнулся о дверь кладовки. Лучше бы вместо глупых штанов мы попросили новый мяч.

Но Ма говорит, что мы можем сами сделать себе мяч. Мы собираем листы бумаги, на которых я учусь писать, заталкиваем их в сумку для покупок и мнем ее до тех пор, пока бумага не принимает форму шара, после чего мы рисуем на мяче страшное лицо с тремя глазами. Бумажный мяч летает не так высоко, как пляжный, но всякий раз, когда мы его ловим, он издает звук *скранч*. Ма ловит мяч лучше меня, хотя у нее иногда возникает боль в поврежденном запястье, зато я лучше ее бросаю.

Из-за того что мы позавтракали пирогом, мы едим воскресные оладьи на обед. Муки осталось совсем немного, и они получаются тонкими и расползаются на сковороде, но мне такие больше нравятся. Я складываю их пополам, и некоторые трескаются. Желе осталось тоже совсем чуть-чуть, поэтому мы его разбавляем водой.

Кусочек оладушка падает у меня на пол, и Ма вытирает пол губкой.

— Пробка уже совсем стерлась, — говорит она сквозь зубы, — как же нам теперь поддерживать чистоту?

— Где?

— Вот здесь, где стоят наши ноги.

Я забираюсь под стол и вижу дырку в полу, на дне которой какое-то коричневое вещество, очень твердое, его не поцарапать ногтем.

— Не скреби там, Джек.

— Я не скребу, а просто пробую пальцем. — Дырка похожа на крошечный кратер.

Мы сдвигаем стол к ванной и укладываемся на ковер позагорать. Ковер лежит прямо под окном на крыше и днем нагревается. Я пою «Солнце не светит», Ма поет «Вот и солнышко вышло», я подхватываю «Ты мое солнце». Потом я сосу, в левой груди сегодня очень жирное молоко.

Когда я закрываю глаза, желтое лицо Бога, просвечивающее через мои веки, становится красным. Я открываю глаза и жмурюсь от яркого света. Мои пальцы отбрасывают на ковер тени, их очертания слегка размыты.

Ма дремлет рядом.

Вдруг я слышу какой-то звук и, стараясь не разбудить ее, тихонько встаю. У плиты кто-то скребется.

Живая вещь, зверек, совсем настоящий, а не из телевизора. Он на полу, ест что-то, может быть кусочек оладушка. У него есть хвост, и я догадываюсь, что это мышонок.

Я подхожу ближе, но малыш юркает под плиту — я и не знал, что можно так быстро бегать.

— Эй, мышонок, — шепчу я, боясь напугать его.

С мышами надо разговаривать тихо, об этом я узнал из книги об Алисе, только она по ошибке зовет свою кошку Дину. А мышь пугается и убегает. Я складываю руки в молитвенном жесте:

— Эй, мышонок, вернись, ну пожалуйста, пожалуйста, пожалуйста...

Я жду долгие часы, но он не возвращается.

Ма, несомненно, спит.

Я открываю холодильник, но там почти ничего нет. Мыши любят сыр, но у нас его не осталось. Я достаю хлеб и, раскрошив кусочек на тарелке, ставлю ее у плиты. Скрючившись, я становлюсь перед ней на колени и снова жду.

И тут происходит чудо — мышонок высовывает свой нос, он у него остренький. Я чуть было не подскакиваю от радости, но вовремя спохватываюсь и сижу неподвижно. Он подходит к крошкам и обнюхивает их. Я стою примерно в двух футах от него, жаль, что линейка осталась в коробке под кроватью, я бы измерил поточнее. Но я понимаю, что двигаться нельзя, а то мышонок снова убежит. Я осматриваю его лапки, усы, загнутый хвостик. Он совсем настоящий, это самое большое животное, которое я когда-либо видел. Он в миллионы раз больше муравья или паука.

Вдруг что-то падает на плиту — *шлёп*. Я вскрикиваю и нечаянно наступаю на тарелку. Мышонка нет. Куда же он подевался? Может, упавшая книга раздавила его? Это «Объемный аэропорт», я просматриваю все страницы, но его нет. Зал багажа весь изорвался и больше уже не выступает над страницей.

Ма как-то странно смотрит на меня.

— Это ты его прогнала! — кричу я.

Она достает совок и сметает на него обломки тарелки.

— Как она оказалась на полу? Теперь у нас осталось всего две большие тарелки и одна маленькая...

Повар в «Алисе в Стране чудес» бросает в малыша тарелки и кастрюлю, которая чуть было не отбивает ему нос.

— Мышонку понравились крошки.

— Джек!

— Он настоящий, я его видел.

Ма отодвигает плиту, и мы обнаруживаем маленькую щель в дверной стене. Ма достает рулон алюминиевой фольги и начинает засовывать скатанные из нее шарики в эту щель.

— Не надо. Прошу тебя.

— Извини, но если заведется одна мышь, то скоро их будет уже целый десяток.

Что за чушь она несет?

Ма кладет фольгу и крепко хватает меня за плечи.

— Если мы оставим эту мышь, то скоро повсюду будут бегать ее дети. Они будут воровать нашу еду и разносить микробы на своих грязных лапках...

— Пусть едят мою пищу, я не голоден.

Но Ма не слушает меня. Она придвигает плиту к дверной стене.

Потом мы заклеиваем лентой «ангар» в книге «Объемный аэропорт», и он снова начинает выступать над страницей, но «зал багажа» починить уже нельзя — он весь разорван.

Мы сидим в кресле-качалке, и Ма, чтобы загладить свою вину, три раза читает мне «Дилана-землекопа».

— Давай попросим новую книгу в воскресенье, — предлагаю я.

Она кривит рот:

— Я уже просила три недели назад; я хотела подарить тебе книгу на день рождения. Но он сказал, чтобы мы отстали от него — у нас и так уже целая полка книг.

Я гляжу поверх ее головы на полку — на ней может уместиться в сто раз больше книг, если снять с нее другие вещи и положить под кровать рядом с яичной змеей. Или на шкаф... но на шкафу уже живут замок и лабиринт. Нелегко запомнить, где хранится та или иная вещь; Ма иногда говорит, что ненужные предметы надо выбрасывать, но я обычно нахожу для них местечко.

— Он думает, что мы должны все время смотреть телевизор.

Это звучит смешно.

— Если мы будем это делать, то останемся без мозгов, как он сам, — говорит Ма.

Она наклоняется, чтобы взять «Мою большую книгу детских стихов». Она читает мне по одному стихотворению с каждой страницы, которое я выбираю. Больше всего я люблю стихи о Джеке, вроде «Малыша Джека» или «Уголка маленького Джека».

> Джек наш ловок,
> Джек наш храбр,
> Прыгнул через канделябр.

Я думаю, он захотел посмотреть, загорится ли его рубашонка или нет. В телевизоре мальчики всегда ложатся спать в пижамах, а девочки — в ночнушках. Моя ночная футболка самая большая из всех. У нее на плече дырка, в которую я люблю засовывать палец и щекотать себя, засыпая. В книге есть еще стишок «Пудинг и пирог Джека-Уэка», но когда я научился читать, то увидел, что в нем на самом деле говорится о Джорджи-Порджи. Это Ма слегка изменила слова, но это не вранье, а просто притворство. То же самое случилось и вот с таким стихом:

Джеки-Джек, сын трубача,
Украв свинью, дал стрекача.

В книге это сделал Том, но Джек звучит лучше. Украсть — это когда мальчик берет какую-нибудь вещь, принадлежащую другому мальчику. В книгах и телевизоре у всех людей есть вещи, которые принадлежат только им, — все это очень сложно.

Уже 5:39, поэтому мы идем ужинать. Пока лапша размокает в горячей воде, Ма находит трудные слова на пакете с молоком и проверяет меня. «Питательное» означает еду, а «пастеризованное» — что молоко просветили лазерным лучом, чтобы убить микробов. Я хочу еще пирога, но Ма говорит, что сначала надо съесть сочный свекольный салат. Потом я ем пирог, который уже почти совсем засох.

Я забираюсь на качалку, чтобы снять коробку с играми с книжной полки. Сегодня я выбираю шашки и буду играть красными. Шашки похожи на маленькие шоколадки, но я много раз лизал их и обнаружил, что у них нет никакого вкуса. Они прилипают к доске с помощью волшебного магнита. Ма больше любит шахматы, но у меня от них болит голова.

Когда приходит время смотреть телевизор, она выбирает планету диких животных, где показывают, как черепахи зарывают в песок свои яйца. Из скорлупы вылезают маленькие черепашки, но мама-черепаха уже ушла, это очень странно. Интересно, встретятся ли они когда-нибудь в море, мама и ее детки, и узнают ли друг друга или просто будут плавать рядом?

Передача о диких животных заканчивается слишком быстро, и я переключаюсь на другой канал. Здесь двое мужчин в одних трусах и теннисных туфлях бешено мутузят друг друга.

— Эй, вы, драться нельзя, — кричу я им. — Младенец Иисус на вас рассердится.

Но тут мужчина в желтых трусах заезжает волосатому прямо в глаз.

Ма стонет, как будто он ударил ее.

— Мы что, так и будем это смотреть?

Я говорю ей:

— Через минуту приедет полиция со своей этой *виий-а, виий-а, виий-а* и отведет этих плохих парней в тюрьму.

— Но ведь это же бокс... грубый, но все-таки спорт, и боксерам разрешают драться, если они надевают специальные перчатки. Все, время закончилось.

— Давай поиграем в попугая, для пополнения моего словарного запаса.

— Хорошо.

Ма подходит и переключает телевизор на планету красной кареты, где женщина со взбитыми волосами, играющая роль босса, задает людям вопросы, а сотни других людей хлопают в ладоши. Я напряженно вслушиваюсь, как женщина разговаривает с одноногим мужчиной; я думаю, он потерял ногу на войне.

— Попугай! — кричит Ма и выключает звук.

— «Я думаю, наиболее мучительным аспектом для всех наших зрителей является то, что вам пришлось пережить, — это как раз больше всего трогает...» — повторяю я слова ведущей.

— У тебя хорошее произношение, — говорит Ма и поясняет: — «Мучительный» значит грустный.

— Давай еще раз.

— То же самое шоу?

— Нет, другое.

Она включает новости, понять которые еще труднее.

— Попугай! — Она снова выключает звук.

— «А со всеми этими дебатами о лейблах, которые следуют сразу же за реформой здравоохранения, не забывая, конечно, о середине срока...»

— Больше ничего не запомнил? — спрашивает Ма. — Тем не менее ты хорошо справился. Только там было не слово «лейблы», а «трудовое законодательство».

— Какая разница?

— Лейбл — это этикетка на помидорах, а трудовое законодательство...

Я громко зеваю.

— Ну, это не важно. — Ма улыбается и выключает телевизор.

Я ненавижу, когда картинка исчезает и экран снова становится серым. В эту минуту мне всегда хочется плакать. Я забираюсь на мамины колени. Она сидит в кресле-качалке, и наши ноги переплетаются. Ма — колдунья, превратившаяся в огромное головоногое, а я — принц Джекер-Джек, который в конце концов убегает от нее. Мы щекочем друг друга, потом Ма подбрасывает меня на ноге, а под конец мы изображаем острые тени на стене, у которой стоит кровать.

После этого я предлагаю поиграть в кролика Джекер-Джека, который всегда ловко обманывает братца Лиса. Он ложится на дорогу, делая вид, что умер, а братец Лис обнюхивает его и говорит:

— Не буду я тащить его домой, он слишком дурно пахнет... — Ма обнюхивает меня с ног до головы, строя уморительные гримасы, а я изо всех сил сдерживаю смех, чтобы братец Лис не догадался, что я живой. Но мне никогда не удается этого сделать — в конце концов я заливаюсь смехом.

Я прошу маму спеть смешную песенку, и она начинает:

— Червяк вползает, выползает...

— Тебя он смело поедает, — продолжаю я.

— Он ест твой нос, он ест твой глаз. И на ногах меж пальцев — грязь.

Потом, лежа на кровати, я принимаюсь сосать, но мой рот скоро засыпает. Ма относит меня в шкаф и укутывает по шею в одеяло, но я высвобождаюсь из него. Мои пальцы отстукивают ритм по красному концу одеяла. В эту минуту раздается *бип-бип* — это дверь. Ма подскакивает и ойкает, — наверное, она ударилась головой. Она плотно закрывает дверцы шкафа.

В комнату врывается холодный воздух, я думаю, что это воздух из открытого космоса и пахнет он замечательно. Дверь издает звук *бамп*, значит, Старый Ник уже вошел. Сон с меня как рукой снимает. Я встаю на колени и смотрю в щелочку, но вижу только комод, ванну и еще круглый краешек стола.

— Похоже, что-то вкусное, — раздается низкий голос Старого Ника.

— А, это остатки праздничного пирога, — отвечает Ма.

— Надо было напомнить мне, я бы подарил ему что-нибудь. Сколько ему уже, четыре?

Я жду, когда Ма поправит его, но она молчит.

— Пять, — шепчу я. Но она, должно быть, все-таки услышала мой шепот, потому что подходит к шкафу и сердитым голосом произносит:

— Джек!

Старый Ник смеется — а я и не думал, что он умеет смеяться.

— Смотри-ка, оно умеет говорить!

Почему он сказал «оно», а не «он»?

— Хочешь выйти из шкафа и померить свои новые джинсы?

Он говорит это не Ма, а мне. В моей груди стучит *данг-данг-данг*.

— Он уже почти уснул, — говорит Ма.

Но я не сплю. Жаль, что я прошептал слово «пять» и он меня услышал. Надо было мне сидеть тихо.

Они о чем-то разговаривают.

— Ну хорошо, хорошо, — звучит голос Старого Ника, — можно я отрежу кусочек?

— Он уже засох. Если ты хочешь...

— Нет-нет, я ничего не хочу, командуешь тут ты.

Ма ничего не отвечает.

— Я здесь всего лишь рассыльный, выношу мусор, хожу по магазинам детской одежды, забираюсь по лестнице, чтобы убрать с окна снег, всегда к вашим услугам, мадам...

Я думаю, он сказал это с сарказмом. Сарказм — это когда тон не совпадает со словами, которые произносит человек.

— И на том спасибо. — Голос у Ма какой-то чужой. — После этого стало светлее.

— Обидеть человека не трудно.

— Прости. Большое спасибо.

— Так больно бывает, когда рвут зуб, — говорит Старый Ник.

— Спасибо за продукты и джинсы.

— Не стоит благодарности.

— Вот тебе тарелка; может, в середине он не такой сухой.

Я слышу, как что-то звякает, — наверное, она угощает его пирогом. Моим пирогом.

Минуту спустя он говорит каким-то смазанным голосом:

— Да, совсем зачерствел.

Рот у него набит моим пирогом.

Лампа с громким щелчком выключается, и я подпрыгиваю от неожиданности. Я не боюсь темноты, но не люблю, когда она наступает внезапно. Я ложусь под одеяло и жду.

Когда под Старым Ником начинает скрипеть кровать, я принимаюсь считать эти скрипы пятерками, по моим пальцам. Сегодня их двести семнадцать. Я считаю до тех пор, пока он не вздыхает и кровать не перестает скрипеть. Я не знаю, что произойдет, если я не буду считать, но я всегда считаю.

А что происходит в те ночи, когда я сплю? Не знаю; может быть, Ма считает вместо меня. После двухсот семнадцати скрипов все затихает.

Я слышу, как включается телевизор, они слушают новости, в щелку я вижу танки, но это совсем неинтересно. Я засовываю голову под одеяло. Ма и Старый Ник разговаривают, но я уже не слушаю.

Я просыпаюсь в кровати. На улице идет дождь — я догадываюсь об этом потому, что окно на крыше затуманилось. Ма дает мне пососать и тихонько поет «Я пою во время дождя».

Молоко в правой груди сегодня совсем невкусное. Я сажусь на кровати, вспомнив вчерашний разговор.

— Почему ты не сказала ему заранее, что у меня день рождения?

Ма перестает улыбаться.

— Я думала, ты уже спал, когда он пришел.

— Если бы ты сказала ему, он принес бы мне подарок.

— Как же, принес бы, — произносит она, — он всегда только обещает.

— А что бы он принес? — Я жду ее ответа. — Надо было напомнить ему.

Ма вытягивает руки над головой.

— Я не хочу, чтобы он тебе что-нибудь приносил.

— Но воскресные подарки...

— Это совсем другое, Джек. Я прошу у него только то, что нам нужно для жизни. — Она показывает на комод, там лежит что-то голубое. — Кстати, вот твои новые джинсы.

Она уходит пописать.

— Ты могла бы попросить, чтобы он сделал мне подарок. Я никогда еще не получал подарков.

— Но ведь я сделала тебе подарок, разве ты забыл? Твой портрет.

— Мне не нужен этот дурацкий портрет, — плачу я.

Ма вытирает руки, подходит ко мне и обнимает:

— Ну, успокойся.

— Он мог бы...

— Я тебя не слышу. Вдохни поглубже.

— Он мог бы...

— Объясни мне, в чем дело.

— Он мог бы принести мне щенка.

— Что?

Я не могу остановиться и говорю сквозь слезы:

— В подарок. Он мог бы принести мне настоящего щенка, и мы назвали бы его Счастливчик.

Ма вытирает мне глаза тыльной стороной ладоней.

— Ты же знаешь, у нас нет места для собаки.

— Нет, есть.

— Со щенком нужно гулять.

— Мы гуляем.

— Но щенок...

— Мы много бегаем по Дорожке, и Счастливчик мог бы бегать с нами. Я уверен, что он бегает быстрее тебя.

— Джек. Щенок свел бы нас с ума.

— Нет.

— А я говорю, свел бы. Запертый в комнате, он бы постоянно лаял, скребся...

— Счастливчик не стал бы скрестись.

Ма закатывает глаза. Она подходит к кладовке, достает подушечки и высыпает их в миску, не считая. Я изображаю рычащего льва.

— Ночью, когда ты уснешь, я встану, вытащу фольгу из дыр и выпущу оттуда мышонка.

— Какой ты глупый.

— Это не я глупый, это ты глупая тупица.

— Послушай, я понимаю...

— Мышонок и Счастливчик — мои друзья. — Я снова начинаю плакать.

— Нет никакого Счастливчика, — произносит Ма сквозь зубы.

— Нет, есть, и я его люблю.

— Ты его просто выдумал.

— Зато есть мышонок, он — мой настоящий друг, а ты его прогнала...

— Да, — орет Ма, — чтобы он ночью не бегал по твоему лицу и не кусал тебя!

Я плачу так сильно, что дыхание у меня сбивается. Я и не знал, что мышь может укусить меня в лицо, я думал, что это делают только вампиры.

Ма падает на одеяло и лежит неподвижно. Через минуту я подхожу к ней и ложусь рядом. Я поднимаю ее футболку и начинаю сосать, но мне приходится прерваться, чтобы вытереть пот. Молоко в левой груди вкусное, но его мало.

Потом я примеряю джинсы, но они все время падают. Ма вытаскивает из них нитку.

— Не надо.

— Они и так тебе велики. Дешевое... — Но она не говорит что.

— Это — деним, — сообщаю я ей, — из него делают джинсы. — Я кладу нитку в кладовку в коробочку, где хранятся разные вещи для починки.

Ма достает швейный набор и ушивает джинсы в поясе, после чего они уже не сваливаются.

Мы проводим все утро в делах. Сначала мы переделываем пиратский корабль, изготовленный на прошлой неделе, в танк. Водителем служит воздушный шар; когда-то он был таким же большим, как и мамина голова, и к тому же розовым и круглым, а теперь он стал размером с мой кулак, красным и сморщенным. Мы надуваем шар первого числа каждого месяца, поэтому до начала апреля не можем подарить нашему шарику братца. Ма играет с танком, но не долго. Ей очень быстро надоедает играть — это потому, что она взрослая.

Понедельник — день стирки; мы кидаем в ванну носки, белье, мои серые штаны, измазанные кетчупом, рубашки и кухонные полотенца и смываем с них грязь. Ма включает обогреватель, чтобы высушить белье, достает Одежного коня из-за двери и раскладывает его, а я велю ему стоять крепко и не падать. Мне хотелось бы покататься на нем, как я делал, когда был еще малышом, но теперь я тяжелый и могу сломать ему спину. Было бы круто, если бы я мог по своему желанию уменьшаться, а потом становиться великаном, как Алиса. После стирки мы выжимаем белье и развешиваем его. В комнате жарко, мы с Ма стаскиваем с себя футболки и по очереди суем голову в холодильник, чтобы охладиться.

На обед у нас салат из фасоли, который я тоже терпеть не могу. После дневного сна мы каждый день кричим, кроме субботы и воскресенья. Мы прочищаем себе глотки и взбираемся на стол, чтобы быть поближе к окну. Мы держимся за руки, чтобы не упасть.

Ма произносит:

— По моему знаку приготовились, вперед, — после чего мы открываем пошире рот и кричим как можно громче. Сегодня я кричу, как никогда, громко, потому что мои легкие увеличились оттого, что мне исполнилось пять.

Потом мы говорим «ш-ш», приложив к губам палец. Однажды я спросил маму, к чему это мы прислушиваемся, и она ответила:

— На всякий случай.

Потом я делаю рисунки вилки, расчески, крышек от банок и швов на своих джинсах с помощью притирания. Самая подходящая бумага для этого — разлинованная, но для множества рисунков лучше использовать туалетную. Сегодня я нарисовал кота и попугая, игуану и енота, Санта-Клауса, и муравья, и Счастливчика, и всех моих друзей из телевизора, друг за другом, и себя самого — короля Джека. Закончив, я смотал бумагу обратно в рулон, чтобы можно было им вытирать попу. От другого рулона я отрезал кусочек, чтобы написать письмо Доре, но для этого мне пришлось заточить красный карандаш гладким ножом. Я сильно нажимаю на карандаш, поскольку он такой короткий, что от него почти ничего не осталось. Я пишу очень хорошо, только иногда переворачиваю буквы задом наперед. «Позавчера мне исполнилось пять, ты можешь съесть последний кусочек пирога, но у нас нет для него свечей, с любовью, до свидания, Джек». В начале слова «пирога» бумага немного порвалась.

— Когда Дора его получит?

— Ну, — говорит Ма, — я думаю, через несколько часов это письмо попадет в море, потом его выбросит на берег...

Ее слова звучат очень смешно, потому что она сосет ледяной кубик, чтобы уменьшить боль в зубе. Берег и море существуют только в телевизоре, но я думаю, что, если послать письмо, они ненадолго станут настоящими. Я спускаю воду в туалете, и письмо уносится вместе с ней.

— А кто его найдет? Диего?

— Наверное. И отвезет его своей кузине Доре...

— В своем «джипе-сафари». *Зум-зум* через джунгли.

— Так что она получит твое письмо завтра утром. Или самое позднее — в обед.

Ледяной кубик уже не так выпирает за маминой щекой.

— Покажи!

Ма высовывает язык — на нем лежит маленький кубик.

— Я думаю, у меня тоже болит зуб.

Но Ма отмахивается от меня:

— Брось, Джек.

— Нет, правда болит. Ой-ой-ой!

Ее лицо меняется.

— Если хочешь пососать лед, так соси, и не надо ничего придумывать.

— Мне больно.

— Меня этим не испугаешь.

А я и не собирался ее пугать.

— Может быть, он заболит, когда мне будет шесть.

Доставая из холодильника кубики, она громко выдыхает:

— У врунишки вспыхнули штанишки.

Но я не вру, а только притворяюсь.

Снаружи идет дождь, Бог на нас не смотрит. Мы поем песни «Штормовая погода», «Идет дождь» и еще одну — о том, как пустыня ждет дождя.

На ужин у нас рыбные палочки с рисом, я давлю лимон, но он не настоящий, а из пластика. Однажды у нас был настоящий лимон, но он слишком быстро закончился. Ма закапывает кусочек своей рыбной палочки в землю под цветком.

По вечерам планеты мультфильмов нет, наверное, потому, что темно, а у них на телевидении нет ламп. Я выбираю программу, где готовят еду, но только не настоящую, потому что у них нет консервных банок. Потом я переключаюсь на планету фитнеса, где люди в нижнем белье на разных машинах много раз подряд выполняют одни и те же движения. Я думаю, их здесь заперли. Но эта программа быстро заканчивается, и начинается программа о строителях сборных домиков. Они собирают дома самых разных форм и красят их в миллионы различных оттенков. Дома похожи на множество соединенных между собой комнат. Люди в телевизоре живут в основном в них, но иногда выходят наружу и попадают под погоду.

— А что, если передвинуть кровать сюда? — предлагает Ма.

Я удивленно смотрю на нее, а потом туда, куда она показывает.

— Но это же телевизионная стена.

— Это мы ее так называем, — отвечает Ма, — но кровать, наверное, войдет сюда, если поставить ее между туалетом и... нам придется немного отодвинуть шкаф. Тогда мы поставим на ее место комод, а на него телевизор.

Но я с силой трясу головой:

— Тогда мы ничего не увидим.

— Нет, увидим, мы же будем сидеть вот здесь, в кресле-качалке.

— Это плохая идея.

— Хорошо, забудем об этом. — Ма складывает руки на груди.

Женщина в телевизоре плачет, потому что ее дом стал желтым.

— Может быть, ей больше нравится коричневый? — спрашиваю я.

— Нет, — говорит Ма.

— Она плачет от счастья.

— Это очень странно.

— Может, ей грустно и радостно одновременно, как тогда, когда по телевизору передают красивую музыку?

— Нет, она просто дура. Давай выключим телевизор.

— А можно через пять минут? Ну пожалуйста.

Ма отрицательно качает головой.

— Тогда давай поиграем в попугая, у меня ведь получается все лучше и лучше.

Я напряженно вслушиваюсь в слова телевизионной женщины, потом говорю:

— «Моя мечта осуществилась, должна сказать вам, Доррен, что даже в самых смелых мечтах я не могла представить себе такое, а карнизы...»

Но тут Ма выключает телевизор. Я хочу спросить ее, что такое карниз, но думаю, что она все еще обдумывает свой безумный план — как передвинуть мебель.

Забравшись в шкаф, я не сплю, а считаю наши стычки с Ма. За три дня у нас произошло три ссоры: одна — из-за свеч, другая — из-за мышонка и третья — из-за Счастливчика. И мне хочется снова стать четырехлетним, если пять лет означают постоянные ссоры с Ма.

— Спокойной ночи, комната, — очень тихо говорю я. — Спокойной ночи, Ма и шарик.

— Спокойной ночи, плита, — говорит Ма, — и спокойной ночи, стол.

Я улыбаюсь.

— Спокойной ночи, бумажный мяч; спокойной ночи, ноги, замок; спокойной ночи, ковер.

— Спокойной ночи, воздух, — говорит Ма.

— Спокойной ночи, все звуки.

— Спокойной ночи, Джек.

— Спокойной ночи, Ма, и не забудь про клопа.

— Ночь, скорее засыпай, — говорит Ма, — клоп, малютку не кусай!

Когда я просыпаюсь, окно на крыше ярко-голубое, снега на нем нет даже в уголках. Ма сидит на своем стуле, держась за щеку, — значит, у нее опять болит зуб. Она смотрит на стол, на котором стоят две вещи. Я вскакиваю и хватаю одну из них.

— Это же джип! Джип с дистанционным управлением! — Я вожу его по воздуху — он красный и величиной с мою ладонь. Прямоугольная дисташка серебристого цвета. Когда я нажимаю на одну из кнопок своим большим пальцем, колеса джипа начинают крутиться — *жж-жж-жж*.

— Это тебе запоздалый подарок на день рождения.

Я знаю, что его принес Старый Ник, но Ма не говорит мне об этом. Я не хочу есть подушечки, но Ма говорит, что я буду играть со своим джипом только после завтрака. Я съедаю двадцать девять подушечек и больше уже не могу. Ма говорит, что нельзя выбрасывать еду, и доедает все остальное.

Я заставляю свой джип двигаться с помощью одной лишь дисташки. У нее тонкая серебристая антенна, я могу делать ее длинной или короткой, как мне захочется. Одна кнопка заставляет джип двигаться вперед или назад, а другая — поворачивать вправо или влево. Если же я нажму обе одновременно, машину парализует, словно в нее попала отравленная стрела, и она говорит *аргххх*.

Ма заявляет, что надо начинать уборку, ведь сегодня вторник.

— Осторожнее с ним, — предупреждает она. — Не забывай, что его легко сломать.

Я это знаю — все на свете ломается.

— И если ты будешь все время гонять его, то батарейки сядут, а у нас других нет.

Я заставляю джип объехать всю комнату, это легко, только по краям ковра он застревает, потому что ковер под его колесами собирается в складки. Дисташка — начальница, она говорит:

— Ну давай, выезжай, а то тащишься как черепаха. Объезжай дважды вокруг ножки стола, лентяй. Крути своими колесами.

Иногда джип устает, и его колеса крутятся со звуком *гррр*. Потом шаловливая машинка прячется в шкаф, но дисташка чудесным образом находит ее и заставляет ездить туда и обратно, долбя дверцы шкафа.

По вторникам и пятницам у нас всегда пахнет уксусом. Ма трет под столом тряпкой, которая когда-то была моей пеленкой. Я уверен, что она смахнула паутину, но теперь мне уже не до паутины.

Потом она достает пылесос, который ревет и гоняет пыль — *ва-ва-ва*.

Джип прячется от него под кроватью.

— Выходи оттуда, мой маленький джипчик, — говорит ему дисташка. — Если ты станешь рыбой в реке, я превращусь в рыбака и поймаю тебя сетью.

Но хитрый джип затаился под кроватью. Усталая дисташка засыпает, убрав антенну, а джип подкрадывается к ней сзади и вытаскивает батарейки, ха-ха-ха.

Я играю с джипом и дисташкой весь день, только когда я моюсь в ванне, они стоят на столе, чтобы не заржаветь. Когда мы с Ма кричим, я поднимаю их прямо к окну, и джип как можно громче вращает своими колесами.

Ма ложится, снова держась за щеку. Время от времени она делает несколько глубоких вздохов подряд.

— Почему ты так долго выдыхаешь?

— Пытаюсь победить боль.

Я сажусь у ее головы и убираю с ее глаз волосы. Лоб у нее липкий от пота. Она хватает меня за руку и крепко сжимает.

— Все в порядке, Джек.

Но я вижу, что не в порядке.

— Хочешь поиграть с джипом, дисташкой и со мной?

— Чуть попозже.

— Когда ты будешь играть, то отвлечешься и забудешь про свою боль.

Она слабо улыбается, но ее следующий выдох больше похож на стон.

В 5:57 я говорю:

— Ма, уже почти шесть.

И она встает, чтобы приготовить ужин.

Джип и дисташка сидят в ванной, поскольку там теперь сухо и это их пещера, где они прячутся.

— А ты знаешь, джип умер и улетел на небеса, — говорю я, стараясь побыстрее съесть свои кусочки цыпленка.

— Неужели?

— А потом ночью, когда Бог уснул, джип выбрался оттуда и спустился по стеблю гороха в нашу комнату, чтобы повидаться со мной.

— Как мило с его стороны.

Я съедаю три зеленые фасолины и делаю большой глоток молока, потом еще три — в тройках они проходят гораздо быстрее. Конечно, глотать их пятерками было бы еще быстрее, но я не могу этого сделать, поскольку впятером они не пролезут в горло. Однажды, когда мне было четыре, Ма написала в списке того, что надо купить: «Зеленая фасоль / другие замор. зеленые ов.», а я вычеркнул слова «зеленая фасоль» оранжевым карандашом, и она решила, что это очень смешно. Под конец я ем мягкий хлеб, потому что люблю держать его во рту, когда он размокает от слюны.

— Спасибо, младенец Иисус, особенно за кусочки цыпленка, — говорю я, — и, пожалуйста, не присылай мне подольше зеленую фасоль. Послушай, а почему мы благодарим младенца Иисуса, а не его?

— Кого?

Я киваю на дверь.

Ее лицо становится злым, хотя я не называл его имени.

— За что нам его благодарить?

— Но ты же как-то сказала ему спасибо за продукты и еще за то, что он убрал снег и купил мне штаны.

— Нечего подслушивать.

Иногда, когда она по-настоящему злится, ее рот почти не открывается.

— Он не достоин, чтобы его благодарили.

— Но почему?

Ма грубо обрывает меня:

— Он только приносит нам разные вещи. Не по его воле растет в поле пшеница.

— В каком поле?

— Не по его воле светит солнце, идет дождь и все остальное.

— Но, Ма, хлеб приходит к нам совсем не с поля.

Она крепко сжимает губы.

— Почему ты сказала...

— Пришло время смотреть телевизор, — быстро говорит Ма.

Сегодня она включает видеофильм, я обожаю видео. Обычно Ма смотрит кино вместе со мной, но не сегодня. Я запрыгиваю на кровать и учу джип и дисташку болтать ногами. Сегодня я смотрю Рианну, Т. И., леди Гагу, Кейни Уэста.

— А почему рэперы носят темные очки даже ночью? — спрашиваю я Ма. — У них что, глаза болят?

— Нет, они просто хотят казаться крутыми. И чтобы фанаты не смотрели им все время в лицо, потому что они такие знаменитые.

Я ничего не понимаю.

— А почему фанаты знаменитые?

— Да не фанаты, а певцы.

— А они что, не хотят быть знаменитыми?

— Думаю, что хотят, — говорит Ма и встает, чтобы выключить телевизор. — Но им хочется побыть и наедине с собой.

Пососав молока, я прошу Ма разрешить мне взять с собой в постель джип и дисташку, ведь они мои друзья, но она не позволяет. Она говорит, что они постоят на полке, пока я буду спать.

— А то они еще задавят тебя ночью.

— Не задавят, они обещают.

— Послушай, давай сделаем так — поставим джип на полку, а ты будешь спать с дисташкой, потому что она маленькая, особенно если убрать антенну. Договорились?

— Договорились.

Убрав джип, я забираюсь в шкаф, и мы разговариваем через щелку.

— Благослови Бог Джека, — говорит Ма.

— Благослови Бог Ма и сделай так, чтобы у нее не болел зуб. Благослови Бог джип и дисташку. Благослови Бог все, что есть здесь, в открытом космосе, и еще джип. Ма?

— Да?

— А куда мы деваемся, когда засыпаем?

Я слышу, как она зевает.

— Никуда. Мы остаемся здесь.

— Тогда что такое сны? — Я жду ответа. — Они что, из телевизора? — Но она не отвечает. — Может быть, мы переселяемся в телевизор, когда нам снятся сны?

— Нет. Никуда мы не переселяемся. Мы все время здесь. — Ее голос звучит словно издалека.

Я лежу, поджав ноги, и трогаю пальцами кнопки на дисташке. Я шепчу:

— Не можете уснуть, маленькие кнопочки? Ну хорошо, пососите немного. — Я прикладываю их к своим соскам, и они по очереди сосут. Я почти совсем уснул.

Бип-бип. Это дверь.

Я напряженно вслушиваюсь. В комнату врывается холодный воздух. Если бы я высунул голову из шкафа, то через открытую дверь увидел бы звезды, космические корабли, планеты и пришельцев, которые носятся повсюду в своих НЛО. Как бы мне хотелось, как бы мне хотелось, как бы мне хотелось их увидеть!

Бум — это захлопывается дверь, и Старый Ник рассказывает Ма, что одних продуктов не было, а цены на другие стали совершенно невообразимыми.

Интересно, посмотрит ли он на полку и увидит ли джип. Он принес его мне, но, я думаю, сам с ним не играл. Он не знает, как рычит джип, когда я включаю дисташку, — *врумммм*.

Ма разговаривает с ним недолго. Щелк — выключается лампа, и Старый Ник начинает скрипеть кроватью. Сегодня для разнообразия я считаю не пятерками, а единицами. Но так я сбиваюсь со счета и снова перехожу на пятерки. Так быстрее, и у меня получается триста семьдесят восемь скрипов.

Наконец все стихает. Я думаю, он уснул. Интересно, а Ма тоже засыпает, когда он отключается, или бодрствует и ждет, когда он уйдет? А может, они оба спят, а я бодрствую? Как странно! Я могу нарисовать их обоих в кровати или сделать что-нибудь еще. Интересно, а как они спят — рядышком или на разных концах кровати?

И тут мне в голову приходит ужасная мысль.

А что, если он тоже сосет у Ма молоко? Разрешает ли ему Ма или говорит: «Ни за что, это только для Джека»?

Если он напьется молока, он может превратиться в настоящего! Мне хочется вскочить и закричать. Я нахожу на дисташке кнопку включения и нажимаю на нее — она становится зеленой. Было бы хорошо, если бы магическая сила дисташки заставила колеса джипа крутиться прямо на полке. Тогда Старый Ник в ужасе проснется, ха-ха-ха.

Я нажимаю на кнопку «вперед», но ничего не происходит. Ах ты черт, я же забыл вытащить антенну. Я вытягиваю ее на всю длину и снова нажимаю кнопку, но дисташка все равно не работает. Тогда я высовываю антенну в щель — теперь она снаружи, а я внутри. Я нажимаю на кнопку. Я слышу слабый звук. Это, наверное, у джипа закрутились колеса, и тут...

БАХХХХХ!

Старый Ник ревет; я никогда еще не слышал, чтобы он так ревел. Он поминает Иисуса, но ведь это сделал не младенец Иисус, а я. Включается лампа, свет сквозь щель бьет мне в глаза, и я зажмуриваюсь. Я откатываюсь назад и закрываюсь одеялом с головой.

Старый Ник орет:

— Что это ты задумала?

Голос у Ма заспанный, она говорит:

— Что с тобой? Тебе приснился кошмар?

Я кусаю одеяло — оно мягкое, словно серый хлеб у меня во рту.

— Ты хотела со мной расправиться? Это правда? — Его голос звучит уже тише. — Я уже говорил тебе однажды, что если ты...

— Я спала, — отвечает ему Ма приглушенным тоненьким голоском. — Смотри, смотри — это дурацкий джип свалился с полки.

Джип совсем не дурацкий.

— Извини, — говорит Ма, — извини, надо было поставить его в другое место, тогда бы он не упал. Мне и вправду очень, очень...

— Ладно, успокойся.

— Давай включим свет...

— Нет, — отвечает Старый Ник. — С меня довольно.

Никто ничего не говорит. Я считаю — один бегемот, два бегемота, три бегемота...

Бип-бип, это дверь открывается, а потом захлопывается — *бум*. Он ушел. Лампа гаснет. Я ощупываю пол у шкафа в поисках дисташки и обнаруживаю ужасную вещь. Ее антенна стала короткой и острой, — наверное, она сломалась.

— Ма, — шепчу я.

Нет ответа.

— Дисташка сломалась.

— Спи. — У нее такой хриплый и пугающий голос, что мне показалось, будто это не она.

Я пять раз пересчитываю свои зубы; у меня всякий раз получается двадцать, но я делаю это снова и снова. Ни один из зубов не болит, но, может быть, заболит, когда мне будет шесть.

Я, наверное, все-таки уснул, потому что вдруг снова просыпаюсь. Я лежу в шкафу, в комнате темно. Ма еще не забрала меня к себе в кровать. Почему? Я открываю дверцы и прислушиваюсь к ее дыханию. Она еще спит; она же не могла сойти с ума во сне?

Я забираюсь под одеяло. Я лежу рядом с Ма, не касаясь ее. От нее исходит жаркое тепло.

Глава 2
ПРАВДИВЫЙ РАССКАЗ

Утром, поедая подушечки, я замечаю на шее у Ма темные пятна.

— У тебя на шее грязь.

Ма в это время пьет воду, и, когда она глотает, ее кожа двигается.

Но ведь это совсем не грязь, думаю я. Я зачерпываю подушечки, но они слишком горячие, и я выплевываю их обратно в оплавленную ложку. Мне кажется, это Старый Ник оставил на ее шее следы. Я хочу что-то сказать, но у меня не получается. Я делаю еще одну попытку.

— Извини, это из-за меня джип свалился ночью с полки.

Я встаю со стула, и Ма обнимает меня.

— Чего ты хотел этим добиться? — спрашивает она. Голос у нее по-прежнему хриплый.

— Показать ему.

— Что?

— Я был, я был, я был...

— Все хорошо, Джек. Успокойся.

— Но дисташка сломалась, и вы все на меня злитесь.

— Послушай, — говорит Ма. — Мне совершенно безразличен твой джип.

Я удивленно мигаю:

— Это был подарок.

70

— Я сержусь из-за того, — ее голос становится все более громким и скрипучим, — что ты его разбудил.

— Кого — джипа?

— Нет, Старого Ника. — Она так громко произносит это имя, что я вздрагиваю. — Ты его напугал.

— Он испугался *меня*?

— Он не знал, что это сделал ты, — говорит Ма. — Он подумал, что я решила его убить, сбросив тяжелый предмет на голову.

Я зажимаю рот и нос, но мой смех все равно просачивается наружу.

— Здесь нет ничего смешного.

Я снова смотрю на ее шею, на следы, оставленные на ней пальцами Старого Ника, и больше уже не смеюсь.

Подушечки все еще слишком горячие, и мы ложимся в постель и крепко прижимаемся друг к другу.

Сегодня утром показывают мультфильм про Дору. Ура! Она плывет на лодке, которая вот-вот столкнется с большим кораблем. Мы должны махать руками и кричать: «Смотри, корабль!» — но мама не кричит. Корабли существуют только в телевизоре. Леса тоже существуют только в телевизоре, и еще джунгли, пустыни, улицы, небоскребы и машины. Животные — в телевизоре, за исключением муравьев, паука и мышонка, но от нас ушел. Микробы настоящие, и кровь тоже. Мальчики в телевизоре — настоящие, но они похожи на меня, на того, который отражается в зеркале. Этот мальчик тоже ненастоящий, он всего лишь картинка. Иногда я развязываю свой хвост, и волосы падают мне на спину, плечи и лицо, и я высовываю язык, а потом выскакиваю из волос и кричу *бу-бу*.

Сегодня среда — мы моем голову, делая себе из мыльной пены тюрбаны. Я гляжу на Ма, стараясь не попасть взглядом на ее шею.

Она рисует мне пеной усы, но они слишком липкие, и я их стираю.

— Хочешь, я сделаю тебе бороду? — спрашивает Ма. Она прикрепляет комок пены к моему подбородку.

— Хо-хо-хо. А Санта-Клаус великан?

— Да, я думаю, он довольно большой, — отвечает Ма.

— Я буду Джеком — Победителем великанов. Я буду добрым великаном, буду находить злых и рубить им головы!

Мы делаем барабаны, наливая в стеклянные банки разное количество воды или отливая ее. Я превращаю одну из банок в реактивный морской мегатронный трансформер с помощью антигравитационного бомбомета, которым на самом деле служит обыкновенная деревянная ложка.

Я поворачиваюсь, чтобы получше рассмотреть картину «Впечатление: Восход». На ней изображены черная лодка с двумя крошечными человечками и желтое лицо Бога над ними, а еще размытый оранжевый свет на воде и какое-то голубое пятно — я думаю, это вторая лодка, но не уверен, правда ли это. Поскольку это искусство, с ним не всегда все понятно.

Для занятий физкультурой Ма предлагает игру в острова. Я стою на кровати, а она кладет подушки, сложенный ковер, ставит кресло-качалку, стулья, стол и мусорное ведро в самые неожиданные места. Я должен пройти так, чтобы не посетить дважды один и тот же остров. Самый коварный остров — это качалка, она всегда пытается меня сбросить. Ма плавает вокруг мебели — изображает лохнесское чудовище, которое хочет откусить мне ногу.

Когда приходит моя очередь выбирать игру, я предлагаю битву подушками, но Ма отвечает, что из моей подушки уже и так вылезает поролон, так что лучше сыграть в карате. Мы всегда кланяемся, демонстрируя противнику свое уважение. Мы с силой кричим *ха* и *ки-я*. Один раз я ударяю слишком сильно и случайно попадаю по больному запястью Ма.

Ма устала и выбирает гимнастику для глаз, потому что для этого надо лечь рядышком на ковер, вытянув руки вдоль тела, — так мы оба на нем умещаемся. Сначала надо смотреть на далекий предмет вроде окна на крыше, а потом — на близкий, скажем кончик своего носа, и быстро-быстро переводить взгляд.

Пока Ма разогревает обед, я ношу джип по комнате, воображая, что он летает по воздуху, поскольку уже не может ездить на колесах. Дисташка все замораживает, она заставляет Ма замереть с ложкой в кастрюле.

— Можешь продолжать, — говорю я.

Она снова принимается мешать суп, а потом говорит мне:

— Попробуй.

Овощной суп, брр! Я дую на него, чтобы было веселее есть.

Я не устал и не хочу спать, и снимаю с полки книги. Ма разочарованно произносит:

— Опять этот Дилан! Терпеть его не могу!

Я удивленно гляжу на нее:

— Но ведь это мой друг.

— О Джек! Я терпеть не могу эту книгу, но это вовсе не значит, что я не люблю самого Дилана.

— А почему ты не можешь терпеть книгу про Дилана?

— Мы уже столько раз ее читали!

— Если я чего-нибудь хочу, то хочу этого всегда — например, шоколад. Шоколада много не бывает!

— Ты можешь сам ее почитать, — говорит Ма.

Как глупо, ведь я могу сам почитать все мои книги, даже «Алису» с ее старомодными словами.

— Мне больше нравится, когда читаешь ты.

Глаза Ма блестят, а взгляд становится тяжелым. Она открывает книгу и читает: «Во-о-о-от он, Дилан!»

Видя, что Дилан ее раздражает, я разрешаю ей почитать «Сбежавшего кролика», а потом — немного из «Алисы». Мой самый любимый стих в этой книге — «Вечерний суп», я надеюсь, что он не овощной. Алиса попадает в зал с большим количеством дверей, одна из них — совсем крошечная. Когда Алиса открывает ее золотым ключиком, там оказывается сад с яркими цветами и прохладными фонтанами, но она почему-то все время не того размера, что нужно. Когда же она наконец попадает в этот сад, то обнаруживает, что розы в нем не настоящие, а нарисованные, и ей приходится играть в крикет с фламинго и ежами.

Мы лежим поверх одеяла. Я напиваюсь молоком до отвала. Я думаю: если будет по-настоящему тихо, мышонок к нам вернется, но он не возвращается. Ма, должно быть, заделала в полу все дырки. Она вообще-то не скупая, но иногда начинает жадничать.

Встав, мы кричим, а я еще бью крышками кастрюль, как литаврами. Крик продолжается целую вечность, потому что, когда я замолкаю, Ма снова начинает кричать, чуть было не срывая себе голос. Пятна на ее шее становятся ярко-красными, как тогда, когда я рисую свекольным соком. Я думаю — это следы пальцев Старого Ника.

После этого я играю в телефон с рулоном туалетной бумаги. Мне нравится слушать, как звучат слова, когда я говорю в толстый рулон. Обычно Ма разговаривает со мной разными голосами, но сегодня ей нужно полежать и почитать. Она читает «Код да Винчи», с обложки книжки выглядывают глаза женщины, которая похожа на Мать младенца Иисуса.

Я звоню Бутс, Патрику и младенцу Иисусу и рассказываю им о том, что я научился делать, став пятилетним.

— Я могу стать невидимкой, — шепчу я в свой телефон. — Я могу вывернуть язык наизнанку и взлететь, как ракета, в открытый космос.

Глаза Ма закрыты — как же она читает с закрытыми глазами?

Я играю в клавиатуру, то есть залезаю на стул у двери, и обычно Ма называет номера, но сегодня мне приходится придумывать их самому. Я быстро-быстро, без ошибок нажимаю на кнопки с цифрами. Дверь не открывается, но мне нравится звук «клик», который раздается, когда я нажимаю на кнопки.

Переодевание — тихая игра. Я надеваю королевскую корону, которая сделана из кусочков золота и серебряной фольги, прикрепленных поверх пакета из-под молока. Я делаю для Ма браслет — связываю два ее носка, белый и зеленый.

Я достаю с полки коробку с играми. С помощью нашей линейки я измеряю доминошки и шашки: длина доминошки — почти целый дюйм, а шаш-

ки — половина дюйма. Я вставляю пальцы в святого Петра и святого Павла, они кланяются друг другу и после каждого поклона по очереди летают по
комнате.

Глаза Ма снова открыты. Я дарю ей браслет из
носков, она говорит, что он очень красивый, и тут
же надевает его на руку.

— А давай поиграем в моего соседа Попрошайку.

— Дай мне одну секундочку привести себя в по-
рядок, — говорит она, идет к умывальнику и моет
лицо.

Я не знаю, зачем она это делает, ведь оно у нее
не грязное; может быть, на нем много микробов?

Я дважды выпрашиваю у нее денег, а она у
меня — всего один раз; я ненавижу проигрывать.
Потом мы играем в Джина-пьяницу и рыболова,
в основном выигрываю я. Потом мы просто играем
в карты, танцуем, боремся и придумываем всякие
истории. Моя самая любимая история — об Алмаз-
ном Джеке и его друзьях, тоже Джеках.

— Смотри, — показываю я на часы. — Уже
пять ноль одна, можно ужинать.

Мы съедаем по хот-догу, объедение!

Когда мы включаем телевизор, я усаживаюсь
в кресло-качалку, но Ма садится на кровать. В руках у нее иголка с ниткой — она пришивает кайму
к своему коричневому с розовым платью. Мы смотрим медицинскую планету, где врачи и медсестры
делают в людях дырки и вытаскивают оттуда микробов. Люди эти не умерли, а спят. Доктора не от-
кусывают нитку, как Ма, а отрезают ее суперост-
рыми кинжалами. Потом они зашивают людей, как
Франкенштейн.

Когда начинается реклама, Ма просит меня встать
и выключить звук. На экране в это время человек

в желтом шлеме сверлит на улице дырку. Вдруг он хватается за лоб и морщится.

— Ему больно? — спрашиваю я.

Ма поднимает лицо от шитья:

— У него, должно быть, разболелась голова от этого ужасного звука.

Но мы его не слышим, потому что звук у телевизора выключен. На экране телевизора этот человек стоит теперь у раковины и вытаскивает таблетку из бутылочки. В следующем кадре — он улыбается и бросает мальчику мяч.

— Ма, Ма.

— Что? — спрашивает она, завязывая узел.

— Это же наша бутылочка! Ты что, не видела? Ты не смотрела, когда показывали мужчину с головной болью?

— Нет.

— Бутылочка, из которой он вытащил таблетку, точно такая же, как у нас. Ну, та, где лежит обезболивающее.

Ма смотрит на экран, но там уже показывают машину, объезжающую гору.

— Нет, перед этим, — говорю я, — у него была наша бутылочка из-под обезболивающих таблеток.

— Ну наверное, это была такая же, как у нас, но не наша.

— Нет, наша.

— Да таких бутылочек полным-полно.

— Где?

Ма смотрит на меня, потом снова на свое платье и натягивает кайму.

— Наша бутылочка стоит на полке, а другие...

— В телевизоре? — спрашиваю я.

Она смотрит на нитки и наматывает их на маленькие карточки, чтобы убрать в швейный набор.

— Знаешь что? — спрашиваю я. — Знаешь, что это значит? Он уходит в телевизор. — По телевизору снова идет медицинская планета, но я уже не смотрю. — Он — это Старый Ник, — уточняю я, чтобы она не подумала, что я говорю о человеке в желтом шлеме. — Когда его здесь нет, то есть днем; знаешь что? Он находится в телевизоре. Там он покупает в магазине наше обезболивающее и приносить его сюда.

— Приносит, — поправляет меня Ма, вставая. — Надо говорить «приносит», а не «приносить». Пора спать. — Она запевает песню «Укажи мне путь в мою обитель», но я не подхватываю ее.

Мне кажется, она не понимает, как это все удивительно. Я думаю о своем открытии, когда надеваю ночную футболку и чищу зубы, и даже тогда, когда сосу молоко, лежа рядом с мамой в кровати. Я отрываю рот от соска и спрашиваю:

— Как получилось, что мы никогда не видели его по телевизору?

Ма зевает и садится.

— Мы все время смотрим и ни разу его не видели; как так могло получиться?

— Потому что его там нет.

— Но бутылочка, где он ее достал?

— Не знаю. — Она произносит это странным тоном.

Я думаю, она притворяется.

— Ты должна знать. Ты ведь все знаешь.

— Послушай, это совсем не важно.

— Нет, это важно, а мне не безразлично. — Я почти кричу.

— Джек...

Что «Джек»? Что она хочет этим сказать? Ма снова откидывается на подушки.

— Я не могу это объяснить.

Я думаю, она может, но не хочет.

— Ты можешь, потому что мне уже пять.

Ма поворачивает лицо к двери.

— Ты хочешь знать, где покупают бутылочки с таблетками? Ну хорошо, я скажу — в магазине. И он тоже купил их там и принес сюда в качестве воскресного подарка.

— В магазине в телевизоре? — Я смотрю на полку — бутылки по-прежнему стоят там. — Но ведь болеутоляющие таблетки настоящие...

— Он покупает их в настоящем магазине. — Ма трет глаза.

— Как?..

— Ну хорошо, хорошо. Хорошо, я тебе объясню!

Почему она кричит?

— Слушай. То, что мы видим по телевизору, — это картинки реальных вещей.

Это самая удивительная вещь, которую я когда-либо слышал. Ма закрывает себе рот руками.

— И Дора настоящая?

Ма убирает руки.

— Нет, к сожалению. Большинство вещей в телевизоре просто картинки вроде Доры, которую нарисовал художник. Но другие люди, с лицами похожими на наши, настоящие.

— Реальные люди?

Ма кивает.

— И места вроде ферм, лесов, аэропортов и городов тоже реальные?..

— Не-а.

Зачем она мне врет?

— И где же они находятся?

— Везде, — отвечает Ма. — Снаружи. — Она дергает головой назад.

— За кроватной стеной? — Я в изумлении гляжу на нее.

— За стенами нашей комнаты. — Она показывает в другом направлении, на стену, у которой стоит плита, и обводит всю комнату пальцем.

— Значит, магазины и леса летают в открытом космосе?

— Нет. Забудь об этом, Джек. Не надо было мне...

— Нет, надо. — Я с силой трясу ее за коленку и говорю: — Расскажи мне.

— Только не сегодня. Я не могу подобрать правильные слова, чтобы все тебе объяснить.

Алиса говорит, что не может объяснить свое поведение, потому что она не в себе, она знает, кем она была утром, но с тех пор все несколько раз изменилось.

Ма неожиданно встает и берет с полки обезболивающее. Я думаю, она хочет проверить, те ли это таблетки, что и в телевизоре, но она открывает бутылочку и глотает одну таблетку, а за ней — другую.

— А завтра ты сможешь найти слова?

— Сейчас уже восемь часов сорок девять минут, Джек, давай ложись в постель. — Она завязывает пакет с мусором и ставит его у двери.

Я ложусь в свою постель в шкаф, но уснуть не могу.

Сегодня один из тех дней, когда Ма уходит.

Она не встает с постели. Она здесь, и в то же время ее нет. Она лежит, сунув голову под подушку.

Я съедаю свою сотню хлопьев и забираюсь на стул, чтобы помыть тарелку и обожженную ложку. Когда я выключаю воду, в комнате становится очень тихо. Интересно, приходил ли вчера вечером Старый Ник? Наверное, нет, потому что мешок с мусором стоит у двери. Но может быть, он все-таки появлялся, но не забрал с собой мусор? Может, Ма не ушла? Может, он сжал ее шею еще сильнее, и сейчас она...

Я подхожу к ней поближе и прислушиваюсь к ее дыханию. Я стою всего в одном дюйме от нее, мои волосы касаются ее носа, и она закрывает лицо рукой, и я отступаю назад.

Я не моюсь в ванной один, я только одеваюсь. Час тянется за часом. Сотни часов. Ма встает пописать, но ничего не говорит, и ее лицо ничего не выражает. Я уже поставил стакан воды рядом с кроватью, но она, не обращая на него внимания, забирается под одеяло.

Я ненавижу, когда она уходит, но зато я могу целый день смотреть телевизор. Сначала я включаю его совсем тихо, но потом немного прибавляю звук. Если я буду слишком долго смотреть телевизор, то превращусь в зомби, но Ма сама сегодня похожа на зомби и даже не смотрит на экран. Сегодня показывают «Боба-строителя», «Удивительных животных» и «Барни». К каждому я подхожу и дотрагиваюсь, чтобы поздороваться с ними. Барни и его друзья постоянно обнимаются, и я подбегаю, чтобы оказаться между ними, но иногда опаздываю. Сегодняшняя серия посвящена сказке о змее, которая приползает ночью и превращает старые зубы в деньги. Мне хочется увидеть Дору, но ее сегодня нет.

В четверг мы всегда стираем, но я не могу стирать один, а Ма так и не встает с постели.

Я снова хочу есть. Я смотрю на часы, но они показывают 9:47. Мультфильмы закончились, так что я смотрю футбол и планету, где люди выигрывают разные призы. Женщина с пышными волосами, сидя на своем красном диване, разговаривает с мужчиной, который когда-то был чемпионом по боксу.

Я переключаюсь на другую планету, где женщины держат в руках ожерелья и рассказывают, какие они изысканные. Ма, попадая на эту планету, называет их «паразитками». Но сегодня она молчит, она даже не замечает, что я смотрю телевизор без перерыва и мои мозги уже начинают пованивать.

Как может телевизор показывать картинки реальных вещей?

Я представляю, как все они летают в открытом космосе за пределами наших стен: диван, и ожерелья, и хлеб, и болеутоляющие таблетки, и самолеты, и все женщины и мужчины, боксеры, и одноногий человек, и женщина с пышными волосами, — и они пролетают мимо нашего окна. Я машу им рукой, но тут же летят и небоскребы, и коровы, и корабли, и грузовики. Там, наверное, страшная толкучка. Я считаю все вещи, которые могут врезаться в нашу комнату. Дыхание у меня сбивается, и мне приходится вместо этого начать считать свои зубы, слева направо вверху, а потом справа налево внизу, потом назад. Всякий раз у меня получается двадцать, но я думаю, что, может быть, ошибся.

Когда часы показывают 12:04, я иду обедать. Я осторожно открываю банку с консервированной фасолью. Интересно, проснулась бы Ма, если бы я порезался и позвал ее на помощь? Я никогда до этого не ел холодную фасоль. Я съедаю девять фасолин и чувствую, что наелся. Я кладу оставшиеся в миску и ставлю в холодильник, чтобы они не испортились. Несколько фасолин прилипло ко дну консервной банки, и я наливаю туда воды. Может, Ма встанет и отскребет их. А может, она будет голодная и скажет:

— О, Джек, какой ты умница, что оставил мне в миске фасоль.

Я измеряю с помощью линейки другие предметы, но мне трудно самому складывать числа. Я переворачиваю линейку, представляя себе, что это акробатка в цирке. Потом я играю с дисташкой. Я направляю ее на Ма и шепчу:

— Проснись, — но она не просыпается.

Шарик уже совсем сдулся, он качается на бутылке из-под сливового сока почти под самым окном на крыше, отчего свет становится коричневым и сверкает. Он боится дисташки, потому что у нее очень острый кончик, поэтому я кладу ее в шкаф и закрываю дверцы. Я говорю всем вещам в комнате, что все будет в порядке — завтра мама вернется. Я читаю все пять книг, только «Алису» — совсем немного.

Сегодня я не кричу, чтобы не мешать Ма. Я думаю, что ничего страшного не будет, если мы один день не покричим.

Потом я снова включаю телевизор и двигаю кроликом, и он делает изображение немного более четким. На экране показывают гонки, я люблю смотреть, как машины носятся с огромной скоростью, но это быстро надоедает, потому что они сотни раз проезжают по одному и тому же кругу. Мне хочется разбудить Ма и спросить у нее, неужели настоящие люди и вещи летают вокруг нас снаружи, но боюсь, что она рассердится. А вдруг она не включится, даже если я начну ее трясти? Поэтому я не трогаю ее. Я подхожу очень близко — из-под подушки виднеется часть ее лица и шея. Следы пальцев Ника стали теперь фиолетовыми.

Эх, попался бы мне этот Старый Ник, я бы пинал его ногами до тех пор, пока не расколол бы ему задницу! Я бы открыл дверь с помощью дисташки, вылетел бы наружу, купил бы все, что нужно, в настоящих магазинах и принес бы Ма!

Я тихонько плачу — так, чтобы Ма не услышала.

Я смотрю передачу о погоде, а потом фильм об осаде замка. Его защитники сооружают баррикаду у двери, чтобы враг не смог ее открыть. Я грызу ногти, и Ма не говорит мне, чтобы я перестал. Интересно, много ли клеток погибло в моем мозгу и сколько еще осталось? Мне кажется, что меня сейчас вырвет, совсем как тогда, когда мне было три года и у меня случилось расстройство желудка. А если меня вырвет на ковер, смогу ли я сам отмыть его?

Я смотрю на пятно, появившееся при моем рождении. Я становлюсь на колени и глажу его — оно теплое и грубое на ощупь, как и весь ковер, никакой разницы.

Ма никогда не уходит больше чем на день. Не знаю, что буду делать, если проснусь завтра утром, а она все еще не вернется.

Почувствовав голод, я съедаю банан, хотя он и немного недозрелый.

Дора — это рисунок в телевизоре, но ведь она — мой настоящий друг. Разве такое бывает? Джип — настоящий, я могу ощупать его пальцами. Супермен существует только в телевизоре. Деревья — тоже, а вот цветок — настоящий, ой, я забыл его полить. Я снимаю с комода цветок, ставлю его в раковину и поливаю. Интересно, съел ли он кусочек рыбы, который оставила для него Ма?

Скейтборд существует только в телевизоре, и девочки с мальчиками — тоже. Правда, Ма говорит, что они настоящие, но как это может быть, если они все такие плоские? Мы с Ма можем соорудить баррикаду, передвинув кровать к двери, чтобы ее нельзя было открыть. Какой это будет сюрприз для Ника! Ха-ха! «Пустите меня, — будет орать он, — или я сделаю пиф-паф, и ваш дом разлетится в щепки!» Трава тоже существует только в телевизоре, и огонь тоже, но он может забраться к нам в комнату, если я разогрею фасоль, и красное пламя прыгнет ко мне на рукав, и я сгорю. Мне хочется посмотреть на это, но совсем не хочется, чтобы это произошло. Воздух настоящий, а вода — только в раковине и в ванне. Реки и озера существуют в телевизоре. Что касается моря, то тут я не уверен: если бы оно было снаружи, все вещи промокли бы насквозь. Мне хочется потрясти Ма и спросить, настоящее ли море. Комната самая что ни на есть настоящая; может, и то, что снаружи, — тоже, только оно надевает на себя шапку-невидимку, как принц Джекер-Джек в сказке? Младенец Иисус тоже живет в телевизоре, за исключением картинки, где Он изображен со своими Ма, двоюродным братом и бабушкой, но Бог — реален, потому что смотрит в наше окно и мы видим Его желтое лицо. Только не сегодня — сегодня за окном все серое.

Мне хочется залезть в постель к Ма. Но я сижу на ковре, положив руки на ее ступни, поднимающиеся под одеялом. Когда руки устают, я ненадолго опускаю их, а потом снова кладу на мамины ноги. Я загибаю край ковра и тут же отпускаю, чтобы он хлопнулся на пол. Я повторяю это бессчетное количество раз.

Когда становится темно, я пытаюсь съесть еще немного фасоли, но не могу — она такая противная! Тогда я намазываю себе хлеб арахисовым маслом и съедаю его. Я открываю морозилку и засовываю голову между пакетами с горохом, шпинатом и этой ужасной зеленой фасолью и держу ее до тех пор, пока все мое лицо, даже веки, не замерзает. Тогда я отскакиваю, закрываю дверцу и начинаю тереть щеки, чтобы они согрелись. Я чувствую их своими ладошками, но сами щеки не ощущают моих ладоней, как странно!

В окне теперь темно, и я надеюсь, что Бог покажет нам свое серебряное лицо.

Я влезаю в ночную футболку. Интересно, грязный ли я, ведь я сегодня не принимал ванны. Я обнюхиваю себя. В шкафу я закрываюсь одеялом, но мне все равно холодно. Я забыл сегодня включить обогреватель, вот почему мне холодно, я только что вспомнил об этом, а включать его ночью нельзя. Мне очень хочется молока, я сегодня совсем его не пил. Я бы пососал даже правую грудь, но левая все-таки лучше. Может быть, залезть к Ма в постель и попробовать пососать, но она может отпихнуть меня, а это еще хуже.

И еще — вдруг я буду лежать с Ма, когда придет Старый Ник? Я не знаю, сколько сейчас времени, — в комнате очень темно, и я не вижу часов.

Я тихонько забираюсь в кровать, так чтобы Ма не услышала. Я просто полежу рядом с ней. Если услышу *бип-бип*, то быстренько соскочу на пол и заберусь в шкаф.

А что, если он придет, а Ма не проснется; рассердится ли он еще сильнее? Оставит ли на ее шее следы покрупнее? Я не сплю — я должен услышать, когда он придет.

Он не приходит, но я все равно не сплю.

Мусорный пакет по-прежнему стоит у двери. Сегодня утром Ма встала раньше меня, развязала его и выбросила в него фасоль, которую она выскребла из консервной банки. Раз пакет еще здесь, значит он не приходил, догадываюсь я. Ура, его не было уже целых два вечера!

Пятница — день чистки матраса. Мы переворачиваем его вверх ногами и набок, чтобы на нем не было комков. Он такой тяжелый, что мне приходится напрягать все свои силы, а когда он падает, то сталкивает меня на ковер. Я впервые замечаю на матрасе коричневое пятно в том месте, где я вылез из маминого живота. Потом мы скачем по нему, выбивая пыль; пыль — это крошечные невидимые частички нашей кожи, которые нам больше не нужны, потому что у нас, как у змей, вырастают новые. Ма чихает на очень высокой ноте — совсем как оперная звезда, которую мы однажды слышали по телевизору.

Мы составляем список необходимых продуктов, но никак не можем договориться.

— Давай попросим конфет, — говорю я. — Пусть не шоколадных, а таких, которые мы до этого еще ни разу не ели.

— Ты хочешь леденцов, чтобы твои зубы стали такими же, как у меня?

Я не люблю, когда Ма говорит таким язвительным тоном.

Потом мы читаем предложения из книжек без картинок. На этот раз мы выбрали «Хижину», где рассказывается о доме с привидениями, стоящем среди белых снегов.

— «С той поры, — читаю я, — мы с ним, как говорят современные дети, постоянно околачивались там, распивая кофе, впрочем, я чаще пил китайский чай, очень горячий и с соя».

— Отлично, — говорит Ма, — только надо говорить не «с соя», а «с соей».

Люди в книгах и телевизоре всегда хотят пить, они пьют пиво и сок, шампанское и кофе-латте — словом, самые разные жидкости. Иногда, когда им хорошо, они стукают своими бокалами о бокалы других, но не разбивают их. Я перечитываю эту строчку, до сих пор не понимая.

— Кто такие «мы»? Это что, дети? — спрашиваю я.

— Гм... — произносит Ма, заглядывая в книгу через мое плечо. — Я думаю, автор имеет в виду детей в целом.

— А что такое «в целом»?

— Ну, это множество детей.

Я пытаюсь представить себе множество детей, играющих друг с другом.

— А они настоящие, живые люди?

Ма минуту молчит, потом очень тихо произносит:

— Да.

Значит, все, что она вчера говорила, правда.

Следы от пальцев Ника все еще на ее шее; интересно, исчезнут ли они когда-нибудь?

Ночью Ма снова зажигает лампу, и я просыпаюсь от света, лежа в кровати. Лампа горит, я считаю до пяти. Лампа гаснет, но я успеваю сосчитать только до одного. Лампа снова загорается, я считаю до двух. Лампа гаснет, я считаю до двух. Я издаю стон.

— Потерпи еще немного, — говорит мне Ма, глядя на окно в крыше, но оно совсем темное.

У двери нет мусорного пакета, значит, он был здесь, пока я спал.

— Ну пожалуйста, Ма. Я хочу спать.

— Еще минуту.

— У меня глаза болят.

Она наклоняется над кроватью и целует меня около рта, а потом накрывает одеялом с головой. Свет вспыхивает, но теперь уже не так ярко. Через некоторое время Ма ложится в постель и дает мне немного пососать, чтобы я поскорее уснул.

В субботу Ма для разнообразия заплетает мне три косички. Они очень смешные. Я мотаю головой, и они хлопают меня по лицу.

Сегодня утром я не смотрю планету мультфильмов, я выбираю садоводство, фитнес и новости. Обо всем, что я вижу, я спрашиваю:

— Ма, это настоящее?

И она говорит «да»; только когда показывают фильм об оборотнях, в котором одна женщина взрывается, словно воздушный шарик, Ма говорит, что это спецэффекты, которые делают на компьютере.

На обед мы открываем банку цыпленка с горохом, соусом карри и рисом.

Мне хотелось бы покричать сегодня как можно громче, но в выходные мы не кричим.

Большую часть дня мы играли в кошачью колыбель, в алмазы, скорпиона, кормушку и вязальные спицы.

На ужин у нас мини-пицца: каждому по пицце и еще одна на двоих. Потом мы смотрим планету, где люди носят платья со множеством оборок и огромные белые волосы. Ма говорит, что все они настоящие, только изображают людей, которые умерли сотни лет назад. Это что-то вроде игры, только эта игра не кажется мне очень веселой. Ма выключает телевизор и фыркает:

— Я до сих пор чувствую запах карри, оставшийся после обеда.

— Я тоже.

— Этот соус, конечно, очень вкусный, но противно, что его запах так долго не выветривается.

— Мой соус был тоже очень противным, — говорю я.

Ма смеется. Следы пальцев на ее шее уже проходят. Сейчас они зеленовато-желтого цвета.

— Расскажи мне какую-нибудь историю.

— Какую?

— Которую еще никогда не рассказывала.

Ма улыбается:

— Я думаю, на сегодня ты знаешь все, что знаю я. Может, «Графа Монте-Кристо»?

— Я слышал это уже миллион раз.

— Тогда «Нельсона на необитаемом острове»?

— Это как он выбрался с острова, на котором прожил двадцать семь лет, и стал членом правительства?

— Тогда « Златовласку»?

— Она очень страшная.

— Но ведь медведи всего лишь рычали на нее, — говорит Ма.

— Все равно она страшная.

— Может, «Принцессу Диану»?

— Ей надо было пристегнуться.

— Ну вот видишь, ты все уже знаешь. — Ма переводит дыхание. — Послушай, а есть еще сказка о русалке...

— «Русалочка».

— Нет, другая. Эта русалка однажды сидела на камне, расчесывая свои волосы, и тут к ней подобрался рыбак и поймал ее в свою сеть.

— Чтобы зажарить себе на ужин?

— Нет, нет, он принес ее к себе домой и потребовал, чтобы она вышла за него замуж, — говорит Ма. — Он забрал у нее волшебный гребень, чтобы она не могла уплыть от него в море. Через некоторое время у русалки родился сын...

— По имени Джекер-Джек, — подсказываю я.

— Ты прав. Но когда рыбак уходил ловить рыбу, она осматривала дом и в один прекрасный день нашла свой гребень...

— Ха-ха-ха!

— И она убежала на берег и уплыла в море.

— Нет.

Ма пристально смотрит на меня:

— Тебе не нравится эта сказка?

— Русалка не должна была уходить.

— Ну успокойся. — Она пальцем вытирает слезу у меня в глазу. — Я забыла сказать, что она, конечно же, взяла с собой своего сына, Джекер-Джека, обвязав его своими волосами. А когда рыбак пришел домой, то обнаружил, что там никого нет, и никогда уже больше их не видел.

— А он утонул?

— Кто, рыбак?

— Нет. Джекер-Джек, оказавшись под водой.

— О, не волнуйся, — говорит Ма, — он же наполовину рыба, помнишь? Он умеет дышать под водой.

Она встает посмотреть, сколько времени.

Часы показывают 8:27.

Я лежу в шкафу уже долгое время, но сон так и не приходит. Мы поем песни и молимся.

— Прочитай какой-нибудь стишок, — прошу я. — Ну пожалуйста! — Я выбираю «Дом, который построил Джек», потому что он длиннее всех.

Ма читает, постоянно зевая:

А это ленивый и толстый пастух,
Который бранится с коровницей строгою,
Которая доит корову безрогую.

Я продолжаю:

Лягнувшую старого пса без хвоста,
Который за шиворот треплет кота...

И тут раздается *бип-бип*. Я мгновенно замолкаю. Первые слова Старого Ника мне не слышны.

— Гм... извини, — отвечает ему Ма, — мы ели на обед карри. И я подумала, есть ли такая возможность... — Ее голос звучит очень высоко. — Есть ли такая возможность поставить нам вытяжку или что-нибудь в этом роде?

Старый Ник ничего не отвечает. Я думаю, они сидят на кровати.

— Ну хотя бы небольшую, — умоляет Ма.

— Здорово ты придумала, — произносит Старый Ник. — Пусть соседи ломают голову, с чего это я вдруг стал готовить себе острую еду в мастерской?

Я думаю, это снова сарказм.

— Ну извини, — отвечает Ма, — я не подумала об этом...

— Может, мне еще установить на крыше сверкающую неоновую стрелку?

Интересно, как светится стрелка?

— Мне правда очень жаль, — говорит Ма, — я не подумала, что запах, то есть вытяжка, может...

— Я думаю, ты просто не понимаешь, как тебе здесь хорошо, — говорит Старый Ник. — Ты живешь не в подвале, имеешь естественное освещение, вентиляцию — в некоторых местах сделаны отверстия, могу тебя заверить. Свежие фрукты, туалетные принадлежности. Тебе нужно только щелкнуть пальцами — и все появится. Многие девушки благодарили бы Небо за такие условия, где так безопасно. Особенно с ребенком.

Это он обо мне?

— Не надо беспокоиться о том, что твой ребенок попадет под машину, за рулем которой сидит пьяный водитель, — продолжает он. — Никаких тебе торговцев наркотиками, никаких извращенцев...

Тут Ма перебивает:

— Не надо было мне заводить этот разговор о вытяжке, это было ужасно глупо, у нас все хорошо.

— Ну вот и ладно.

Некоторое время они молчат.

Я считаю зубы, но все время сбиваюсь — у меня получается то девятнадцать, то двадцать, а потом снова девятнадцать. Я кусаю язык до тех пор, пока не становится больно.

— Конечно, все со временем изнашивается. Это в порядке вещей. — Его голос звучит отдаленно, я думаю, что сейчас он стоит рядом с ванной. — Этот шов на скобе надо будет почистить песком и заделать. И вот еще, смотри — из-под пробкового покрытия на полу видна основа.

— Мы обращаемся со всеми вещами очень бережно, — говорит мама очень тихо.

— Недостаточно бережно. Пробка не предназначена для того, чтобы по ней много ходили. Я планировал, что здесь будет жить один человек, ведущий малоподвижный образ жизни.

— Так ты ложишься или нет? — спрашивает мама каким-то странным высоким голосом.

— Дай мне снять ботинки, — раздается рычание, и я слышу, как на пол что-то падает. — Не успел я войти, как ты набросилась на меня со своими просьбами...

Лампа гаснет. Старый Ник начинает скрипеть кроватью, я считаю до девяноста семи, после чего мне кажется, что я пропустил один раз, и перестаю считать.

Я лежу, прислушиваясь, хотя в комнате стоит тишина.

По воскресеньям мы едим бублики, которые надо усиленно жевать, с желе и арахисовым маслом. Вдруг Ма вытаскивает свой бублик изо рта — в нем торчит какой-то острый предмет.

— Наконец-то, — произносит она.

Я вытаскиваю этот предмет — он весь желтый, с темными коричневыми пятнами.

— Это тот зуб, который болел?

Ма кивает. Она пробует языком дырку во рту. Все это очень странно.

— Мы можем засунуть его назад и приклеить клейстером.

Но Ма качает головой и улыбается.

— Я рада, что он выпал, теперь не будет болеть.

Всего минуту назад этот зуб был частью ее, а теперь уже нет. Ну и дела!

— Знаешь, что надо сделать, — положи его под подушку, ночью прилетит фея-невидимка и превратит его в деньги!

— Здесь это не получится, — говорит Ма.

— Почему?

— Потому что зубная фея не знает, где находится наша комната. — Ма глядит на стену, словно видит сквозь нее.

Снаружи есть все. Когда я теперь думаю о чем-нибудь, например о лыжах, кострах, островах, лифтах или игрушках, я вспоминаю, что все эти вещи — настоящие, они все существуют снаружи. От этой мысли я устаю. И люди тоже — пожарные, учителя, воры, младенцы, святые, футболисты и все остальные, — они все реально существуют. Но меня там нет, меня и Ма, мы единственные, кого там нет. Может быть, мы уже перестали быть настоящими?

После ужина Ма рассказывает мне о Гансе и Гретель, о том, как пала Берлинская стена, и о Рамплстилтскине. Мне нравится, что королева должна отгадать имя этого маленького человечка, чтобы он не забрал у нее ребенка.

— А все эти истории настоящие?

— Какие именно?

— Ну, о русалке, о Гансе и Гретель и все остальные.

— Ну, — говорит Ма, — в буквальном смысле слова — нет.

— А что такое?..

— Это сказки, в которых рассказывается не о реальных людях, которые ходят по улицам в наши дни.

— Значит, все это вранье?

— Нет, нет. Сказки — это просто другой вид правды.

Лицо у меня сморщилось от попыток понять, о чем она говорит.

— А Берлинская стена — настоящая?

— Да, такая стена была, но теперь ее нет.

Я так устал, что, наверное, разорвусь на две половинки, как сделал в конце концов Рамплстилтскин.

— Ночь, скорее засыпай, клоп, малютку не кусай, — говорит Ма, закрывая дверцу шкафа.

Я думал, что отключусь, но вдруг до меня доносится громкий голос Старого Ника.

— Но витамины... — говорит Ма.

— Это грабеж средь бела дня.

— Ты хочешь, чтобы мы заболели?

— Это же все сплошное надувательство, — говорит Старый Ник. — Однажды я смотрел передачу о витаминах — все они в конце концов оказываются в унитазе.

Кто оказывается в унитазе?

— Я хочу сказать, что если бы мы лучше питались...

— А, вот ты о чем. Все хнычешь и хнычешь...

Я вижу его в дверную щель, он сидит на краю ванны.

В голосе Ма звучит ярость:

— Клянусь, наше содержание обходится тебе дешевле, чем содержание собаки. Нам даже обувь не нужна.

— Ты не имеешь никакого представления о том, как сильно изменилась жизнь. Я имею в виду, ты не знаешь, откуда берутся деньги.

Некоторое время он молчал.

Потом Ма спросила:

— Что ты хочешь этим сказать? Деньги вообще или...

— Шесть месяцев.

Его руки сложены на груди, они огромные.

— Вот уже шесть месяцев, как я сижу без работы, а пришлось ли тебе хоть о чем-нибудь побеспокоиться?

Теперь я вижу и Ма, она подходит к нему.

— Что случилось?

— Можно подумать, это кого-то волнует.

Они смотрят друг на друга.

— Ты залез в долги? — спрашивает она. — Как же ты собираешься...

— Заткнись.

Я так испугался, что он ее снова начнет душить, что невольно издал какой-то звук.

Старый Ник смотрит прямо на меня. Он делает шаг, потом еще один и еще — и стучит по щели. Я вижу тень от его руки.

— Эй, ты там! — Это он говорит мне.

В моей груди стучит *бам-бам*. Я поджимаю ноги и стискиваю зубы. Мне хочется забраться под одеяло, но я не могу. Я не могу сделать ни единого движения.

— Он спит, — говорит Ма.

— Она держит тебя в шкафу не только ночью, но и днем?

Слово «тебя» означает меня. Я жду, что мама скажет «нет», но она молчит.

— Это же противоестественно.

Я вижу его глаза, они бледные. Видит ли он меня? Превращусь ли я в камень от его взгляда? И что мне делать, если он откроет дверцу? Я думаю, что мог бы...

— Мне кажется, ты поступаешь неправильно, — говорит он Ма, — ты ни разу не позволила мне взглянуть на него, с тех пор как он родился. Он что, урод с двумя головами или чем-нибудь в этом роде?

Почему он так говорит? Я чуть было не высунул голову из шкафа, чтобы он увидел, что она у меня одна.

Ма загораживает щель в дверце своим телом, я вижу, как сквозь ткань футболки проступают ее лопатки.

— Он просто очень стеснительный.

— У него нет никаких причин меня стесняться, — говорит Старый Ник. — Я ведь и пальцем его не тронул.

А почему он должен трогать меня пальцем?

— Вот, купил ему этот чудесный джип. Я знаю, о чем мечтают мальчики, сам был когда-то пацаном. Вылезай, Джек. — Он произнес мое имя. — Вылезай и получишь леденец.

Леденец!

— Давай лучше ляжем в постель. — Голос Ма звучит очень странно.

Старый Ник издает короткий смешок.

— Я знаю, что тебе нужно, милочка.

Что нужно Ма? Включила ли она это в список?

— Ну иди же скорее, — снова говорит Ма.

— Разве твоя мама не учила тебя хорошим манерам?

97

Лампа гаснет.

Кровать громко скрипит — это он укладывается.

Я натягиваю на голову одеяло и зажимаю уши, чтобы ничего не слышать. Я не хочу считать скрипы, но все равно считаю.

Когда я просыпаюсь, то вижу, что все еще лежу в шкафу, а кругом кромешная тьма.

Ушел ли Старый Ник? А где леденец? Правило гласит: оставайся в шкафу, пока за тобой не придет Ма. Интересно, какого цвета этот леденец? Можно ли различать цвета в темноте? Я пытаюсь снова заснуть, но мне это не удается. Высуну-ка я голову, просто чтобы...

Я открываю дверцы шкафа очень медленно и тихо. Слышен только звук работающего холодильника. Я встаю на пол, делаю один шаг, два шага, три. Вдруг моя нога натыкается на что-то. Ой-ой-ой! Я поднимаю этот предмет и вижу, что это ботинок, гигантский ботинок. Я гляжу на кровать — там лежит Старый Ник. Мне кажется, что его лицо сделано из камня. Я протягиваю палец, но не трогаю его, а просто держу палец совсем близко.

Тут его глаза сверкают белым. Я отпрыгиваю назад, роняя ботинок. Сейчас он закричит, думаю я, но он улыбается, показывая большие сверкающие зубы, и говорит:

— Привет, сынок.

Я не знаю, что такое...

Но тут раздается крик Ма. Я никогда еще не слышал, чтобы она так кричала, даже во время наших ежедневных упражнений.

— Беги, беги прочь от него!

Я бросаюсь к шкафу, ударяюсь головой, ой как больно, а она все кричит:

— Беги прочь от него!

— Заткнись, — говорит Старый Ник. — Заткнись. — Он обзывает ее всякими словами, но я не слышу их из-за ее крика. Наконец ее голос звучит тише. — Прекрати! — рявкает он.

Но Ма вместо слов произносит *ммммм*. Я двумя руками держусь за то место на голове, которым я ударился.

— Ты просто безмозглая дура, вот ты кто.

— Я могу вести себя тихо, — говорит Ма еле слышно. Я слышу ее прерывистое дыхание. — Ты знаешь, как тихо я могу себя вести, если ты его не трогаешь. Это единственное, о чем я тебя прошу.

Старый Ник громко фыркает:

— Ты начинаешь просить о разных вещах. Всякий раз, как только я открываю дверь.

— Это все для Джека.

— Да, но не забывай, откуда он взялся.

Я навостряю уши, но Ма ничего не отвечает.

Раздаются какие-то звуки. Он достает одежду? Нет, наверное, надевает ботинки.

После того как он уходит, я не сплю. Я бодрствую всю ночь. Я жду сотню часов, но Ма так и не забирает меня из шкафа.

Я гляжу на крышу. Неожиданно она поднимается вверх, и в комнату врывается небо. Ракеты, коровы и деревья падают мне на голову...

Нет, я лежу в кровати, в окно просачивается свет, — должно быть, уже утро.

— Это просто кошмарный сон, — говорит мама, гладя меня по щеке.

Я немного пососал, но не много, в левой груди молоко очень вкусное. Тут я вспоминаю вчерашние события и поворачиваюсь к Ма, выискивая новые следы на ее шее, но их нет.

— Мне очень жаль, что я вылез ночью из шкафа.

— Я знаю.

Значит ли это, что она меня прощает? Тут я вспоминаю еще кое о чем.

— А что такое «урод»?

— Не надо об этом, Джек.

— А почему он сказал, что у меня не все в порядке?

Ма издает стон.

— Все у тебя в полном порядке. — Она целует меня в нос.

— Но почему тогда он сказал это?

— Он просто хотел меня разозлить.

— Почему?

— Вспомни, как ты любишь играть с машинками, шариками и другими предметами. Ну а он любит играть у меня на нервах. — И Ма стучит себя по голове. Я не знаю, как это — играть на нервах.

— А почему он сказал, что сидит без работы?

— Наверное, он ее потерял, — говорит Ма.

А я думал, что терять можно вещи — вроде нашей кнопки из набора. Снаружи все устроено совсем по-другому.

— А почему он сказал: «Не забывай, откуда он взялся»?

— Послушай, дай мне передохнуть одну минутку, хорошо?

Я считаю про себя: один бегемот, два бегемота, но все шестьдесят секунд этот вопрос вертится у меня в голове.

Ма наливает себе стакан молока, позабыв налить мне. Она смотрит в холодильник, в котором нет света, это странно. Она закрывает дверцу.

Минута прошла.

— Так почему он сказал: не забывай, откуда я взялся? Разве я не прилетел с небес?

Ма включает лампу, но она тоже не зажигается.

— Он имел в виду, чей ты сын.

— Я — твой сын.

Ма слабо улыбается.

— Может быть, лампочка перегорела?

— Не думаю. — Ма трясется от холода и идет проверить обогреватель.

— А почему он сказал тебе, чтобы ты не забывала об этом?

— Ну, на самом деле он думает, что ты его сын.

— Ха! Вот дурак!

Ма глядит на обогреватель.

— Нам отключили электричество.

— Как это?

— Электрический ток перестал течь по проводам.

Странный сегодня день!

Мы завтракаем, чистим зубы, одеваемся потеплее и поливаем цветок. Мы пытаемся налить в ванну воды, но она просто ледяная, и нам приходится умываться не раздеваясь. Небо в окне светлеет. Но ненадолго. Телевизор тоже не работает, и мне так недостает моих друзей. Я делаю вид, что они появляются на экране, и похлопываю по ним пальцами. Ма предлагает надеть еще одну рубашку и штаны, чтобы согреться, и две пары носков. Мы пробегаем несколько миль по Дорожке, после чего Ма велит мне снять вторую пару носков, поскольку мои пальцы хлюпают в них.

— У меня болят уши, — говорю я ей.

Мамины брови взлетают вверх.

— Слишком тихо вокруг.

— А, это потому, что мы не слышим всех тех звуков, к которым привыкли. Ну, например, тех, которые издает поток теплого воздуха из обогревателя или работающий холодильник.

Я играю с больным зубом, пряча его в разных местах — под комодом, в банке с рисом или за жидкостью для мытья посуды. Я стараюсь забыть, куда спрятал его, а потом радуюсь, находя. Ма режет всю зеленую фасоль, которая была в холодильнике; зачем так много?

И тут я вспоминаю о приятном эпизоде, случившемся ночью.

— Послушай, Ма, а где мой леденец?

Она все режет свою фасоль.

— В мусорном ведре.

Почему он оставил его там? Я подбегаю к ведру, нажимаю на педаль, крышка подскакивает со звуком *пинг*, но никакого леденца я не вижу. Я роюсь в апельсиновой кожуре, рисе, рагу и пластиковых упаковках. Ма берет меня за плечи:

— Прекрати.

— Он принес мне эту конфету в подарок, — говорю я ей.

— Это мусор.

— Нет, не мусор.

— Да он потратил на этот леденец, наверное, центов пятьдесят. Он хотел над тобой посмеяться.

— Я никогда еще не пробовал леденцов на палочке. — Я сбрасываю ее руки с моих плеч.

На плите нельзя ничего разогреть, потому что нет электричества. На обед мы едим скользкую мороженую фасоль, которая еще противнее вареной. Но мы должны ее съесть, а то она разморозится и пропадет. По мне так пусть пропадает, но еду надо беречь.

— Хочешь, я почитаю тебе «Сбежавшего кролика»? — спрашивает Ма после того, как мы умываемся холодной водой.

— А когда нам включат ток?

— Извини, но я не знаю.

Мы ложимся в постель, чтобы согреться. Ма поднимает все свои одежки, и я напиваюсь до отвала сначала из левой, потом из правой груди.

— А если в комнате будет становиться все холоднее и холоднее?

— Нет, не будет. Через три дня начнется апрель, — говорит она, тесно прижимая меня к себе. — На улице станет теплее.

Мы дремлем, только я быстро просыпаюсь. Дождавшись, когда Ма уснет, я выбираюсь из кровати и снова роюсь в мусорном ведре.

Я нахожу леденец почти на самом дне — он похож на красный шар. Я мою руки и конфету тоже, поскольку она испачкалась в рагу. Я снимаю пластиковую обертку и сосу, сосу его — это самая сладкая вещь, которую я когда-либо ел! Наверное, снаружи все такое вкусное.

Если бы я убежал, я стал бы стулом и Ма не смогла бы найти меня среди других стульев. Или я превратился бы в невидимку и приклеился бы к нашему окну, а она смотрела бы сквозь меня. Или стал бы частичкой пыли и попал бы ей в нос, а она чихнула бы, и я вылетел.

Тут я замечаю, что глаза Ма открыты. Я прячу конфету за спину. Ма снова закрывает глаза. Я продолжаю сосать леденец, хотя меня уже немного подташнивает от него. Наконец в руках у меня остается одна палочка, и я выбрасываю ее в мусорное ведро.

Когда Ма встает, она не упоминает о леденце; может быть, она спала, когда ее глаза открылись. Она снова щелкает выключателем лампы, но все без толку. Она говорит, что оставит ее включенной, чтобы мы сразу же увидели, когда дадут ток.

— А вдруг его дадут посреди ночи и он нас разбудит?

— Не думаю, чтобы это было посреди ночи.

Мы играем в боулинг резиновым и бумажным мячиками, сбивая бутылочки из-под витаминов, на которые надеты головы разных существ вроде дракона, принцессы, крокодила и чужестранца. Мы сделали их, когда мне было четыре. Потом я упражняюсь в счете, решаю примеры на сложение, вычитание, деление и умножение и записываю самые большие из полученных чисел. Ма шьет мне две новые куклы из носочков, которые я носил, когда был младенцем. Она вышивает стежками на их лицах улыбающиеся рты и прикрепляет разноцветные пуговицы вместо глаз. Я умею шить, но мне это не очень нравится. Жаль, что я не помню себя младенцем и не знаю, каким был.

Я пишу письмо Губке Бобу, нарисовав в нем самого себя и Ма на заднем плане, которая танцует, чтобы согреться. Мы играем в фотографии, в память и рыбалку. Ма предлагает сыграть в шахматы, но от них у меня пухнут мозги, и она говорит:

— Ну хорошо, сыграем в шашки.

Пальцы у меня совсем замерзли, и я кладу их в рот. Ма говорит, что на них много микробов, и заставляет меня снова вымыть руки ледяной водой.

Мы делаем множество бусин из теста, но не можем нанизать их на нитку, чтобы получилось ожерелье, пока они не засохнут и не станут твердыми. Мы строим космический корабль из коробок и пластмассовых баночек, клейкая лента почти закончилась, но Ма говорит:

— А, чего ее жалеть! — и пускает в дело последний кусок.

Окно на крыше становится темным.

На ужин мы едим засохший сыр и разморозившуюся брокколи. Ма говорит, что я должен поесть, а то мне станет еще холоднее. Она принимает две обезболивающие таблетки и запивает их большими глотками воды.

— Зачем ты пьешь таблетки, если больной зуб уже выпал?

— Мне кажется, я чувствую, что теперь стали болеть другие.

Мы надеваем ночные футболки, а поверх них — другую одежду. Ма запевает:

— Другую сторону горы...

— Другую сторону горы, — подхватываю я.

— Другую сторону горы — вот все, что мог он видеть.

Я запеваю песню «Девяносто девять бутылок пива на стене» и останавливаюсь только тогда, когда добираюсь до семидесятой бутылки. Ма закрывает руками уши и говорит:

— Пожалуйста, давай оставим остальные на завтра. Завтра, наверное, уже включат электричество.

— Хорошо бы, — говорю я.

— Но даже если он и не включит ток, солнца ему все равно не остановить.

Кому? Старому Нику?

— А зачем ему надо останавливать солнце?

— Я же говорю, что он не сможет этого сделать. — Ма крепко обнимает меня и говорит: — Прости меня.

— За что?

Она громко выдыхает:

— Это я во всем виновата, он обозлился на нас из-за меня.

Я смотрю ей в лицо, но почти не вижу его.

— Он терпеть не может, когда я кричу. Я не кричала уже много лет. Поэтому он решил нас наказать.

Сердце у меня в груди громко колотится.

— А как он нас накажет?

— Он уже наказал. Отключил свет.

— А, это ерунда.

Ма смеется:

— Что ты хочешь этим сказать? Мы же замерзаем, едим разморозившиеся овощи...

— Но я думал, что он захочет наказать нас обоих. — Я пытаюсь представить себе это. — Как будто есть две комнаты, и он сажает меня в одну, а тебя — в другую.

— Джек, какой ты замечательный!

— Почему я замечательный?

— Не знаю, — отвечает Ма. — Как ты неожиданно тогда выскочил.

Мы еще крепче прижимаемся друг к другу.

— Я не люблю темноту, — говорю я.

— Ну, пришло время спать, а спать надо в темноте.

— Я догадываюсь.

— Мы понимаем друг друга с полуслова.

— Да.

— Ночь, скорее засыпай, клоп, малютку не кусай.

— А мне не надо идти в шкаф?

— Сегодня не надо, — отвечает Ма.

Когда мы просыпаемся, в комнате еще холоднее, чем вчера. Часы показывают 7:00, в них вставлена батарейка, поэтому у них внутри свой собственный ток.

Ма все время зевает, потому что она не спала ночью. У меня болит живот, она говорит, что это, наверное, от сырых овощей. Я прошу у нее обезболивающую таблетку, и она дает мне половинку. Я жду, жду и жду, но мой живот все никак не успокоится.

Окно на крыше постепенно светлеет.

— Я рад, что он не приходил сегодня ночью, — говорю я Ма. — Хорошо бы, чтобы он к нам вообще больше не приходил, вот было бы классно!

— Джек! — Ма, похоже, хмурится. — Думай, что говоришь.

— Я думаю.

— Я имею в виду — подумай о том, что с нами будет. Кто дает нам еду?

Я знаю ответ.

— Младенец Иисус из полей, которые находятся снаружи.

— Нет, кто нам ее приносит?

— О!..

Ма встает. Она говорит, что краны еще работают, а это хороший признак.

— Он мог бы отключить и воду, но не отключил.

Я не знаю, что это за признак. Мы снова едим бублики на завтрак, но они холодные и совсем раскисли.

— А что будет, если он не включит ток? — спрашиваю я.

— Я уверена, что он включит. Наверное, уже сегодня вечером.

Время от времени я нажимаю кнопки телевизора. Теперь это просто серый молчащий ящик; я вижу в нем свое лицо, но не так хорошо, как в зеркале.

Мы выполняем все физические упражнения, которые нам известны, пытаясь согреться: карате, острова, «Симон говорит» и трамплин. Мы играем в классики, прыгая с одной пробковой плитки на другую. Правила здесь такие: нельзя прыгать вдоль одной линии и падать. Ма предлагает сыграть в прятки. Она завязывает себе глаза моими штанами с камуфляжной окраской, а я прячусь под кроватью рядом с яичной змеей и, распластываясь на полу, стараюсь не дышать. Ма ищет меня целую вечность. Потом я предлагаю игру в альпинистов. Ма держит меня за руки, и я иду по ее ногам вверх, пока мои ноги не оказываются выше головы и я не нависаю, вывернувшись наружу. Косички падают мне на лицо, и я весело смеюсь. Я делаю сальто и встаю на ноги. Мне хочется еще и еще раз побыть альпинистом, но Ма говорит, что у нее болит поврежденное запястье.

После всех этих занятий мы чувствуем усталость. Мы изготовляем мобиль из спагетти и ниток, к которым привязываем разные предметы, крошечные рисунки меня самого оранжевого цвета и Ма зеленого цвета, а также спиральки из фольги и пучки туалетной бумаги. Ма прикрепляет верхнюю нитку к крыше с помощью последней нашей кнопки. Мы встаем под мобилем и начинаем изо всей силы на него дуть — все предметы, висящие на спагетти, принимаются летать.

Я чувствую голод, и Ма говорит, что я могу съесть последнее яблоко. А что, если Старый Ник не принесет нам больше яблок?

— Почему он все еще наказывает нас? — спрашиваю я.

Ма кривит рот:

— Он думает, что мы — вещь, принадлежащая ему, из-за того, что комната тоже его.

— Как же так получилось?

— Ну, это он ее сделал.

Странно, а я-то думал, что комната существует сама по себе.

— А разве все вещи сделаны не Богом?

Ма минуту молчит, а потом потирает мне шею.

— Все хорошие вещи — да.

Мы играем в Ноев ковчег. Все предметы на столе вроде расчески, маленькой тарелочки, шпателя, книг и джипа выстраиваются в линию и быстро-быстро забираются в коробку, пока не начался Всемирный потоп. Ма больше не играет, она обхватила лицо руками, словно оно стало тяжелым.

Я грызу яблоко.

— У тебя что, другие зубы разболелись?

Она смотрит на меня сквозь пальцы, в ее глазах застыло непонятное выражение.

— Какие теперь?

Ма встает так резко, что я пугаюсь. Она садится в кресло-качалку и протягивает ко мне руки.

— Иди ко мне, я хочу тебе кое-что рассказать.

— Новую сказку?

— Да.

— Отлично.

Она ждет, пока я не устроюсь у нее на руках. Я откусываю от другой стороны яблока кусочки поменьше, чтобы растянуть удовольствие.

— Ты знаешь, что Алиса не всегда была в Стране чудес?

Этот трюк мне уже известен.

— Да, она идет в дом Белого Кролика и становится такой большой, что ей приходится высунуть руки в окно, а ноги — в трубу, и она сбивает ногой ящерку Билла, это немного смешно.

— Нет, до этого, ты помнишь, она сначала лежала на траве?

— А потом провалилась в дыру в четыре тысячи миль длиной, но не ушиблась.

— Так вот, я похожа на Алису, — говорит Ма.

Я смеюсь.

— Не-а. Алиса — маленькая девочка с огромной головой, больше даже, чем у Доры.

— Да, но раньше я жила в другом месте, как и она. Много-много лет назад я была...

— На небесах.

Ма прижимает к моему лицу палец, чтобы я замолчал.

— Я спустилась на землю и была таким же ребенком, как и ты. Я жила со своими мамой и папой.

Я трясу головой:

— Нет, мама — это *ты*.

— Но у меня была своя мама, я звала ее «мам», — говорит она. — И она до сих пор жива.

Зачем она притворяется? Может, это какая-то новая игра, которую я не знаю?

— Она... Значит, это моя бабушка?

Как абуэла Доры. Или святая Анна на картине, на которой святая Мария сидит у нее на коленях. Я съедаю середину яблока, от него почти ничего не осталось. Я кладу остатки на стол.

— Ты выросла в ее животике?

— Нет, она меня удочерила. Она и мой папа. Тебе он приходится дедушкой. И еще у меня был, вернее, есть старший брат, которого зовут Пол.

Я отрицательно качаю головой. Ведь Пол — это святой.

— Нет, другой Пол.

Разве может быть два Пола?

— Для тебя он — дядя Пол.

Слишком много имен, голова у меня переполнена. А в животе по-прежнему пусто, как будто я и не ел яблока.

— А что мы будем есть на обед?

Ма не улыбается.

— Я рассказываю тебе о твоей семье.

Я трясу головой.

— Если ты их никогда не видел, это не значит, что их вообще нет. На земле столько вещей, о которых ты даже не мечтал.

— А у нас еще остался сыр, который не засох?

— Джек, это очень важно. Я жила в доме со своей мамой, папой и Полом.

Придется поддержать эту игру, а то она рассердится.

— Этот дом был в телевизоре?

— Нет, снаружи.

Как странно, ведь Ма никогда не была снаружи.

— Но он похож на дома, которые ты видел по телевизору. Дом стоит на окраине города, позади него — двор с гамаком.

— А что такое гамак?

Ма достает с полки карандаш и рисует два дерева, веревки между ними, связанные друг с другом, и лежащего на них человека.

— Это пират?

— Нет, это я качаюсь в гамаке. — Ма складывает рисунок, она сильно возбуждена. — И еще я ходила вместе с Полом играть на детскую площадку и качалась там на качелях и ела мороженое. Твои бабушка и дедушка возили нас в машине в зоопарк и на пляж. Я была их маленькой девочкой.

— Не-а.

Ма комкает свой рисунок. На столе мокро, и его белая крышка лоснится.

— Не плачь, — говорю я.

— Не могу. — Ма размазывает слезы по лицу.

— Почему?

— Жаль, что я не смогу описать тебе мое детство так, чтобы ты понял. Я скучаю по нему.

— Ты скучаешь по гамаку?

— По всему, что меня окружало. По жизни снаружи.

Я прижимаюсь к ней. Она хочет, чтобы я понял, и я изо всех сил пытаюсь понять, но от этого начинает болеть голова.

— Значит, ты когда-то жила в телевизоре?

— Я уже говорила тебе, это не в телевизоре. Это реальный мир, ты не поверишь, какой он огромный. — Она разводит руки в стороны, показывая на стены. — Эта комната — всего лишь крошечный, вонючий кусочек этого мира.

— Наша комната совсем не вонючая, — чуть было не рычу я.

— Она становится вонючей только тогда, когда ты какаешь. — Ма снова вытирает глаза.

— Твои какашки воняют сильнее, чем мои. Ты хочешь меня надуть. Перестань сейчас же.

— Ну хорошо, — говорит она, выдыхая, и воздух выходит из нее с шипением, как из воздушного шарика. — Давай лучше съедим бутерброд.

— Почему?

— Но ведь ты же говорил, что хочешь есть.

— Нет, не хочу.

Ее лицо опять становится злым.

— Я сделаю бутерброд, и ты его съешь. Понял?

Она мажет хлеб арахисовым маслом, поскольку сыра уже не осталось. Когда я ем, Ма сидит со мной рядом, но ничего не ест. Она говорит:

— Я понимаю, это трудно переварить.

Что, бутерброд?

На десерт мы едим мандарины. Мне достаются крупные кусочки, а маме — помельче, потому что она предпочитает мелкие.

— Я тебя не обманываю, — говорит Ма, когда я выпиваю сок. — Я не могла рассказать тебе об этом раньше, потому что ты был слишком маленьким, чтобы все понять. Так что получается, что я тебя обманывала. Но теперь тебе уже пять, и я думаю, что ты все поймешь.

Я мотаю головой.

— То, что я делаю теперь, противоположно вранью. Я рассказываю тебе правду.

Мы долго спим. Когда я просыпаюсь, Ма уже не спит и глядит на меня. Ее лицо совсем рядом, дюймах в двух от меня. Я продвигаюсь вниз, чтобы пососать левую грудь.

— Почему ты так не любишь нашу комнату? — спрашиваю я ее.

Она садится и тянет вниз футболку.

— Я еще не закончил.

— Нет, закончил, — говорит Ма. — Раз ты заговорил, значит напился.

Я тоже сажусь.

— Почему тебе не нравится жить в этой комнате со мной?

Ма крепко прижимает меня к себе.

— Мне всегда нравится быть с тобой.

— Но ты же сказала, что она крошечная и вонючая.

— Эх, Джек. — Минуту она молчит. — Мне хотелось бы жить снаружи. Вместе с тобой.

— А мне нравится жить с тобой здесь.

— Ну хорошо.

— Как же он ее сделал?

Ма знает, кого я имею в виду. Я думаю, что она мне не расскажет, но она говорит:

— Сначала это был просто сарай в саду. Обычные двенадцать на двенадцать футов, сталь, покрытая винилом. Но он сделал звуконепроницаемое окно на крыше, проложил толстый слой утеплителя по стенам изнутри и обложил все свинцовым листом, потому что свинец не пропускает звук. Да, и еще сделал прочную дверь с кодовым замком. Он любит похвастать, как удачно все получилось.

Время течет очень медленно. Мы читаем все наши книги с картинками в морозном сиянии. Окно сегодня немного другое — на нем появилось темное пятно, похожее на глаз.

— Посмотри, Ма.

Она смотрит вверх и улыбается:

— Это лист.

— Откуда он взялся?

— Должно быть, его сорвал с ветки ветер и принес сюда.

— С настоящего дерева, растущего снаружи?

— Да. Видишь? Вот тебе и доказательство. За этими стенами — весь мир.

— Давай поиграем в гороховый стебель. Поставим мой стул на стол. — (Ма помогает мне сделать это.) — Затем мусорное ведро на стул. Теперь я заберусь.

— Смотри не упади.

— А ты теперь залезь на стол и держи ведро, чтобы я не упал.

— Гм... — мычит Ма.

Я вижу, что она собирается отказать мне.

— Ну давай попробуем, пожалуйста, прошу тебя. — Все получается замечательно, я не падаю. Стоя на мусорном ведре, я могу дотронуться до пробковых краев крыши, там, где они наклонены к окну. На стекле я заметил что-то, чего раньше не видел. — Смотри — здесь медовые соты, — говорю я Ма, гладя стекло.

— Это — поликарбонатные ячейки, из-за них окно разбить нельзя, — отвечает она. — До того как ты родился, я часто стояла на столе, глядя в окно.

— Лист весь черный, и в нем дырки.

— Да, я думаю, это мертвый лист, оставшийся с прошлой зимы.

Я вижу что-то голубое за окном — это небо, с чем-то белым на нем. Ма говорит, что это облака. Я гляжу сквозь соты, все гляжу и гляжу, но ничего, кроме неба, не вижу. Никаких летающих кораблей, поездов, лошадей, девочек или небоскребов в нем нет.

Спустившись с ведра и со стула, я отвожу мамину руку, которая хочет мне помочь.

— Джек...

Я сам спрыгиваю на пол.

— Врунишка, врунишка, горелые штанишки, снаружи ничего нет! — Ма начинает мне что-то объяснять, но я затыкаю уши пальцами и кричу: — Бла-бла-бла!

Потом я играю с джипом. Мне хочется плакать, но я держусь. Ма роется в кладовке, гремя банками, и мне кажется, она там что-то считает. Она считает, сколько у нас осталось продуктов.

Я ужасно замерз, мои ноги в носках совсем онемели. Во время ужина я все время спрашиваю, можно ли доесть остатки хлопьев, и Ма в конце концов говорит «да». Я просыпаю немного хлопьев мимо тарелки, потому что совсем не чувствую своих пальцев.

Наступает темнота, но Ма помнит наизусть все стихотворения из «Большой книги детских стихов». Я прошу ее прочитать «Апельсины и лимоны». Моя любимая строка в них: «„Не знаю я, не просите“, — ответил колокол Сити», поскольку этот колокол гудит басом, словно лев. И еще строка о сечке, которая собирается отрубить тебе голову.

— А что такое «сечка»?

— Большой нож, наверное.

— Нет, я думаю, что это вертолет, винт которого крутится так быстро, что срубает людям головы.

— Ну ты даешь!

Спать нам не хочется, но в темноте заняться нечем. Мы сидим на кровати и сочиняем стихотворные строки.

— Наш друг Хотка любит щекотку.

— Наши друзья во дворе снова начнут на заре.

— Хороший стих, — говорю я Ма. — Наша знакомая Пегги победила всех прочих в беге.

— Наша подружка Илейн может ходить в бассейн.

— Наш друг закадычный Эрни живет у себя на ферме.

— Не в рифму.

— Хорошо, — говорю я. — Наш друг дядюшка Пол однажды упал под стол.

— А знаешь, он действительно как-то раз упал — только с мотоцикла.

А я уж и забыл, что у меня есть настоящий дядя.

— А почему он упал с мотоцикла?

— Случайно. Его отвезли на «скорой помощи» в больницу, и врачи его вылечили.

— А они его резали?

— Нет-нет, они просто наложили ему на руку гипс, чтобы она не болела.

Значит, больницы и мотоциклы существуют на самом деле. Я думаю, у меня разорвется голова ото всех этих новых вещей, в существование которых я должен поверить.

В комнате совсем темно, только там, где окно, чуть-чуть светлее. Ма говорит, что в городе всегда есть свет — от уличных фонарей и лампочек на домах.

— А где этот город?

— Вон там, за стеной, — говорит она, показывая на стену, у которой стоит кровать.

— Я смотрел в окно, но никакого города там не увидел.

— Да, и из-за этого ты на меня сердишься.

— Я на тебя не сержусь.

Она целует меня в ответ.

— Наше окно глядит прямо в небо, а бо́льшая часть вещей, о которых я тебе рассказала, находится на земле. Для того чтобы их увидеть, надо иметь боковое окно.

— Тогда давай попросим, чтобы он принес нам в воскресенье боковое окно.

Ма издает короткий смешок. Я уж и забыл, что Старый Ник больше не придет. Может, мой леденец на палочке был его прощальным воскресным подарком?

Я думал, что заплачу, но вместо этого громко зевнул.

— Спокойной ночи, комната, — говорю я.

— Что, уже пора спать? Отлично. Спокойной ночи, — говорит Ма.

— Спокойной ночи, лампа и шарик. — Я жду, что скажет Ма, но она молчит. — Спокойной ночи, джип и дисташка. Спокойной ночи, ковер и одеяло. Спокойной ночи, клоп, и прошу тебя, не кусайся.

Меня будит непрекращающийся шум. Мамы в кровати нет. В окно просачивается свет, воздух по-прежнему ледяной. Я свешиваюсь с кровати и вижу Ма, которая сидит на полу и непрерывно стучит по нему рукой — *бам-бам-бам.*

— Что плохого сделал тебе пол?

Ма перестает стучать и переводит дыхание.

— Мне надо что-нибудь лупить, — говорит она, — но я не хочу ничего разбить.

— Почему?

— На самом деле я бы с удовольствием что-нибудь разбила. Я с удовольствием разбила бы все.

Мне это совсем не нравится.

— А чем мы будем завтракать?

Ма смотрит на меня, потом встает, подходит к кладовке и достает один бублик.

— Я думаю, это наш последний бублик, — говорит она и отламывает себе четвертую часть — есть ей не хочется.

Когда мы выдыхаем, изо рта идет пар.

— Это потому, что сегодня холоднее, чем вчера, — объясняет Ма.

— А ты говорила, что холоднее уже не будет.

— Прости меня, я ошиблась.

Я доедаю бублик.

— А у меня по-прежнему есть бабушка, дедушка и дядя Пол?

— Да, — отвечает Ма, улыбаясь.

— А они что, на небесах?

— Нет, нет. — Она кривит рот. — Не думаю, что они уже там. Пол всего на три года старше меня, ему сейчас уже двадцать девять лет.

— Знаешь, они все здесь, — шепчу я. — Только они прячутся от нас.

Ма оглядывает комнату:

— Где?

— Под кроватью.

— Ну, туда они просто не залезут. Их ведь трое, и они все очень большие.

— Как бегемоты?

— Нет. Поменьше.

— Может, они в шкафу?

— С моими платьями?

— Да, и когда мы слышим стук, это значит, что они сбрасывают вешалки.

Лицо у Ма становится скучным.

— Я пошутил, — говорю я.

Она кивает.

— А они могут когда-нибудь прийти сюда?

— Как бы мне этого хотелось! — отвечает она. — Я молюсь об этом каждую ночь.

— Я ничего не слышал.

— Я молюсь про себя, — говорит Ма.

Я и не знал, что она молится про себя и я не могу ее услышать.

— И они тоже этого хотят, — говорит она, — но не знают, где я.

— Ты в комнате вместе со мной.

— Но они не знают, где находится наша комната, а о тебе вообще не подозревают.

Как странно!

— Они могут посмотреть на карту Доры, и, когда они придут, я неожиданно выскочу, чтобы их удивить.

Ма вроде бы смеется, а вроде нет.

— Нашей комнаты нет ни на одной карте.

— Ты можешь сообщить им по телефону.

— А у нас его нет.

— Можешь попросить, чтобы он принес нам его в воскресенье. — Тут я вспоминаю, что с нами произошло. — Если, конечно, Старый Ник уже не сердится на нас.

— Джек, он никогда не принесет нам ни телефона, ни окна. — Ма берет меня за большие пальцы и сжимает их. — Мы — словно люди из книги, и он никому не позволит ее прочитать.

Потом мы бегаем по Дорожке. Трудно передвигать стол и стул руками, которые ничего не чувствуют. Я три раза пробегаю туда и обратно, но никак не могу согреться, пальцы моих ног совсем онемели.

Мы играем в трамплин, карате, ки-я, потом я снова предлагаю игру в гороховый стебель. Ма соглашается, но с условием, что я дам обещание не капризничать, если ничего не увижу. Я взбираюсь на стол, потом на стул, оттуда — на мусорное ведро, даже не покачнувшись. Я хватаюсь за края крыши там, где она соединяется с окном, и так напряженно вглядываюсь сквозь соты в голубое небо, что невольно моргаю. Через некоторое время Ма говорит, что ей надо спуститься вниз и приготовить обед.

— Только без овощей, пожалуйста, мой живот их не вынесет.

— Но мы должны съесть их, пока они не начали портиться.

— Мы можем пообедать спагетти.

— Они уже почти закончились.

— Тогда рисом. А что, если?.. — Тут я замолкаю, увидев сквозь соты какой-то предмет. Он такой маленький, что я принимаю его за точку, плавающую в моем глазу, но это не точка. Это тонкая черточка, за которой в небе тянется широкая белая полоса. — Ма...

— Что?

— Я вижу самолет!

— Настоящий?

— Самый что ни на есть настоящий! Ой!..

Тут я падаю на Ма, потом на ковер, сверху на нас грохаются мусорное ведро и мой стул. Ма вскрикивает: ой-ой-ой! — и потирает запястье.

— Прости меня, ну прости, — говорю я, а потом целую ее. — Я видел настоящий самолет, только совсем крошечный.

— Это потому, что он очень далеко, — говорит она, улыбаясь. — Если бы ты увидел его вблизи, он был бы огромным.

— Но что самое удивительное, он выписывал букву «I» в небе.

— Это называется... — Ма бьет себя по голове. — Не помню. Это что-то вроде полосы, полосы дыма из самолета. Или что-то подобное.

На обед мы съедаем оставшиеся семь крекеров с засохшим сыром. Мы задерживаем дыхание, чтобы не слышать, как он пахнет.

Ма дает мне под одеялом грудь. Желтое лицо Бога окружено сиянием, но недостаточно сильным, чтобы можно было загорать. Я не могу уснуть. Я так напряженно вглядываюсь в окно, что у меня начинают болеть глаза, но других самолетов я не вижу. Я действительно видел самолет, когда стоял на гороховом стебле, мне это не привиделось. Я смотрел, как он летит. Значит, мир снаружи, где Ма была маленькой девочкой, действительно существует.

Мы встаем и играем в кошачью колыбель, в домино, в подводную лодку и в куклы и в разные другие игры, но в каждую совсем недолго. Мы с Ма мычим мелодии, но легко отгадываем все песни. Чтобы согреться, мы снова ложимся в постель.

— Давай завтра выйдем наружу, — предлагаю я.

— Эх, Джек, это невозможно.

Я лежу на руке Ма — от двух свитеров она стала толстой.

— Мне нравится, как там пахнет.

Ма поворачивает голову и в изумлении смотрит на меня.

— Когда после девяти открывается дверь и в комнату проникает воздух, он совсем не похож на наш воздух.

— Так ты это заметил, — говорит она.

— Я замечаю все.

— Да, он более свежий. Летом он пахнет скошенной травой, потому что наша комната находится на заднем дворе. Иногда я замечаю за стеной Старого Ника ветки кустов и часть природы.

— На чьем заднем дворе?

— Старого Ника. Ты помнишь, я тебе говорила, что он устроил комнату в своем сарае.

Мне трудно запомнить все, что она говорила, потому что все это звучит не очень правдоподобно.

— Он единственный человек, который знает код, с помощью которого открывается дверь. Этот код набирается на внешней клавиатуре.

Я гляжу на клавиатуру — я и не знал, что есть еще одна.

— Я тоже умею набирать числа.

— Да, но не те, которые, подобно невидимому ключу, могут открыть дверь, — говорит Ма. — А когда он уходит к себе домой, то снова набирает код на нашей клавиатуре.

— А он уходит в тот дом, где висит гамак?

— Нет, — говорит Ма громким голосом, — Старый Ник живет в другом доме.

— А мы можем пойти к нему в гости?

Она зажимает себе рот рукой.

— Я бы лучше пошла в гости к твоим бабушке и дедушке.

— А там мы сможем покачаться в гамаке?

— Там мы сможем делать все что угодно, потому что мы будем свободны.

— Мы пойдем туда, когда мне будет шесть?

— Мы обязательно попадем туда в какой-нибудь из дней.

С маминого лица на мое капает какая-то жидкость. Я вздрагиваю.

— Ой, что-то соленое.

— Не волнуйся, — говорит Ма, вытирая себе щеки. — Со мной все в порядке. Я просто немного боюсь.

— Ты не можешь бояться, — чуть было не кричу я. — Это плохая мысль.

— Ну, самую малость. У нас все в порядке, мы имеем то, что нужно для жизни.

Но мне становится еще страшнее.

— А что, если Старый Ник не включит ток и не принесет нам еды никогда-никогда-никогда?

— Принесет, куда он денется! — говорит Ма, все еще судорожно глотая воздух. — Я уверена почти на сто процентов, что он принесет.

Почти сто процентов — это девяносто девять. Достаточно ли девяноста девяти?

Ма садится на постели, вытирая лицо рукавом своего свитера. В животе у меня урчит. Интересно, осталось ли у нас что-нибудь поесть? Уже почти совсем стемнело. Не думаю, чтобы свет побеждал тьму.

— Послушай, Джек, я должна рассказать тебе еще одну историю.

— Правдивую?

— Совершенно правдивую. Ты знаешь, когда-то я очень сильно тосковала.

Мне это нравится.

— И тогда я спустился с небес и стал расти в твоем животике.

— Да, но понимаешь, я тосковала из-за этой комнаты, — говорит Ма. — Старый Ник, я ведь его совсем не знала, мне было девятнадцать, он меня украл.

Я пытаюсь это понять. Воришка, не воруй. Я никогда не слышал о том, что можно украсть человека.

Ма крепко прижимает меня к себе.

— Я была студенткой. Это было ранним утром, я пересекала стоянку для машин, направляясь в библиотеку колледжа. Я слушала крошечную машинку, в которой содержатся тысячи песен. Она играет прямо в ухо. Я первая из своих подруг обзавелась такой машинкой.

Как бы я хотел иметь такую машинку!

— Так вот, этот человек подбежал и попросил меня помочь — у его пса случился приступ, он подумал, что он умирает.

— Как его звали?

— Человека?

Я трясу головой:

— Нет, пса.

— Да он все это придумал, чтобы заманить меня в свой грузовичок.

— Какого он цвета?

— Грузовичок? Коричневого, если, конечно, он его не поменял. Он всегда ездит на нем.

— Сколько у него колес?

— Я хочу, чтобы ты сконцентрировался на том, что важно, — говорит Ма.

Я киваю. Она слишком крепко обнимает меня. Я ослабляю объятия ее рук.

— Он завязал мне глаза.

— Как в игре в жмурки?

— Да, но только мне было совсем не смешно. Мы все ехали и ехали, и мне стало страшно.

— А где был я?

— Тебя тогда еще не было, помнишь?

Я забыл.

— А тот пес, он тоже сидел в грузовичке?

— Не было никакого пса. — Голос у Ма стал опять скрипучим. — Слушай, что я тебе рассказываю, и не перебивай.

— Расскажи мне лучше другую историю.

— Я говорю о том, что случилось со мной.

— Расскажи лучше о Джеке — Победителе великанов.

— Слушай дальше, — говорит Ма, закрывая мне рукой рот. — Он заставил меня принять плохие таблетки, чтобы я уснула. А когда проснулась, то увидела, что нахожусь в этой комнате.

Уже почти совсем стемнело, и я не вижу лица Ма. Она отворачивается от меня, и я могу только слушать.

— Когда он впервые пришел ко мне, я закричала: «Помогите!» — и он меня ударил. После этого я уже не звала на помощь.

Мне кажется, что все внутренности в моем животе завязались узлом.

— Я боялась спать — вдруг он опять придет, но я не плакала только во сне, поэтому спала около шестнадцати часов в день.

— И ты наплакала целое море?

— Что?

— Алиса наплакала целое море слез, когда поняла, что забыла все свои стихи и числа, и чуть было не утонула в нем.

— Нет, — отвечает Ма. — Но у меня все время болела голова и чесались глаза. А от запаха пробковых плиток меня тошнило.

От какого такого запаха?

— Я сходила с ума, глядя на часы и считая секунды. Когда я смотрела на предметы, они казались мне то больше, то меньше, а когда я отводила глаза, они начинали скользить. Когда он наконец принес мне телевизор, я по глупости своей оставляла его работать все двадцать четыре часа в сутки. А когда шла реклама еды, которую я хорошо помнила, у меня начинал болеть рот, так мне хотелось ее съесть. Иногда я слышала по телевизору голоса, которые мне что-то говорили.

— Как Дора?

Ма отрицательно мотает головой.

— Когда он уходил на работу, я пыталась выбраться наружу. Я испробовала все. Я целыми днями стояла на цыпочках на столе и скребла окно, но только обломала себе ногти. Я бросала в него все, что попадалось под руку, но его ячейки оказались такими прочными, что стекло даже не треснуло.

Окно уже превратилось в светлый квадрат.

— А что тебе попадалось под руку?

— Большая кастрюля, стулья, мусорное ведро.

Ух ты, хотел бы я посмотреть, как она бросает в окно мусорное ведро.

— А потом я стала рыть подкоп.

Я чувствую себя растерянным.

— Где?

— Ты можешь потрогать его стены, если хочешь. Только надо залезть под кровать. — Ма откидывает одеяло, вытаскивает из-под кровати коробку, тихонько ойкая при этом. Я заползаю к ней под кровать. Сбоку от нас лежит яичная змея, но мы ее не трогаем. — Я читала о таком способе в книге «Великий побег». — Ее голос гремит прямо у моей головы.

Я помню эту историю о нацистском концлагере, но не ту ее часть, где рассказывается о лете и об алтее лекарственном, а ту, где пишется о зиме, во время которой миллионы узников ели суп с червяками. Когда союзники раскрыли ворота лагеря, все выбежали наружу. Я думаю, что союзники — это ангелы вроде того, каким был святой Петр.

— Дай мне твою руку... — Ма тянет ее вниз, и я чувствую пробку на полу. — Вот здесь. — (Я ощупываю дыру с острыми краями. В моей груди стучит *бум-бум*, я никогда бы не подумал, что под кроватью есть дыра.) — Осторожно, не порежься. Я проделала это отверстие с помощью волнистого ножа, — гово-

рит Ма. — Я быстро срезала пробку, но с деревом
под ней пришлось повозиться. Свинцовую фольгу
и пену убрать было нетрудно, но знаешь, что я об-
наружила под ними?

— Страну чудес?

Ма сердито восклицает, да так громко, что я ударяюсь головой о кровать.

— Извини.

— Я наткнулась на ограду из металлической
сетки.

— Где?

— Вот здесь, в дыре.

Ограда в дыре? Я засовываю руку все глубже
и глубже.

— Она сделана из металла, чувствуешь?

— Да. — Она холодная, гладкая, и я обхваты-
ваю ее пальцами.

— Когда он переделывал сарай в комнату, то за-
копал сетку под брусьями пола и проложил ее по
стенам и крыше, чтобы я не смогла проделать в них
отверстие.

Мы выползаем из-под кровати и садимся, опершись на нее спиной. Я тяжело дышу.

— Обнаружив эту дыру, — говорит Ма, — он
взвыл.

— Как волк?

— Нет, он хохотал. Я боялась, что он меня по-
бьет, но он подумал, что это очень смешно.

Мои зубы крепко сжаты.

— Он хохотал всякий раз, когда вспоминал об
этом лазе, — говорит Ма.

Этот Старый Ник — вонючий, мерзкий зомби
и вор.

— Надо устроить бунт, — предлагаю я. — Я ра-
зорву его на кусочки своим реактивным мегатрон-
ным трансформером-бомбометом.

Ма целует меня в уголок глаза.

— Если мы убьем его, то нам это все равно не поможет. Я однажды ударила его, после того как прожила здесь полтора года.

Я поражен.

— Ты ударила Старого Ника?

— Однажды вечером я взяла крышку от унитаза и нож и около девяти часов встала сбоку от двери...

Я опять теряюсь.

— Но ведь у унитаза нет крышки.

— Когда-то была, на бачке. Это была самая тяжелая вещь в комнате.

— Кровать еще тяжелее.

— Но я ведь не могла поднять кровать? Потом, когда услышала, что он вошел...

— Дверь сделала *бип-бип*.

— Совершенно верно. Я со всей силы ударила его по голове этой крышкой.

Я засовываю большой палец в рот и начинаю грызть ноготь.

— Но у меня не хватило сил — крышка упала на пол и раскололась надвое, а он — Старый Ник — успел закрыть за собой дверь.

Во рту у меня появляется какой-то странный привкус. Голос Ма звучит прерывисто.

— Я знала, что мой единственный шанс спастись — это узнать код замка. Поэтому я приставила к его горлу нож, вот так. — Ма утыкает свой ноготь в мой подбородок, мне это совсем не нравится. — И сказала: «Скажи мне код».

— И он сказал?

Ма переводит дыхание.

— Он произнес несколько цифр, и я встала, чтобы набрать их.

— А что это были за цифры?

— Не думаю, чтобы он сообщил мне настоящий код. Он вскочил, вывернул мне руку и отнял нож.

— Твою больную руку?

— Ну, до этого она была здоровой. Не плачь, — говорит Ма, уткнувшись в мои волосы. — Это было очень-очень давно.

Я хочу что-то сказать, но у меня ничего не выходит.

— Поэтому, Джек, бить его бесполезно. Когда он пришел на следующий день, то сказал: во-первых, никто никогда не заставит его сообщить мне код. И во-вторых, если я когда-нибудь еще попробую применить этот трюк, он уйдет навсегда и я умру с голоду.

Я думаю, что она рассказала мне все.

Мой желудок громко урчит, и я думаю, зачем Ма рассказала мне эту ужасную историю. Она говорит мне, что нам надо...

Но тут я мигаю и закрываю глаза — в комнате вдруг зажигается свет.

Глава 3
СМЕРТЬ

В комнате тепло. Ма уже встала. На столе лежит новая коробка хлопьев и четыре банана. Ура! Должно быть, ночью приходил Старый Ник. Я вскакиваю с кровати. На кухне лежат еще макароны, хот-доги, мандарины и...

Ма ничего этого не ест, она стоит у комода и смотрит на цветок. Он потерял три листа. Ма трогает стебель и...

Нет!

— Он уже и так умер.

— Нет, это ты его сломала.

Ма мотает головой:

— Живые растения сгибаются, а не ломаются, Джек. Я думаю, он умер от холода, весь заледенел изнутри.

Я пытаюсь соединить стебель цветка. Мне нужна клейкая лента, но я вспоминаю, что ее больше нет, Ма использовала остатки этой ленты для соединения частей космического корабля. Какая она глупая! Я подбегаю, вытаскиваю из-под кровати коробку, нахожу в ней космический корабль и отрываю куски скотча. Ма смотрит и ничего не говорит. Я обматываю лентой стебель цветка, но он разваливается на части.

— Мне очень жаль, — говорит Ма.

— Сделай так, чтобы он снова стал живым, — говорю я ей.

— Я не смогу этого сделать, даже если бы очень хотела.

Она ждет, когда я перестану плакать, и вытирает мне глаза. Мне становится жарко, и я стягиваю с себя лишние одежки.

— Наверное, лучше всего выбросить этот цветок в мусорное ведро, — говорит Ма.

— Нет, — возражаю я. — Лучше в унитаз.

— Но он забьет нам все трубы.

— Мы можем разломать его на мелкие кусочки... — Я целую несколько листочков цветка и смываю их, потом бросаю другие листочки и тоже смываю. Под конец я бросаю в унитаз кусочки стебля. — До свидания, цветок, — шепчу я. Может, в море его части снова соединятся и он вырастет до небес.

Я вспоминаю, что море — настоящее. Снаружи все настоящее, потому что я видел самолет в голубом небе среди облаков. Мы с Ма не можем выйти наружу, потому что не знаем кода, но все равно то, что снаружи, — настоящее.

Раньше я не понимал, что не надо злиться из-за того, что мы не можем открыть дверь. Это все потому, что моя голова была слишком маленькой и не могла вместить в себя то, что находится снаружи. Когда я был малышом, то и думал как малыш, но теперь мне уже пять лет и я знаю все.

Сразу же после завтрака мы принимаем ванну. Вода течет такая горячая, что от нее идет пар. Мы наполняем ванну до краев, еще немного — и вода начнет переливаться на пол. Ма ложится на спину и чуть было не засыпает, но я бужу ее, чтобы вымыть ей голову, а она моет мою. После этого мы стираем белье, но на простынях много длинных волос, и нам приходится их убирать. Мы устраиваем соревнование — кто быстрее это сделает.

Мультфильмы уже закончились, по телевизору показывают детей, которые красят яйца для сбежавшего кролика. Я перевожу взгляд с одного ребенка на другого и говорю тихо:

— Вы все настоящие.

— Для пасхального кролика, а не сбежавшего, — поправляет меня Ма. — Мы с Полом любили пасхальные яйца. Когда мы были детьми, пасхальный кролик приносил нам ночью шоколадные яйца и прятал их в разных местах — на заднем дворе, под кустами, в дуплах, даже в гамаке.

— А этот кролик требовал, чтобы ты отдавала ему свои зубы? — спрашиваю я.

— Нет, он приносил яйца бесплатно. — Лицо Ма снова становится скучным.

Я думаю, что пасхальный кролик не знает, где находится наша комната, к тому же у нас нет ни кустов, ни деревьев — они все за дверью.

Сегодня у нас счастливый день: в комнате тепло и у нас много еды, но Ма совсем этому не рада. Наверное, она скучает по цветку. Я предлагаю сыграть в прогулку. Мы идем, держась за руки, по нашей Дорожке и называем все, что попадается нам на пути.

— Ма, смотри, водопад! — Минуту спустя я снова восклицаю: — Смотри! Дикий зверь!

— Ух ты!

— Теперь твоя очередь.

— Ой, смотри, — говорит Ма, — улитка.

Я наклоняюсь, чтобы рассмотреть ее.

— Смотри, огромный бульдозер сносит небоскреб. Смотри, зомби распустил свои слюни.

— Джек! — На лице Ма мелькает улыбка. Потом мы ускоряем шаг и поем «Эта земля — наша земля».

После этого мы кладем на пол ковер, и он превращается в ковер-самолет, на котором мы пролетаем над Северным полюсом. Потом Ма предлагает расслабиться. Мы лежим неподвижно, но я забываю, что шевелиться нельзя, и чешу нос, поэтому выигрывает Ма. Я предлагаю сыграть в трамплин, но она говорит, что больше не хочет сегодня заниматься физкультурой.

— Давай сделаем так: я буду прыгать, а ты — комментировать.

— Нет, извини меня, но я хочу прилечь. — Сегодня она какая-то скучная.

Я очень медленно вытаскиваю яичную змею из-под кровати. Мне кажется, я слышу, как она шипит: «Здравс-с-с-твуй».

Я глажу ее, особенно те скорлупки, которые потрескались или имеют зазубрины. Одна из них рассыпается прямо у меня в руках, и я делаю клей из муки и наклеиваю кусочки скорлупки на разлинованную бумагу, из которой мы делаем гору с зубчатой вершиной. Я хочу показать мою работу Ма, но вижу, что ее глаза закрыты. Тогда я залезаю в шкаф и играю в шахтера. Я нахожу у себя под подушкой золотой самородок. На самом деле это зуб. Он не живой и не сгибается, но его можно разбить, и нам не надо бросать его в унитаз. Это часть Ма, ее мертвый плевок.

Я высовываю голову из шкафа и вижу, что глаза Ма открыты.

— Что ты делаешь? — спрашиваю я ее.

— Думаю.

Я могу думать и при этом заниматься чем-нибудь еще, неужели она не может? Она встает и идет готовить обед. Она берет оранжевую коробку с макаронами. Я обожаю их!

После обеда я изображаю Икара, крылья которого тают на солнце, а Ма очень медленно моет посуду. Я жду, когда она закончит, чтобы снова поиграть со мной, но она не хочет играть. Она сидит в кресле и просто качается.

— Что ты делаешь?

— Думаю. — Минуту спустя она спрашивает: — А что это у тебя в наволочке?

— Это мой рюкзак. — Я повязал себе на шею наволочку за углы. — Я сложил туда наши вещи, которые нам понадобятся снаружи после того, как нас спасут. — Я засунул туда зуб, джип, дисташку, свое и мамино белье, носки, ножницы и четыре яблока на тот случай, если мы проголодаемся. — А там есть вода? — спрашиваю я.

Ма кивает:

— Да, реки, озера...

— Нет, вода для питья. Там есть краны?

— Да, полным-полно.

Я рад, что не надо тащить с собой бутылку с водой, потому что рюкзак и так уже слишком тяжелый. Мне приходится оттягивать узел на шее, чтобы он не мешал говорить.

Ма все качается и качается.

— Когда-то я мечтала о том, чтобы меня спасли, — говорит она. — Я писала записки и прятала их в мешках с мусором, но никто их не находил.

— Тебе надо было бросить их в унитаз.

— И когда мы кричим, никто нас не слышит, — продолжает она. — Однажды я полночи включала и выключала свет, а потом поняла, что никто этого не видит.

— Но...

— Никто нас не спасет.

Я некоторое время молчу, а потом говорю:

— Ты ведь не знаешь, что там есть.

Я никогда еще не видел такого странного выражения на ее лице. Лучше бы она сегодня опять ушла, чем была такой, которая совсем не похожа на мою Ма. Я достаю с полки все мои книги и читаю их: «Объемный аэропорт», «Детские стихи» и «Дилана-землекопа», мою любимую книгу, и «Сбежавшего Кролика». Эту я читаю только до половины, оставляя вторую для Ма. Вместо этого я читаю «Алису», пропуская рассказ о страшной Герцогине.

Наконец Ма перестает качаться.

— Можно мне пососать?

— Конечно, — отвечает она. — Иди сюда.

Я сажусь к ней на колени, поднимаю ее футболку и долго-долго сосу.

— Ну что, наелся? — шепчет она мне в ухо.

— Да.

— Послушай, Джек. Ты меня слушаешь?

— Я всегда тебя слушаю.

— Нам нужно бежать отсюда.

Я с удивлением смотрю на нее.

— И нам придется сделать это без посторонней помощи.

Но она же сама говорила, что мы похожи на людей в книге, а разве можно убежать из книги?

— Мы должны составить план. — Голос Ма звучит очень высоко.

— Какой?

— Если бы я знала! Вот уже семь лет я пытаюсь составить этот план.

— Мы можем разбить стены. — Но у нас нет ни джипа, ни даже бульдозера, которые могли бы их разрушить. — Мы можем... взорвать дверь.

— Как?

— Как это сделал кот в «Томе и Джерри».

— Это хорошо, что ты занимаешься мозговым штурмом, — говорит Ма, — но нам нужна идея, которая сработает.

— Очень сильный взрыв, — предлагаю я.

— Если он будет очень сильным, то мы с тобой тоже погибнем.

Об этом я как-то не подумал. Я выдвигаю другую идею:

— Ой, Ма! Мы можем однажды дождаться прихода Старого Ника и сказать ему: «Посмотри, какой вкусный пасхальный пирог мы испекли, съешь большой кусок этого пирога», а сами его отравим.

Но Ма качает головой:

— Если мы его отравим, то никогда не узнаем кода.

Я думаю так напряженно, что у меня начинает болеть голова.

— Есть еще какие-нибудь идеи?

— Но ты ведь отвергла все мои идеи.

— Прости, прости. Я пытаюсь быть реалистичной.

— А какие идеи реалистичны?

— Не знаю, не знаю. — Ма облизывает губы. — Я все время думаю, как бы нам воспользоваться моментом, когда открывается дверь. Если четко рассчитать время, то сможем ли мы проскочить мимо него за те секунды, пока она будет открыта?

— О, это крутая идея.

— Давай я отвлеку его, а ты в это время выскользнешь наружу. — Но Ма качает головой. — Ничего не выйдет.

— А вот и выйдет.

— Он схватит тебя, Джек, схватит еще до того, как ты добежишь до середины двора и... — Она замолкает.

Через минуту я спрашиваю:

— Есть еще какие-нибудь идеи?

— Эта мысль все время крутится у меня в голове, словно белка в колесе, — произносит Ма сквозь зубы.

В каком таком колесе? В чертовом колесе на ярмарке?

— Нужно его перехитрить, — говорю я.

— Но как?

— Ну, может, так же, как он заманил тебя, когда ты была студенткой, в свой грузовичок, с помощью пса, которого на самом деле не было.

Ма выдыхает:

— Я знаю, ты хочешь помочь, но, может, ты помолчишь немного, пока я думаю?

Но мы думаем, напряженно думаем вместе. Я встаю и, взяв банан с большим коричневым пятном, съедаю его. Коричневая часть — самая вкусная.

— Джек! — Глаза у Ма расширяются, и она говорит очень быстро: — Твоя идея с собакой — отличная идея. А что, если мы сделаем вид, что ты заболел?

Сначала я не могу понять. Потом до меня доходит:

— Это вроде пса, которого не было?

— Совершенно верно. Когда он придет, я могу сказать, что ты заболел.

— Чем?

— Ну, скажем, сильно простудился. Попробуй покашлять.

Я кашляю и кашляю, а она слушает.

— Гм... — произносит Ма. Наверное, у меня плохо получается. Я кашляю громче — мне кажется, что мое горло сейчас разорвется. Ма качает головой. — Нет, так не пойдет.

— Я могу кашлять еще сильнее...

— Ты очень стараешься, но все равно видно, что кашель притворный.

Я кашляю как можно громче.

— Не знаю, — говорит Ма, — наверное, кашель очень трудно изобразить правдоподобно. Тем не менее... — Она бьет себя по голове. — Какая же я глупая!

— Ты не глупая.

— Это должна быть такая болезнь, которую ты мог подхватить только у Старого Ника, понимаешь? Ведь только он приносит нам в комнату микробов, а ведь у него нет простуды. Нет, нам нужно... может быть, что-нибудь в пище? — Она с остервенением смотрит на бананы. — Отчего у тебя могла бы подняться температура? — Ма не спрашивает меня, она хочет понять сама. — Высокая температура, из-за которой ты не сможешь ходить или будешь все время спать.

— Почему я не смогу ходить?

— Если ты будешь все время лежать, то тебе легче будет делать вид, что ты болен. Да, — говорит Ма; ее глаза сияют. — Я скажу ему: «Отвези Джека в больницу в своем грузовичке, чтобы врачи дали ему нужное лекарство».

— Я поеду в коричневом грузовичке?

Ма кивает:

— В больницу.

Я не верю своим ушам. Потом я вспоминаю медицинскую планету.

— Но я не хочу, чтобы меня резали.

— Да нет, доктора ничего не будут с тобой делать, потому что на самом деле ты здоров, понимаешь? — Она гладит меня по плечу. — Это все для того, чтобы обмануть Старого Ника. Он отвезет тебя в больницу, и как только ты увидишь врача — или медсестру, — то крикнешь: «Помогите!»

— Ты сама можешь это крикнуть.

Я думаю, что Ма меня не расслышала. Но тут она говорит:

— Меня с тобой в больнице не будет.

— А где же ты будешь?

— Здесь, в комнате.

— У меня есть идея получше. Ты тоже можешь притвориться больной, как тогда, когда у нас с тобой был понос. Тогда он отвезет нас обоих в больницу.

Ма жует губу.

— Он на это не купится. Я знаю, тебе будет страшно ехать одному, но я про себя буду все время разговаривать с тобой. Обещаю. Помнишь, когда Алиса падала, падала и падала, она все время про себя разговаривала со своей кошкой Диной?

Но ведь Ма все равно со мной не будет. От одной мысли об этом у меня начинает болеть живот.

— Мне этот план не нравится.

— Джек...

— Это плохая идея.

— На самом деле...

— Я не выйду наружу без тебя.

— Джек...

— Ни в коем случае, Хозе, ни в коем случае, Хозе, ни в коем случае, Хозе.

— Ну хорошо, успокойся. Забудь об этом.

— Правда?

— Да, если ты не готов, то и говорить не о чем. — Но голос у Ма по-прежнему очень недовольный.

Сегодня начинается апрель, и я надуваю новый шарик. Осталось всего три шарика — красный и два желтых. Я беру желтый, чтобы на следующий месяц у нас был выбор, какой надуть — красный или желтый. Я надуваю его и пускаю летать по комнате. Мне нравится звук шипящего воздуха, выходящего из шара. Мне не очень нравится завязывать узел, ведь после этого шарик уже больше не сможет летать. Но для того чтобы сыграть в теннис с этим шаром, мне придется его завязать, поэтому я даю ему с шипением выпустить воздух и три раза надуваю его, а потом завязываю, просунув случайно в дырочку палец. Наконец я завязываю его правильно, и мы с Ма играем в теннис; я выигрываю пять раз из семи.

Она спрашивает:

— Хочешь пососать?

— Из левой, если можно, — отвечаю я, забираясь в кровать. Молока не очень много, но зато оно очень вкусное.

Мне кажется, я немного поспал, но тут Ма говорит мне в ухо:

— Помнишь, как они ползли по темному подкопу, спасаясь от нацистов? Один за другим.

— Помню.

— Вот так же сделаем и мы, когда ты будешь готов.

— Мы что, тоже выроем подкоп? — Я оглядываюсь.

— Нет, мы выберемся отсюда точно так же, как узники этого лагеря. Я хочу сказать, что тому, кто хочет бежать из заключения, надо быть очень храбрым и уходить по одному.

Я качаю головой.

— Это единственный приемлемый план. — Глаза Ма сверкают. — Ты — мой храбрый принц Джекер-Джек. Понимаешь, ты поедешь в больницу, оттуда вернешься сюда с полицейскими...

— Они меня арестуют?

— Нет-нет, они тебе помогут. Ты приведешь их сюда, чтобы спасти меня, и после этого мы всегда будем вместе.

— Я не могу спасти тебя, — говорю я ей, — ведь мне всего пять лет.

— Но ведь ты обладаешь сверхъестественной силой. Ты единственный, кто может это сделать. Так, значит, сделаешь?

Я не знаю, что сказать, а она ждет моего ответа.

— Хорошо.

— Это означает «да»?

— Да.

Ма крепко целует меня. Мы вылезаем из постели и съедаем по банке мандаринов на каждого.

У плана еще много недоработок. Ма все время думает о них и говорит: «О нет, так не пойдет», а потом находит новое решение.

— Но ведь полицейские не знают кода и не смогут открыть дверь, — говорю я.

— Они что-нибудь придумают.

— Что?

Ма трет свой глаз.

— Не знаю; может, пустят в ход газовую горелку?

— А что такое...

— Это прибор, из которого бьет пламя. Он может сжечь эту дверь.

— Надо нам самим сделать такую горелку, — говорю я, прыгая на месте. — Мы можем, мы можем взять бутылочку из-под витаминов с драконьей головой и положить ее на включенную плиту, а когда она загорится...

— Мы с тобой оба сгорим... — говорит Ма совсем не дружелюбным тоном.

— Но...

— Джек, это не игра. Давай еще раз повторим наш план...

141

Я помню все его части, но называю их в неправильном порядке.

— Послушай, надо действовать как Дора, — говорит мне Ма, — помнишь, она идет сначала в одно место, а потом в другое, чтобы попасть в третье. У нас это будут: болезнь, грузовичок, больница, полиция, спасение Ма. Повтори. — Она ждет, когда я повторю.

— Грузовик.

— Сначала болезнь.

— Болезнь, — говорю я. — Потом больница, ой нет, извини, грузовичок. Итак, болезнь, грузовичок... Болезнь, грузовичок, больница, спасение Ма.

— Ты забыл полицию, — говорит Ма. — Считай по пальцам: болезнь, грузовичок, больница, полиция, спасение Ма.

Мы повторяли этот план снова и снова. Мы делали карту с картинками на разлинованной бумаге. На первой изображен я с закрытыми глазами и высунутым языком, на второй нарисован коричневый грузовичок, на третьей — человек в длинном белом халате, изображающий врача, на четвертой — полицейская машина с включенной мигалкой, на пятой — освобожденная Ма, которая улыбается и машет мне рукой с газовой горелкой, похожей на дракона, изрыгающего пламя. Я очень устал, но Ма говорит, что мне надо потренироваться изображать больного, поскольку это самое важное в нашем плане.

— Потому что, если он не поверит, что ты болен, наш план провалится. У меня есть идея. Я сделаю так, чтобы твой лоб стал горячим, и заставлю Старого Ника потрогать его.

— Нет!

— Не бойся, я не подожгу тебя...

Она не поняла.

— Я не хочу, чтобы он до меня дотрагивался.

— Он дотронется только один раз, обещаю тебе, и я буду стоять рядом.

Но я продолжал мотать головой.

— Да, это может сработать, — говорит она. — Мы положим тебя рядом с нагревателем. — Она становится на колени и засовывает руку под кровать, но потом хмурится и говорит: — Воздух не очень горячий. Может быть... положить тебе на лоб пакет с горячей водой, как раз перед его появлением? Ты будешь в постели, и, когда мы услышим, как дверь говорит *бип-бип*, я уберу пакет с водой.

— Куда?

— Да не важно куда.

— Нет, важно.

Ма смотрит на меня.

— Ты прав, нам надо тщательно все продумать, чтобы ничто не помешало осуществить наш план. Я засуну пакет с водой под кровать, хорошо? И когда Старый Ник потрогает твой лоб, он убедится, что он очень горячий. Давай попробуем?

— С пакетом воды?

— Нет, просто ложись в кровать и полностью расслабься, как тогда, когда мы с тобой играем.

Мне это всегда удается очень хорошо, у меня даже открывается рот. Ма притворяется Старым Ником. Она кладет руку поверх моих бровей и говорит грубым голосом:

— Ой, какой горячий!

Я хихикаю.

— Джек!

— Прости. — Я опять лежу неподвижно. Мы снова и снова повторяем это, но мне скоро надоедает притворяться больным, и Ма разрешает мне встать.

Мы ужинаем сосисками в тесте. Ма почти ничего не ест.

— Так ты помнишь наш план? — спрашивает она.

Я киваю.

— Повтори еще раз.

Я проглатываю кусок своей сосиски и говорю:

— Болезнь, грузовичок, больница, полиция, спасение Ма.

— Отлично. Значит, ты готов?

— К чему?

— К тому, чтобы убежать сегодня.

Я и не думал, что мы совершим побег сегодня. Я не готов к этому.

— А почему сегодня?

— Я не хочу больше ждать — после того, как он отключил нам ток.

— Но он же включил его снова!

— Да, помучив нас три дня. И заморозил наш цветок. Кто знает, что он сделает завтра? — Ма встает с тарелкой в руках. — Внешне он похож на человека, но на самом деле в нем нет ничего человеческого.

Я теряюсь:

— Он что, робот?

— Хуже.

— Однажды в передаче «Боб-строитель» показывали робота...

Но Ма перебивает меня:

— Ты знаешь свое сердце, Джек?

— *Бам-бам.* — Я показываю на свою грудь.

— Нет, то место, где живут твои чувства — грусть, страх, радость и тому подобное?

Это ниже, я думаю, они живут в моем животе.

— Так вот, у него нет такого места.

— У него нет живота?

— Нет места, где живут чувства, — отвечает Ма.

Я смотрю на свой живот.

— А что же у него вместо этого?

Ма пожимает плечами:

— Пустота.

Как в кратере? Но ведь это дыра, в которой что-то произошло. Что же произошло со Старым Ником? Я так и не понял, почему мы должны осуществить свой план сегодня. Только потому, что Старый Ник на самом деле робот?

— Давай убежим в другую ночь.

— Хорошо, — говорит Ма, бессильно падая на свой стул.

— Хорошо?

— Да. — Она потирает лоб. — Прости меня, Джек, я понимаю, что не должна тебя подгонять. Я-то уже давно все обдумала, но тебе все это в новинку.

Я киваю и киваю.

— Конечно, пара дней ничего не меняет. Если мы опять с ним не поругаемся. — Она улыбается мне. — Может, через пару дней?

— А может, лучше, когда мне исполнится шесть?

Ма с удивлением смотрит на меня.

— Я готов обмануть его и выйти наружу, когда мне будет шесть.

Ма закрывает лицо ладонями. Я тяну ее за руку:

— Не надо.

Когда она поднимает голову, ее лицо пугает меня.

— Ты же говорил, что будешь моим супергероем.

Что-то не помню, чтобы я такое говорил.

— Так ты хочешь убежать отсюда?

— Да, только не по-настоящему.

— Джек!

Я смотрю на последний кусок сосиски, но есть мне уже не хочется.

— Давай останемся здесь.

Ма качает головой:

— Здесь становится тесно.

— Где?

— В комнате.

— В комнате совсем не тесно. Посмотри. — Я забираюсь на стул и прыгаю на нем, раскинув руки, — они ни за что не задевают.

— Ты не представляешь, как это вредно для тебя. — Голос Ма дрожит. — Ты должен видеть разные вещи, трогать их.

— Я...

— Ты должен узнать много других вещей. Тебе нужно больше места. Нужна трава. Я думаю, ты хочешь увидеть своих бабушку и дедушку и дядю Пола, покататься на качелях на детской площадке, поесть мороженого.

— Нет, спасибо.

— Ну хорошо, забудь об этом.

Ма снимает с себя одежду и натягивает ночную футболку. Я надеваю свою. Она делает все это молча — я вижу, что она очень сердится на меня. Она завязывает пакет с мусором и ставит его у двери. Сегодня на нем нет никакого списка.

Мы чистим зубы. Ма сплевывает. На губах у нее осталась паста... ее глаза встречаются с моими в зеркале.

— Я дала бы тебе больше времени, если бы могла, — говорит она, — клянусь, я ждала бы столько, сколько нужно, если бы была уверена, что мы в безопасности. Но такой уверенности у меня нет.

Я быстро поворачиваюсь к ней и утыкаюсь в ее живот. Я пачкаю ее футболку пастой. Но она не обращает на это внимания.

Мы лежим на кровати, Ма разрешает мне пососать из левой груди. Мы молчим.

В шкафу я никак не могу уснуть. Я тихонько напеваю: «Джон Джейкоб Джинглхаймер Шмидт». Я жду. Потом снова пою эти слова.

Ма подхватывает:

> Меня так кличут тоже.
> Куда б я ни пошел,
> Кричит вокруг народ:
> — Смотри, Джон Джейкоб
>   Джинглхаймер Шмидт идет.

Обычно мы вместе с ней поем: «На, на, на, на, на, на, на», за что я и люблю эту песню, но на этот раз Ма молчит.

Ма будит меня глубокой ночью. Она стоит, наклонившись надо мной, и я ударяюсь о шкаф, садясь на своей постели.

— Пойди посмотри, — шепчет она.

Мы стоим у стола и смотрим вверх. В окно заглядывает огромное круглое серебряное лицо Бога. Оно такое яркое, что освещает всю комнату, краны и зеркало, кастрюли и дверь и даже щеки Ма.

— Знаешь, — шепчет она, — иногда луна полукруглая, в другое время похожа на серп, а порой напоминает простой обрезок ногтя.

— Не-а, луна существует только в телевизоре.

Ма показывает на окно:

— Ты видел ее только тогда, когда она полная и стоит прямо над головой. Но когда мы выберемся наружу, ты сможешь увидеть ее в нижней части неба, во всех ее видах. И даже днем.

— Ни в коем случае, Хозе.

— Я говорю тебе правду. Окружающий мир тебе очень понравится. Подожди, вот увидишь заход солнца, когда небо на закате еще розовое и пурпурное...

Я зеваю.

— Прости меня, — снова шепчет Ма, — ложись в постель.

Я смотрю, здесь ли пакет с мусором. Его нет.

— А Старый Ник приходил?

— Да, я сказала ему, что ты заболел. Что у тебя судороги и понос.

Мне показалось, что Ма вот-вот засмеется.

— А почему ты...

— Чтобы он легче поверил в наш обман. Мы совершим побег завтра ночью.

Я выдергиваю свою руку из ее рук.

— Не надо было ему говорить.

— Джек...

— Это плохая идея.

— Но ведь мы составили отличный план.

— Это дурацкий, глупый план.

— Другого у нас нет, — очень громко произносит Ма.

— Но я же сказал «нет».

— Да, но до этого ты сказал «может быть», а еще раньше ты сказал «да».

— Ты обманщица.

— Я твоя мать. — Ма почти кричит. — Это означает, что иногда мне приходится выбирать за нас обоих.

Мы ложимся в постель. Я сжимаюсь калачиком, повернувшись к ней спиной. Как бы я хотел получить в качестве воскресного подарка специальные боксерские перчатки, чтобы побить ее!

Я просыпаюсь в страхе, и страх меня не покидает.

Ма не смывает наши какашки, она разбивает их ручкой деревянной ложки, чтобы они стали похожи на густой суп, который пахнет просто отвратительно.

Мы ни во что не играем, а просто тренируемся — я лежу, полностью распластавшись, и не произношу ни слова. Я и вправду начинаю чувствовать себя больным; Ма говорит, что это сила воображения.

— Ты так хорошо притворяешься, что обманул даже свой собственный организм.

Я снова собираю свой рюкзак, который на самом деле является наволочкой. Я укладываю туда дисташку и желтый шар, но Ма говорит «нет».

— Если ты что-нибудь возьмешь с собой, Старый Ник сразу догадается, что ты решил бежать.

— Я спрячу дисташку в карман брюк.

Но Ма качает головой:

— Ты будешь в одной ночной футболке, потому что, если у тебя действительно сильный жар, ничего другого на тебе быть не может.

Я представляю себе, как Старый Ник несет меня в грузовичок, и у меня сразу же начинает кружиться голова. Мне даже кажется, что я сейчас упаду.

— Ты боишься, — говорит Ма, — но поступаешь смело.

— А?

— Ты — боязливо-смелый.

— Болый.

Обычно она смеется, когда я составляю слово-бутерброд, но мне сейчас совсем не до смеха.

На обед у нас суп с говядиной, но я просто сосу крекеры.

— Чего ты теперь боишься? — спрашивает Ма.

— Больницы. Вдруг я все перепутаю?

— Тебе нужно будет сказать им, что твоя мама живет взаперти, а запер ее тот человек, который тебя привез.

— Но слова...

— Что «слова»? — Ма ждет.

— Вдруг они вообще не произнесутся?

Она кладет голову на руки.

— Я все время забываю, что ты ни с кем, кроме меня, никогда не разговаривал.

Я жду. Ма медленно и с шумом выдыхает из себя воздух.

— Знаешь, что я тебе скажу. Я напишу записку, в которой все объясню, и ты ее спрячешь.

— Хорошо-о.

— И ты отдашь ее первому же человеку, которого увидишь в больнице. Только не больному, а тому, кто будет в белом халате.

— А что этот человек с ней сделает?

— Прочитает, конечно.

— Неужели в телевизоре умеют читать?

Ма смотрит на меня с удивлением:

— Запомни, эти люди самые настоящие, как и мы с тобой.

Я до сих пор в это не верю, но ничего не говорю. Ма на куске линованной бумаги пишет записку. Она описывает нашу судьбу и комнату и заканчивает словами: «Пожалуйста, помогите нам к. м. с.», что означает «как можно скорее». Вначале стоят два слова, которых я до сих пор ни разу не видел. Ма говорит, что это ее имя и фамилия. Их имеют все люди из телевизора. Так снаружи называли ее все, кто ее знал, только я зову ее Ма.

У меня болит живот, мне не нравится, что у нее есть имена, которых я не знаю.

— А у меня есть другие имена?

— Нет, ты всегда Джек. Ой нет, я забыла — ты ведь носишь мою фамилию. — И она показывает на свое второе имя.

— Зачем?

— Ну, чтобы показать, что ты отличаешься от всех других Джеков в мире.

— Каких других Джеков? Из сказок?

— Нет, от настоящих мальчиков, — отвечает Ма. — Снаружи живут миллионы людей, и имен на всех не хватает, поэтому многие носят одинаковые имена.

Я не хочу, чтобы мое имя носил кто-нибудь еще. Живот у меня болит все сильнее. У меня нет кармана, поэтому я засовываю мамину записку в трусы, и она царапает мне кожу.

За окном постепенно темнеет. Мне хочется, чтобы день не кончался и ночь вообще не наступала. Сейчас 8:41, и я в постели, тренируюсь лежать совершенно неподвижно. Ма наполняет горячей водой полиэтиленовый пакет и крепко завязывает его, чтобы вода не пролилась. Она засовывает его в другой пакет и тоже завязывает его.

— Ой! — Я пытаюсь отодвинуться.

— Это твой лоб? — Она снова кладет пакет мне на лицо. — Он должен быть горячим, иначе ничего не получится.

— Но мне больно.

Она прикладывает пакет к своему лицу.

— Потерпи еще минутку.

Я закрываю лоб кулаками.

— Ты должен быть храбрым, как принц Джекер-Джек, а то наш план сорвется. Может, мне сказать Старому Нику, что тебе стало лучше?

— Нет.

— Я уверена, что Джек — Победитель великанов положил бы горячий пакет себе на лицо, если бы это было нужно. Ну давай же, еще немного.

— Дай я сам. — Я устраиваю пакет на подушке, а потом укладываюсь на него лицом. Временами я поднимаю голову, чтобы передохнуть, а Ма щупает мой лоб или щеки и говорит:

— Горячо, — но потом снова заставляет лечь на пакет.

Я тихонько плачу, но не из-за того, что мне жарко, а потому, что скоро придет Старый Ник, если он, конечно, сегодня придет; я не хочу, чтобы он приходил, мне кажется, что я по-настоящему заболею. Я прислушиваюсь, не раздастся ли *бип-бип*. Я надеюсь, что он не придет, я не болый, а самый настоящий трус. Я бегу в туалет и какаю, а Ма размешивает мои какашки. Я хочу смыть их, но она говорит «нет», комната должна провонять насквозь, как будто у меня вчера был понос.

Когда я возвращаюсь в кровать, она целует меня сзади в шею и говорит:

— У тебя отлично получается, а то, что ты плачешь, — это даже лучше.

— Почему?

— Потому что ты действительно кажешься совсем больным. Давай что-нибудь сделаем с твоими волосами... Надо было подумать об этом заранее. — Она наливает немного зеленой жидкости для мытья посуды себе на руки и втирает мне в волосы. — Теперь они кажутся жирными от пота. Но только пахнут они слишком хорошо, надо, чтобы от тебя плохо пахло.

Она убегает, чтобы посмотреть на часы.

— У нас осталось совсем мало времени, — говорит Ма и вся трясется. — Какая же я дура, от тебя должно сильно вонять, ты ведь... Держись.

Она наклоняется над кроватью, издает какой-то странный кашляющий звук и закрывает руками рот. Этот звук повторяется снова и снова. Потом из ее рта падает какая-то масса вроде плевка, но только намного гуще. Я узнаю в ней рыбные палочки, которые мы ели на ужин. Ма растирает эту массу по подушке и моим волосам...

— Не надо! — кричу я, пытаясь увернуться.

— Извини, но я должна это сделать. — Глаза Ма как-то странно сияют. Она мажет своей блевотиной мою футболку, даже мои губы. Она пахнет очень мерзко, остро и ядовито. — А теперь клади лицо на горячий пакет.

— Но...

— Делай, что тебе говорят, Джек, да поживее.

— Я передумал.

— Мы с тобой не в игрушки играем, так что передумывать нельзя. Клади лицо.

Я плачу и ложусь лицом на горячий пакет.

— Ты злая!

— У меня есть на это причины, — отвечает Ма.

И тут раздается: *бип-бип, бип-бип.*

Ма быстро хватает пакет и проезжает им по моему лицу...

— Ш-ш-ш. — Она закрывает мне глаза, кладет меня лицом на вонючую подушку и натягивает мне одеяло на самую шею.

Вместе со Старым Ником в комнату врывается прохладный воздух.

Ма кричит:

— Явился наконец.

— Говори потише, — негромко отвечает Старый Ник ворчливым голосом.

— Я просто...

— Заткнись. — Снова раздается *бип-бип,* а потом *бум.* — Ты знаешь правило, — говорит он, — не издавать ни звука, пока не закрылась дверь.

— Прости меня. Я сорвалась, потому что Джеку совсем плохо. — Голос Ма дрожит. На мгновение я и сам верю в это, она притворяется даже лучше, чем я.

— Здесь ужасно пахнет.

— Это потому, что из него выходит через оба отверстия.

— Наверное, какая-то инфекция, — говорит Старый Ник.

— Он болен уже более тридцати часов. У него озноб, он весь горит...

— Дай ему таблетку от головной боли.

— А что, ты думаешь, я делала весь день? Его от них рвет. У него даже вода не задерживается.

Старый Ник переводит дыхание.

— Дай мне посмотреть на него.

— Нет, — говорит Ма.

— Пусти меня к нему...

— Нет, я же сказала, нет...

Я лежу, уткнувшись лицом в вонючую подушку. Глаза мои закрыты. Старый Ник стоит рядом с кроватью и смотрит на меня. Я чувствую, как он кладет свою руку на мою щеку, и тихонько вскрикиваю от страха. Ма говорила, что он потрогает мой лоб, а он дотронулся до щеки. Его рука совсем не похожа на мамину. Она холодная и тяжелая...

— Надо купить ему лекарств посильнее в круглосуточной аптеке.

— Посильнее? Но ему только пять лет, его организм полностью обезвожен, он весь горит бог знает от какой инфекции! — кричит Ма. Она не должна кричать. Старый Ник этого терпеть не может.

— Заткнись на секунду и дай мне подумать.

— Его надо немедленно везти в больницу, и ты это прекрасно понимаешь.

Старый Ник издает какой-то звук, но я не знаю, что это означает. Голос Ма звучит так, как будто она плачет.

— Если ты сейчас же не отвезешь его в больницу, он может...

— Хватит истерик! — прерывает ее Старый Ник.

— Ну пожалуйста, я тебя очень прошу.

— Ни в коем случае.

Я чуть было не добавляю «Хозе». Это слово вертится у меня на языке, но я его не произношу, я вообще нечего не говорю, а лежу неподвижно, словно мертвый.

— Скажешь им, что он незаконно проживающий в стране иностранец без документов, — говорит Ма. — Он не в состоянии и слова сказать, и, как только они сделают ему капельницу, ты привезешь его назад. — Голос Ма удаляется: наверное, она идет за Старым Ником к двери. — Ну пожалуйста. Я все для тебя сделаю.

— А, что с тобой разговаривать! — отвечает Старый Ник. Судя по его голосу, он стоит уже у самой двери.

— Не уходи... Прошу тебя...

Что-то падает. Но я так напуган, что не осмеливаюсь даже открыть глаза. Ма плачет. Я слышу звук *бип-бип*, потом *бум*. Дверь закрывается, и мы остаемся одни. В комнате тихо. Я пять раз пересчитываю свои зубы, всякий раз получая двадцать, только один раз выходит девятнадцать, но я считаю снова и получаю двадцать. Я тихонько открываю глаза и смотрю по сторонам. Ма сидит на ковре, опершись спиной о дверную стену. Она глядит в пустоту. Я шепчу.

— Ма?

И тут мне кажется, что она улыбается. Как странно!

— Я что, плохо притворялся?

— О нет. Ты играл, как кинозвезда.

— Но ведь он не отвез меня в больницу.

— Ну и ладно. — Ма встает и, намочив водой тряпку, подходит и вытирает мне лицо.

— Но ты ведь сказала... — Я вспоминаю о своем горящем лице, рвоте и о том, как до меня дотрагивался Старый Ник. — Болезнь, грузовичок, больница, полиция, спасение Ма.

Ма кивает, поднимает мою футболку и вытирает мне грудь.

— Это был план А, и он удался. Но, как я и думала, он слишком сильно испугался.

Тут что-то не так.

— *Он* испугался?

— Ну, он боится, что ты расскажешь врачам о нашей комнате и полиция посадит его в тюрьму. Я надеялась, что он все-таки рискнет отвезти тебя в больницу, если решит, что тебе угрожает смертельная опасность, но никогда по-настоящему не верила, что он это сделает.

Теперь я все понял.

— Ты меня обманула, — рычу я. — Ты и не думала, что я проедусь в коричневом грузовике.

— Джек, — говорит Ма, так крепко прижимая меня к себе, что ее кости давят мне на лицо.

Я отпихиваюсь.

— Ты сказала, что больше не будешь мне врать и всегда будешь говорить только правду, а потом снова соврала.

— Я делаю все, что могу, — отвечает Ма.

Я сосу губу.

— Послушай. Можешь послушать меня хотя бы минуту?

— Мне надоело тебя слушать.

Она кивает:

— Я знаю. Но все равно послушай. Мы переходим к плану Б. План А был на самом деле лишь частью плана Б.

— Ты мне об этом не говорила.

— Он очень сложный. Я обдумывала его несколько дней.

— У меня тоже есть миллион мозгов для обдумывания.

— Да, есть, — соглашается Ма.

— Гораздо больше, чем у тебя.

— Это правда. Но я не хотела, чтобы тебе пришлось держать в голове оба плана одновременно, ведь ты мог бы запутаться.

— Я уже и так запутался. Я запутался на все сто процентов.

Она целует меня в волосы, которые сильно воняют.

— Теперь я хочу рассказать тебе о плане Б.

— Я не хочу слушать о твоих противных планах.

— Хорошо.

Ма снимает с меня грязную футболку, я весь дрожу от холода. Я достаю из комода чистую голубую футболку. Мы ложимся в постель, но запах просто ужасен. Ма говорит мне, чтобы я дышал ртом, поскольку рот не чувствует запахов.

— А давай переложим подушки на другой конец кровати.

— Отличная идея, — говорит Ма. Она ведет себя хорошо, но я не собираюсь ее прощать. Мы ложимся головой на другой конец кровати, положив ноги туда, где стоит сильная вонь.

Уже 8:21, я долго спал и теперь сосу мамину грудь. В левой молоко такое жирное! Старый Ник, наверное, не приходил.

— Сегодня суббота? — спрашиваю я.

— Да, суббота.

— Отлично, помоем сегодня голову.

Но Ма качает головой:

— Ты не должен пахнуть чистотой.

А я уже и забыл.

— Так что там?

— Где?

— В плане Б.

— Значит, ты готов меня выслушать?

Я ничего не отвечаю.

— Ну хорошо. Слушай. — Ма прочищает горло. — Я прокручивала этот план в голове и так и этак и думаю, что дело у нас выгорит. Я не знаю, не могу быть уверенной, план этот с виду совершенно безумный, и я знаю, что он необычайно опасен...

— Давай рассказывай, — перебиваю я.

— Ну хорошо. — Ма делает глубокий вдох. — Помнишь графа Монте-Кристо?

— Он был заперт в тюрьме на острове.

— Да, но помнишь, как он оттуда выбрался? Он притворился своим мертвым другом, спрятался в его саване, и охранники бросили его в море, но граф не утонул, а выбрался из савана и уплыл.

— Расскажи, чем все это кончилось.

Но Ма машет рукой:

— Сейчас нам не до этого. Дело в том, Джек, что тебе придется сделать то же самое.

— Меня что, бросят в море?

— Нет, ты сбежишь, как граф Монте-Кристо.

Я опять ничего не понимаю.

— Но ведь у меня нет умершего друга.

— Я хотела сказать, что ты притворишься мертвым.

Я в изумлении смотрю на нее.

— Это похоже на пьесу, которую я видела в старших классах. Одна девочка, по имени Джульетта, хотела убежать с мальчиком, которого любила, и притворилась мертвой, выпив какое-то снадобье. А потом, через несколько дней, она проснулась, да-да.

— Нет, это младенец Иисус проснулся.

— А, тут было немного по-другому. — Ма потирает лоб. — Он умер на три дня, а потом снова вернулся к жизни. Но ты не умрешь, просто сделаешь вид, как та девочка в пьесе.

— Я не умею притворяться девочкой.

— Да нет, ты притворишься мертвым. — Голос Ма становится скрипучим.

— Но у нас же нет савана.

— Мы заменим его ковром.

Я смотрю на ковер, весь в красных, черных и коричневых зигзагах.

— Когда придет Старый Ник — сегодня вечером, завтра или в какой другой день, — я скажу ему, что ты умер, и покажу ковер, в который тебя заверну.

Я никогда не слышал более безумного плана.

— Почему?

— Потому что в твоем теле не осталось воды и из-за сильного жара у тебя остановилось сердце.

— Нет, почему в ковер?

— А. — говорит Ма. — Хороший вопрос. Мы завернем тебя в ковер, чтобы он не догадался, что ты на самом деле жив. Понимаешь, вчера ты великолепно притворялся больным, но притвориться мертвым невозможно. Если он заметит, что ты дышишь, то поймет, что мы его надули. Кроме того, мертвецы холодные.

— Мы можем использовать пакет с холодной водой...

Ма качает головой:

— У них все тело холодное, а не только лицо. И еще они совсем застывшие, так что тебе пришлось бы лежать, как будто ты робот.

— А разве они не расслаблены?

— Это противоположно расслаблению.

— Но ведь робот — это он, Старый Ник, у меня же есть сердце.

— Поэтому я подумала, что, для того чтобы он не догадался, что ты живой, надо закатать тебя в ковер. Я скажу ему, что тебя надо отвезти куда-нибудь и похоронить, понял?

У меня задрожали губы.

— Почему ему надо будет меня похоронить?

— Потому что мертвые тела очень быстро начинают вонять.

В нашей комнате и так уже плохо пахнет из-за того, что мы не смываем воду в туалете, а подушка испачкана рвотой и все такое прочее.

— Значит, «червяк влезает, вылезает...».

— Совершенно верно.

— Но я не хочу, чтобы меня похоронили и чтобы по мне ползали червяки.

Ма гладит меня по голове:

— Но это же понарошку, понимаешь?

— Как в игре?

— Только без смеха. Это серьезная игра.

Я киваю. Мне кажется, я сейчас расплачусь.

— Поверь мне, — говорит Ма, — если бы была хоть какая-нибудь иная возможность спастись из этого ада...

Я не знаю, какие возможности существуют в аду.

— Ну хорошо. — Ма встает с кровати. — Сейчас я расскажу тебе, как все это будет, и ты поймешь, что бояться нечего. Старый Ник наберет код на двери и вынесет тебя из комнаты завернутым в ковер.

— А ты тоже там будешь? — Я знаю, каким будет ответ, но на всякий случай спрашиваю.

— Нет, я останусь здесь и буду ждать, — отвечает Ма. — Он отнесет тебя в свой грузовичок, положит в открытый кузов...

— Я тоже хочу ждать вместе с тобой.

Ма прижимает палец к моим губам, чтобы я замолчал.

— Это и будет твой шанс.

— Что именно?

— Грузовичок! Когда он остановится на первом перекрестке, ты выберешься из ковра, выпрыгнешь из кузова и приведешь сюда полицию.

Я в изумлении смотрю на нее.

— На этот раз план звучит так: смерть, грузовичок, побег, полиция, спасение Ма. Повтори!

— Смерть. Грузовичок. Побег. Полиция. Спасение Ма.

Мы съедаем на завтрак по сто двадцать пять подушечек каждый, потому что нам надо набраться сил. Я не голоден, но Ма говорит, что я должен съесть все без остатка. Потом мы одеваемся и учимся изображать мертвого. Это самая странная игра, в которую нам приходилось играть. Я ложусь на край ковра, и Ма заворачивает меня, приказывая повернуться на живот, потом на спину, потом снова на живот и снова на спину, пока я не оказываюсь плотно завернутым. Внутри ковра очень необычно пахнет — пылью и еще чем-то. Запах отличается от того, какой чувствуешь, когда лежишь на ковре.

Ма поднимает меня, и мне кажется, что меня раздавили. Она говорит, что я похож на длинный тяжелый тюк, но Старый Ник без труда меня поднимет, потому что у него мышцы покрупнее.

— Он отнесет тебя на задний двор, наверное, в свой гараж, вот так. — Я чувствую, как Ма ходит со мной по комнате. Я не могу повернуть голову. — А может быть, перекинет тебя через плечо, вот так... — Она с усилием поднимает меня, издав при этом хрюкающий звук.

— А долго я буду так лежать?

— Что?

Ковер скрадывает звуки, и она плохо слышит меня.

— Потерпи, — говорит Ма, — знаешь, мне пришло в голову, что он пару раз должен будет положить тебя на пол, чтобы открыть двери. — И она кладет меня на пол, опустив вниз головой.

— Ой!

— Ты помнишь, что не должен издавать ни звука?

— Извини. — Я упираюсь лицом в ковер, в носу у меня свербит, но почесать его я не могу.

— Он бросит тебя на пол грузовика, вот так. — Ма бросает меня, и я кусаю губы, чтобы не вскрикнуть.

— Не двигайся, не шевелись, будь неподвижен, словно робот, что бы ни случилось, хорошо?

— Хорошо.

— Потому что, Джек, если ты размякнешь и пошевелишься или издашь какой-нибудь звук — словом, если допустишь какую-нибудь ошибку, то он поймет, что ты жив, и так рассердится, что...

— Ну что? — Я жду. — Ма, что он сделает?

— Не беспокойся, он поверит, что ты умер.

Откуда она это знает?

— Потом он сядет в грузовик и поедет.

— Куда?

— Ну, наверное, за город. Туда, где никто не увидит, как он роет яму, скажем, в лес или куда-нибудь еще. Но как только заработает мотор, ты услышишь громкое рычание и все вокруг затрясется, вот так. — Она начинает тереть, словно теркой, через ковер. Обычно в таких случаях я хохочу, но сегодня мне не до смеха. — Это будет тебе сигналом, что надо выбираться из ковра. Попробуй вылези из него.

Я весь извиваюсь, но выбраться не могу: ковер закатан слишком туго.

— Я не могу. Не могу, Ма.

Она тут же разворачивает меня. Я глубоко дышу.

— С тобой все в порядке?

— Да.

Она улыбается мне, но какой-то странной улыбкой, как будто притворяется. Потом она снова заворачивает меня в ковер, но теперь уже не так туго.

— Он сильно давит.

— Извини, я не думала, что ковер будет таким жестким. Потерпи. — Ма снова разворачивает меня. — Знаешь что, согни-ка руки и выстави локти, чтобы немного его ослабить.

На этот раз она закатывает меня с согнутыми руками, и я могу поднять их над головой. Я шевелю пальцами, которые торчат наружу.

— Отлично. Попытайся теперь выползти оттуда, как из туннеля.

— Нет, не могу, слишком туго. — Не знаю, как графу удалось выбраться из савана, да еще в воде. — Вытащи меня отсюда.

— Потерпи минуту.

— Вытащи меня!

— Если ты будешь впадать в панику, — говорит Ма, — весь наш план сорвется.

Но я снова кричу:

— Вытащи меня! — Ковер у моего лица становится влажным.

Ма раскатывает его, и я снова дышу. Она кладет мне руку на лицо, но я ее сбрасываю.

— Джек.

— Нет.

— Послушай.

— Это дурацкий план!

— Я знаю, что тебе страшно. Ты думаешь, я этого не понимаю? Но нам надо это сделать.

— Нет, не надо. Подождем, когда мне будет шесть лет.

— Существует такая вещь, как конфискация.

— Что это? — Я смотрю на Ма.

— Это трудно объяснить. — Она переводит дыхание. — Этот дом на самом деле принадлежит не Старому Нику, а банку, а если он потеряет работу и у него не будет денег, чтобы заплатить за дом, банк разозлится и попытается отобрать его у него.

Интересно, как этот банк отберет у Ника дом? Может быть, с помощью огромного бульдозера?

— А Старый Ник будет сидеть там, как Элли, когда торнадо поднял ее дом в воздух? — спрашиваю я.

— Послушай меня. — Ма так сильно сжимает мои локти, что мне становится больно. — Я пытаюсь объяснить тебе, что он никогда не позволит никому войти в свой дом или на задний двор, потому что боится, что кто-нибудь обнаружит нашу комнату.

— И спасет нас!

— Нет, он этого не допустит.

— А как он это сделает?

Ма втягивает губы — создается впечатление, что их у нее вообще нет.

— Дело в том, что нам надо убежать до этого. Поэтому я сейчас снова заверну тебя в ковер, и мы будем тренироваться до тех пор, пока ты не научишься быстро вылезать наружу.

— Нет.

— Джек, ну пожалуйста...

— Я боюсь! — кричу я. — Я не буду больше этого делать, и я тебя ненавижу!

Ма сидит на полу и как-то странно дышит.

— Все в порядке.

Как это все в порядке, если я ее ненавижу? Руки у нее лежат на животе.

— Я родила тебя в этой комнате против своего желания, но родила и никогда об этом не пожалела.

Я с удивлением смотрю на нее, а она смотрит на меня.

— Я родила тебя здесь, а сегодня отправлю тебя наружу.

— Хорошо. — Я произношу это очень тихо, но Ма слышит. Она кивает.

— И я спасу тебя с помощью газовой горелки. Мы уйдем по одному, но оба. — Ма продолжает кивать. — Впрочем, ты единственный человек, ради которого все и задумано. Только ты.

Я трясу головой, пока она не начинает кружиться, потому что все это не только ради меня. Мы смотрим друг на друга, не улыбаясь.

— Ну, ты готов снова лечь в ковер?

Я киваю и ложусь. Ма очень туго заворачивает меня.

— Я не могу...

— Нет, можешь.

Я чувствую, как она похлопывает рукой по ковру.

— Не могу, не могу.

— Можешь.

— Можешь сосчитать до ста ради меня?

Я очень быстро считаю.

— Ну вот, твой голос звучит уже гораздо спокойнее. Надо это хорошенько обдумать. Гм... Если тебе трудно вылезти извиваясь, может, ты попытаешься... развернуть ковер?

— Но ведь я лежу внутри.

— Я знаю, но ты же можешь высунуть руки из ковра и найти его угол. Попытайся.

Я ощупываю край, пока не нахожу угол.

— Теперь тяни, — говорит Ма. — Не туда, в другую сторону, пока не почувствуешь, что край разворачивается. Представь, что очищаешь банан.

Я стараюсь, но у меня плохо получается.

— Ты лежишь и прижимаешь его к полу.

— Прости. — Я снова начинаю плакать.

— Не надо извиняться, у тебя отлично получается. Попробуй перекатиться на другой бок.

— В какую сторону?

— Туда, где, как тебе кажется, ковер дает слабину. Может, ляжешь на живот, а потом снова найдешь край и потянешь за него?

— Не могу.

Но мне все-таки удается сделать это. Я высовываю наружу один локоть.

— Отлично, — говорит Ма. — Ты уже ослабил ковер вверху. Может, попробуешь сесть? Как ты думаешь, сумеешь ли ты сесть?

Я пытаюсь, но мне становится больно. Нет, сидеть завернутым в ковер невозможно.

Тем не менее я сажусь. Теперь снаружи уже оба моих локтя, и ковер развертывается у моего лица. Я могу вылезти из него.

— Я вылез! — кричу я. — Я — банан!

— Да, ты банан, — говорит Ма и целует меня в лицо, которое уже все мокрое. — А теперь давай повторим.

Когда я устаю и нам приходится прекратить тренировки, Ма рассказывает мне, как все будет происходить снаружи.

— Старый Ник поедет по улице. Ты будешь сзади, в открытом кузове, и он тебя не увидит, понял? Держись за край кузова, чтобы не выпасть, потому что машина будет ехать очень быстро, вот так. — Она тянет меня, мотая из стороны в сторону. — Потом он нажмет на тормоза, ты это почувствуешь — ну, тебя кинет в другую сторону из-за того, что грузовик затормозит. Это будет означать, что вы подъехали к перекрестку, где водители должны на несколько секунд остановиться.

— Даже он?

— Да. Поэтому, когда ты почувствуешь, что грузовик остановился, можешь спокойно выпрыгивать.

В открытый космос. Я не произношу этих слов, поскольку знаю, что этого делать нельзя.

— Ты приземлишься на тротуаре, он твердый, как... — Ма оглядывает комнату, — как керамика, только поверхность его не такая гладкая. А потом беги как можно скорее, как Пряничный Джек.

— Но ведь его съела лиса.

— Да, это неудачный пример, — говорит Ма. — Только на этот раз мы должны обмануть преследователя. — «Джек, будь ловким, Джек, будь храбрым, прыгни через канделябры». — Беги по улице подальше от грузовика, как можно быстрее, как, помнишь, мы смотрели с тобой мультфильм «Бегун»?

— Том и Джерри тоже быстро бегают.

Ма кивает.

— Самое главное, чтобы Старый Ник тебя не поймал. Ой, только беги по тротуару, если сумеешь, это часть дороги, которая возвышается над мостовой, а не то тебя собьет машина. И кричи погромче, зови на помощь.

— Кого?

— Ну не знаю, кого-нибудь.

— Как это «кого-нибудь»?

— Ну, просто подбеги к первому же попавшемуся человеку. Или... впрочем, будет уже довольно поздно. Может быть, на тротуаре не будет ни одного прохожего. — Ма грызет ноготь большого пальца, и я не говорю ей, чтобы она прекратила. — Если никого не увидишь, помаши рукой машине, чтобы она остановилась, и скажи людям, которые будут в ней сидеть, что ты и твоя Ма были похищены. А если на дороге не будет машин — не дай бог, конечно, — я думаю, тебе нужно будет добежать до какого-нибудь дома — любого дома, у которого будут светиться окна, — и со всей силы колотить в дверь кулаками. Но помни, беги только к дому с горящими окнами, а не к тому, где будет темно. Тебе нужно будет стучать в нужную дверь — знаешь, где это?

— В передней части дома.

— Попробуем сделать это сейчас? — Ма ждет моего ответа. — Разговаривай с людьми так, как ты говоришь со мной. Представь себе, что они — это я. Что ты скажешь?

— Я и ты...

— Нет, представь себе, что я — это люди в доме, или в машине, или на тротуаре; скажи им, что ты и твоя Ма...

Я делаю вторую попытку:

— Ты и твоя Ма...

— Нет, ты должен сказать: «Моя Ма и я...»

— Ты и я...

Ма переводит дыхание.

— Ну хорошо, это не важно, просто отдай им мою записку — ты ее еще не потерял?

Я гляжу в трусы.

— Она исчезла! — Но тут я чувствую ее между своими ягодицами — она соскользнула туда. Я вытаскиваю ее и показываю Ма.

— Держи ее спереди. А если случайно потеряешь, то просто скажи людям: «Меня похитили». Повтори.

— Меня похитили.

— Скажи четко и громко, чтобы они услышали.

— Меня похитили! — ору я что есть мочи.

— Отлично! Они позовут полицию, — говорит Ма — и, я надеюсь, полиция обыщет весь задний двор и найдет нашу комнату. — Но ее голос звучит как-то неуверенно.

— С газовой горелкой, — напоминаю я.

Мы снова начинаем тренироваться. Я до бесконечности повторяю слова: смерть, грузовичок, выбираюсь из ковра, прыгаю, бегу, кто-нибудь, записка, полиция, газовая горелка. Всего девять пунктов. Я сомневаюсь, что смогу удержать их в голове. Ма говорит, что, конечно, смогу. Ведь я — супергерой, мистер Пятилетний.

Мне разрешается самому выбрать блюда на обед, поскольку это особый день, наш последний день в этой комнате. Так говорит Ма, но мне в это плохо верится. На меня неожиданно нападает страшный голод, я выбираю макароны, и сосиски в тесте, и крекеры — это три обеда сразу!

Когда мы играем в шахматы, я от страха два раза проигрываю, а потом мне уже не хочется играть. Мы ложимся поспать, но заснуть не можем. Я сосу молоко сначала из левой, потом из правой груди, затем опять из левой, пока в ней почти ничего не остается. Ужинать нам не хочется. Мне снова приходится надевать футболку, испачканную рвотой. Ма говорит, что носки снимать не надо.

— Иначе собьешь себе на улице ноги. — Она вытирает один глаз, потом второй. — Надень самые толстые носки.

Я не знаю, почему она плачет из-за носков. Я забираюсь в шкаф и нахожу под подушкой зуб.

— Я положу его себе в носок.

Ма качает головой:

— А вдруг ты на него наступишь и поранишься?

— Не наступлю. Он будет лежать вот здесь, сбоку.

Уже 6:13, наступает вечер. Ма говорит, что должна завернуть меня в ковер, Старый Ник вполне может прийти сегодня пораньше. Из-за моей болезни.

— Давай еще немного подождем.

— Ну...

— Прошу тебя.

— Хорошо, садись на ковер, чтобы я смогла тебя быстро завернуть.

Мы снова и снова повторяем наш план, чтобы я запомнил все девять пунктов: смерть, грузовичок, выбираюсь из ковра, прыгаю, бегу, кто-нибудь, записка, полиция, газовая горелка.

Всякий раз, услышав *бип-бип*, я дергаюсь. Но дверь не открывается — мне это только кажется. Я гляжу на маму, ее глаза сверкают, как кинжал.

— Ма?

— Да?

— Давай лучше убежим завтра.

Она наклоняется и крепко прижимает меня к себе. Это означает «нет». Я снова ощущаю ненависть к ней.

— Я бы сделала это ради тебя, если бы могла.

— А ты разве не можешь?

Ма качает головой:

— Прости меня, но сделать это должен ты, причем сегодня. Но я буду в твоей голове, понял? Я буду все время разговаривать с тобой.

Мы опять до бесконечности повторяем план Б.

— А что, если он развернет ковер? — спрашиваю я. — Чтобы убедиться, что я действительно умер.

Ма целую минуту молчит.

— Ты знаешь, что драться нехорошо?

— Да.

— Но сегодня особый случай. Я не думаю, что он развернет ковер, ведь он будет торопиться, чтобы поскорее от тебя избавиться, но если он все-таки развернет — ударь его изо всех сил.

Ух ты!

— Бей его ногами, кусай его, ткни пальцами в глаза... — Руки Ма наносят удары по воздуху. — Делай все, чтобы удрать от него.

Я не верю своим ушам.

— Ты что, разрешаешь мне убить его?

Ма подбегает к кладовке, где после мытья сушится посуда, и достает оттуда гладкий нож. Я смотрю на него и вспоминаю рассказ Ма о том, как она приставила его к горлу Старого Ника.

— Как ты думаешь, сможешь ли ты крепко держать его внутри ковра, и если... — Она смотрит на нож, потом кладет его обратно к вилкам на поднос с посудой. — И как это могло прийти мне в голову!

Откуда я знаю, если она не знает.

— Ты же зарежешь себя, — говорит Ма.

— Нет. Не зарежу.

— Нет, Джек, ты разрежешь себя на куски, выползая из ковра с ножом в руках. Наверное, я совсем потеряла голову.

Я качаю головой.

— Нет, она осталась на месте, — стучу я пальцем по ее волосам. Ма гладит меня по спине.

Я проверяю зуб в носке и записку в трусах — она лежит спереди. Чтобы убить время, мы очень тихонько напеваем «Расслабься», «Говорун» и «Домик на ранчо»:

С антилопой там дружит олень,
Грубых слов не услышишь вовек,
И безоблачно небо весь день.

— Ну все, пора, — говорит Ма, расстилая ковер. Мне не хочется в него заворачиваться, но я ложусь, кладу руки себе на плечи и выставляю локти.

Я жду, когда мама завернет меня. Но она смотрит на меня. Ее взгляд скользит по моим ступням, ногам, рукам, голове, по всему моему телу. Словно она проверяет, все ли на месте.

— Что с тобой?

Ма ничего не отвечает. Она наклоняется ко мне, но не целует, а просто прислоняет свое лицо к моему, и я уже не могу сказать, где чье лицо. Мое сердце стучит *бам-бам-бам-бам*, но я не отклоняюсь.

— Ну все, — говорит Ма сдавленным голосом. — Мы ведь с тобой храбрецы? Мы абсолютно ничего не боимся. Увидимся снаружи. — Она разводит мои руки, чтобы локти торчали в разные стороны, а потом заворачивает меня в ковер, и свет меркнет.

Я лежу в полной темноте.

— Не слишком туго?

Я проверяю, могу ли я поднять руки над головой и опустить их, и чуть-чуть ослабляю ковер.

— Хорошо?

— Хорошо, — отвечаю я.

Потом мы ждем. Вдруг что-то проникает в ковер сверху и гладит меня по голове — это мамина рука, я узнаю ее, даже не видя. Я слышу свое дыхание — оно очень громкое. Я думаю о графе Монте-Кристо в мешке, в котором ползают черви. Он падает, падает, падает вниз и врезается в воду. Интересно, а черви умеют плавать?

Смерть, грузовичок, бегу, кто-нибудь, нет, не так, выбираюсь наружу, потом прыгаю, бегу, кто-нибудь, записка, газовая горелка. Я забыл, что перед горелкой должна быть полиция. Все это очень сложно, я все перепутаю, и Старый Ник заживо меня похоронит, а Ма так и не дождется, когда ее спасут.

Проходит много времени, и я спрашиваю:

— Так он придет сегодня или нет?

— Я не знаю, — отвечает Ма. — Как он может не прийти? Если в нем осталось хоть что-нибудь человеческое...

Я думаю, что либо ты человек, либо нет, разве можно быть немного человеком? Куда же тогда девается все остальное? Я жду и жду, уже не чувствуя своих рук. Мой нос упирается в ковер, мне хочется почесать его. Я поднимаю руку и трогаю нос.

— Ма?

— Я здесь.

— Я тоже.

Бип-бип.

Я вздрагиваю. Я должен делать вид, что я умер, но ничего не могу с собой поделать — мне хочется вылезти из ковра сейчас же, но я сдавлен и не могу даже попытаться, иначе он увидит.

Что-то нажимает на меня сверху — наверное, это мамина рука. Она хочет, чтобы я стал ее суперпринцем Джекер-Джеком, поэтому я замираю. Больше никаких движений, я — труп, я — граф, нет, я его друг, только мертвее мертвого. Я закоченел, как сломанный робот с отключенным питанием.

— Вот и я. — Это голос Старого Ника. Он звучит как обычно. Он даже не знает, что я умер. — Вот антибиотики, правда немного просроченные. Ребенку надо давать только половинку таблетки, как сказал продавец.

Ма ничего не отвечает.

— Где он, в шкафу?

Это он спрашивает обо мне.

— Неужели в ковре? Ты что, с ума сошла, заворачивать ребенка в ковер!

— Ты не пришел вчера, — говорит Ма очень странным голосом. — Ночью ему стало хуже, и утром он уже не проснулся.

173

Молчание. Потом Старый Ник издает смешной звук.

— Ты уверена?

— Уверена ли я? — кричит Ма, но я не двигаюсь, я не двигаюсь, я весь окоченел — ничего не слышу и не вижу.

— О нет. — Я слышу, как он медленно выдыхает. — Это ужасно. Бедная девочка, ты...

Опять наступает молчание. В течение минуты никто не произносит ни слова.

— Это ты его убил! — кричит Ма.

— Ну-ну, успокойся, не кричи.

— Как я могу быть спокойной, когда Джек...

Ма дышит очень странно, и слова вылетают из нее залпами. Она играет так удачно, что я сам чуть было не поверил, что я умер.

— Дай я на него посмотрю. — Голос Старого Ника звучит очень близко, и я напрягаюсь и застываю.

— Не трогай его!

— Ну хорошо, хорошо. — Потом Старый Ник говорит: — Нужно убрать его отсюда.

— Моего ребенка!

— Я знаю, это ужасно, но мне все равно придется его унести.

— Нет!

— А давно он умер? — спрашивает он. — Ты говоришь, сегодня утром? А может, еще ночью? Он, наверное, уже начал... знаешь, держать его тело здесь невозможно. Я заберу его и похороню.

— Только не на заднем дворе. — Ма почти рычит.

— Хорошо.

— Если ты похоронишь его на заднем дворе... Не делай этого, здесь слишком близко. Если ты закопаешь его здесь, я услышу, как он плачет.

— Я же сказал — хорошо.

— Ты должен отвезти его тело подальше, понял?

— Понял. Дай мне...

— Подожди. — Она плачет. — Не надо его беспокоить.

— Я вынесу его в ковре.

— Если ты хоть пальцем...

— Не беспокойся.

— Поклянись, что ты не будешь смотреть на него своими мерзкими глазами.

— Не буду.

— Поклянись.

— Клянусь. Ну, теперь ты довольна?

Я мертв, мертв, мертв.

— Я узнаю, — говорит Ма. — Если ты похоронишь его на заднем дворе, я все равно узнаю и буду кричать всякий раз, как ты откроешь дверь. Я здесь все разнесу и клянусь, что никогда больше не буду вести себя тихо. Чтобы заставить меня замолчать, тебе придется убить и меня тоже, ведь мне больше незачем жить.

Зачем она говорит ему, чтобы он ее убил?

— Не принимай все так близко к сердцу. — Мне кажется, что Старый Ник разговаривает с ней как с собакой. — Я сейчас заберу его и отнесу в свой грузовик, хорошо?

— Только осторожно. Найди какое-нибудь красивое место, — говорит Ма, плача так горько, что я с трудом различаю ее слова. — Чтобы там были деревья и трава.

— Конечно. Ну все, я пошел.

Я чувствую через ковер, как меня обнимают и сдавливают. Это Ма, она произносит:

— Джек, Джек, Джек.

Потом меня поднимают. Я думаю, это делает она, но потом понимаю, что он. Не двигаться, не двигаться, не двигаться, Джекер-Джек, приказываю я себе, ты — мертв. Старый Ник перебрасывает меня через плечо, ковер давит, затрудняя дыхание. Но ведь мертвые не дышат. Нельзя допустить, чтобы он меня развернул. Жаль, что Ма не дала мне ножа.

Снова раздается *бип-бип*, потом *щелк*, а это означает, что дверь открылась. Я нахожусь в лапах людоеда, *фи-фай-фо-фан*. Моим ногам становится горячо, а из попы выдавилось немного кала. Ма не говорила мне, что такое может случиться. Я чувствую вонь. «Прости меня, ковер». Тут около моего уха раздается ворчанье — это Старый Ник крепко обхватывает меня. Меня охватывает ужас, я трус. «Остановись, остановись», — хочется крикнуть мне. Но я не должен издавать никаких звуков, иначе он поймет, что его обманули, и он сначала откусит мне голову, потом сломает все ребра...

Я считаю зубы, но все время сбиваюсь, и у меня получается то девятнадцать, то двадцать один или двадцать два. Я — принц-робот супер-Джекер-Джек, мистер Пятилетний, я не двигаюсь. «Зуб, ты здесь? Я не чувствую тебя, но ты должен быть в моем носке сбоку. Ты — кусочек Ма, маленький комочек застывшей маминой слюны, едущий вместе со мной».

Я не чувствую своих рук. Воздух отличается от того, что был в комнате. Я все еще ощущаю запах пыли из ковра, но, немного приподняв нос, я вдыхаю воздух, который...

Я снаружи. Неужели это возможно? Мы не двигаемся. Старый Ник стоит. Почему он остановился на заднем дворе? Неужели он собирается...

Он снова пошел. Я совершенно неподвижен. Ой-ой-ой, меня опускают на что-то твердое. Не думаю, чтобы я ойкнул вслух, я не слышал никакого звука. Мне кажется, я прикусил себе губу — во рту у меня привкус крови.

Раздается еще один *бип,* но не такой, как у нашей двери. Затем стук металла. Меня снова поднимают, а потом бросают, прямо лицом вниз, ой-ой-ой! *Бах!* После этого все вдруг начинает трястись, вибрировать и реветь прямо подо мной. Наверное, это землетрясение...

Нет, это, наверное, грузовик. Это совсем не похоже на терку. Это в миллион раз сильнее. «Ма!» — кричу я про себя. Смерть, грузовичок — всего лишь два пункта из девяти. Я в кузове коричневого грузовичка, как мы и планировали. Я уже не в комнате. Остался ли я самим собой?

Теперь мы двигаемся. Я по-настоящему еду в грузовичке! Ой, мне же надо выбираться из ковра, я совсем забыл. Я начинаю извиваться, как змея, но ковер почему-то затягивается все туже и туже. Я застрял. Ма, Ма, Ма... я не могу выбраться тем способом, который мы отрабатывали. Ничего не получается, прости меня Ма. Старый Ник отвезет меня куда-нибудь и закопает в землю, и «червяк будет влезать и вылезать...». Я снова плачу, из носа у меня течет, мои руки зажаты под грудью, я сражаюсь с ковром, потому что он мне больше не друг, я бью его ногами, как в карате, но он не поддается, это саван для трупов, которые выбрасывают в море...

Звук становится тише. Мы больше не движемся. Грузовик стоит.

Это остановка, это перекресток, и это означает, что я должен прыгать. Это — пятый пункт нашего плана, но я еще не освободился от ковра; если я не могу из него вылезти, как я смогу прыгнуть? Я не могу переходить к пунктам четыре, пять, шесть, семь, восемь или девять. Я застрял на третьем, он закопает меня там, где водятся червяки...

Мы снова движемся — *врум-врум*.

Я поднимаю руку к залитому слезами лицу, протаскиваю ее к краю ковра, а потом высовываю и вторую руку. Мои пальцы хватают воздух, потом что-то холодное, потом что-то металлическое, а после этого какую-то вещь, которая сделана не из металла и имеет много выступов. Я хватаю и тяну, тяну, тяну и бью по ковру ногами и коленками, ой-ой-ой! Но ничто не помогает. «Нащупай угол ковра». Это сама Ма говорит мне или я просто вспоминаю? Я ощупываю весь край ковра, но угла все нет. Наконец я нахожу его и принимаюсь тянуть. Мне кажется, хватка ковра чуть-чуть ослабла. Я перекатываюсь на спину, но так становится еще туже, и я теряю угол.

Грузовик снова останавливается, я еще не выбрался на свободу, а ведь мы договаривались, что я выпрыгну на первой же остановке. Я тяну ковер вниз, чуть было не сломав себе локоть, и вижу яркую вспышку. Вдруг она исчезает, потому что грузовик снова начинает двигаться — *врумммм*.

Я думаю, что видел то, что снаружи, значит, мир снаружи все-таки существует, и он такой яркий, что я не могу... Мамы рядом нет, времени плакать тоже, я — принц Джекер-Джек, я должен стать им, или в мое тело заползут червяки. Я снова бросаюсь в схватку с ковром, сгибаю колени и поднимаю вверх попу, я хочу прорвать ковер своим телом, и он вдруг ослабляет свою хватку и падает с моего лица...

Я дышу чудесным черным воздухом. Я сижу на полу и разматываю ковер, словно я банан и сам себя чищу. Мой хвост обвивает мою голову, и волосы закрывают глаза. Я нахожу свои ноги, одну и другую, значит, я уже полностью освободился от ковра. Я сделал, я сделал это, жаль, что Дора меня не видит, она спела бы песню «Мы это сделали».

По обе стороны дороги мелькают огни. На фоне неба движутся какие-то тени — я думаю, это деревья. Мимо проплывают дома и машины. Мне кажется, что я нахожусь внутри мультфильма, только все вокруг перемешано. Я держусь за край кузова, он твердый и холодный. Небо огромное, вдалеке оно розово-оранжевое, а остальная часть — серая. Когда я смотрю вниз, улица, уходящая вдаль, кажется мне черной. Я умею хорошо прыгать, но не тогда, когда все рычит и качается, когда огни словно в дымке, а воздух пахнет как-то странно. В таких условиях я не могу быть храбрым.

Грузовик снова останавливается. Я не могу прыгать, я просто не в силах пошевелиться. Но я встаю и выглядываю из кузова, и тут... я поскальзываюсь и ударяюсь о грузовик, моя голова бьется обо что-то тяжелое, и я нечаянно вскрикиваю:

— Ой!..

Раздается металлический звук, и я вижу лицо Старого Ника. Он вылез из кабины, и на его лице написана такая ярость, какой я еще ни разу не видел.

И тут я прыгаю. Я сильно ударяюсь ногами о землю, разбиваю себе колено, воздух бьет меня в лицо, но я бегу, бегу, бегу и бегу туда, где встречусь с кем-нибудь. Ма говорила, чтобы я позвал кого-нибудь на улице, в машине или в освещенном доме. Я вижу машину, но она темная внутри, да и к тому же я не могу издать ни звука, потому что мой рот забили волосы, но я продолжаю бежать. «Пряничный Джек, будь храбрым, будь быстрым». Ма здесь нет, но она обещала все время быть в моей голове, пока я бегу. Кто-то орет позади меня — это он, Старый Ник, он гонится за мной, чтобы разорвать меня на части, *фи-фай-фо-фам*. Я должен найти кого-нибудь, кому можно было бы крикнуть: «Помоги! Помоги!» — но здесь нет кого-нибудь, здесь нет никого. Значит, мне придется бежать вечно, но я уже задыхаюсь и ничего не вижу, и вдруг... Кто это? Медведь? Волк? Нет, это собака. Может ли собака быть кем-нибудь?

За собакой кто-то идет, это очень маленький человечек, ребенок, который толкает перед собой какой-то предмет на колесах. Там сидит совсем маленький ребеночек. Я забыл, что мне надо было кричать, я онемел и просто продолжаю бежать им навстречу. Ребенок, у которого почти совсем нет волос на голове, смеется. Крошечный ребеночек, сидящий в предмете, который он толкает, не настоящий, я думаю, что это кукла. Собака тоже маленькая, но самая настоящая, она какает на землю. Я никогда не видел, чтобы собаки в телевизоре это делали. Вслед за ребенком идет взрослый, он собирает собачьи какашки в мешочек, словно это очень ценная вещь. Я думаю, это мужчина, кто-то с коротко остриженными, как у Старого Ника, волосами, только более кудрявыми и более темными, чем у ребенка. Я кричу:

— Помогите! — Но крик у меня получается совсем тихим. Я бегу и чуть было не врезаюсь в них, но тут собака лает, прыгает и *ест меня*...

Я открываю рот, чтобы заорать изо всех сил, но из меня не выходит ни звука.

— Раджа!

Мой палец весь в красных пятнах.

— Ко мне, Раджа!

Мужчина хватает собаку за шею. С моей руки стекает кровь. Вдруг сзади раздается *бам*, это Старый Ник. Я чувствую его огромные руки на своих ребрах. Я все провалил, он меня поймал — прости, прости, прости меня, Ма. Он поднимает меня. Я кричу, кричу без всяких слов. Он сует меня под мышку и несет назад к грузовику. Ма говорила, что я могу бить его, даже убить, и я бью и бью его, но не могу попасть и луплю самого себя...

— Извините, — говорит человек, который держит собаку. — Слышите, мистер? — Его голос совсем не грубый, он звучит довольно мягко.

Старый Ник оборачивается. Я забываю, что мне надо кричать.

— Извините, у вашей девочки все в порядке?

У какой такой девочки?

Старый Ник прочищает горло, он по-прежнему несет меня по направлению к грузовику, но двигается спиной вперед.

— Да, все отлично.

— Раджа обычно никого не кусает, но ваша девочка выскочила совершенно неожиданно...

— Это пустяки, — говорит Старый Ник.

— Подождите, мне кажется, у нее поранена рука.

Я гляжу на свой искусанный палец, с него каплями стекает кровь. Мужчина берет своего ребенка на руки. Он держит его одной рукой, а в другой у него — мешок с калом. И выглядит он очень сконфуженным. Старый Ник ставит меня на землю и кладет пальцы мне на плечи, отчего им сразу же становится жарко.

— Все нормально.

— Посмотрите на ее колено, там содрана кожа. Раджа тут ни при чем. Она что, упала? — спрашивает мужчина.

— Я — не она, — говорю я, но мои слова звучат где-то внутри моего горла.

— Почему бы вам не заняться своим делом, а мне — своим? — спрашивает Старый Ник, почти рыча.

«Ма, Ма, чтобы я заговорил, нужно, чтобы ты была рядом». В моей голове ее больше нет, ее нет нигде. Она написала записку, а я забыл о ней. Я сую свою нетронутую руку в трусы, но не могу найти записку. Потом нахожу, но она вся мокрая от мочи. Я не могу говорить, а просто машу ею в сторону мужчины. Тут Старый Ник выхватывает у меня записку, и она исчезает.

— Хорошо, но мне это... мне это очень не нравится, — произносит мужчина. Неожиданно у него в руке появляется маленький телефон, откуда он взялся? Мужчина говорит в него: — Да, полицию, пожалуйста.

Все происходит, как говорила Ма, — мы подошли к восьмому пункту, к полиции, а ведь я даже не показал записку и ничего не сказал о нашей комнате. Я решаю сделать это сейчас, ведь мне было велено рассказать все кому-нибудь, кто похож на человека. Я начинаю говорить:

— Меня украли, — но только шепчу, потому что Старый Ник снова хватает меня и бежит к грузовику. Я сейчас развалюсь на кусочки от тряски. Я не могу найти места, куда бы его ударить, он сейчас...

— Я записал ваш номер, мистер! — Это кричит мужчина; может, он кричит мне? Какой номер? — К — девять, три! — выкрикивает он числа. Зачем он это делает?

Вдруг улица бьет меня по животу, рукам, лицу — ой-ой-ой! Я вижу, что Старый Ник бежит, но теперь уже без меня. Он бросил меня на землю. С каждой секундой он все дальше и дальше. Наверное, это были магические числа, и они заставили его бросить меня.

Я пытаюсь встать, но не помню, как это делается.

Меня оглушает рев мотора, грузовик едет прямо на меня — *рррр*, сейчас он размажет меня по тротуару, я не знаю как, где и что; ребенок ревет, я никогда до этого не слышал плача настоящего ребенка...

Грузовик уехал. Он промчался мимо меня и, не останавливаясь, завернул за угол. Некоторое время я еще слышу звук его мотора, но потом все стихает. Тротуар выше проезжей части, Ма велела мне забраться на него. Мне приходится ползти, не касаясь больной коленкой земли. Тротуар весь в больших шершавых плитах. Ужасный запах. Прямо перед собой я вижу собачий нос. Собака вернулась, чтобы съесть меня, и я кричу от ужаса.

— Отойди, Раджа. — Мужчина оттаскивает от меня собаку. Он сидит теперь передо мной на корточках, посадив на одно колено девочку, которая все время вертится. Мешочка с калом уже нет. Мужчина похож на людей в телевизоре, но он больше и шире их, и от него исходит запах — смесь жидкости для мытья посуды, мяты и карри. Своей свободной рукой он пытается дотянуться до меня, но я вовремя откатываюсь. — Все в порядке, малышка. Не бойся.

Кого это он назвал малышкой? Его глаза глядят в мои глаза, это меня он назвал малышкой. Я не смотрю на него, мне не по себе оттого, что он смотрит на меня и говорит со мной.

— Как тебя зовут?

Люди из телевизора, кроме Доры, никогда не задавали мне вопросов, а Дора уже знает мое имя.

— Можешь сказать мне, как тебя зовут?

Ма велела мне рассказать обо всем кому-нибудь, это моя обязанность. Я пытаюсь, но ничего не выходит. Я облизываю губы.

183

— Джек.

— Что-что? — Он наклоняется ниже, я сворачиваюсь клубком, обхватив голову руками. — Не бойся, никто тебя не обидит. Скажи еще раз, как тебя зовут, только погромче.

Мне легче говорить не глядя на него.

— Джек.

— Джекки?

— Нет, Джек.

— А. Теперь я все понял. Извини, твой папа уехал, Джек.

О чем это он?

Ребенок тянет его за куртку — это то, что надето поверх рубашки.

— Ну а я — Эджит, — говорит мужчина, — а это моя дочь. Отстань, Найша. Джеку нужно прилепить пластырь на колено, давай-ка поглядим, есть ли он у нас. — Он роется в своей сумке. — Раджа очень сожалеет, что укусил тебя.

Что-то совсем непохоже, чтобы пес о чем-то жалел, у него острые грязные зубы. Может, он выпил из меня кровь. Как вампир?

— Ты плохо выглядишь, Джек, ты что, недавно болел?

Я качаю головой:

— Нет, это Ма.

— Что ты хочешь сказать?

— Это Ма запачкала мне футболку.

Девочка все время что-то говорит, но на каком-то непонятном языке. Она таскает Раджу за уши. Почему она не боится собаки?

— Извини, я не понял, — говорит мне человек по имени Эджит.

Но я больше ничего не говорю.

— Полиция приедет с минуты на минуту, понял? — Он оборачивается, чтобы оглядеть улицу, но Найша начинает плакать. Он подбрасывает ее на колене. — Мы пойдем к Эмми домой, ляжем там в кроватку.

Я вспоминаю нашу кровать. Там тепло.

Мужчина нажимает маленькую кнопочку на своем телефоне и что-то говорит в него, но я не слушаю. Мне очень хочется уйти. Но я боюсь, что стоит мне пошевелиться, как пес Раджа снова укусит меня и выпьет из меня кровь. Я сижу на стыке плит — одна часть меня располагается на одной плите, а другая — на другой. Укушенный палец болит, и правое колено тоже, а оттуда, где содрана кожа, сочится кровь. Сначала она была красной, а теперь стала черной. Около моей ступни лежит какой-то овальный предмет с острым концом, я пытаюсь поднять его, но он прилип к плите. Когда я наконец отдираю его, то понимаю, что это лист. Это лист с настоящего дерева, похожий на тот, что прилип к нашему окну. Я смотрю вверх: надо мной — дерево, с которого, должно быть, слетел этот лист. Яркая лампа на огромном столбе ослепляет меня. Бескрайнее небо над ней теперь уже совсем черное. Куда же делись розовые и оранжевые участки? В лицо мне дует ветер, и я время от времени вздрагиваю.

— Ты, наверное, замерз. Ведь верно, замерз?

Я думаю, что Эджит спрашивает маленькую Найшу, но он, оказывается, обращается ко мне. Я понимаю это только после того, как он снимает свою куртку и протягивает ее мне:

— На, возьми.

Но я мотаю головой, потому что это чужая куртка, у меня никогда не было куртки.

— А где ты потерял свою обувь?

Что такое обувь?

Не дождавшись ответа, мужчина перестает со мной разговаривать.

Рядом с нами останавливается машина.

Я знаю, что это за машина, — это полицейский автомобиль из телевизора. Из нее выходят два человека с короткими волосами, у одного они черные, а у другого — светлые. Полицейские двигаются очень быстро. Эджит что-то говорит им. Девочка Найша пытается вырваться, но он крепко держит ее в руках, и я думаю, что ей не больно. Раджа лежит на чем-то коричневом, это трава, я представлял, что она будет зеленой. Вдоль тротуара есть несколько квадратов с этой травой. Жаль, что у меня больше нет записки, Старый Ник ее уничтожил. Я не помню, что там было написано, — слова вылетели у меня из головы.

Ма осталась в комнате, и я очень, очень сильно хочу к ней. Старый Ник уехал в своем грузовике, но куда он теперь направляется? Конечно, не к озеру и деревьям, потому что он увидел, что я жив. Ма разрешила мне убить его, а я не сумел.

И тут мне в голову приходит ужасная мысль. А вдруг он поехал домой и сейчас открывает дверь нашей комнаты, кипя от ярости. Это я виноват, что он не умер...

— Джек!

Я смотрю на человека, который произнес это слово. Мне кажется, что этот полицейский — женщина, но я до конца не уверен. У нее черные, а не светлые волосы. Она снова говорит:

— Джек. — (Откуда она знает, как меня зовут?) — Я — офицер Оу. Можешь сказать мне, сколько тебе лет?

Я должен спасти Ма, мне надо говорить с полицией, чтобы получить газовую горелку, но мой рот мне не подчиняется. У нее на ремне какой-то предмет, это пистолет, как и у всех полицейских в телевизоре. А вдруг это плохие полицейские вроде тех, что посадили в тюрьму святого Петра? Как это не пришло мне в голову раньше? Я гляжу не в лицо женщине, а на ее ремень. Какой классный ремень с пряжкой!

— Так ты можешь сказать, сколько тебе лет?

Ну, это проще простого. Я показываю пять пальцев.

— Значит, пять лет, отлично.

Офицер Оу что-то говорит, но я не слышу что. Потом она спрашивает меня о платье. Повторяет этот вопрос дважды.

Я отвечаю как можно громче, не глядя на нее:

— У меня нет платья.

— Нет, а где же ты спишь ночью?

— В шкафу.

— В шкафу?

«Попытайся объяснить им», — произносит Ма в моей голове, а позади нее стоит Старый Ник, он никогда еще не был так зол...

— Ты сказал — в шкафу?

— У тебя три платья, — отвечаю я. — Я имею в виду Ма. Одно — розовое, другое — зеленое в полоску и третье — коричневое, но ты, то есть она, предпочитает джинсы.

— Ты говоришь о своей Ма? — спрашивает офицер Оу. — Это ей принадлежат все эти платья?

Кивнуть в ответ легче, чем говорить.

— А где сейчас твоя Ма?

— В комнате.

— Конечно в комнате, — говорит она. — Только в какой комнате?

— В нашей комнате.

— А ты можешь сказать, где она находится?

Тут я вспоминаю:

— Ее нет ни на одной карте.

Женщина выдыхает воздух — наверное, я отвечаю неправильно. Другой полицейский, кажется мужчина, я никогда до этого не видел таких волос, они почти прозрачные, говорит:

— Мы в Навахо и Элкотте, у нас в руках напуганный ребенок, вполне возможно — домашний.

Я думаю, он разговаривает по телефону. Это вроде игры в попугая, слова мне все знакомы, но что они значат, я не знаю. Он подходит к офицеру Оу:

— Какие успехи?

— Почти ничего.

— У меня то же самое со свидетелем. Подозреваемый белый мужчина, рост сто шестьдесят сантиметров, лет сорока—пятидесяти, уехал в темно-бордовом или темно-коричневом грузовике-пикапе, возможно, в Ф один пять ноль или «Овен», номер начинается с К девять три, дальше идет Б или П, штат неизвестен...

— Человек, с которым ты ехал, — это кто — твой папа? — Офицер Оу снова обращается ко мне.

— У меня нет папы.

— Тогда, может, это друг твоей мамы?

— У меня его нет. — Я уже говорил ей это, разрешается ли говорить два раза?

— Ты знаешь его имя?

Я заставляю себя вспомнить.

— Эджит.

— Нет, нет, имя другого человека, который уехал в грузовике.

— Старый Ник, — шепчу я, потому что знаю, что ему не понравится, что я его выдал.

— Как это?

— Старый Ник.

— Нет, ответ отрицательный, — говорит мужчина-полицейский в свой телефон. — Подозреваемый скрылся, его имя Ник, Николас, фамилия неизвестна.

— А как зовут твою Ма? — спрашивает офицер Оу.

— Ма.

— А у нее есть другое имя?

Я показываю два пальца.

— Даже два? Отлично. Ты можешь их назвать?

Они были в записке, которую уничтожил Старый Ник. Тут я кое-что вспоминаю:

— Он нас украл.

Офицер Оу садится рядом со мной на землю. Земля не похожа на пол, она твердая и холодная.

— Джек, тебе нужно одеяло?

Не знаю. Здесь же нет одеял.

— У тебя порезан палец и содрано колено. Этот Ник, он что, бил тебя?

Подходит мужчина-полицейский и протягивает мне голубое одеяло, но я не трогаю его.

— Давай дальше, — говорит он в телефон.

Офицер Оу укутывает меня в голубое одеяло. Оно не мягкое и серое, как мое, а гораздо грубее.

— Откуда у тебя эти порезы?

— Эта собака — вампир. — Я ищу взглядом Раджу и его хозяев, но их нет. — Она укусила меня за палец, а колено было на земле.

— Не поняла.

— Это улица, она меня укусила.

— Давай дальше, — произносит мужчина, который все разговаривает по телефону. Потом он поворачивается к офицеру Оу и спрашивает: — Может, позвонить в организацию защиты детей?

— Дай мне еще пару минут, — отвечает она. — Джек, я уверена, что ты отлично рассказываешь сказки.

Откуда ей это известно? Мужчина-полицейский смотрит на часы, прикрепленные к его запястью. Я вспоминаю, что у Ма болит запястье. Что сейчас делает Старый Ник — выкручивает ей руки, сворачивает шею, рвет на кусочки?

— Ты можешь рассказать мне, что случилось сегодня? — Офицер Оу улыбается мне. — И говори, пожалуйста, медленно и четко, а то у меня плохо работают уши.

Может, она глухая, но почему тогда она не разговаривает знаками, как глухие в телевизоре?

— Копируй, — говорит полицейский в свой телефон.

Ее глаза смотрят на меня. Я закрываю свои глаза и представляю себе, что отвечаю Ма, это придает мне смелости.

— Мы его обманули, — очень медленно произношу я. — Мы с Ма сказали ему, что я заболел и потом умер, но на самом деле я должен был вылези из ковра и выпрыгнуть из грузовичка. Только я должен был выпрыгнуть на первой остановке, но я не сумел.

— Хорошо, а что было дальше? — Голос офицера Оу звучит у самой моей головы. Я по-прежнему не решаюсь посмотреть на нее, иначе тут же все забуду.

— У меня в трусах была записка, а он ее уничтожил. Но у меня остался зуб. — Я засовываю руку в носок, достаю зуб и открываю глаза.

— Можно мне посмотреть?

Она хочет взять зуб, но я его не отдаю.

— Это мамин зуб.

— Это твоя Ма, о которой ты говорил?

Я думаю, мозги у нее работают не лучше ушей, как Ма может быть зубом? Я качаю головой:

— Это кусочек ее мертвой слюны, который выпал.

Офицер Оу рассматривает зуб, и ее лицо становится напряженным. Мужчина-полицейский качает головой и что-то говорит, но я не слышу что.

— Джек, — обращается ко мне женщина, — ты сказал мне, что должен был выпрыгнуть из грузовика, когда он впервые затормозит?

— Да, но я все еще был в ковре, потом я очистил банан, но у меня не хватило смелости. — Теперь я уже смотрю на офицера Оу и одновременно рассказываю: — Но после третьей остановки грузовик поехал *вуууууу*...

— Куда поехал?

— Ну, вот так... — Я показываю ей. — Совсем другим путем.

— А, повернул.

— Да, и я ударился, а он, Старый Ник, в ярости выбрался из кабины, и тогда я прыгнул.

— Отлично! — Офицер Оу хлопает в ладони.

— Что? — спрашивает мужчина-полицейский.

— Три остановки и поворот. Налево или направо? — Женщина ждет. — Не важно. Ты молодец, Джек.

Она идет по улице, и вдруг в ее руке появляется какой-то предмет, не похожий на телефон. Откуда она его взяла? Офицер Оу смотрит на маленький экран и говорит:

— Пусть проверят частичные схемы с... проверят проспект Карлингфорд; может быть, проезд Вашингтона...

Я больше не вижу Раджи, Эджита и Найши.

— А собаку что, отправили в тюрьму?

— Нет-нет, — отвечает офицер Оу. — Она укусила тебя по ошибке.

— Давай дальше, — говорит мужчина-полицейский в свой телефон. Он отрицательно качает головой, глядя на офицера Оу.

Она встает:

— Может, Джек поможет нам найти его дом. Хочешь прокатиться на патрульной машине?

Я не могу встать, она протягивает мне руку, но я делаю вид, что не вижу ее. Я ставлю под себя одну ногу, потом другую и встаю, но у меня кружится голова. Подойдя к машине, я забираюсь в открытую дверь. Офицер Оу тоже садится сзади и застегивает на мне ремень безопасности. Я сжимаюсь, и ее рука дотрагивается не до меня, а до голубого одеяла.

Машина трогается. Она не гремит, как грузовик, а жужжит и мягко покачивается. Все это похоже на ту планету в телевизоре, где женщина с пышными волосами задает вопросы, только здесь вопросы задает не она, а офицер Оу.

— А где находится ваша комната — в бунгало? Или там есть лестница?

— Это не дом.

Я гляжу на сверкающий предмет перед собой, он похож на зеркало, только совсем крошечное. Я вижу в нем лицо мужчины-полицейского. Он сидит за рулем. Вдруг я встречаюсь с ним взглядом и, быстро отведя глаза, смотрю в окно. Дома пролетают мимо очень быстро, и от этого кружится голова. Свет фар нашей машины, падающий на дорогу, заливает все вокруг. Навстречу нам несется белая машина, сейчас мы с ней столкнемся...

— Не бойся, все в порядке, — говорит офицер Оу.

Когда я отнимаю от лица руки, белой машины уже нет; неужели наша ее уничтожила?

— У тебя в голове не звенят колокольчики?

Я не слышу никаких колокольчиков. Я вижу только деревья, дома и машины, несущиеся в темноте. «Ма, Ма, Ма». Я не слышу ее голоса в своей голове, она не разговаривает со мной. Его руки сжимают ее, все крепче, крепче и крепче, она уже не может говорить, она не может дышать, она не может делать ничего. Живые предметы сгибаются, и она сгибается, сгибается и...

— Может быть, вот это твоя улица, тебе не кажется? — спрашивает офицер Оу.

— У меня нет улицы.

— Я имею в виду улицу, с которой этот парень Ник увез тебя сегодня.

— Я никогда ее не видел.

— Как это?

Я устал от разговора. Офицер Оу щелкает языком.

— Никаких пикапов, кроме вон того черного, — говорит мужчина-полицейский.

— Давай-ка остановимся здесь.

Машина останавливается, к моему огорчению.

— Может, это какая-то секта? — спрашивает он. — Длинные волосы, отсутствие фамилий, состояние зуба...

Офицер Оу кривит рот.

— Джек, а в вашей комнате есть дневной свет?

— Сейчас ночь, — говорю я ей. Разве она не видит?

— Я имею в виду — днем. Откуда поступает свет?

— Из окна на крыше.

— Окно на крыше, отлично.

— Давай дальше, — говорит мужчина в свой телефон. Офицер Оу снова смотрит на свой сверкающий экран. — Спутник показывает пару домов с окнами на крыше на Карлингфорде...

— Наша комната — это не дом, — снова говорю я.

— Я тебя не совсем понимаю, Джек. Что же это тогда?

— Ничего. Комната — внутри.

Ма там, Старый Ник тоже, он хочет, чтобы кто-то умер, но не я.

— А что же тогда снаружи?

— То, что снаружи.

— Расскажи мне поподробней о том, что там снаружи.

— Передаю его тебе, — говорит мужчина-полицейский, — ты не сдаешься.

Кто этот «ты»? Может быть, это я?

— Продолжай, Джек, — говорит офицер Оу, — расскажи мне, что находится снаружи.

— То, что снаружи! — кричу я. Я должен объяснить все как можно быстрее ради Ма. «Ма, дождись, Ма, дождись меня». — Там все настоящее — мороженое, деревья, магазины, самолеты, фермы и гамаки.

Офицер Оу кивает. Надо напрячься, но я не знаю, чего она от меня хочет.

— Но дверь заперта, а мы не знаем кода.

— А ты хотел отпереть дверь и выйти наружу?

— Как Алиса.

— Алиса — это твоя подружка?

Я киваю:

— Она из книги.

— «Алиса в Стране чудес». Она хотела выйти наружу, чтобы громко заплакать, — говорит мужчина-полицейский.

Я знаю эту историю. Но как он мог прочитать нашу книгу, его ведь не было с нами в комнате? Я говорю ему:

— Ты знаешь о том, что Алиса наплакала целый пруд?

— Что? — Он смотрит на меня в маленькое зеркало.

— Она наплакала целый пруд слез, помнишь?

— Твоя Ма плакала? — спрашивает офицер Оу.

Люди, живущие снаружи, ничего не могут понять; может, они слишком долго смотрят телевизор?

— Нет, это Алиса плакала. Ей всегда очень хотелось попасть в сад, как и нам.

— Ты тоже хотел попасть в сад?

— У нас был не сад, а задний двор, но мы не знали тайного кода.

— Ваша комната — сбоку от заднего двора? — спрашивает она.

Я качаю головой. Офицер Оу трет лицо.

— Помоги мне, Джек. Ваша комната — рядом с задним двором?

— Нет, не рядом.

— Хорошо.

«Ма, Ма, Ма».

— Он вокруг нее.

— Ваша комната — на заднем дворе?

— Да.

Я вижу, что офицер Оу радуется моему ответу, но не знаю почему.

— Отлично, отлично. — Она смотрит на свой экран и нажимает на кнопки. — Отдельно стоящее сооружение позади домов на Карлингфорде и Вашингтоне...

— Не забудь про окно на крыше, — подсказывает ей мужчина-полицейский.

— Ты прав, с окном на крыше.

— Это что, телевизор? — спрашиваю я.

— Гм?.. Нет, это фотографии всех этих улиц. Камера находится в космосе.

— В открытом космосе?

— Да.

— Ух ты, как круто!

Голос офицера Оу звенит от возбуждения:

— Три четыре девять, Вашингтон, сарай позади дома, свет в окне на крыше... Похоже, это то, что нам надо.

— Это дом три четыре девять, Вашингтон, — говорит полицейский в свой телефон. — Давай дальше. — Он смотрит на нас в зеркало. — Имя владельца дома не совпадает, это мужчина кавказского происхождения, дата рождения — двенадцатое десятого, шестьдесят первого...

— Машина?

— Давай дальше, — говорит он снова и ждет ответа. — «Сильверадо» две тысячи один, К девять три П семь четыре два.

— В точку! — восклицает офицер Оу.

— Мы выезжаем туда, — говорит мужчина-полицейский. — Пришлите вторую машину к дому три четыре девять, Вашингтон.

Машина разворачивается, теперь мы едем быстрее, и у меня опять кружится голова. Наконец мы останавливаемся. Офицер Оу смотрит из окна на дом.

— Света в доме нет, — говорит она.

— Он в нашей комнате, — говорю я, — пытается убить Ма, — но мои слова тонут в рыданиях, и я сам их не слышу.

Позади нас останавливается другая машина, точно такая же, как наша. Из нее выходят полицейские.

— Сиди здесь, Джек. — Офицер Оу открывает дверь. — Мы сейчас найдем твою Ма.

Я подпрыгиваю, но ее рука удерживает меня в машине. «Я пойду с вами», — хочу сказать я, но вместо слов из меня льются слезы. Офицер Оу достает большой фонарь и включает его.

— Этот офицер останется с тобой...

В машину садится человек, которого я никогда до этого не видел.

— Нет!

— Отодвинься от него, — говорит офицер Оу полицейскому.

— Возьмите газовую горелку! — кричу я, но слишком поздно, она уже ушла.

Раздается треск, задняя часть машины подскакивает вверх. Багажник — вот как это называется.

Я закрываю руками голову, чтобы в нее ничто не проникало — ни лица, ни свет, ни шум, ни запахи.

«Ма, Ма, не умирай, не умирай, не умирай...»

Я считаю до ста, как велела мне офицер Оу, но ничуточки не успокаиваюсь. Потом я считаю до пятисот, но и это не помогает. Мою спину сотрясает дрожь, это, наверное, от холода. Куда же делось одеяло? Вдруг раздается ужасный звук. Это на переднем сиденье сморкается полицейский. Он слегка улыбается мне и засовывает бумажный платок в карман, но я отворачиваюсь и смотрю на дом, в окнах которого нет света. Часть его сейчас открыта — не думаю, чтобы ее открыл Старый Ник. Это гараж, огромный темный квадрат. Я гляжу на него сотню часов, и у меня уже болят глаза. Кто-то выходит из темноты, но это еще один полицейский, которого я до этого не видел. За ним идет офицер Оу, а рядом с ней...

Я колочу по двери машины, не зная, как ее открыть, я пытаюсь разбить стекло, но у меня ничего не получается.

— Ма, Ма, Ма, Ма, Ма, Ма...

Ма открывает дверь, и я чуть было не выпадаю из машины. Она хватает меня и прижимает к себе. Это она, живая на все сто процентов.

— Мы сделали это, — говорит она, когда мы оба усаживаемся на заднее сиденье. — Впрочем, это сделал ты, а не я.

Я мотаю головой:

— Я забыл наш план, я все перепутал.

— Ты спас меня, — говорит Ма, целуя мои глаза и крепко прижимая к себе.

— Он приезжал к тебе?

— Нет, я была одна и ждала. Это был самый долгий час в моей жизни. А когда дверь взорвалась, я подумала, что у меня разорвется сердце.

— Полиция использовала газовую горелку?

— Нет, дробовик.

— Я тоже хочу увидеть взрыв.

— Он продолжался всего секунду. Ты еще увидишь взрыв, я обещаю. — Ма улыбается. — Теперь мы можем делать все, что захотим.

— Почему?

— Потому что мы свободны.

У меня кружится голова, а глаза закрываются сами собой. Мне так хочется спать, что я боюсь —

моя голова слетит с плеч. Ма шепчет мне в ухо, что нам надо еще поговорить с другими полицейскими. Но я прижимаюсь к ней и говорю:

— Я хочу спать.

— Вскоре нас где-нибудь уложат.

— Нет, хочу в свою кровать.

— Ты имеешь в виду ту, что осталась в комнате? — Ма откидывается и смотрит мне в глаза.

— Да. Я увидел мир и очень устал.

— О, Джек, — говорит она, — мы туда больше никогда не вернемся.

Машина отъезжает, а я плачу и не могу остановиться.

Глава 4
ПОСЛЕ

Офицер Оу едет на переднем сиденье, сзади она выглядит совсем по-другому. Она оборачивается, улыбается мне и говорит:

— А вот и наше отделение.

— Ты можешь выйти сам? — спрашивает Ма. — Дальше я тебя отнесу.

Она открывает дверцу, и в машину врывается холодный воздух. Я сжимаюсь. Ма вытаскивает меня, ставит на ноги, и я ударяюсь ухом о машину. Ма несет меня на бедре, и я держусь за ее плечо. Темно, но потом вдруг быстро-быстро вспыхивают огни, похожие на фейерверк.

— Уже слетелись, стервятники, — бросает офицер Оу.

— Где?

— Никаких снимков, — кричит мужчина-полицейский.

Каких еще снимков? Я не вижу никаких стервятников, я вижу только лица людей с черными толстыми палками в руках и вспыхивающие машинки. Люди что-то кричат, но я не понимаю что. Офицер Оу пытается накинуть мне на голову одеяло, но я сбрасываю его. Ма бежит, я весь сотрясаюсь, наконец мы входим в здание. Свет здесь такой яркий, что я закрываю глаза руками.

Пол здесь совсем не такой, как в нашей комнате, он сверкает. Стены выкрашены в голубой цвет, и еще здесь очень шумно. Повсюду снуют люди, которые не относятся к числу моих друзей. Я вижу какой-то предмет, похожий на освещенный космический корабль. Внутри его много разных вещей вроде пакетиков с чипсами и плиток шоколада, которые лежат на маленьких квадратиках. Я подхожу к этому предмету и хочу потрогать их, но они заперты под стеклом. Ма тянет меня за руку.

— Проходите, — говорит офицер Оу.

Теперь мы в комнате, где гораздо тише. Огромный человек говорит:

— Извините за присутствие прессы. Мы усовершенствовали магистральную систему, но они теперь обзавелись этими новыми сканерами слежения...

Он протягивает нам руку. Ма ставит меня на пол и дергает его за руку вверх и вниз, как это делают люди в телевизоре.

— А вы, сэр, как я понимаю, необыкновенно храбрый молодой человек. — Он смотрит на меня.

Но ведь он меня совсем не знает, и почему это он называет меня «молодым человеком»? Ма опускается на стул, который совсем не похож на наш стул, и сажает меня к себе на колени. Я хочу покачаться, но это совсем не кресло-качалка. Все здесь какое-то не такое.

— Теперь, — говорит огромный мужчина, — уже поздно, и у вашего сына ссадины, которые надо обработать, так что вас ждут в Камберлендской клинике. Это очень хорошая больница.

— А что это за клиника?

— Психиатрическая.

— Но мы же не...

Тут он перебивает Ма:

— Они предоставят вам всю необходимую помощь и оградят от постороннего вмешательства. Но в первую очередь я хотел бы сегодня подробно обсудить ваше заявление, если вы, конечно, в состоянии это сделать.

Ма кивает.

— Поскольку некоторые вопросы могут показаться вам неприятными, хотели бы вы, чтобы офицер Оу присутствовала при нашем разговоре?

— Нет, — отвечает Ма, зевая.

— Вашему сыну пришлось сегодня много пережить; может, ему лучше подождать снаружи, пока мы...

Но мы ведь уже и так снаружи.

— Хорошо, — говорит Ма, укутывая меня в одеяло. — Только не закрывайте дверь, — быстро говорит она офицеру Оу, которая выходит из комнаты.

— Разумеется, — отвечает офицер Оу и оставляет дверь приоткрытой.

Ма разговаривает с огромным полицейским, который называет ее одним из ее имен. Я смотрю на стены. На них висят таблички в рамках с множеством слов, на одной из них изображен орел, который говорит: «В небе нет границ». Кто-то проходит в дверь, и я вскакиваю. Жаль, что ее не закрыли. Мне ужасно хочется пососать мамину грудь. Но Ма тянет свою футболку вниз.

— Не сейчас, — шепчет она, — я разговариваю с капитаном.

— А когда это произошло — вы не помните число? — спрашивает он.

Ма качает головой:

— Где-то в конце января. Занятия в колледже начались всего пару недель назад...

Я хочу молока и снова задираю мамину футболку. На этот раз она вздыхает и дает мне пососать. Я, как маленький ребенок, лежу у нее на коленях, прильнув к груди.

— Может быть, вы хотели бы... — спрашивает капитан.

— Нет, давайте продолжим, — отвечает Ма.

Я сосу из правой, молока в ней мало, но я не хочу менять грудь, потому что Ма может сказать «хватит», а я еще не напился.

Ма еще долго рассказывает о нашей комнате, о Старом Нике и о нашей жизни, но я слишком устал, чтобы слушать. В комнату входит женщина и что-то говорит капитану.

Вдруг Ма спрашивает:

— Что, какие-то проблемы?

— Нет, — отвечает капитан.

— Тогда почему она так уставилась на нас? — Ма крепко прижимает меня рукой. — Я кормлю своего сына. С вами все в порядке, леди?

Может быть, снаружи они не знают, что матери кормят своих детей, а может, это какая-то тайна? Ма еще долго разговаривает с капитаном. Я пытаюсь уснуть, но лампа светит слишком ярко и очень мешает мне.

— Что с тобой? — спрашивает Ма.

— Надо поскорее вернуться в комнату, — говорю я ей, — я хочу в туалет.

— Здесь, в отделении, тоже есть туалет.

Капитан показывает нам дорогу. Мы проходим мимо чудесного автомата, и я дотрагиваюсь до стекла там, где лежат шоколадки. Как бы мне хотелось знать код, чтобы достать их!

Здесь целых четыре туалета, и все они расположены в большой комнате с четырьмя раковинами. Стены этой комнаты увешаны зеркалами. Ма была права: унитазы снаружи и вправду имеют крышки на бачках, так что я не могу заглянуть туда. Пописав, Ма встает, и вдруг раздается дикий рев, от которого я начинаю плакать.

— Не бойся, — говорит она, вытирая мне лицо ладонями, — это всего лишь автоматический смыв. Видишь на унитазе маленький глазок? Он замечает, что мы закончили, и спускает воду. Очень умно придумано. Но мне совсем не нравится умный унитаз, который разглядывает наши попы.

Ма заставляет меня снять трусы.

— Я случайно обкакался, когда Старый Ник уносил меня из дома, — объясняю я.

— Не волнуйся, — отвечает она и делает страшную вещь — бросает мои трусы в мусорное ведро.

— Но...

— Они тебе больше не понадобятся, мы купим тебе новые.

— В воскресенье?

— Нет, в любой день, когда захотим.

Странно. Я бы предпочел в воскресенье.

Краны похожи на те, что были у нас в комнате, только форма у них неправильная. Ма открывает воду, смачивает туалетную бумагу и вытирает мне ноги и попу. Она сует руки под автомат, и оттуда бьет струя горячего воздуха, совсем как у нашего обогревателя, только горячее. И снова раздается шум.

— Это сушилка для рук, хочешь попробовать? — Ма улыбается мне, но я слишком устал, чтобы улыбаться. — Ну хорошо, вытри руки о свою футболку.

После этого она укутывает меня в голубое одеяло, и мы выходим в коридор. Я хочу получше рассмотреть автомат, в котором, как в тюрьме, заперты баночки, пакетики и плитки шоколада, но Ма тащит меня в комнату, где сидит капитан, чтобы продолжить разговор. Проходит несколько сотен часов, когда наконец Ма ставит меня на ноги. Меня всего качает. Я чувствую себя совсем разбитым из-за того, что мне пришлось спать в чужой комнате.

Нас сейчас отвезут в больницу, но ведь это же наш старый план А: болезнь, грузовичок, больница. Ма тоже заворачивается в голубое одеяло; я думал, что это то же самое одеяло, которое было у меня, но то одеяло по-прежнему на мне, значит, мамино совсем другое. Патрульная машина похожа на ту, что привезла нас сюда, но я уже не уверен в этом, вещи снаружи ведут себя как-то странно. На улице я спотыкаюсь и чуть было не падаю, но Ма вовремя подхватывает меня.

Мы едем в машине. Увидев едущий навстречу автомобиль, я всякий раз закрываю глаза.

— Не бойся, они едут по другой стороне дороги, — говорит Ма.

— По какой другой?

— Видишь вот эту линию посредине? Они должны ехать по ту сторону от нее, а мы — по эту, чтобы не столкнуться.

Неожиданно машина останавливается, дверь открывается и внутрь заглядывает существо без лица. Я вскрикиваю.

— Джек, Джек, — говорит Ма.

— Это зомби.

Я прижимаюсь лицом к ее животу.

— Нет, я доктор Клей, добро пожаловать в Камберленд, — говорит существо без лица самым низким голосом, который мне когда-либо приходилось слышать. — Это я надел, чтобы не заразить вас. Хочешь увидеть, что под ней? — Существо поднимает белую ткань, и я вижу улыбающегося мужчину с темно-коричневым лицом и крошечным черным треугольником на подбородке. Он резко опускает маску. Его слова проходят через белую ткань. — Вот и вам по маске.

Ма берет их и спрашивает:

— А зачем они нам?

— Подумайте, сколько вокруг летает всяких микробов, с которыми ваш сын, вероятно, еще ни разу не сталкивался.

— Хорошо. — Ма надевает одну маску на себя, а вторую — на меня, накинув ее петли на уши. Мне это совсем не нравится — маска сильно давит на лицо.

— Я не вижу, чтобы что-нибудь летало вокруг, — шепчу я Ма.

— Это микробы, они незаметны для глаза.

А я-то думал, что микробы живут только в нашей комнате, я и не знал, что снаружи их тоже полно. Мы входим в большое освещенное здание, я думаю, что это еще одно отделение полиции, но это не так. Я вижу какую-то женщину, которую зовут координатор приемного покоя. Она что-то печатает на компьютере. Я знаю, что такое компьютер, — я видел его по телевизору. Все здесь похожи на людей с медицинской планеты, но я не должен забывать, что они все настоящие.

Тут я замечаю удивительнейшую вещь на свете — огромное стекло с углами, в котором вместо баночек и шоколадок находятся живые рыбки. Они плавают и прячутся в камнях. Я тяну Ма за руку, но она не идет за мной, потому что разговаривает с женщиной-координатором. У нее есть табличка, на которой написано ее имя — Пилар.

— Послушай, Джек, — говорит доктор Клей. Он опускается вниз, согнув колени и становясь похожим на гигантскую лягушку. Зачем он это сделал? Его голова теперь рядом с моей. Волосы на ней стоят торчком, они не длиннее полудюйма. На нем уже нет маски, их носим только мы с Ма. — Нам нужно осмотреть твою маму вон в той комнате напротив, понял? — Он говорит это мне. Но разве он еще не осмотрел ее?

Ма качает головой:

— Джек пойдет со мной.

— Видите ли, наш дежурный врач, доктор Кендрик, должна прямо сейчас оформить справки о состоянии вашего здоровья. Сделать анализ крови, мочи, волос и обрезков ногтей, взять мазки из полости рта и влагалища и...

Ма в изумлении смотрит на него и выдыхает.

— Я буду вон там, — говорит она мне, показывая на дверь, — и сразу услышу, если ты меня позовешь, согласен?

— Нет, не согласен.

— Ну пожалуйста. Ты был таким храбрым Джекер-Джеком, побудь еще немного, ладно?

Но я крепко вцепляюсь в нее.

— Гм... может, он пойдет с вами, а мы поставим ширму? — предлагает доктор Кендрик. У нее светлые волосы, собранные в пучок на голове.

— Это как в телевизоре? — шепчу я Ма. — Он стоит вон там. — Больничный телевизор намного больше нашего, по нему показывают танцы, и изображение очень четкое.

— Да, — отвечает Ма, — а может быть, он все-таки посидит здесь, в приемном покое? Пусть посмотрит телевизор.

Эта женщина, Пилар, за столом разговаривает по телефону. Она улыбается мне, но я делаю вид, что не замечаю. Здесь много стульев, и Ма выбирает для меня один. Я смотрю, как она уходит с врачами. Чтобы не побежать за ней, я хватаюсь за спинку стула.

По телевизору теперь показывают футбол, игроки бегают в огромных наплечниках и шлемах. Интересно, это происходит наяву или только нарисовано? Я смотрю на стекло с рыбами, но оно слишком далеко, и рыб я не вижу, но они должны быть там, ведь они не умеют ходить. Дверь в кабинет, в котором скрылась Ма, закрыта не совсем плотно, и мне кажется, что я слышу ее голос. Зачем они берут у нее кровь, мочу и ногти? Она все еще там, хотя я ее и не вижу, точно так же как она оставалась в комнате, пока я совершал наш Великий побег. Старый Ник уехал в своем грузовике, его нет ни в комнате, ни снаружи. Я не вижу его и в телевизоре. От раздумий у меня начинает болеть голова.

Маска ужасно меня раздражает, и я поднимаю ее на лоб. Внутри у нее что-то жесткое, наверное проволока. Благодаря ей волосы не падают мне на глаза. Теперь по телевизору показывают город с разбитыми танками и какого-то плачущего старика. Ма уже давно находится в той комнате, а вдруг они ее там бьют? Женщина по имени Пилар все разговаривает по телефону. По другой программе мужчины в пиджаках о чем-то разговаривают в гигантской комнате; мне кажется, что они о чем-то спорят. Они все говорят, говорят и говорят. Потом картинка на экране меняется, и я вижу Ма, которая несет на руках какого-то мальчика. Да ведь это же я!

Я вскакиваю и подхожу к экрану. Я там — как в зеркале, только гораздо меньше. Под изображением бегут слова: «Местные новости. Как это случилось». Какая-то женщина говорит, но я ее не вижу: «...одинокий холостяк превратил сарай в саду в неприступную крепость. Жертвы этого деспота имеют жуткий вид и, похоже, пребывают в невменяемом состоянии после долгого кошмара своего заключения». Тут я вижу, как офицер Оу пытается набросить мне на голову одеяло, а я сбрасываю его. Невидимый голос произносит: «Истощенный недоеданием мальчик, который не может ходить, инстинктивно отбивается от одного из своих спасителей».

— Ма! — кричу я, но она не появляется.

Я слышу, как она кричит мне:

— Подожди еще пару минут.

— Это мы! Нас показывают по телевизору!

Но тут экран гаснет. Пилар встает, направив на телевизор дисташку, и глядит на меня. Из комнаты выходит доктор Клей и что-то сердито говорит Пилар.

— Ой, включите, — прошу я. — Это мы, я хочу увидеть нас.

— Мне ужасно, ужасно жаль... — оправдывается Пилар.

— Джек, хочешь присоединиться к маме? — Доктор Клей протягивает мне руку, на которую надет смешной белый пластик. Я стараюсь не дотрагиваться до него. — Надень на лицо маску.

Я опускаю ее на нос. Я иду позади доктора, но не слишком близко от него.

Ма сидит на узкой высокой кровати, одетая в бумажное платье с разрезом на спине. Люди, живущие снаружи, носят очень смешную одежду.

— Им пришлось забрать мои вещи. — Это голос Ма, но из-за маски я не вижу, откуда он выходит.

Извиваясь, я забираюсь к ней на колени.

— Я видел нас с тобой по телевизору.

— Я слышала. Как мы выглядели?

— Очень маленькими.

Я дергаю ее за платье, но оно не поднимается.

— Не сейчас. — Она целует меня в уголок глаза, но мне хочется совсем другого. — Ты говорил...

Я ничего не говорил.

— Что касается вашего запястья, — говорит доктор Кендрик, — то кость, наверное, придется снова сломать.

— Нет! — кричу я.

— Ш-ш-ш, все в порядке, — говорит мне Ма.

— Когда мы это сделаем, твоя мама будет спать, — объясняет доктор Кендрик, глядя на меня. — Хирург вставит туда металлический штырь, чтобы сустав лучше работал.

— Как у Киборга?

— У кого?

— Да, совсем как у Киборга, — говорит Ма, улыбаясь мне.

— Но сейчас самое главное — вылечить зуб, — говорит доктор Кендрик. — Поэтому я пропишу вам курс антибиотиков и сверхсильных анальгетиков.

Я громко зеваю.

— Я знаю, — говорит Ма, — тебе давно уже пора спать.

Доктор Кендрик спрашивает:

— Может быть, я быстренько осмотрю и Джека?

— Я же сказала — не сейчас.

Что это собирается сделать со мной врач?

— Она хотела дать мне игрушку? — шепотом спрашиваю я у Ма.

— В этом нет никакой необходимости, — говорит Ма доктору Кендрик. — Поверьте мне на слово.

— Мы просто следуем обычной процедуре для подобных случаев, — возражает доктор Клей.

— А у вас было много подобных случаев? — Ма сердится, я это хорошо чувствую.

Он качает головой:

— Другие травматические ситуации встречались, но, не буду вас обманывать, ничего похожего на ваш случай еще не бывало! Вот почему мы должны сделать все как полагается и с самого начала обеспечить вам самое лучшее лечение.

— Ни в каком лечении Джек не нуждается. Он нуждается во сне, — сквозь зубы произносит Ма. — Он всегда был у меня на глазах, и с ним ничего не случалось, ничего такого, о чем вы думаете.

Врачи смотрят друг на друга. Доктор Кендрик говорит:

— Я совсем не хотела...

— Все эти годы я очень тщательно следила за его здоровьем.

— Похоже на то, — отзывается доктор Клей.

— Да, следила. — По лицу Ма текут слезы, одна — совсем темная — сбегает по краю ее маски. Почему они заставляют ее плакать? — А сейчас ему нужно только одно... он ведь спит на ходу...

Но я не сплю.

— Я вас прекрасно понимаю, — говорит доктор Клей. — Измерим рост и вес, а она смажет ему ссадины. Договорились?

Подумав немного, Ма кивает.

Я не хочу, чтобы доктор Кендрик до меня дотрагивалась, но с удовольствием встаю на автомат, который показывает мой вес. Один раз я нечаянно прислоняюсь к стене, но Ма ставит меня прямо. Потом я становлюсь у цифр, точно так же как мы делали у двери, но цифр здесь гораздо больше, и все линии прямые.

— Отлично, парень, — говорит доктор Клей.

Доктор Кендрик все время что-то пишет. Она осматривает с помощью каких-то приборов мои глаза, уши и рот и говорит:

— Зубы просто сверкают.

— Мы чистим после каждой еды.

— Не поняла?

— Говори помедленнее и погромче, — подсказывает мне Ма.

— Мы всегда чистим зубы после еды.

Доктор Кендрик говорит:

— Хотела бы я, чтобы все мои пациенты так заботились о своем здоровье.

Ма помогает мне снять через голову футболку. Маска падает, и я снова надеваю ее. Доктор Кендрик заставляет меня подвигать всеми частями тела. Она говорит, что у меня отличные бедра, но в некоторых местах надо проверить плотность костной ткани.

— Это что-то вроде рентгена.

Мои ладони и ноги покрыты царапинами, которые появились, когда я выпрыгнул из грузовика и ударился о землю. Все правое колено в запекшейся крови. Когда доктор Кендрик дотрагивается до него, я вздрагиваю.

— Извини, — говорит она.

Я утыкаюсь в мамин живот, сминая ее бумажное платье.

— В дырочку проникнут микробы, и я умру.

— Не бойся, — говорит врач, — я протру ранку специальным раствором, и они все погибнут.

Раствор сильно щиплет. Доктор Кендрик протирает мой укушенный палец на левой руке, откуда собака пила мою кровь. Потом она прикладывает что-то к моему колену. Это похоже на липкую пленку, на которой нарисованы лица Доры и Бутс, — они машут мне руками.

— Ой-ой-ой!..

— Что, больно?

— Нет, он увидел своих любимцев, — поясняет Ма.

— Ты любишь Дору? — спрашивает доктор Клей. — Моя племянница и племянник тоже ее обожают. — Когда он улыбается, его зубы сверкают, как снег.

Доктор Кендрик туго обклеивает мой палец еще одной пленкой с Дорой и Бутс.

Зуб по-прежнему лежит в моем правом носке, сбоку. Пока я надеваю футболку и закутываюсь в одеяло, врачи о чем-то тихо переговариваются, и доктор Клей спрашивает:

— Ты знаешь, что такое игла, Джек?

Ма стонет:

— Я же вас просила!

— Если мы возьмем у него кровь, то завтра утром в лаборатории сразу же сделают ее полный анализ. Определят, не попала ли какая инфекция, каких питательных веществ не хватает... Такой анализ — необходимое условие приема в нашу больницу, и, что важнее всего, он поможет нам определить, что Джеку нужно прямо сейчас.

Ма смотрит на меня:

— Побудь еще минутку супергероем ради меня и разреши доктору Кендрик уколоть тебя в руку.

— Нет. — Я прячу руки под одеяло.

— Ну пожалуйста.

Но я не соглашаюсь — я уже израсходовал весь свой запас храбрости.

— Мне нужно всего-то вот столько, — говорит врач, показывая мне трубочку.

Но ведь это гораздо больше, чем выпили из меня собака и комар. Глядишь, так и мне ничего не останется.

— Ну, тогда я дам тебе... Что бы ему хотелось получить? — спрашивает доктор Кендрик маму.

— Мне бы хотелось лечь спать.

— Доктор хотела угостить тебя, — объясняет мне Ма. — Ну, скажем, пирожным или еще чем-нибудь вкусненьким.

— Гм... не думаю, чтобы у нас остались пирожные, ведь кухня уже закрыта, — говорит доктор Клей. — Хочешь леденец?

Пилар приносит банку, полную леденцов на палочке.

Ма говорит:

— Выбирай, какой тебе больше нравится.

Но их слишком много. Здесь есть и желтые, и зеленые, и красные, и голубые, и оранжевые. Все они плоские и круглые и совсем не похожи на тот шарик, который принес мне Старый Ник, Ма выбросила в мусорное ведро, а я все равно съел. Ма выбирает для меня красный, но я качаю головой, потому что леденец Старого Ника тоже был красным, и я боюсь, что снова расплачусь. Тогда Ма выбирает зеленый, и Пилар снимает с него обертку. Доктор Клей втыкает иголку в мою руку с внутренней стороны локтя, и я кричу и пытаюсь вырваться, но Ма крепко держит меня. Она всовывает леденец в мой рот, и я сосу его, но боль от этого все равно не проходит.

— Ты — молодец, — говорит Ма.

— Мне не нравится.

— Посмотри, иголку уже вытащили.

— Отличная работа, — говорит доктор Клей.

— Нет, конфета.

— Ты же получил свой леденец, — удивляется Ма.

— Мне он не нравится, мне не нравится зеленый.

— Какие проблемы? Выплюнь его, и все.

Пилар забирает зеленую конфету.

— Попробуй оранжевый, я больше всего люблю оранжевые леденцы, — говорит она.

А я и не знал, что можно взять два. Пилар снимает с конфеты обертку, и я сую ее в рот. Этот леденец гораздо вкуснее зеленого.

Сначала я чувствую тепло, но потом мне становится холодно. Тепло было приятным, а холод почему-то мокрый. Мы с Ма лежим в кровати, но она гораздо меньше нашей, и в комнате становится прохладно. Мы лежим на простыне, а укрываемся другой простыней, и одеяло совсем не белое, а голубое...

Это не наша комната.

Глупый пенис встает.

— Мы теперь снаружи, — шепчу я ему. — Ма...

Она резко вскакивает, словно ее ударило током.

— Я описался.

— Ничего страшного.

— Да, но вся кровать теперь мокрая. И моя футболка на животе тоже.

— Забудь об этом.

Я пытаюсь забыть. Я смотрю мимо ее головы. Пол похож на наш ковер, только весь ворсистый, безо всякого рисунка и краев. Он серого цвета и доходит до самых стен. Я и не думал, что стены могут быть зелеными. На одной из них нарисовано чудовище, но когда я присматриваюсь получше, то понимаю, что это на самом деле огромная волна на море. На стене виднеется какой-то прямоугольник, похожий на наше окно. Я знаю, что это боковое окно, перечеркнутое сотнями деревянных полосок, между которыми просачивается свет.

— Я никак не могу забыть, — жалуюсь я Ма.

— Конечно не можешь. — Она находит мою щеку и целует ее.

— Я не могу забыть, потому что мне мокро.

— А, об этом... — говорит она совсем другим голосом. — Я сказала это не для того, чтобы ты забыл что обмочился, а для того, чтобы ты не беспокоился об этом. — Она встает с кровати. На ней по-прежнему бумажное платье, которое все измялось. — Сейчас попросим медсестер сменить нам постельное белье. Но я не вижу никаких медсестер.

Но ведь все мои футболки... Они остались в комоде в нижнем ящике. Они были там вчера, значит, и сегодня лежат на своем месте. Но осталась ли на месте наша комната, ведь нас в ней нет?

— Мы что-нибудь придумаем, — говорит Ма. Она стоит у окна и раздвигает деревянные полоски. В комнату врывается свет.

— Как ты это сделала? — Я бегу к окну, но ударяюсь ногой о стол — *бам.*

Ма потирает ушибленное место.

— С помощью вот этой веревки, видишь? Это шнур для жалюзи.

— А зачем он...

— Это шнур, который открывает и закрывает жалюзи, — поясняет Ма. — А вот это жалюзи, я думаю, их назвали так потому, что они перекрывают тебе обзор.

— А зачем им перекрывать мне обзор?

— Слово «тебе» означает в данном случае «всем». С чего это я вдруг превратился во всех?

— Они не позволяют людям заглядывать в окно или выглядывать из него, — говорит Ма.

Но я гляжу в окно — оно похоже на телевизор. Я вижу траву, деревья, кусок белого здания и три машины — голубую, коричневую и серебристую с полосками.

— Смотри, вон там на траве...

— Что?

— Кто это, стервятник?

— Нет, я думаю, это обыкновенная ворона.

— Вон еще одна...

— А вот это — как его там? — голубь, что-то у меня сегодня память отшибло. Ну все, давай будем умываться.

— Но мы ведь еще не завтракали, — возражаю я.

— Позавтракаем потом.

Я качаю головой:

— Завтрак всегда бывает до умывания.

— Не всегда, Джек.

— Но...

— Нам уже не нужно делать все так, как раньше, — говорит Ма. — Мы можем теперь поступать, как нам захочется.

— Но мне нравится сначала завтракать, а потом уже умываться.

Однако Ма уже ушла за угол, и я ее не вижу и бегу за ней. Я нахожу Ма в небольшом помещении внутри нашей комнаты. Пол здесь покрыт холодными белыми квадратами, а стены тоже белые. Здесь есть унитаз, который совсем не похож на наш, и раковина, которая в два раза больше нашей. Я замечаю большой непрозрачный ящик — это, должно быть, душ, в котором любят плескаться люди в телевизоре.

— А куда же спряталась ванна?

— Здесь нет ванны.

Ма раздвигает дверцы ящика в разные стороны. Она снимает свое бумажное платье, комкает его и бросает в корзину, которая, как мне кажется, служит мусорным ведром, только у нее нет крышки, которая делает *динг*.

— Давай избавимся и от этого рванья. — Ма стаскивает с меня футболку, и та тянет меня за лицо. Ма также комкает ее и бросает в мусорное ведро.

— Но...

— Это никому не нужное тряпье.

— Нет, это моя футболка.

— У тебя будет другая футболка, множество футболок. — Я почти не слышу ее голоса, потому что она включила душ. Его струи бьют по дну кабины. — Залезай сюда.

— Я не знаю как.

— Здесь тебе будет хорошо, я обещаю. — Ма ждет меня. — Ну ладно, тогда подожди, я скоро выйду. — Она заходит в душ и начинает закрывать дверцы.

— Нет!

— Надо закрыть дверь, а то вода зальет весь пол.

— Нет.

— Ты можешь смотреть на меня сквозь стекло, я же здесь.

Она со стуком закрывает дверцы, и я вижу только размытые очертания ее фигуры. Это не настоящая Ма, а какое-то привидение, издающее странные звуки. Я ударяю по стеклам кабины. Сначала я не могу понять, как открыть двери, но потом до меня доходит, и я рывком раскрываю их.

— Джек...

— Мне не нравится, когда ты внутри, а я снаружи.

— Тогда забирайся сюда.

Я плачу, Ма вытирает мне лицо рукой, но от этого слезы разлетаются во все стороны.

— Прости, — говорит она, — прости; наверное, я слишком тороплюсь. — И она обнимает меня, отчего я весь становлюсь мокрым. — Плакать больше не о чем.

Когда я был малышом, я никогда не плакал без причины. Но Ма залезла в душ и заперлась, оставив меня снаружи; по-моему, это вполне уважительная причина для слез. Я залезаю в душ и прижимаюсь спиной к стеклу, но брызги все равно до меня долетают. Ма сует лицо в шумный водопад и испускает долгий стон.

— Тебе больно? — кричу я.

— Нет, я наслаждаюсь первым душем за семь лет.

Ма берет маленький пакетик с надписью «шампунь», разрывает его зубами и выдавливает почти все содержимое себе на голову. Она долго моет волосы, а потом выдавливает на них какую-то другую чудо-жидкость из пакетика, на котором написано «кондиционер». Это для того, чтобы волосы стали шелковистыми. Она хочет полить и мои волосы кондиционером, но я не хочу быть шелковистым и ни за что не желаю совать голову под струи воды. Она моет меня руками, потому что здесь нет никакой ткани. Кожа на моей ноге, в том месте, где я ударился, когда сто лет назад выпрыгнул из грузовика, приобрела фиолетовый оттенок. Порезы саднят по всему телу, особенно на колене, под пластырем с Дорой и Бутс, кончик которого задрался. Ма говорит, что это признак того, что порез скоро заживет. Я не могу понять, почему боль означает, что рана скоро заживет.

Для каждого из нас приготовлено пушистое белое полотенце, так что нам теперь не надо вытираться одним полотенцем на двоих. Я предпочел бы вытереться тем же полотенцем, что и Ма, но она говорит, что это глупости. Она обвязывает волосы третьим полотенцем, и ее голова становится большой и острой наверху, словно рожок из-под мороженого. Мы смеемся.

Я хочу пить.

— Можно мне пососать?

— Подожди чуть-чуть. — Она протягивает мне какой-то большой предмет с рукавами и поясом. — Надень вот этот халат.

— Но я же в нем утону!

— Ничего, не утонешь. — Она закатывает мне рукава, и они становятся короче и пышнее.

Ма пахнет теперь совсем по-другому, я думаю, это от кондиционера. Она завязывает мне пояс. Я поднимаю длинные полы, чтобы во время ходьбы не наступить на них.

— М-да, — говорит Ма. — Настоящий король Джек. — Она достает точно такой же халат из шкафа для себя — совсем не из нашего шкафа. Он доходит ей до лодыжек.

— Превращусь я в короля, ой-ля-ля, ой-ля-ля, королевой станешь ты, — пою я.

Ма вся розовая, она улыбается. Ее волосы потемнели, оттого что они еще мокрые. Мои волосы, собранные в хвост, тоже темные, но они спутались, потому что у нас нет расчески.

— Мы забыли расческу, — говорю я Ма.

— Я торопилась поскорее увидеть тебя.

— Да, но нам нужна расческа.

— Эта старая пластмассовая расческа, у которой нет половины зубов? Да она нужна нам как дырка в голове! — заявляет она.

Я нахожу рядом с кроватью свои носки и начинаю надевать их, но Ма говорит мне: «Сними их», потому что они запачкались, когда я бежал по улице, и к тому же совсем продырявились. Она выбрасывает их в мусорное ведро. Она выбрасывает все что ни попадя.

— Но там же зуб, мы забыли его вытащить. — Я бегу к ведру, вытаскиваю носки и во втором нахожу зуб.

Ма закатывает глаза.

— Это мой друг, — объясняю я ей, кладя зуб в карман своего халата. Я облизываю зубы, у них какой-то необычный вкус. — Ой, я же не почистил зубы после леденца. — Я крепко прижимаю их пальцами, чтобы они не выпали, но укушенный палец отставляю в сторону.

Ма качает головой:

— Это был не настоящий леденец.

— Но вкус у него был как у настоящего.

— Я хотела сказать, что он не содержит сахара. Теперь их делают из ненастоящего сахара, чтобы у тебя не испортились зубы.

Я не могу себе это представить.

Я показываю на вторую кровать:

— А кто спит здесь?

— Это — кровать для тебя.

— Но я же сплю с тобой.

— Ну, медсестры же об этом не знают. — Ма смотрит в окно. Ее тень растянулась по всему мягкому серому полу, я никогда раньше не видел такой длинной тени. — Там что, кот на автостоянке?

— Сейчас посмотрю. — Я подбегаю к окну, но никакого кота не вижу.

— Может, пойдем посмотрим?

— На кого?

— На то, что снаружи.

— Но ведь мы уже и так снаружи.

— Да, но давай выйдем подышим свежим воздухом и поищем кота, — говорит Ма.

— А что, это круто!

Она находит две пары шлепанцев, но они мне велики, и я все время падаю. Ма говорит, что теперь я должен ходить в обуви. Когда я снова выглядываю в окно, то вижу, что к машинам подъехала еще одна, — это грузовичок, на котором написано: «Камберлендская клиника».

— А вдруг он приедет сюда? — шепчу я.

— Кто?

— Старый Ник, вдруг он приедет на своем грузовичке? — Я уже почти забыл о нем, как я мог это сделать?

— Не бойся, он не приедет, ведь он не знает, где мы, — отвечает Ма.

— Мы что, снова стали тайной?

— Да, но сейчас это в наших же интересах.

Рядом с кроватью стоит — я знаю, что это, — телефон. Я поднимаю его верхнюю часть и говорю:

— Алло, — но никто мне не отвечает, только что-то гудит.

Ма пытается повернуть ручку двери и морщится: наверное, у нее заболело запястье. Она поворачивает ручку другой рукой, и мы выходим в длинную комнату с желтыми стенами, с окнами вдоль одной стены и дверями — с другой. Обе стены — разного цвета. Это, наверное, такое правило. На нашей двери прикреплена золотая цифра «семь». Ма говорит, что в другие комнаты заходить нельзя, потому что они принадлежат другим людям.

— Каким другим людям?

— Мы их еще не видели.

Тогда откуда она о них узнала?

— А мы можем смотреть в боковые окна?

— Да, окна сделаны для всех.

— А мы — тоже все?

— Да, все — это мы и другие люди.

Всех других здесь нет, только мы с Ма. На окнах нет жалюзи, которые перекрывали бы нам обзор. В окна видна совсем другая планета — здесь больше машин. Они зеленые, белые, и одна красная. Еще я вижу покрытую камнем площадь, по которой движутся какие-то предметы. Это люди.

— Они крошечные, как феи.

— Нет, просто они очень далеко от нас, — объясняет Ма.

— А они настоящие?

— Да, такие же, как и мы с тобой.

Я пытаюсь поверить, но это очень трудно. Я вижу женщину, которая совсем не настоящая. Я понял это потому, что она серого цвета, — это статуя и к тому же вся голая.

— Пойдем, — говорит Ма, — я умираю с голоду.

— Я только...

Она тянет меня за руку. Потом мы не можем идти дальше, потому что вниз идут ступени, их очень много.

— Держись за поручень.

— За что?

— Вот здесь, за перила.

Я хватаюсь за перила.

— Спускайся сначала на одну ступеньку, потом на другую.

Я боюсь, что упаду, и сажусь на ступеньку.

— Ну хорошо, можно и съехать, — говорит Ма.

Я съезжаю на попе сначала на одну ступеньку, потом на другую и еще на одну, и мой халат распахивается. Какая-то крупная женщина быстро-быстро бежит вверх, словно летит, но это не птица, это человек во всем белом. Я утыкаюсь лицом в мамин халат, чтобы она меня не увидела.

— О, — говорит женщина, — надо было позвонить.

— Во что, в колокольчик?

— Кнопка вызова как раз над вашей кроватью.

— Мы и сами справились, — отвечает Ма.

— Меня зовут Норин, я сейчас дам вам новые маски.

— Ой, я про них совсем забыла, — говорит Ма.

— Надо было мне принести их вам в комнату.

— Ничего, мы уже спускаемся.

— Отлично, Джек, хочешь, я позову санитара, чтобы он отнес тебя вниз?

— Не надо, — говорит Ма, — пусть спускается своим способом.

Я съезжаю на попе еще на одиннадцать ступенек. Внизу Ма завязывает мне халат, и мы снова становимся королем и королевой, как в «Лавандово-голубом». Норин дает мне новую маску для лица. Она говорит, что она медсестра, что приехала из другой страны, называемой Ирландией, и что ей нравится мой хвост. Мы входим в огромный зал, уставленный столами, я никогда не видел так много столов с тарелками, стаканами и ножами. Один из них бьет меня в живот, я имею в виду стол. Стаканы прозрачные, как и у нас.

Это похоже на планету в телевизоре, люди вокруг нас говорят «доброе утро», и «добро пожаловать в Камберленд», и еще «поздравляем», только я не знаю с чем. На некоторых точно такие же халаты, как и на нас с Ма, на других пижамы или форменная одежда. Большинство — большого роста, но волосы у всех совсем не такие длинные, как у нас. Они двигаются очень быстро и неожиданно оказываются со всех сторон, даже сзади. Они подходят очень близко, у них много зубов, и пахнут они совсем подругому — какой-то мужчина с заросшим бородой лицом говорит мне:

— Эй, парень, да ведь ты теперь герой.

Это он говорит обо мне. Я не смотрю на него.

— Ну как, нравится тебе наш мир?

Я ничего не отвечаю.

— Правда, хорош?

Я киваю. Я крепко держусь за мамину руку, но пальцы выскальзывают, потому что они почему-то стали влажными. Ма глотает таблетки, которые приносит ей Норин. Я замечаю голову, постриженную ежиком, это доктор Клей без маски. Он пожимает руку Ма своей рукой в белом пластике и спрашивает, хорошо ли мы спали.

— Я была слишком взвинчена, чтобы уснуть, — отвечает Ма.

К нам подходят другие люди в белых халатах, доктор Клей называет имена, но я ничего не понимаю. У одной женщины все волосы седые и в завитушках, ее называют директором клиники, что означает босс; но она смеется и говорит, что не совсем босс, я не знаю, что тут смешного.

Ма показывает мне на стул рядом с ней, и я сажусь. На тарелке лежит удивительная вещь — вся серебряная, голубая и красная. Я думаю, что это яйцо, но не настоящее, а шоколадное.

— Ах да, я совсем забыла, что сегодня Пасха, — говорит Ма. — Поздравляю тебя.

Я беру яйцо в руки. Никогда бы не подумал, что пасхальные кролики приходят к людям домой!

Ма опускает маску на шею, она пьет сок какого-то странного цвета. Она поднимает мне маску на голову, чтобы я тоже попробовал сок, но в нем много невидимых кусочков вроде микробов, которые попадают мне в горло, и я потихоньку выкашливаю их назад в стакан. Вокруг, слишком близко от нас, сидят другие люди, которые едят какие-то странные квадраты, сплошь покрытые другими квадратиками поменьше, и свернутые в трубочки куски ветчины. Почему они разрешают, чтобы им подавали кушанья на голубых тарелках, краска с которых может перейти на еду? Впрочем, еда пахнет очень вкусно, но ее слишком много, руки у меня снова становятся липкими, и я кладу пасхальное яйцо прямо на середину тарелки, а потом вытираю их о халат, отставив укушенный палец в сторону. Ножи и вилки здесь тоже неправильные, ручки у них не белые, а металлические, об них, наверное, можно порезаться.

У всех людей большие глаза, а лица — самой разной формы. Кто-то носит усы, кто-то — свисающие драгоценности или раскрашенные предметы.

— Здесь совсем нет детей, — шепчу я Ма.

— Что ты сказал?

— Где же другие дети?

— Не думаю, чтобы здесь были дети.

— А ты говорила, что снаружи их миллионы.

— Клиника — только маленькая часть огромного мира, — поясняет Ма. — Пей свой сок. Посмотри, вон там сидит мальчик.

Я смотрю туда, куда она показывает, но этот мальчик высокий, как взрослый мужчина, и в носу, на подбородке и над глазами у него гвозди.

— Он что, робот?

Ма пробует дымящуюся коричневую жидкость, морщится и ставит чашку на стол.

— Что бы ты хотел съесть? — спрашивает она.

Рядом со мной вдруг возникает медсестра Норин, и я вздрагиваю.

— У нас есть еще буфет, — говорит она, — ты можешь купить там вафли, омлет и оладушки...

Но я шепчу:

— Нет.

— Надо говорить: «Нет, спасибо» — так делают воспитанные люди, — говорит Ма.

Люди, которые не входят в число моих друзей, смотрят на меня, пронизывая все мое тело невидимыми лучами, и я прижимаюсь к ней и прячу лицо.

— Что тебе больше всего нравится, Джек? — спрашивает Норин. — Сосиски, тост?

— Нет, спасибо. Они смотрят на меня, — говорю я Ма.

— Не бойся, все относятся к тебе очень дружелюбно.

Но мне хочется, чтобы они перестали смотреть. К нам снова подходит доктор Клей. Он наклоняется к нам:

— Наверное, все это очень утомительно для Джека, для вас обоих. Может быть, хватит на первый раз?

Что это еще за первый раз?

Ма выдыхает:

— Мы хотели погулять в саду.

Нет, это Алиса хотела.

— Не надо торопиться, — говорит доктор Клей.

— Съешь же чего-нибудь, — говорит мне Ма, — тебе станет лучше, если ты хотя бы сок выпьешь.

Но я качаю головой.

— Давайте я принесу вам еду в комнату, — предлагает Норин.

Ма надевает маску на нос.

— Принесите.

Мне кажется, она на что-то сердится. Я продолжаю сидеть.

— А как же Пасха? — Я показываю на яйцо. Доктор Клей берет его, и я чуть было не кричу.

— Мы положим его вот сюда. — И он кладет мне яйцо в карман.

Подниматься по ступенькам гораздо тяжелее, чем спускаться, и Ма несет меня.

Норин предлагает:

— Может, я понесу? Дайте мне.

— Нет, не надо, — отвечает Ма, чуть было не срываясь на крик.

После того как Норин уходит, Ма плотно закрывает нашу дверь с номером семь. Оставшись одни, мы снимаем маски, потому что у нас с Ма одни и те же микробы. Ма пытается открыть окно, она дергает его, но без толку.

— Можно мне пососать молока?

— Не хочешь сначала съесть завтрак?

— Потом.

Она ложится, и я сосу левую грудь, молоко в ней очень вкусное.

Ма объясняет мне, что голубая краска с тарелок не может перейти на еду, она предлагает мне потереть тарелку пальцем, чтобы убедиться в этом самому. Что касается вилок и ножей, то металл, из которого они сделаны, на ощупь совсем другой, чем белое вещество, которое было на наших ножах и вилках, и порезаться об него невозможно. К оладушкам прилагается сироп, но я не хочу мочить их. Я пробую по кусочку от каждого блюда, и все они мне очень нравятся, за исключением соуса для яичницы. Шоколадное яйцо растаяло внутри своей обертки. Оно в два раза шоколаднее, чем те шоколадки, которые мы иногда получали по воскресеньям. Это самая вкусная вещь из того, что я ел в своей жизни!

— Ой, мы забыли поблагодарить младенца Иисуса, — говорю я Ма.

— Так поблагодари Его сейчас, Он не обидится, если ты скажешь Ему спасибо чуть попозже.

Потом я громко рыгаю, и мы снова ложимся спать.

Раздается стук в дверь, и Ма, надев на себя и на меня маски, впускает доктора Клея. Сейчас он уже не такой страшный.

— Как дела, Джек?

— Хорошо.

— Дашь пять?

Он протягивает мне пластиковую руку и шевелит пальцами, но я делаю вид, что не замечаю их. Я не собираюсь отдавать ему свои пальцы, они мне и самому нужны.

Они с Ма обсуждают, почему она не может уснуть, говорят о «тахикардии» и «восстановлении утраченных навыков».

— Попробуйте вот это, по одной перед сном, — говорит он, записывая что-то в своем блокноте. — А от зубной боли лучше принимать противовоспалительные лекарства.

— Можно мне пить те лекарства, к которым я привыкла, а не те, что выдают мне сестры, как будто я больная?

— Да никаких проблем, только не разбрасывайте их по всей комнате.

— Джек приучен к тому, что таблетки трогать нельзя.

— Я думаю о нескольких наших пациентах, которые тоже подверглись насильственному лишению свободы. А тебе я принес пластырь.

— Джек, доктор Клей к тебе обращается, — говорит Ма.

Я прилепляю пластырь на руку и чувствую, что не ощущаю больше этой части руки. Доктор Клей принес еще крутые очки, которые надо надевать, когда в комнате слишком ярко светит солнце: мне — красные, а Ма — черные.

— Мы теперь будем похожи на рэперов, — говорю я ей.

Очки станут темнее, если мы выйдем наружу, и светлее — если останемся внутри помещения. Доктор Клей говорит, что у меня отличное зрение, но мои глаза еще не приспособились смотреть вдаль, я должен напрягать глазные мышцы, глядя в окно. А я и не знал, что в глазах тоже есть мышцы, я нажимаю на них пальцами, но не ощущаю никаких мышц.

— Ну как там твой пластырь? — спрашивает доктор Клей. — Рука уже онемела? — Он снимает пластырь и трогает мою руку.

Я вижу его палец на моей коже, но не ощущаю его. После этого, к моему ужасу, он достает иглы

229

и говорит, что очень сожалеет, но должен сделать мне шесть уколов, чтобы я не подхватил разные страшные болезни. Вот для чего он принес этот пластырь — чтобы я не почувствовал боли, но я не хочу, чтобы мне делали шесть уколов, и убегаю в туалет.

— Но ты можешь от них умереть! — говорит Ма и тащит меня назад.

— Нет!

— Я имела в виду микробов, а не уколы.

Но я все еще сопротивляюсь.

Доктор Клей говорит, что я храбрый, но я знаю, что это не так, я израсходовал все свое мужество, выполняя план Б. Я кричу и кричу. Ма держит меня на коленях, пока доктор втыкает в меня свои иглы. Мне больно, потому что он снял пластырь, я плачу и прошу снова прилепить его, и Ма в конце концов делает это.

— Ну все, больше уколов делать тебе не буду, обещаю. — С этими словами доктор Клей убирает иглы в коробку на стене, на которой написано: «Острые предметы». Он вытаскивает из кармана оранжевый леденец, но я не хочу его брать. Он говорит, что я могу оставить его для другого раза. — ...во многих случаях похож на младенца, несмотря на то что для своего возраста он прекрасно читает и считает, — говорит он Ма. Я внимательно слушаю их разговор, потому что «он» — это я. — Помимо проблем с иммунитетом ему придется, по-видимому, столкнуться еще и с проблемами социальной адаптации и, конечно же, сенсорной модуляции, то есть он должен будет научиться сортировать и фильтровать все стимулы, которые на него обрушатся, — плюс сложности с пространственным восприятием...

Ма перебивает его:

— Так вот почему он все время натыкается на разные предметы!

— Совершенно верно. Джек так привык к ограниченному пространству, что у него не возникало необходимости учиться оценивать расстояние до предметов.

Ма обхватывает голову руками:

— А я-то думала, что у него все в порядке. Более или менее.

А разве у меня не все в порядке?

— Можно взглянуть на это по-другому...

Доктор Клей замолкает, услышав стук в дверь. Открыв ее, он впускает в комнату Норин с подносом, которая ставит его на прикроватный столик.

Я рыгаю — мой желудок еще не освободился от завтрака.

— В идеале хорошо было бы провести тесты умственного развития и сделать упор на игру и терапию искусством, — говорит доктор Клей, — но на нашем сегодняшнем совещании мы решили, что в первую очередь надо помочь ему почувствовать себя в безопасности. Впрочем, не только ему, но и вам тоже. Для этого нужно очень, очень медленно расширять круг доверия. — Его руки расходятся в разные стороны. — Поскольку мне повезло и вчера именно я был дежурным психиатром, принявшим вас в больницу...

— Вы считаете это везением?

— Я не так выразился. — Доктор Клей смущенно улыбается. — Я буду работать с вами, пока вы находитесь у нас...

«Работать»? А я и не знал, что дети тоже работают.

— ...конечно же с помощью моих коллег по детской и взрослой психиатрии, а также с помощью наших невролога и психотерапевтов. Мы собираемся подключить также специалиста по питанию, физио...

Снова раздается стук в дверь. На этот раз Норин входит с полицейским, однако это не тот светловолосый мужчина, которого я видел вчера. Теперь в комнате трое чужих и нас двое — всего пять человек. Все пространство заполнено руками, ногами и телами. Они все говорят не переставая, и от этого у меня начинает гудеть голова.

«Перестаньте говорить одновременно», — произношу я про себя и затыкаю пальцами уши.

— Хочешь, мы сделаем тебе сюрприз?

Ма говорит это мне, а я и не знал, что Норин и полицейский уже ушли. Я качаю головой. Доктор Клей произносит:

— Я не уверен, что это надо делать сейчас...

— Джек, у меня отличные новости, — перебивает его Ма.

Она показывает мне фотоснимки. Даже издалека я вижу, что это Старый Ник. То же самое лицо, которое я увидел в кровати однажды ночью, но теперь у него на шее табличка, а сам он снят на фоне цифр вроде тех, которыми мы отмечали мой рост в день рождения. Он достает почти до шести футов. На втором снимке он сидит боком, а на третьем — смотрит прямо на меня.

— Ночью полиция поймала его и отправила в тюрьму, где он и останется, — говорит Ма.

Интересно, а коричневый грузовичок тоже попал в тюрьму?

— Когда вы смотрите на снимки, возникают ли у вас симптомы, о которых мы говорили? — спрашивает доктор Клей у Ма.

Она закатывает глаза:

— Неужели вы думаете, что после семи лет пребывания в заточении я хлопнусь в обморок при виде его фотографий?

— А что чувствуешь ты, Джек?

Я не знаю, что ему ответить.

— Я хочу задать тебе один вопрос, но ты можешь и не отвечать, если не захочешь. Хорошо? — говорит он.

Я смотрю на него, а потом снова на снимки. Старый Ник застрял среди цифр и не сможет оттуда выбраться.

— Делал ли этот человек что-нибудь, что тебе не нравилось?

Я киваю.

— Можешь сказать мне что?

— Он отключил нам ток, и овощи стали скользкими.

— Хорошо. А он когда-нибудь бил тебя?

Но тут вмешивается Ма:

— Не надо.

Доктор Клей поднимает руку.

— Никто не сомневается в ваших словах, — говорит он ей. — Но подумайте о ночах, когда вы спали. Я должен получить ответ от самого Джека, это моя работа.

Ма делает глубокий выдох.

— Ну хорошо, — говорит она мне. — Ответь доктору. Бил ли тебя Старый Ник?

— Да, — отвечаю я, — два раза.

Они в изумлении смотрят на меня.

— Когда я совершал Великий побег, он бросил меня на пол грузовика, а потом еще на улице. Во второй раз было гораздо больнее.

— Ну вот и ладненько, — говорит доктор Клей. Он улыбается, я не знаю чему. — Я сейчас зайду в лабораторию и узнаю, нужно ли вам сделать анализ крови на ДНК, — говорит он Ма.

— На ДНК? — В ее голосе снова звучит ярость. — Вы что, думаете, будто я приводила к себе других мужчин?

— Я думаю, что это нужно для суда.

Ма поджимает губы. Их становится совсем не видно.

— Из-за того, что следствие упустило какие-то детали, суды вынуждены ежедневно освобождать опасных преступников. — Его голос звучит очень сердито. — Понятно?

— Да.

Когда он уходит, я срываю маску и спрашиваю:

— Он что, рассердился на нас?

Ма качает головой:

— Он сердится на Старого Ника.

Я не знал, что доктор Клей был знаком со Старым Ником. Я думал, мы были единственными, кто его знал. Я подхожу посмотреть, что принесла нам Норин. Я не хочу есть, но Ма говорит, что уже второй час и что мы давно уже пропустили время обеда, который должен был быть в двенадцать. Но в моем животе еще нет места для еды.

— Расслабься, — говорит Ма. — Здесь все по-другому, не так, как у нас.

— Но ведь есть же и здесь какие-то правила?

— Здесь нет правил. Мы можем обедать в десять часов, в час, или в три, или даже посреди ночи.

— Я не хочу обедать посреди ночи.

Ма вздыхает:

— Давай возьмем себе за правило, что будем обедать... в любое время между двенадцатью и двумя часами. А если нам не захочется есть, то просто пропустим обед.

— А как мы его пропустим?

— Просто ничего не будем есть. Ноль.

— Хорошо. — Я не прочь когда-нибудь съесть нолик. — Но что Норин будет делать со всей этой едой?

— Выбросит.

— Но ведь еду выбрасывать нельзя.

— Да, но ее все равно придется выбросить, потому что она... ну, станет грязной, что ли.

Я смотрю на разноцветные кусочки пиццы на голубой тарелке. Что-то непохоже, чтобы она была грязной.

— Конечно она чистая, но никто уже не захочет есть ее после того, как она побывала в наших тарелках, — объясняет Ма. — Так что не беспокойся.

Она все время говорит мне это, но я не знаю, как тут не беспокоиться. Вдруг я зеваю так сильно, что чуть не падаю с ног. Рука в том месте, где доктор делал укол, еще болит. Я спрашиваю, можно ли нам снова лечь спать, и Ма отвечает: «Конечно», но она собирается почитать газету. Я не знаю, почему ей так хочется почитать газету, вместо того чтобы спать вместе со мной.

Когда я просыпаюсь, свет падает не туда, куда надо.

— Все в порядке, — успокаивает меня Ма, дотрагиваясь своим лицом до моего, — теперь все будет в порядке.

Я надеваю очки, чтобы посмотреть на желтое лицо Бога в нашем окне. Его свет скользит по пушистому серому ковру. В комнату входит Норин с пакетами в руках.

— Неужели нельзя было постучать? — почти кричит Ма, надевая на себя и на меня маски.

— Извините, — отвечает Норин, — я вообще-то стучалась, но вы, наверное, не слышали. В следующий раз я постучу погромче.

— Нет, не надо. Простите меня... я, наверное, разговаривала в это время с Джеком. Может, я и слышала что-то, но мне и в голову не пришло, что это стук в дверь.

— Не беспокойтесь, — отвечает Норин.

— Из соседних комнат доносятся разные звуки, а я не знаю, где это и что это.

— Вам, наверное, все это кажется немного непривычным.

Ма издает короткий смешок.

— А теперь займемся этим молодым парнем. — Глаза Норин сияют. — Хочешь посмотреть на свои новые одежки?

Это не наша одежда, а чья-то чужая. Норин принесла ее в пакетах и сказала, что если нам что-то не подойдет или не понравится, то она отнесет это в магазин и обменяет. Я примеряю все, но мне больше всего нравятся пижамы, они пушистые, и на них изображены космонавты. Они похожи на костюм телевизионного мальчика. Еще Норин принесла ботинки, которые застегиваются на липучки под названием «Велкро». Мне нравится надевать и застегивать их со звуком *ррррпппппрррррпппп*. Однако ходить в них трудно, они тяжелые, и мне кажется, что мои ноги — в капкане. Я предпочитаю надевать их, когда сижу на кровати и по очереди болтаю в воздухе ногами, — тогда ботинки встречаются друг с другом и снова становятся друзьями.

Ма надевает джинсы, которые слишком плотно облегают ее ноги.

— Сейчас все так носят, — говорит Норин, — а у вас, слава богу, отличная фигура, и вам они очень идут.

— Кто носит?

— Молодежь.

Ма улыбается, я не знаю чему. Она надевает рубашку, которая тоже слишком плотно облегает ее фигуру.

— Это не твоя одежда, — шепчу я ей.

— Теперь уже моя.

В дверь стучат, это другая медсестра, в таком же белом халате, как и Норин, но с другим лицом. Она говорит, что мы должны надеть маски, потому что к нам пришла посетительница. Я никогда до этого не принимал гостей, и я не знаю, как это делается.

Входит женщина и бросается к Ма, я вскакиваю, сжав кулаки, но Ма смеется и плачет одновременно: она, наверное, грустно-счастливая.

— Мамочка, — говорит Ма, — мамочка моя.

— Малышка моя...

— Я вернулась.

— Да, вернулась, — говорит посетительница. — Когда мне позвонили и сказали об этом, я решила, что это очередной розыгрыш...

— Ты скучала по мне?

Ма начинает как-то странно смеяться. Женщина тоже плачет, и под ее глазами появляются черные подтеки, я ломаю себе голову, отчего это ее слезы вдруг почернели? Рот у нее цвета крови, как у женщины в телевизоре. У нее светлые короткие волосы, но не все, часть волос длинная, и большие золотые бугорки в ушах, ниже ушного отверстия. Она по-прежнему крепко обнимает Ма. Она раза в три толще Ма, я никогда не видел, чтобы Ма обнимала кого-нибудь другого, а не меня.

— Дай мне посмотреть на тебя без этой дурацкой повязки.

Ма оттягивает вниз маску и улыбается. Теперь женщина смотрит на меня.

— Не могу поверить, никак не могу поверить.

— Джек, — говорит Ма, — это твоя бабушка.

Значит, у меня и вправду есть бабушка.

— Какое сокровище, — разводит она руки, словно собирается взмахнуть ими, но почему-то не взмахивает. Она подходит ко мне, но я прячусь за стул.

— Он очень привязчив, — объясняет Ма, — и привык общаться только со мной.

— Конечно, конечно. — Бабушка подходит ко мне поближе. — О Джек, ты был самым храбрым мальчиком на свете, ты вернул мне моего ребенка.

Какого ребенка?

— Подними на секунду свою маску, — говорит мне Ма.

Я поднимаю, но быстро опускаю.

— У него твой подбородок, — говорит бабушка.

— Ты так думаешь?

— Конечно, ты всегда обожала детей, бесплатно сидела с ними...

Они говорят без умолку. Я заглядываю под пластырь — не собирается ли мой палец отвалиться? Красных точек на нем почти уже не видно. В комнату врывается воздух. В дверь заглядывает чье-то лицо, заросшее бородой. Волосы растут на щеках, подбородке и даже под носом, но на голове их нет.

— Я сказала медсестре, чтобы нас не беспокоили, — говорит Ма.

— Но ведь это Лео, — возражает бабушка.

— Привет, — произносит он, шевеля пальцами.

— А кто он такой, этот Лео? — спрашивает Ма без улыбки.

— Ему велено было сидеть в коридоре.

— Но проблемо, — говорит Лео и исчезает.

— А где папа? — спрашивает Ма.

— Он теперь живет в Канберре, но скоро прилетит сюда, — отвечает бабушка, — у нас многое изменилось, дорогая.

— В Канберре?

— Наверное, для тебя сегодня слишком много новостей, моя милая...

Оказывается, этот волосатый Лео вовсе не мой дедушка. Мой настоящий дед уехал жить в Австралию, решив, что моя Ма умерла. Он даже устроил ей похороны. Бабушка очень рассердилась на него за это, потому что она никогда не переставала надеяться. Она всегда говорила, что их бесценная дочурка, наверное, имела причины, чтобы исчезнуть, и в один прекрасный день все-таки вернется.

Ма с удивлением смотрит на нее:

— В один прекрасный день?

— Да, а разве этот день не прекрасен? — Бабушка машет рукой в сторону окна.

— Какие же у меня были причины исчезнуть?

— О, мы себе просто голову сломали. Социальный работник сказал, что подростки твоего возраста часто убегают из дома от тоски. А может быть, из-за наркотиков; я перерыла всю твою комнату...

— Но ведь у меня в школе была средняя оценка три целых и семь десятых!

— Да, и ты была нашей гордостью и радостью.

— Меня похитили прямо на улице.

— Теперь уж я это знаю. Мы развесили плакаты по всему городу. Пол создал веб-сайт. Полиция допросила всех, кто знал тебя в колледже и в школе, пытаясь выяснить, с кем еще ты могла общаться без нашего ведома. Мне все время казалось, что я встречу тебя на улице, это было какое-то наваждение, — рассказывает бабушка, — я пристраивалась к девушкам, которые ходили парами или группками, и трубила в рог, но, когда они оборачивались, я видела, что тебя среди них нет. На твой день рождения я всегда пекла твой любимый шоколадный торт с бананами — вдруг ты решишь заскочить домой? Помнишь этот торт?

Ма кивает. Все лицо у нее залито слезами.

— Я не могла спать без снотворного. Меня убивала мысль, что я о тебе ничего не знаю. Это было несправедливо по отношению к твоему брату. Ты знаешь — впрочем, откуда тебе знать? — что у Пола маленькая дочка, ей три года, и ее уже кое-чему учат. Жена у него радиолог, она очень милая.

Они все разговаривают и разговаривают, у меня даже уши устали их слушать. Наконец приходит Норин с таблетками для нас и стаканом сока, только не апельсинового, а яблочного. Я никогда еще не пил яблочного сока!

Бабушка собирается уходить.

— Интересно, спит ли она в гамаке?

— Могу ли я... Можно Лео заглянет на минуту, чтобы познакомиться с вами? — спрашивает она, стоя у двери.

Ма молчит, а потом произносит:

— Может быть, в следующий раз?

— Как хочешь. Врачи говорят, что не надо спешить.

— Спешить с чем?

— Со всем. — Бабушка поворачивается ко мне: — Итак, Джек. Ты знаешь слово «до свидания»?

— Конечно, я уже все слова знаю, — отвечаю я.

Она долго смеется, а потом целует себе руку и «бросает» мне поцелуй:

— Лови!

Я думаю, что ей хочется поиграть со мной, и я «ловлю» ее поцелуй. Она очень рада и снова разражается слезами.

— Почему она смеялась, когда я сказал ей, что знаю все слова? Я ведь не шутил, — спрашиваю я Ма, после того как бабушка уходит.

— А, не обращай внимания, рассмешить человека всегда здорово.

В 6:12 Норин приносит нам новый поднос с едой — это наш ужин. Мы можем ужинать и в пять с чем-нибудь, и в шесть с чем-нибудь, и даже в семь с чем-нибудь, говорит Ма. На тарелке лежит что-то зеленое и хрустящее, под названием «аругула», которое кажется мне слишком острым. Мне нравится картошка с хрустящей корочкой и мясо с полосками на нем. Зато в хлебе попадаются какие-то кусочки, которые царапают мне горло, я пытаюсь выковырять их, но тогда в нем образуются дырки, и Ма говорит, чтобы я оставил хлеб в покое. Еще Норин принесла нам клубнику, вкус у которой, по маминым словам, просто божественный. Откуда она знает, какой вкус у Бога? Мы не можем съесть все, что нам принесли. Ма говорит, что большинство людей постоянно объедаются и мы можем съесть, что понравится, а остальное оставить.

Моя самая любимая вещь в окружающем мире — это окно. Оно все время разное. Мимо пролетает птица — я не знаю какая. Тени снова длинные, моя тянется через всю комнату и поднимается на зеленую стену. Я смотрю, как медленно-медленно опускается лицо Бога, оно становится все более оранжевым, а облака окрашиваются во все цвета радуги. Потом на небе остаются только полосы, а темнота подкрадывается так тихо, что я замечаю ее только после того, как все погружается во тьму.

Мы с Ма всю ночь толкали друг дружку ногами. Просыпаясь в третий раз, я жалею, что со мной нет джипа и дисташки.

В нашей старой комнате теперь никто не живет, только вещи. Они стоят неподвижно, и только пыль падает сверху, потому что мы с Ма теперь в клинике, а Старый Ник — в тюрьме. Пусть теперь сам поживет взаперти.

Я вспоминаю, что на мне пижама с космонавтами. Я дотрагиваюсь через одежду до своей ноги, но мне кажется, что она какая-то чужая. Все наши вещи заперты в комнате, кроме моей футболки, которую Ма выбросила в мусорное ведро, и она теперь, наверное, уже пропала. Я смотрю на часы у кровати — уборщица, скорее всего, уже унесла ее. Ма говорит, что уборщицы — это люди, которые за всеми убирают. Я думаю, что это невидимки вроде эльфов. Как мне хочется, чтобы уборщица принесла мне мою старую футболку, но я знаю, что Ма будет очень сердиться.

Нам придется теперь жить в окружающем мире, мы никогда не вернемся в свою комнату. Ма говорит, что я должен радоваться этому. Я не знаю, почему нам нельзя хотя бы ночевать в нашей комнате? Интересно, мы теперь все время будем жить в клинике или переедем в какой-нибудь дом вроде дома с гамаком, где живет мамина семья? Кроме моего настоящего дедушки, который поселился в Австралии, очень, очень далеко отсюда.

— Ма?

Она стонет:

— Джек, я только начала засыпать...

— Сколько времени мы живем здесь?

— Всего двадцать четыре часа, тебе просто кажется, что больше.

— Нет. Сколько мы еще пробудем здесь? Сколько дней и ночей?

— Этого я не знаю.

Но ведь она всегда все знает.

— Скажи мне.

— Ш-ш-ш.

— Нет, скажи — сколько?

— Еще немного, — говорит она. — А теперь молчи, не забывай, что за стеной живут другие люди и мы мешаем им спать.

Я не вижу никаких других людей, но они все-таки есть, мы видели их в столовой. В нашей комнате я никогда никому не мешал, только иногда Ма, когда у нее сильно болел зуб. Она говорит, что люди лежат здесь, в больнице, потому что у них с головой не все в порядке, но только совсем немного. Некоторые из них ударились обо что-то головой и теперь не помнят себя, другие все время тоскуют и даже режут себе руки ножом, я не знаю почему. Врачи, медсестры, Пилар и невидимые уборщицы — не больные, они здесь для того, чтобы помогать больным. Мы с Ма тоже не больные, мы здесь просто отдыхаем, а еще мы не хотим, чтобы за нами охотились папарацци, эти стервятники с камерами и микрофонами, потому что мы стали теперь знаменитыми, как звезды рэпа, но это получилось не намеренно, а совершенно случайно. Ма говорит, что врачи просто помогут нам разобраться в разных вещах. Я не знаю, о каких вещах она говорит.

Я сую руку под подушку, чтобы узнать, превратился ли зуб в деньги, но он не превратился. Я думаю, что фея не знает, где находится наша клиника.

— Ма?

— Что?

— А мы здесь заперты?

— Нет. — Она чуть было не рычит. — Конечно же нет. Тебе что, здесь не нравится?

— Я хотел сказать — нам придется здесь жить всегда?

— Нет-нет, мы теперь свободны как птицы.

Я думал, что все неприятности случились вчера, но сегодня их гораздо больше. Я с большим трудом выдавил из себя какашку, потому что мой живот не привык к такому количеству пищи. Нам не надо стирать свои простыни в душе, потому что этим тоже занимаются невидимые уборщицы.

Ма что-то пишет в тетради, которую доктор Клей дал ей для выполнения домашних заданий. Я думал, домашние задания бывают только у детей, которые ходят в школу, но Ма говорит, что клиника — это не дом, где люди живут, и в конце концов все возвращаются в свои дома.

Я ненавижу свою маску, я не могу через нее дышать, но Ма говорит, что могу.

Мы завтракаем в столовой, это комната, в которой только едят. Люди в окружающем мире любят делать разные вещи в разных комнатах. Я стараюсь не забывать о хороших манерах, это когда люди боятся рассердить других людей. Я говорю: «Пожалуйста, не могли бы вы принести мне еще оладий?»

Женщина в фартуке восклицает:

— Да он просто куколка!

Я совсем не кукла, но Ма шепчет мне, что я очень понравился этой женщине, поэтому она меня так назвала.

Я пробую сироп, он очень-очень сладкий, и я выпиваю всю бутылочку, прежде чем Ма успевает меня остановить. Она говорит, что сиропом надо поливать оладьи, но я думаю, что это глупо.

К Ма подходят люди и предлагают налить ей кофе, но она говорит:

— Нет.

Я съедаю так много ломтиков ветчины, что теряю им всякий счет, а когда я говорю: «Спасибо, младенец Иисус», люди таращат на меня глаза, потому что, наверное, ничего не знают об Иисусе.

Ма говорит, что, когда человек ведет себя смешно — вроде того длинного парня с кусочками металла на лице, которого зовут Хьюго и который все время что-то мычит, или миссис Гарбер, которая все время почесывает себе шею, — нельзя смеяться вслух, можно только про себя, если уже трудно удержаться.

Я не знаю, когда раздастся тот или иной звук, и все время вздрагиваю. Часто я не вижу, откуда исходят эти звуки, некоторые совсем тонкие, вроде комариного писка, а другие просто бьют по голове. И хотя все вокруг говорят очень громко, Ма постоянно твердит мне, чтобы я не кричал, потому что мешаю другим. Но часто, когда я говорю, люди меня просто не слышат.

Ма спрашивает:

— Где твои ботинки?

Мы возвращаемся и находим их в столовой под столом, в одном из них лежит кусочек ветчины, который я кладу в рот.

— На нем полно микробов! — говорит Ма.

Я несу свои ботинки за шнурки. Ма велит мне надеть их.

— У меня от них болят ноги.

— Разве они тебе малы?

— Они слишком тяжелые.

— Я знаю, что ты не привык носить обувь, но нельзя же все время ходить в носках, ты можешь наступить на что-нибудь острое.

— Не наступлю, обещаю тебе.

Но Ма ждет, пока я не надену ботинки. Мы в коридоре, но не в том, что проходит наверху, в клинике много коридоров. Я не помню, чтобы мы здесь ходили. Неужели мы заблудились?

Ма глядит в окно.

— Сегодня можно пойти на улицу и посмотреть на деревья, а может быть, и на цветы.

— Нет.

— Джек...

— Я сказал нет, спасибо.

— Нам же нужен свежий воздух!

Но мне нравится воздух в комнате номер семь, куда отводит нас Норин. В наше окно мы видим, как подъезжают и уезжают машины, и еще голубей, а иногда — кота.

Позже мы идем играть с доктором Клеем в другую комнату, на полу которой лежит ковер с длинным ворсом, не то что наш ковер, который совсем плоский и разрисован зигзагами. Интересно, скучает ли он без нас и лежит ли он до сих пор в кузове грузовичка, попавшего в тюрьму?

Ма показывает доктору Клею свою домашнюю работу, и они снова обсуждают совсем неинтересные вещи вроде «деперсонализации» или «никогда не виденного». Потом я помогаю доктору Клею распаковать чемодан с игрушками, и это очень круто. Он говорит со мной по мобильному телефону, но не по настоящему, а по игрушечному.

— Рад слышать твой голос, Джек, я сейчас в клинике. А ты где?

Я беру пластмассовый банан и говорю в него:

— Я тоже.

— Какое совпадение! И тебе там нравится?

— Мне нравится ветчина.

Он смеется, а я и не знал, что снова пошутил.

— Мне тоже она нравится. Даже слишком нравится.

Как что-то может нравиться слишком?

На дне чемодана я нахожу маленьких кукол — пятнистую собачку, пирата, луну и мальчика с высунутым языком. Больше всего мне нравится собачка.

— Джек, врач задал тебе вопрос.

Я смотрю на Ма.

— А что тебе здесь не очень нравится? — спрашивает доктор Клей.

— То, что на меня смотрят люди.

— Ммм?

Он часто произносит этот звук вместо слов.

— И еще неожиданные вещи.

— Невиданные вещи? Какие же, например?

— Неожиданные, — поправляю я его. — Которые появляются очень быстро.

— А, я понял. «Мир неожиданнее, чем мы думаем».

— Что?

— Извини. Это строчка из стихотворения. — Дотор Клей улыбается Ма. — Джек, а ты можешь рассказать мне, где ты был до больницы?

Он никогда не был в нашей комнате, поэтому я подробно рассказываю ему о том, что там стоит, что мы делали каждый день, а Ма подсказывает, если я что-нибудь забываю. Он достает массу, которую я видел по телевизору во всех цветах, и, пока мы разговариваем, делает из нее шарики и червяков. Я тыкаю пальцем в желтую массу, и к моему ногтю что-то прилипает. Мне не нравится, что он становится желтым.

— Ты никогда не получал пасту для лепки в качестве воскресного подарка? — спрашивает доктор Клей.

— Она быстро высыхает, — вмешивается Ма. — Вы об этом никогда не задумывались? Даже если положить ее назад в трубочку, через некоторое время она покрывается кожистой пленкой.

— Надо думать, — отвечает доктор Клей.

— Вот поэтому я всегда просила приносить нам не маркеры, а мелки и карандаши, пеленки из ткани — иными словами, то, что будет служить долго, и мне не нужно будет через неделю просить это снова.

Доктор Клей, слушая Ма, все время кивает.

— Мы делали тесто из муки, но оно было белым. — Голос Ма звучит сердито. — Если бы у меня была разноцветная паста для лепки, я бы давала ее Джеку каждый день.

Доктор Клей называет Ма ее вторым именем.

— Мы не собираемся давать никаких оценок вашему выбору способов действия.

— Норин говорит: если класть в тесто столько же соли, сколько муки, оно будет более прочным, вы знали об этом? Я не знала, откуда же мне знать? И мне даже в голову не приходило попросить пищевых красителей. Если бы мне хоть кто-нибудь подсказал...

Ма все время говорит доктору Клею, что с ней все в порядке, но по ее разговору этого не скажешь. Они с доктором говорят о «когнитивных нарушениях», потом делают дыхательные упражнения, а я играю с куклами. Потом он поднимается, чтобы уйти, потому что ему надо еще поиграть с Хьюго.

— А Хьюго тоже жил в сарае? — спрашиваю я.

Доктор Клей качает головой.

— А что с ним случилось?

— У каждого своя история.

Вернувшись в свою комнату, мы с Ма ложимся в постель, и я напиваюсь до отвала. Из-за кондиционера для волос Ма пахнет совсем по-другому, слишком шелковисто.

Но и поспав, я не чувствую себя отдохнувшим. Из носа течет, и из глаз тоже, как будто у меня внутри все тает. Ма говорит, что я подхватил свою первую простуду, вот и все.

— Но ведь я носил маску.

— Тем не менее микробы все-таки проникли внутрь. И я, наверное, тоже завтра заболею — заразившись от тебя.

Я плачу:

— Но мы еще не наигрались.

Ма обнимает меня.

— И я не хочу еще возвращаться на небеса.

— Милый мой, — Ма никогда еще меня так не называла, — не бойся: если мы заболеем, доктора нас вылечат.

— Я этого хочу.

— Чего ты хочешь?

— Я хочу, чтобы доктор Клей вылечил меня сейчас же.

— Ну, он не лечит простуду. — Ма жует губу. — Но через несколько дней она пройдет сама собой, обещаю тебе. Послушай, хочешь, я научу тебя сморкаться?

После четырех попыток я наконец высмаркиваю все сопли в бумажный платок, и Ма хлопает в ладоши.

Норин приносит нам обед — суп, кебаб и рис, который не совсем настоящий и называется «киноа». После обеда мы едим салат из фруктов, и я пытаюсь догадаться, из каких фруктов он сделан. Здесь есть яблоко и апельсин, а те фрукты, которые я не знаю, — это ананас, манго, черника, киви и арбуз. Значит, два фрукта отгадал правильно, пять — неправильно, это минус три. Бананов в этом салате нет.

Мне хочется снова увидеть рыбок, поэтому мы спускаемся в комнату под названием «приемный покой». Все рыбки покрыты полосками.

— Они что, больные?

— С чего это ты взял? По мне, так они очень живые, — говорит Ма. — Особенно вот эта большая, с важным видом спрятавшаяся в водорослях.

— Да, но все ли в порядке у них с головой? Может, они все сумасшедшие?

Ма смеется:

— Не думаю.

— А может, они решили здесь немного отдохнуть, потому что они знаменитые?

— На самом деле эти рыбки родились здесь, в аквариуме. — Это говорит женщина по имени Пилар.

Я вздрагиваю, потому что не видел, как она подошла.

— Почему?

Она смотрит на меня, улыбаясь.

— А?

— Почему они здесь?

— Чтобы мы на них смотрели, наверное. Они ведь хорошенькие?

— Пойдем, Джек, — говорит Ма. — Я уверена, что у нее много работы.

В окружающем мире все время фиксировано. Ма постоянно говорит мне: «Помедленнее, Джек», или «Задержись», или «Заканчивай сейчас же», или «Поторопись, Джек». Она часто произносит мое имя, чтобы я знал, что она обращается ко мне, а не к кому-нибудь другому. Я с трудом могу понять, сколько сейчас времени, часы висят везде, но у них острые стрелки, и я не знаю, в чем тут секрет. Наших часов со светящимися цифрами здесь нет, поэтому мне все время приходится спрашивать Ма, а она устает от моих вопросов.

— Ты знаешь, сколько сейчас времени? Время идти гулять.

Я не хочу гулять, но она все время предлагает:

— Давай попробуем, только попробуем. Прямо сейчас, почему бы и нет?

Ну, во-первых, мне придется снова надевать свои ботинки. Во-вторых, нам нужно будет надеть куртки и шапки и помазать лица под маской и руки какой-то липкой смесью, потому что солнце может сжечь нашу кожу, из-за того что мы все время жили в комнате. С нами идут доктор Клей и Норин — без всяких очков, мазей и масок.

Путь наружу проходит не через дверь, а через сооружение, похожее на тамбур космического корабля. Ма не может вспомнить его названия, и доктор Клей подсказывает:

— Это — крутящиеся двери.

— Ах да, — говорю я, — я видел такие по телевизору. — Мне нравится крутиться вместе с ними, но вскоре мы оказываемся на улице. Через темные очки мне в глаза бьет свет, ветер шлепает меня по лицу, и я поворачиваю обратно и ныряю внутрь двери.

— Не бойся, — говорит мне Ма.

— Мне тут не нравится. — Но дверь уже больше не вращается, она застряла и выталкивает меня наружу.

— Держись за мою руку.

— Нас сейчас унесет ветром.

— Да это всего лишь легкий бриз, — говорит Ма.

Свет здесь совсем не такой, как в окне, он приходит со всех сторон. Когда я совершал свой Великий побег, он был совсем другим. Все вокруг слишком ярко сверкает, а воздух чересчур свеж.

— У меня вся кожа горит.

— Ты просто великолепен, — говорит Норин. — Делай глубокие и медленные вдохи — и все будет отлично.

Как это «все будет отлично»? Здесь нет никаких вдохов. Только пятна на стеклах очков, бешеный стук сердца *банг-банг-банг* и громкий свист ветра, из-за которого я ничего не слышу.

Вдруг Норин делает что-то страшное — она снимает с меня маску и прикладывает к моему лицу какую-то бумагу. Я тут же сдираю ее своими липкими пальцами.

Доктор Клей говорит:

— Я не уверен, что это так уж...

— Дыши в мешок, — велит мне Норин.

Я дышу, воздух в нем теплый, и я просто пью его. Ма обнимает меня за плечи и говорит:

— Пойдем домой.

Дома, в комнате номер семь, я ложусь на кровать прямо в ботинках и, не очистив лица и рук от крема, сосу мамину грудь.

Позже приходит бабушка, я уже узнаю ее лицо. Она принесла нам книги из своего дома с гамаком: три, без картинок, для Ма, которая очень радуется, увидев их, и пять — с картинками, для меня. Откуда бабушка узнала, что пять — это мое самое любимое число? Она говорит, что эти книги принадлежали Ма и дяде Полу, когда они были маленькими. Я не думаю, что она врет, но мне трудно поверить, что Ма тоже когда-то была ребенком.

— Садись на колени к бабушке, и я тебе почитаю.

— Нет, спасибо.

Она принесла мне «Очень голодную гусеницу», «Дающее дерево», «Беги, собака, беги», «Лораксу» и «Сказку о кролике Петре». Я рассматриваю картинки.

— Я все тщательно продумала, — очень тихо говорит маме бабушка. — Я справлюсь.

— Сомневаюсь.

— Я готова ко всему.

Но Ма качает головой:

— К чему это, мам? Все закончилось благополучно, я теперь живу по эту сторону.

— Но, милая моя...

— Прошу тебя, не вспоминай об этом всякий раз, когда смотришь на меня, хорошо?

По лицу бабушки снова текут слезы.

— Малышка моя, — говорит она, — всякий раз, когда я смотрю на тебя, я говорю: «Слава Тебе, Господи!»

Когда она уходит, Ма читает мне книгу о кролике, которого зовут Петр, но он совсем не святой. Он одет в старинную одежду и удирает от садовника. Не понимаю, зачем ему понадобилось воровать с огорода овощи? Конечно, воровать нехорошо, но, если бы я был воришкой, я бы крал что-нибудь приличное, например машинки или шоколад. Эта книга мне не очень нравится, зато очень нравится то, что у меня было пять книг, а теперь стало на пять больше, значит, всего десять. Правда, старых книг у меня уже нет, и я понимаю, что мне придется довольствоваться новыми. Те, что остались в комнате, наверное, никому уже больше не принадлежат.

Бабушка сегодня ушла очень быстро, потому что к нам пришел еще один гость, адвокат Моррис. Я и не знал, что у нас есть адвокат, как на судебной планете, где люди всегда кричат, а судья стучит молотком по столу. Мы встречаемся с ним не в комнате наверху, а в другой комнате, где стоит стол и пахнет чем-то сладким. У него вся голова в мелких кудряшках. Пока они с Ма беседуют, я тренируюсь сморкаться в платок.

— Например, вот эта газета, которая опубликовала вашу школьную фотографию, — говорит адвокат, — мы подадим на нее в суд за вторжение в вашу личную жизнь.

«Вашу» означает мамину, а не мою, я уже хорошо научился различать.

— Вы хотите подать на них в суд? Вот этого я как раз и хотела избежать, — говорит Ма.

Я показываю ей платок с моими соплями, и она поднимает большой палец вверх.

Моррис постоянно кивает:

— Я просто хочу сказать, что вам надо задуматься о своем будущем и о будущем вашего мальчика. — (Мальчик — это я.) — Да, вот еще что: Камберлендская клиника в ближайшее время собирается поднять плату за лечение, и я учредил фонд для ваших поклонников, но должен вам сказать, что рано или поздно вы получите такие счета, в которые трудно будет поверить. Реабилитация, современные терапевтические методы, жилье, плата за обучение вас обоих...

Ма трет глаза.

— Я не хочу вас торопить.

— Вы сказали — наши поклонники?

— Конечно, — отвечает Моррис, — пожертвования так и текут, чуть ли не по целому мешку в день.

— Мешку чего?

— Вы сами решите чего. Я тут прихватил с собой кое-что. — Он достает из-под стула большой полиэтиленовый мешок и вытаскивает из него пакеты.

— Зачем вы их вскрывали? — спрашивает Ма, заглядывая в пакеты.

— Поверьте мне, все эти вещи надо было отфильтровать. Некоторые присылали ФЕ-КА-ЛИ-И, и это только начало.

— А почему люди присылали нам свои какашки? — спрашиваю я Ма.

Моррис с удивлением смотрит на меня.

— Он умеет очень хорошо складывать слова, — объясняет ему Ма.

— Ты спрашиваешь почему, Джек? Потому что в нашем мире много сумасшедших.

А я-то думал, что все сумасшедшие живут в этой клинике и их здесь лечат.

— Но большая часть посылок — от ваших доброжелателей, — говорит адвокат. — Шоколад, игрушки и тому подобное.

Шоколад!

— Я подумал, что в первую очередь надо принести вам цветы, от которых у моего помощника разболелась голова. — И он достает множество букетов, завернутых в прозрачный пластик.

Так вот откуда здесь такой запах!

— А какие игрушки нам прислали? — шепотом спрашиваю я.

— Посмотри, вот одна из них, — говорит Ма, вытаскивая из конверта маленький деревянный поезд. — Не надо так резко выхватывать.

— Извини. — Я со звуком *чу-чу* качу поезд по столу, вниз по ножке стола, потом по полу, вверх по стене, которая в этой комнате выкрашена в голубой цвет.

— К вам проявляет интерес целый ряд издательств, — говорит Моррис. — Может быть, вам стоит написать книгу по горячим следам...

Рот Ма кривится.

— Вы думаете, что нам надо продать себя до того, как это сделают другие?

— Я бы так не сказал. Я полагаю, что вы можете многому научить людей. Например, тому, как обходиться минимумом вещей, это сейчас очень актуально.

Ма разражается смехом. Моррис кладет руки на стол.

— Но конечно, решать будете вы. Да и торопиться вам некуда.

Ма читает некоторые письма:

— «Маленький Джек, ты замечательный мальчик, наслаждайся жизнью, потому что ты заслужил это, потому что ты побывал в самом настоящем аду и сумел оттуда выбраться!»

— Кто это сказал? — спрашиваю я.

Ма переворачивает страницу.

— Мы не знаем эту женщину.

— Тогда почему она пишет, что я замечательный?

— Потому что она слышала рассказ о тебе по телевизору.

Я заглядываю в самые толстые конверты, надеясь найти там другие поезда.

— Посмотри, что я нашла, — говорит Ма, протягивая мне маленькую коробку с шоколадными конфетами.

— А вот еще одна. — Я нахожу большую коробку.

— Нет, этого слишком много, мы с тобой заболеем, если все съедим.

Я уже и так болен простудой, поэтому не возражаю.

— Давай отдадим кому-нибудь эту коробку, — предлагает Ма.

— Кому?

— Ну, сестрам, например.

— Игрушки и тому подобное я могу передать детской больнице, — предлагает Моррис.

— Отличная идея! Отбери игрушки, которые ты хотел бы оставить себе, — говорит мне Ма.

— А сколько можно оставить?

— Сколько хочешь. — Она читает другое письмо: — «Благослови Бог вас и вашего милого святого сыночка. Я молюсь о том, чтобы перед вами открылись все прекрасные вещи, которые этот мир может вам предложить, пусть исполняются все ваши мечты, а ваш жизненный путь будет вымощен счастьем и золотом». — Ма кладет это письмо на стол. — Смогу ли я найти время, чтобы ответить на все эти послания?

Моррис качает головой:

— Этот подонок-обвиняемый украл у вас семь лучших лет вашей жизни. Лично я не стал бы больше терять ни минуты.

— А почему вы решили, что это были лучшие годы моей жизни?

Он пожимает плечами:

— Я хотел сказать... вам ведь было в ту пору девятнадцать?

Я достаю из пакетов две крутые игрушки — машину, колеса которой поют *зззхххммм*, и свисток в форме свиньи. Я дую в него.

— Ой, этот свисток очень громкий, — говорит Моррис.

— Даже слишком громкий, — говорит Ма.

Но я снова дую в него.

— Джек!..

Я убираю свисток в пакет. В других я нахожу бархатного крокодила длиной с мою ногу, погремушку с колокольчиком внутри и лицо клоуна. Когда я нажимаю ему на нос, он говорит: «Ха-ха-ха!»

— Этого тоже не надо, от него у меня мурашки бегут по коже, — заявляет Ма.

Я шепчу клоуну: «До свидания» — и кладу его назад в пакет. Я нахожу дощечку с привязанной к ней ручкой, чтобы можно было рисовать. Но эта дощечка сделана не из бумаги, а из плотного пластика. Еще мне попадается коробочка с обезьянками, у которых загнуты лапы и хвосты, — благодаря этому из них можно сделать целую цепочку. В других пакетах лежат пожарная машина и медвежонок в кепке, которая не снимается, даже если очень сильно потянуть за нее. На ярлычке я вижу рисунок детского лица, перечеркнутого линией, и цифры «0–3». Может быть, это означает, что медвежонок убивает детей в течение трех секунд?

— Хватит, Джек, — говорит Ма. — Тебе не нужно столько игрушек.

— А сколько мне нужно?

— Ну я не знаю...

— Подпишите здесь, здесь и еще вот здесь, — просит ее Моррис.

Я грызу ноготь под своей маской, и Ма не говорит мне, чтобы я прекратил.

— Так сколько мне нужно игрушек?

Ма поднимает голову от бумаг, которые она подписывает.

— Выбери, скажем, пять.

Я считаю — машинка, обезьянка, деревянный поезд, погремушка и крокодил. Получается шесть, а не пять, но Ма с Моррисом продолжают разговаривать, и я нахожу большой пустой пакет и кладу в него все шесть игрушек.

— Ну вот и хорошо, — говорит Ма, бросая оставшиеся пакеты в большой мешок.

— Подожди, — говорю я. — Я хочу написать на мешке, я хочу написать: «Подарки больным детям от Джека».

— Пусть лучше этим займется Моррис.

— Но...

Ма переводит дыхание.

— У нас с тобой так много дел, пусть часть из них сделают другие люди, а то у меня голова лопнет.

Почему это у нее лопнет голова, если я подпишу мешок? Я вытаскиваю поезд и заворачиваю его в свою футболку — это мой ребенок, он плачет, и я покрываю его поцелуями.

— Дело дойдет до суда не раньше января, самое раннее — в октябре, — слышу я слова Морриса.

В «Алисе» описывается суд, где Билл-ящерка пишет пальцем, а когда Алиса бьет ногой по столу, за которым сидят присяжные, она случайно опрокидывает его вниз головой, ха-ха-ха!

— А сколько времени он проведет в тюрьме? — спрашивает Ма.

Она имеет в виду Старого Ника.

— Ну, прокурор Федерального судебного округа говорила мне, что надеется засадить его лет на двадцать пять или даже пожизненно, а для федеральных преступлений помилования не бывает, — отвечает Моррис. — Его обвиняют в похищении в сексуальных целях, лишении жертвы свободы, многочисленных случаях изнасилования, оскорблении действием... — Он считает на пальцах, а не в голове.

Ма кивает:

— А как насчет ребенка?

259

— Джека?

— Нет, первого. Можно ли считать, что он убил его?

Я никогда не слышал о первом ребенке.

Моррис кривит губы:

— Нет, если ребенок родился живым.

— Это была девочка.

О ком это она?

— Девочка родилась живой, прошу прощения, — говорит Моррис. — Мы можем надеяться только на обвинение в преступной халатности, может быть — даже в недосмотре...

Они пытались изгнать Алису из зала суда. Из-за того, что она была высотой более мили. Есть еще очень странный стишок:

> И если нам придется с ней
> Участвовать в том деле,
> Он верит: мы отпустим их
> Немедля на свободу.

Я не замечаю, как появляется Норин, которая спрашивает, будем ли мы ужинать в столовой или у себя в комнате.

Я несу все свои игрушки в большом пакете. Ма не знает, что их шесть, а не пять. Некоторые люди машут нам руками, когда мы входим в столовую, и я машу им в ответ, подражая девочке без волос на голове и с татуировкой по всей шее. Я отношусь к людям доброжелательно, если только они не прикасаются ко мне.

Женщина в фартуке говорит, что она слышала, будто я ходил гулять. Не знаю, как она могла это услышать?

— Тебе понравилось?

— Нет, — отвечаю я, — то есть нет, спасибо.

Я учусь другим манерам. Когда попадается что-нибудь невкусное, вроде дикого риса, который очень жесткий, как будто его совсем не варили, надо говорить: «Это интересно». Высморкав нос, я должен сложить платок, чтобы никто не увидел мои сопли, потому что это тайна. Если я хочу, чтобы Ма выслушала меня, а не кого-нибудь другого, я должен сказать: «Простите». Но иногда я повторяю «простите, простите» до бесконечности, а когда Ма наконец обращает на меня внимание, я уже не помню, что хотел сказать.

Сняв после ужина маски, мы лежим в постели в пижамах, и я сосу мамину грудь. Я вспоминаю ее разговор с адвокатом и спрашиваю:

— А кто был первым ребенком?

Ма, не понимая, смотрит на меня.

— Ты говорила Моррису, что была девочка, которая убила кого-то.

Ма качает головой:

— Наоборот, это ее убили, ну, вроде того. — Ее лицо повернуто в другую сторону.

— Это я ее убил?

— Нет, ты ничего такого не делал, это было за год до твоего рождения, — отвечает Ма. — Помнишь, я рассказывала тебе, что, когда ты появился на свет, я подумала, что это девочка?

— Да, помню.

— Ну вот ее я и имела в виду.

Теперь я уже совсем ничего не понимаю.

— Я думала, что она пыталась стать тобой. Но шнур... — Ма закрывает лицо руками.

— Шнур от жалюзи? — Я смотрю на него, но за полосками жалюзи видна только темнота.

— Нет, нет, шнур, который соединяется с пупком ребенка, помнишь, я тебе рассказывала?

— Ты перерезала его ножницами, и я освободился.

Ма кивает.

— Но когда родилась девочка, он обвился вокруг нее, и она задохнулась.

— Мне эта история совсем не нравится.

Ма нажимает на свои веки.

— Дай мне закончить.

— Я не...

— А он стоял рядом и смотрел. — Ма почти кричит. — Он понятия не имел о том, что надо делать, когда рождаются дети. Он даже не потрудился залезть в «Гугл» и посмотреть. Я чувствовала ее головку, всю в слизи, я тужилась и тужилась и кричала ему: «Помоги же мне, я не могу...» — а он просто стоял и смотрел.

Я жду продолжения.

— И она осталась в твоем животе? Эта девочка?

Ма какое-то время молчит.

— Она родилась совсем синей.

Синей?

— И так и не открыла глаз.

— Надо было попросить Старого Ника принести ей таблетки в воскресенье.

Ма качает головой:

— Шнур обмотался вокруг ее шеи.

— А она была связана с тобой?

— Пока он не перерезал этот шнур.

— И тогда она стала свободной?

На одеяло капают слезы. Ма кивает и молча плачет.

— Теперь твой рассказ закончен?

— Прости. — Глаза у нее закрыты, но слезы все равно текут. — Он унес ее и зарыл под кустом на заднем дворе. То есть ее тельце, я хочу сказать.

Она родилась синей.

— А ее душа вернулась на небеса.

— Для того чтобы ее можно было снова использовать?

Ма слабо улыбается:

— Мне хочется думать, что это так.

— Почему тебе хочется так думать?

— Может быть, на самом деле это был ты и на следующий год ты предпринял вторую попытку и спустился с неба уже как мальчик.

— Нет, на этот раз родился именно я. Я не возвращался с небес.

— Ни в коем случае, Джек. — Из глаз Ма снова текут слезы, и она вытирает их. — Но когда ты должен был родиться, я уже не пустила в комнату Старого Ника.

— Почему?

— Я услышала, как открывается дверь, и заорала: «Убирайся!»

Я уверен, что это привело его в ярость.

— Я была готова и хотела, чтобы на этот раз были только мы с тобой.

— А какого цвета был я?

— Ярко-розового.

— И я открыл глаза?

— Ты родился с открытыми глазами.

Я громко зеваю.

— Давай теперь спать.

— Да-да, — отвечает Ма.

Ночью я падаю на пол — *банг*. Из носа у меня сильно течет, но я не умею сморкаться в темноте.

— Эта кровать слишком мала для двоих, — говорит мне утром Ма. — Тебе будет удобнее спать в своей кровати.

— Нет.

— А давай снимем с нее матрац и положим прямо у моей кровати, чтобы можно было держать друг друга за руки.

Я качаю головой.

— Помоги мне решить эту задачу, Джек.

— Давай будем спать в одной кровати, прижав к телу локти.

Ма громко сморкается. Наверное, простуда перескочила с меня на нее, но у меня она тоже еще не прошла.

Мы договариваемся, что я зайду в душ вместе с ней, но высуну наружу голову. Пластырь с пальца свалился, и я не могу его найти. Ма расчесывает мне волосы, они свалялись, и, когда она распутывает их, мне становится больно. У нас есть щетка для волос, и две зубные щетки, и вся наша новая одежда, и маленький деревянный поезд, и другие игрушки. Ма еще не считала их и не знает, что я взял не пять, а шесть. Я не знаю, где что искать. Вещи лежат на комоде, на столике у кровати и в шкафу. Мне все время приходится спрашивать, куда Ма положила ту или иную вещь.

Она читает книгу без картинок, и я подхожу к ней с книгой с картинками. «Очень голодная гусеница» любит портить вещи, она прогрызает дырки в клубнике, в салями и во всем, что попадается ей на пути! Я могу вставить в дырку на картинке свой палец. Сначала я подумал, что книгу кто-то порвал, но Ма говорит, что это сделано специально, чтобы было интереснее читать. Мне больше нравится «Беги, собака, беги», особенно тот момент, когда герои дерутся теннисными ракетками.

Норин стучит в дверь и вносит в нашу комнату очень интересные вещи. Во-первых, это мягкие растягивающиеся туфли, похожие на носки, но сделанные из кожи, а во-вторых, наручные часы со светящимися цифрами, которые я могу читать, совсем как на наших часах, оставшихся в комнате. Я говорю:

— Сейчас девять пятьдесят семь.

Для Ма они слишком маленькие, эти часы Норин принесла для меня. Она показывает, как надо их застегивать.

— Каждый день подарки, еще испортите мне ребенка, — ворчит Ма, поднимая маску, чтобы снова высморкаться.

— Доктор Клей сказал, что парню необходимы вещи, которые позволили бы ему контролировать свои чувства, — говорит Норин. Когда она улыбается, ее глаза превращаются в щелочки. — Не скучаешь по дому?

— По какому еще дому? — Ма в изумлении смотрит на нее.

— Простите, я не...

— Это был не дом, а звуконепроницаемая камера!

— Я сказала не подумав, извините меня, — оправдывается Норин.

Она поспешно уходит. Ма ничего не говорит, она что-то пишет в своей тетради.

Если комната не была нашим домом, значит мы бездомные?

Утром, здороваясь, я хлопаю доктора Клея по поднятой ладони, и он ужасно рад этому.

— Зачем носить эти маски, если у нас и так простуда с сильным насморком? — спрашивает Ма.

— Ну, — отвечает он, — чтобы не подцепить что-нибудь похуже.

— Но ведь всякий раз, когда нам надо высморкаться, приходится поднимать маску...

Он пожимает плечами:

— Делайте как хотите.

— Маски долой, Джек, — говорит мне Ма.

— Ура!

Мы бросаем маски в помойное ведро.

Доктор Клей достает картонную коробочку с мелками, на которой написано «120», — вот как их много! Все они имеют смешные названия, написанные маленькими буквами сбоку. Здесь есть «атомный мандарин», «пушистый-золотистый», «дюймовый червяк» и «открытый космос» (а я и не знал, что космос имеет цвет), и еще «король пурпурных гор», «рацматац», «желтый-молтый» и «вон тот дикий голубой». Названия некоторых мелков специально написаны неправильно, чтобы было смешнее, например «чюдесный», но, по-моему, это совсем не смешно. Доктор Клей сказал, что я могу рисовать всеми мелками, но я выбрал те же пять цветов, которые были у меня в комнате, — голубой, зеленый, оранжевый, красный и коричневый. Он спрашивает, могу ли я нарисовать нашу комнату, но я уже рисую коричневым мелком космический корабль. В коробке есть даже белый мелок, но ведь белый трудно увидеть на бумаге.

— А если эта бумага — черная? — спрашивает доктор Клей. — Или красная? — Он находит лист черной бумаги, и я вижу, что он прав: белый хорошо виден на нем. — А что это за квадрат вокруг ракеты?

— Это стены, — объясняю я. Я рисую себя в виде девочки, которая машет рукой «до свидания», и еще младенца Иисуса и Иоанна Крестителя. Они совершенно голые, потому что день солнечный, а из угла смотрит желтое лицо Бога.

— А где твоя Ма?

— Она вот здесь, внизу, спит.

Настоящая Ма смеется и сморкается в платок. Это напоминает мне о том, что тоже надо прочистить нос, — из него все время течет.

— А тот человек, которого ты называешь Старый Ник, он тоже здесь?

— Да, он сидит в этом углу, в своей клетке. — Я рисую Старого Ника и очень толстые решетки, он их грызет. Решеток — десять, это самое сильное число, даже ангел не сможет взорвать их своей газовой горелкой. Ма говорит, что ангел никогда не будет спасать плохого человека. Я показываю доктору Клею, что могу считать до одного миллиона двадцати девяти и еще дальше, если захочу.

— Я знаю одного маленького мальчика; когда он нервничает, то без конца пересчитывает одни и те же вещи и не может остановиться.

— А какие вещи он считает? — спрашиваю я.

— Линии на тротуарах, пуговицы — и все остальное в этом роде.

Я думаю, что лучше бы этот мальчик считал свои зубы, потому что они всегда под рукой, если, конечно, не выпали.

— Вы все время говорите о страхе расставания, — говорит Ма доктору Клею, — но ведь мы с Джеком не собираемся расставаться.

— Но вы же теперь не одни в этом мире.

Ма жует губу. Они говорят о «социальной интеграции» и «самобичевании».

— Лучшее, что вы сделали, — это то, что постарались как можно раньше вытащить его из этой комнаты, — говорит доктор. — Пятилетние дети еще очень пластичны.

Но я ведь сделан не из пластика, я — настоящий мальчик.

— ...он еще слишком мал и, скорее всего, сумеет все забыть, — продолжает доктор, — и это будет для него огромным благом.

Я думаю, что «благо» — это «спасибо» по-испански.

Мне хочется еще поиграть с куклой с высунутым языком, но наше время вышло, и доктору Клею надо идти играть с миссис Гарбер. Он говорит, что я могу оставить себе эту куклу до завтра, но она все равно принадлежит ему.

— Почему?

— Ну, потому что в этом мире все кому-нибудь принадлежит.

Как и мои шесть новых игрушек, пять новых книг и еще зуб, потому что, я думаю, Ма он больше не нужен.

— За исключением, конечно, вещей, которые принадлежат всем, — говорит доктор Клей, — вроде рек и гор.

— И улиц?

— Ты прав, мы пользуемся улицами сообща.

— Я бежал по улице.

— Да, когда совершал свой побег.

— Потому что мы не принадлежали Старому Нику.

— Ты прав. — Доктор Клей улыбается. — А ты знаешь, кому принадлежишь ты?

— Да.

— Самому себе.

Тут он не прав, я принадлежу Ма.

Мы открываем для себя все новые и новые комнаты в клинике. Здесь есть комната с гигантским телевизором, и, узнав об этом, я прыгаю от радости, надеясь увидеть Дору и Губку Боба, я уже тысячу лет их не видел, но по телевизору показывают гольф, который смотрят три старика, я не знаю, как их зовут.

В коридоре я вспоминаю слова доктора и спрашиваю:

— А что такое «благо»?

— А?

— Доктор Клей сказал, что я сделан из пластика и скоро все забуду.

— А, — отвечает Ма, — он думает, что ты больше никогда не будешь вспоминать нашу комнату.

— Нет, буду. — Я с удивлением смотрю на нее. — А что, я должен ее забыть?

— Не знаю.

Она теперь все время говорит «не знаю». Ма ушла далеко вперед, она уже у самой лестницы. Мне приходится бежать, чтобы догнать ее.

После обеда Ма говорит, что нам надо снова идти гулять.

— Если мы будем все время сидеть в комнате, то для чего тогда был нужен наш Великий побег? — Ее голос становится скрипучим, и она уже завязывает шнурки.

Я надеваю шапку, очки, ботинки, мажу лицо липкой смесью и уже чувствую себя уставшим.

Норин ждет нас у аквариума с рыбками. Ма разрешает мне пять раз покрутиться в двери. Наконец мы выходим на улицу.

Солнце светит так ярко, что я чуть было не кричу. Потом мои очки темнеют, и я ничего не вижу. Из-за того, что из носа у меня течет, воздух пахнет как-то странно, а шея напряжена.

— Представь себе, что ты видишь все это по телевизору, — говорит мне на ухо Норин.

— А?

— Ну хотя бы попытайся. — И она начинает говорить голосом диктора: — «Мы видим мальчика по имени Джек, который вышел погулять со своей Ма и подругой Норин».

Я смотрю на нее.

— А что это на лице у Джека? — спрашивает Норин.

— Крутые красные очки.

— Смотрите, вот они пересекают стоянку для машин в теплый апрельский день.

На стоянке четыре машины — красная, зеленая, черная и золотисто-коричневая. Этот цвет называется «жженая сиена», а в коробке у доктора Клея есть такой мелок. Внутри машины похожи на маленькие дома с сиденьями. Над зеркалом в красной машине болтается медвежонок. Я глажу нос этой машины, он гладкий и холодный, как кубик льда.

— Не трогай, — говорит Ма, — может сработать сигнализация.

Я этого не знал и поскорее убираю руки.

— Пойдем погуляем по травке. — Ма тянет меня за собой.

Мои ботинки сминают зеленые иголочки. Я наклоняюсь и глажу их, и они не режут мне пальцы. Палец, который тяпнул Раджа, почти уже совсем зажил. Я рассматриваю траву и вижу в ней ветку, и коричневый лист, и еще что-то желтое. Вдруг я слышу отдаленный рев и поднимаю голову. Небо такое большое, что я чуть было не падаю.

— Ма, смотри, еще один самолет!

— Это инверсионный след, — говорит она, показывая на белую полосу позади него. — Наконец-то я вспомнила, как он называется.

Я нечаянно наступаю на цветок, здесь их сотни, а не один букет, который сумасшедшие люди прислали нам по почте. Они растут прямо из земли, как волосы на голове.

— Это нарциссы, — говорит Ма, показывая на цветы, — а вот это магнолии, тюльпаны, сирень. А это что, яблони цветут? — Она нюхает все, что называет, и тыкает меня носом в цветок с сильным сладким запахом — от него у меня кружится голова. Ма срывает ветку сирени и протягивает мне.

Рядом с деревьями лежат какие-то великаны, они как будто покрыты кожей, но когда мы гладим их, то ощущаем ладонями бугорки. Я нахожу треугольный предмет величиной с мой нос, и Норин говорит, что это камень.

— Ему миллионы лет, — говорит Ма.

Откуда она это знает? Я переворачиваю камень, но на нем нет никакого ярлыка.

— Ой, посмотри! — Ма садится на корточки.

В траве что-то ползет. Это муравей.

— Не надо! — кричу я и закрываю его руками, как броней.

— Что это с ним? — спрашивает Норин.

— Прошу тебя, — говорю я Ма, — не дави его.

— Не бойся, — отвечает она, — я и не собиралась его давить.

— Правда?

— Правда.

Но когда я отнимаю руки, муравья уже нет, и я плачу. Но тут Норин находит еще одного и еще, два муравья тащат что-то, в десять раз превышающее по размеру их обоих. С неба, кружась, спускается какой-то предмет и приземляется рядом со мной. Я отскакиваю.

— Ой, это же кленовый ключик, — говорит Ма.

— Почему кленовый?

— Потому что это семечко кленового дерева с парой крылышек, которые помогают ему улететь подальше.

Этот кленовый ключик такой тонкий, что я вижу его насквозь: маленькие прожилки, а в середине — коричневое утолщение и крошечная дырочка. Ма бросает его в воздух, и он снова падает на землю.

Я показываю ей другое семечко, с которым что-то не так:

— У него осталось только одно крылышко, а другое отлетело. — Я подбрасываю его высоко вверх, но оно все равно планирует на землю, и я кладу его в свой карман.

Тут я слышу громкий пульсирующий звук, а когда поднимаю голову вверх, то вижу вертолет, который гораздо больше самолета. Это самая крутая вещь, которую я сегодня увидел.

— Скорее домой, — кричит Норин.

Ма хватает меня за руку и тащит.

— Подождите!.. — кричу я, но дыхание у меня сбивается, они обе тащат меня за руки, а из носа течет. Когда мы проскакиваем через крутящиеся двери, в голове у меня стоит туман. Этот вертолет был набит папарацци, которые пытались сфотографировать нас с Ма.

После дневного сна моя простуда не проходит. Я играю со своими сокровищами: с камнем, поврежденным кленовым ключиком и сиренью, которая уже завяла. Бабушка приводит новых посетителей, но сама ждет снаружи, чтобы в нашей комнате было не так тесно. Новых посетителей двое, их зовут дядя Пол, у которого прямые волосы, доходящие только до ушей, и Диана, моя тетя, в прямоугольных очках. На голове у нее миллион черных косичек, похожих на змей.

— У нас есть маленькая девочка по имени Бронуин, которая будет очень рада познакомиться с тобой, — говорит мне тетя. — Она и не знала, что у нее есть двоюродный брат, — впрочем, о твоем существовании мы узнали всего два дня назад, когда позвонила твоя бабушка и сообщила о вашем побеге.

— Мы хотели сразу же мчаться сюда, но врачи сказали... — Пол замолкает и вытирает кулаком глаза.

— Все в порядке, милый, — говорит Диана и потирает ему ногу.

Дядя Пол с шумом прочищает горло.

— Я никак не могу оправиться от удара.

Я не вижу никого, кто бы мог его ударить.

Ма обнимает его за плечи.

— Все эти годы он думал, что его маленькая сестричка умерла, — поясняет мне она.

— Кто? Бронуин? — тихо спрашиваю я, но Ма не слышит этого.

— Нет, я. Помнишь, я говорила тебе, что Пол — мой брат.

— Да, я знаю.

— Не могу сказать, как я... — Он снова замолкает и сморкается. У него это получается гораздо громче, чем у меня, он трубит, словно слон.

— А где же Бронуин? — спрашивает Ма.

— Ну, — отвечает Диана, — мы думали... — Она смотрит на Пола.

Он говорит:

— Вы с Джеком вскоре познакомитесь с ней. Мы оставили ее в детском саду Лил.

— А что это такое? — спрашиваю я.

— Ну, это такой дом, где родители оставляют своих детей, когда они чем-то заняты, — поясняет Ма.

— А чем заняты дети?..

— Нет, это их родители заняты.

— Бронуин очень хочет увидеть тебя, — говорит Диана.

— Она изучает разные знаки и хип-хоп, — добавляет Пол.

Он хочет сделать несколько фотографий, чтобы послать их по имейлу моему дедушке в Австралию, который завтра собирается вылететь к нам.

— Не волнуйся, с ним будет все в порядке, когда он его увидит, — говорит Пол маме, но я не понимаю, что означают эти «он», «его» и «с ним». И еще я не знаю, что надо делать, когда тебя фотографируют, но Ма говорит, что надо просто смотреть в камеру и улыбаться, как будто улыбаешься другу. Потом Пол показывает мне сделанные снимки на экране и спрашивает, какой, с моей точки зрения, самый лучший, первый, второй или третий, но они все одинаковые.

От разговоров у меня устают уши. Когда Пол и Диана уходят, я думаю, что теперь-то мы с Ма останемся одни, но тут входит бабушка и долго обнимает Ма. Она целует меня.

— Как дела у моего внука?

— Это она говорит о тебе, — объясняет мне Ма. — Что надо сказать, когда кто-нибудь спрашивает, как у тебя дела?

Опять эти манеры!

— Спасибо, — говорю я.

Они обе смеются, опять я пошутил, сам того не зная.

— Надо сначала сказать «хорошо», а потом уж «спасибо», — поучает меня бабушка.

— «Очень хорошо», а потом уж «спасибо».

— Но если у тебя не все в порядке, то вполне допустимо сказать: «Я чувствую себя не на сто процентов». — Она поворачивается к Ма. — Кстати,

Шарон, Майкл Килор, Джойс, не помню ее фамилию, — все они звонят и спрашивают о тебе.

Ма кивает.

— Они умирают от желания встретиться с тобой.

— Я... Врачи говорят, что я еще не готова к общению с друзьями, — отвечает Ма.

— Да, конечно.

Тут в дверь заглядывает человек по имени Лео.

— Можно ему зайти на минутку? — спрашивает бабушка.

— Мне все равно, — отвечает Ма.

Это мой неродной дедушка, но бабушка говорит, что я могу звать его отчимом. От него смешно пахнет дымом, зубы у него кривые, а брови постоянно двигаются.

— Как так получилось, что все его волосы оказались у него на лице, а не на голове?

Он смеется, хотя я спросил об этом у Ма шепотом.

— Хоть убей, не знаю, — говорит он.

— Мы встретились на курсах по индийскому массажу головы, — говорит бабушка, — и я выбрала его голову как самую гладкую поверхность для работы.

Они оба смеются, а Ма остается серьезной.

— Можно мне немного пососать? — спрашиваю я.

— Как только уйдут гости, — отвечает Ма.

Бабушка спрашивает:

— Чего он хочет?

— Не обращай внимания.

— Я могу позвать медсестру.

Но Ма качает головой:

— Он хочет пососать молока.

Бабушка в изумлении смотрит на нее:

— Ты что, хочешь сказать, что он до сих пор?..

— У меня не было причин отнимать его от груди.

— Да, я понимаю, запертые в этой комнате, вы с ним... но даже если и так, пять лет...

— Ты ничего об этом не знаешь.

Бабушка недовольно поджимает губы:

— Я спрашиваю об этом не из праздного любопытства...

— Мам...

Отчим встает:

— Пойдем, им надо отдохнуть.

— Конечно, — отвечает бабушка. — До свидания, до завтра...

Ма снова читает мне «Дающее дерево» и «Лораксу» очень тихо, потому что у нее болят горло и голова. Я долго сосу ее грудь — это заменяет мне ужин, и Ма засыпает, не дождавшись, когда я закончу. Я люблю смотреть на ее лицо, когда она об этом не знает.

Я нахожу сложенную газету — ее, наверное, оставили посетители. На передней странице изображен разбитый на две части мост. Интересно, действительно ли он такой? На другой странице я вижу снимок, на котором изображены мы с Ма и полицейские в ту минуту, когда Ма несла меня в участок. Заголовок статьи гласит: «НАДЕЖДА ДЛЯ МАЛЬЧИКА-БОНСАЙ». Я с трудом разбираю слова:

«Персонал престижной Камберлендской клиники зовет его Чудо-Джеком. Сестры и врачи полюбили этого маленького героя, который в субботу вечером храбро открыл для себя новый мир. Этот длинноволосый маленький принц является плодом насилия, которое неоднократно совершалось над его красивой молодой матерью чудовищем, заточившим ее в сарае в своем саду. Этот негодяй, пытавшийся скрыться бегством, был задержан полицейскими в два часа ночи в воскресенье. Джек говорит, что все хорошо, и восхищается пасхальными яйцами, но до сих пор спускается и поднимается по лестнице на четвереньках, как обезьянка. Он провел все пять лет своей жизни в ветхом, обложенном пробкой сарае, и специалисты до сих пор не могут решить, как сильно и в чем он отстает от других детей».

Ма просыпается и выхватывает у меня газету.

— Давай лучше я почитаю тебе книгу про кролика Петра.

— Но ведь здесь написано обо мне, о мальчике-бонсай.

— Что там еще за банзай? — Она снова смотрит в газету и, убирая волосы с лица, стонет.

— А что такое «бонсай»?

— Это такие крошечные деревца. Люди выращивают их в горшках и каждый день обрезают, чтобы они росли искривленными.

Я вспоминаю наш цветок. Мы никогда его не обрезали, позволяя ему расти, как он захочет, а он взял и умер.

— Но я ведь не дерево, а мальчик.

— Это просто образное сравнение. — Ма комкает газету и бросает ее в мусорное ведро.

— Там написано «является», но ведь являются только привидения.

— Газетчики часто пишут неправильно.

Газетчики — это все равно что люди из «Алисы в Стране чудес», которые на самом деле оказались колодой карт.

— Там написано, что ты красивая.

Ма смеется. Но ведь она и вправду красивая. Теперь я видел уже много настоящих человеческих лиц, но у нее — самое красивое.

Я снова сморкаюсь — кожа вокруг носа стала красной и болит. Ма пьет свои обезболивающие таблетки, но головная боль у нее не проходит. Я не думал, что у нее будет болеть голова, когда мы окажемся снаружи. Я гляжу в темноте ее волосы. Правда, в комнате номер семь не бывает полной тьмы, потому что серебряное лицо Бога светит в окно. Ма была права: оно совсем не круглое, а заостренное с обоих концов.

Ночью вокруг нас летают вампиры-микробы, надевшие маски, чтобы мы не смогли увидеть их лиц. Потом появляется пустой гроб, который превращается в гигантский унитаз и смывает в себя весь мир.

— Тише, тише, это всего лишь сон, — успокаивает меня Ма.

Потом сумасшедший Эджит заталкивает какашки Раджи в пакет, чтобы отослать их нам, и все из-за того, что я оставил себе шесть игрушек. Кто-то ломает мне кости и втыкает в них кнопки. Я просыпаюсь в слезах, и Ма позволяет мне долго сосать ее правую грудь, молоко в которой на этот раз довольно жирное.

— Я оставил себе не пять, а шесть игрушек, — говорю я Ма.

— Что?

— Ну, из тех, что прислали сумасшедшие поклонники, я оставил себе шесть.

— Это не важно, — отвечает Ма.

— Нет, важно, я оставил шесть, а не отослал их больным детям.

— Но ведь их прислали тебе, их тебе подарили.

— Тогда почему ты разрешила мне взять только пять?

— Нельзя же иметь столько, сколько хочешь. Спи.

Но я не могу уснуть.

— Кто-то зажал мне нос.

— Просто твои сопли загустели, а это значит, что ты скоро совсем поправишься.

— Но как же я поправлюсь, если не смогу дышать?

— Для этого Бог и дал тебе рот, чтобы ты дышал через него. Это его план Б, — говорит Ма.

Когда начинает светать, мы считаем своих друзей. Это Норин, доктор Клей, доктор Кендрик, Пилар и женщина в фартуке, имени которой я не знаю, и еще Эджит и Найша.

— А кто это такие?

— Мужчина с ребенком и собакой, который вызвал полицию, — отвечаю я.

— Ах да.

— Только я думаю, что Раджа — мой враг, потому что он укусил меня за палец. Да, еще офицер Оу и полицейский, имени которого я не знаю, и капитан. Итого десять друзей и один враг.

— Ты забыл о бабушке, Поле и Диане, — говорит Ма.

— И еще о Бронуин, моей двоюродной сестре, которую я еще не видел. И о моем отчиме Лео.

— Ему уже под семьдесят, и от него несет опиумом, — говорит Ма. — Она, должно быть, совсем свихнулась.

— А что такое «свихнулась»?

Но Ма не отвечает на мой вопрос, а спрашивает:

— Так сколько же у нас получилось?

— Пятнадцать друзей и один враг.

— Знаешь, собака просто испугалась, и у нее были на это причины.

А клопы кусают безо всякой причины. «Ночь, скорее засыпай, клоп, малютку не кусай». Ма давно уже не читает мне этот стишок.

— Ну хорошо, — соглашаюсь я, — пусть будет шестнадцать плюс миссис Гарбер, татуированная девочка и Хьюго, только мы с ними почти не разговариваем. Можно ли их считать друзьями?

— Да, кажется.

— Тогда получается девятнадцать.

Мне нужен другой платок. Бумажные платочки мягче, чем туалетная бумага, но иногда рвутся, когда промокают. Потом я встаю, и мы одеваемся наперегонки, и я выигрываю, только вот забываю надеть ботинки.

Теперь я уже так быстро спускаюсь на попе по лестнице, что у меня стучат зубы. Не думаю, чтобы я был похож на обезьянку, как написано в газете, но кто их знает, ведь у животных в телевизоре не было лестницы.

На завтрак я съедаю четыре французских тоста.

— Я что, расту?

Ма окидывает меня взглядом:

— Да, каждую минуту.

Когда мы приходим к доктору Клею, она заставляет меня рассказать ему о моих снах. Доктор говорит, что мой мозг, наверное, занят весенней приборкой. Я в изумлении смотрю на него.

— Теперь, когда тебе уже не грозит опасность, твой мозг собирает все страхи, которые тебе больше не нужны, и выбрасывает их в виде ночных кошмаров. — И он делает руками такой жест, будто что-то выбрасывает.

Я не возражаю, помня о манерах, но дело обстоит как раз наоборот. В нашей комнате я чувствовал себя в безопасности, а здесь — всего боюсь.

Доктор Клей разговаривает с Ма о том, почему у нее возникло желание ударить бабушку.

— Этого делать нельзя, — говорю я.

Она мигает:

— На самом деле я не хочу никого бить. Но иногда вдруг возникает такое желание.

— А вам когда-нибудь хотелось ударить ее до того, как вас украли? — спрашивает доктор Клей.

— Да, иногда хотелось. — Ма смотрит на него, а потом вдруг начинает смеяться, только ее смех больше похож на плач. — Отлично, я вернулась в свою прежнюю жизнь.

Мы проходим еще одну комнату с двумя предметами, которые, как я знаю, называются компьютерами.

Ма говорит:

— Отлично, я пошлю парочку электронных писем своим друзьям.

— Кому из девятнадцати?

— Нет, моим старым друзьям, которых ты еще не знаешь. — Она садится и начинает бить пальцами по буквам, а я смотрю. Она хмурится, глядя на экран. — Не могу вспомнить свой пароль.

— А что это такое?

— Я стала такая... — Она закрывает руками рот и с хлюпаньем втягивает воздух через нос. — Не обращай внимания. Послушай, Джек, давай найдем что-нибудь интересное для тебя.

— Где?

Она двигает мышкой, и на экране возникает рисунок Доры. Я подхожу поближе, и Ма показывает мне, как надо двигать маленькой стрелкой, чтобы продолжить игру. Я собираю по кусочкам разбитое волшебное блюдце, и Дора вместе с Бутс хлопают в ладоши и поют песню, в которой благодарят меня. Это еще лучше, чем смотреть телевизор.

Ма сидит за другим компьютером и просматривает книгу с лицами. Она говорит, что это самая последняя новинка техники. Она набирает имена, и лица начинают улыбаться.

— А они и вправду очень старые? — спрашиваю я.

— Нет, им всем лет по двадцать шесть, как и мне.

— Но ты сказала, что они старые.

— Это означает, что я познакомилась с ними очень давно. Но как же они все изменились... — Она приближает лицо к экрану и шепчет: — Эта теперь в Южной Корее, а эта уже успела развестись...

Потом она находит новый сайт с видеофильмами, в которых поют и танцуют. Она показывает мне двух котов, пляшущих в балетных тапочках, и я смеюсь. После этого она заходит на другие сайты, под такими заголовками, как «Тюремное заключение» и «Незаконные сделки». Она просит, чтобы я дал ей возможность почитать то, что ее интересует, поэтому я снова играю с Дорой и выигрываю звезду, которую можно выключать.

Тут я замечаю, что у двери кто-то стоит, и от неожиданности вздрагиваю. Это Хьюго, но сейчас на его лице нет улыбки.

— У меня в два часа сеанс связи.

— А? — спрашивает Ма.

— У меня сеанс связи в два часа.

— Извини, но я тебя не понимаю...

— Каждый день в два часа я общаюсь со своей мамой, она ждет меня уже две минуты. Это указано в графике, который висит вот здесь, на двери.

Когда мы возвращаемся в свою комнату, я замечаю на кровати маленькую машинку с запиской от Пола. Ма говорит, что она слушала похожую в тот день, когда ее увез Старый Ник, только у этой есть картинки, которые можно передвигать пальцем, и в памяти у нее хранятся не тысячи, а миллионы песен. Она вставляет в уши какие-то маленькие штучки и начинает кивать в такт музыке, которую я не слышу, и тихонько напевать о том, что каждый день она превращается в миллион разных людей.

— Дай и мне послушать.

— Эта песня называется «Горько-сладкая симфония»; когда мне было тринадцать лет, я слушала ее не переставая. — И Ма вставляет мне в ухо одну штучку.

— Ой, это слишком громко, — говорю я и выдергиваю эту штучку из уха.

— Осторожнее, Джек, это мне подарок от Пола.

А я и не знал, что это ее машинка, а не моя. В комнате у нас все было общим.

— Послушай теперь «Битлз». Это их старая песня, ей, наверное, уже лет пятьдесят. Она называется «Все, что тебе нужно, — это любовь». Я думаю, она тебе понравится.

Я растерянно спрашиваю:

— А что, разве людям не нужны еда и одежда?

— Конечно нужны, но если тебя никто не любит, то это очень плохо, — отвечает Ма. Она говорит очень громко, перелистывая список песен пальцем. — Знаешь, ученые как-то провели эксперимент над новорожденными обезьянками. Они забрали их у матерей и посадили в клетки поодиночке. И знаешь, что получилось? Они выросли неправильно.

— А почему они не выросли?

— Да нет, они, конечно, стали большими, но вели себя очень странно. И все потому, что их никто никогда не прижимал к своей груди.

— А в чем проявлялись эти странности?

Ма выключает свою машинку.

— Знаешь, Джек, не надо было мне заводить этот разговор.

— Так в чем же проявлялись эти странности?

Ма на секунду задумывается.

— У них были проблемы с головой.

— Как у сумасшедших?

Она кивает.

— Они кусали самих себя и то, что их окружало.

Хьюго порезал себе руки, но я не думаю, чтобы он кусал себя.

— Почему?

Ма громко выдыхает.

— Видишь ли, если бы они росли со своими мамами, то те прижимали бы их к груди, но поскольку обезьянки сосали молоко из специальных трубочек, то... Короче, оказалось, что любовь была им нужна не меньше молока.

— Это плохая история.

— Извини. Не надо было ее тебе рассказывать.

— Нет, надо, — говорю я.

— Но...

— Я не хочу, чтобы были плохие истории, которых я не знаю.

Ма крепко-крепко прижимает меня к себе.

— Джек, — говорит она, — тебе не кажется, что я всю эту неделю веду себя как-то странно?

Не знаю, все вокруг кажется мне очень странным.

— Я все путаю. Я знаю: тебе необходимо, чтобы я по-прежнему оставалась твоей Ма, но мне нужно вспомнить, как это — быть самой собой, и поэтому...

А я-то думал, что она сама и моя Ма — это один и тот же человек. Я снова предлагаю ей пойти погулять, но она говорит, что очень устала.

— Какой сегодня день?
— Четверг, — говорит Ма.
— А когда будет воскресенье?
— Остались пятница, суббота, а за ними будет воскресенье...
— То есть через два дня, как и в нашей комнате?
— Да, в неделе повсюду семь дней.
— А что мы попросим принести нам в подарок на воскресенье?

Но Ма качает головой.

После обеда мы садимся в фургончик, на котором написано «Камберлендская клиника», и выезжаем через большие ворота в открытый мир. Мне никуда не хочется ехать, но мы должны показать зубному врачу мамин зуб, который все еще болит.

— А там будут люди, которые нам не друзья?
— Нет, только зубной врач и его помощница, — отвечает Ма. — Они отослали прочь всех других людей, чтобы принять нас одних.

Мы надели шапки и темные очки, но не стали мазать лицо кремом, потому что вредные лучи через оконное стекло не проникают. Ма запрещает мне снимать в машине ботинки. За рулем фургончика сидит шофер в кепке, я думаю, он немой. На сиденье установлено специальное детское кресло, оно расположено высоко, так что, если фургон вдруг резко затормозит, ремень безопасности меня не задушит. Этот ремень крепко прижимает меня к креслу, и мне это не нравится. Я смотрю в окно и высмаркиваю нос. Сегодня мои сопли — зеленого цвета.

По тротуару снуют мужчины и женщины. Я никогда еще не видел такого количества людей. Интересно, все ли они настоящие или только некоторые?

— У некоторых женщин такие же длинные волосы, как и у нас, — говорю я Ма, — а у мужчин — короткие.

— У рок-звезд они тоже длинные. Но это не правило, а просто обычай.

— А что такое обычай?

— Глупая привычка, которой придерживаются все. Хочешь, острижем тебе волосы? — спрашивает Ма.

— Нет, не хочу.

— Это совсем не больно. Когда мне было девятнадцать, я носила короткую стрижку.

Я качаю головой:

— Я не хочу лишиться своей силы.

— Чего-чего?

— Ну, своих мускулов, как Самсон.

Ма смеется.

— Смотри, Ма, человек поджигает самого себя!

— Он просто закуривает сигарету. Когда-то я тоже курила.

Я с удивлением смотрю на нее:

— Зачем?

— Да я уж и не помню.

— Смотри, смотри!

— Не кричи.

Я показываю туда, где по улице идут малыши.

— Смотри, дети, связанные друг с другом.

— Они не связаны. — Ма снова приближает лицо к окну. — Они просто держатся за веревку, чтобы не потеряться. И видишь, самые маленькие сидят в вагончиках, по шесть человек в каждом. Это, наверное, детский сад вроде того, в который ходит Бронуин.

— Я хочу с ней познакомиться. Отвезите меня, пожалуйста, в тот детский сад, где живут дети и моя кузина Бронуин, — прошу я шофера, но он меня не слышит.

— Ты не забыл, что нас ждет зубной врач? — напоминает мне Ма. Детей больше не видно, я выглядываю во все окна, но их нет.

Зубного врача зовут доктор Лопес. Когда она на секунду поднимает свою маску, я вижу, что губная помада у нее ярко-красного цвета. Сначала она осмотрит меня, потому что у меня тоже есть зубы. Я ложусь в большое кресло, которое умеет двигаться. Я смотрю вверх, широко-широко раскрыв рот, и врач просит меня сосчитать, сколько предметов я вижу на потолке. Там три кота, одна собака, два попугая и...

Я выталкиваю изо рта какой-то металлический предмет.

— Это просто маленькое зеркальце, видишь, Джек? Я хотела сосчитать твои зубы.

— Их у меня двадцать, — говорю я ей.

— Правильно. — Доктор Лопес улыбается. — Я еще ни разу не встречала маленького мальчика, который мог бы сам сосчитать свои зубы. — Она снова засовывает мне в рот зеркальце. — Гм... расстояние большое, именно это мне и хотелось увидеть.

— А почему вам хотелось это увидеть?

— Потому что это говорит о том... о том, что у тебя много места для маневра.

Ма придется провести много времени в кресле, пока из ее зуба будут убирать все ненужное. Я не хочу ждать в приемной, но помощница врача Янг говорит мне:

— Пойдем, я покажу тебе, какие у нас крутые игрушки. — Она показывает мне акулу на палочке, которая клацает зубами, и еще табурет для сиденья, имеющий форму зуба, но не человеческого, а великаньего. Он весь белый, безо всяких признаков гниения. Я рассматриваю книгу о трансформерах и еще одну, без обложки, о черепахах-мутантах, которые говорят «нет» наркотикам. И тут до меня доносится странный звук.

Янг загораживает дверь своим телом, преграждая мне путь в кабинет.

— Я думаю, твоей маме не хотелось бы, чтобы ты...

Но я ныряю под ее руку и вижу, как доктор Лопес ковыряется в маминых зубах какой-то завывающей машинкой.

— Оставьте ее в покое!

— Все хорошо, — говорит Ма, но ее рот сломан. Что эта врачиха с ней сделала?

— Если он хочет посидеть здесь, то пусть сидит, — говорит доктор Лопес.

Янг приносит табурет в виде зуба и ставит его в угол. Я сажусь на него и смотрю, что делают с моей Ма. Это ужасно, но еще ужаснее было бы ничего не видеть. Один раз Ма дергается в кресле и издает стон, я встаю, но доктор Лопес говорит:

— Еще один обезболивающий укол? — и втыкает маме в рот иглу, после чего она снова сидит спокойно. Это продолжается несколько сотен часов.

Я хочу высморкаться, но кожа вокруг моего носа начала облезать, поэтому я просто прижимаю платочек к лицу.

Когда мы возвращаемся на стоянку, мне кажется, что свет бьет меня прямо по голове. Водитель фургона читает газету. Увидев нас, он выходит из кабины и открывает нам дверь.

— Саси-оо, — говорит ему Ма. Интересно, она теперь всегда будет так разговаривать? По мне, так лучше иметь больной зуб, чем говорить совершенно непонятно.

Всю дорогу назад в клинику я смотрю, как мимо проплывают дома и люди, и пою песню о ленте шоссе и безбрежном небе.

Зуб по-прежнему лежит под подушкой, и я его целую. Надо было отнести его к доктору Лопес — может быть, она сумела бы вставить его на место.

На ужин мы едим то, что принесла нам Норин, — бефстроганов из кусков мяса с кусочками чего-то другого, которое похоже на мясо. Оказывается, это грибы. Все это лежит поверх мягкого риса. Ма еще не может есть мясо, она проглатывает только несколько ложек риса, но разговаривает уже почти совсем нормально. Постучавшись, входит Норин и говорит, что у нее для нас сюрприз — мамин папа из Австралии.

Ма, плача, вскакивает с места.

Я спрашиваю:

— Можно мне взять с собой свой строганов?

— Давайте я приведу к вам Джека, когда он поест, — предлагает Норин, но Ма ничего не отвечает и быстро убегает.

— Он устроил нам похороны, — говорю я Норин. — Только в гробу нас не было.

— Рада это слышать.

Я гоняю вилкой по тарелке маленькие рисинки.

— Наверное, это была самая утомительная неделя в твоей жизни, — говорит Норин, садясь рядом со мной.

Я моргаю:

— Это еще почему?

— Ну, все вокруг такое странное, и ты, наверное, чувствуешь себя пришельцем с другой планеты?

Я качаю головой:

— Никакие мы не пришельцы. Ма говорит, что мы останемся здесь навсегда, до самой смерти.

— Ну, я хотела сказать... что вы в первый раз появились здесь.

Когда я съедаю свой ужин, Норин отводит меня в комнату, в которой сидит Ма, держа за руку человека в кепке. Он вскакивает и говорит ей:

— Я уже объяснял твоей матери, что не хочу...

Но Ма перебивает его:

— Папа, это Джек.

Он отрицательно качает головой.

Но ведь Джек — это я. Он что, ожидал увидеть кого-то другого?

Мамин папа смотрит в стол, и все его лицо покрывается потом.

— Не обижайся.

— Что ты хочешь этим сказать? — Мне кажется, что Ма вот-вот сорвется на крик.

— Я не могу находиться с ним в одной комнате. Меня трясет от одного его вида.

— Но ведь это же твой внук! Ему уже пять лет! — кричит Ма.

— Я неправильно выразился. Я... я еще не адаптировался к разнице во времени. Я позвоню тебе попозже из гостиницы, хорошо? — Человек, которого зовут моим дедушкой, проходит мимо, даже не взглянув в мою сторону. Он уже у самой двери.

И тут раздается грохот — это Ма бьет кулаком по столу:

— Нет, не хорошо!

— Хорошо, хорошо.

— Сядь, папа.

Но он не двигается с места.

— В нем заключен для меня целый мир, — говорит Ма.

О ком это она? О своем отце? Нет, наверное, все-таки обо мне.

— Конечно, это совершенно естественно. — Дедушка вытирает кожу под глазами. — Но стоит мне только представить, как эта скотина...

— А для тебя было бы лучше, если бы я умерла? Он снова качает головой.

— Тогда научись жить с этим, — говорит Ма. — Я вернулась...

— Это просто чудо, — вставляет дедушка.

— Так вот, я вернулась не одна, а с Джеком. Значит, произошло два чуда.

Дедушка кладет руку на дверную ручку.

— Но мне трудно прямо сейчас...

— Другого случая у тебя не будет, — предупреждает его Ма. — Садись.

Но дед не трогается с места. Потом он все-таки подходит к столу и садится. Ма указывает мне на стул рядом с ним, и я сажусь, хотя мне этого совсем не хочется. Я рассматриваю свои ботинки, они сморщились по краям. Дедушка снимает кепку и смотрит на меня.

— Рад встрече с тобой, Джек.

Я не знаю, что надо говорить в такой ситуации, но на всякий случай произношу:

— Пожалуйста.

Вечером мы лежим с Ма в постели, и я сосу ее грудь в темноте. Потом я спрашиваю:

— А почему он не хотел меня видеть? Он что, снова сделал ошибку, как с нашими похоронами?

— Вроде того. — Ма с шумом выдыхает. — Он думает... он думал, что мне было бы лучше без тебя.

— Где-нибудь в другом месте?

— Нет, если бы ты вообще не появлялся на свет. Представляешь?

Я пытаюсь представить это, но не могу.

— А ты тогда была бы Ма?

— Нет, не была бы. Так что это дурацкая идея.

— А он мой настоящий дедушка?

— Боюсь, что так.

— А почему ты этого боишься?

— Я хотела сказать: да, настоящий.

— И он был твоим папой в те времена, когда ты была маленькой девочкой в гамаке?

— Еще раньше, с шестинедельного возраста, — отвечает Ма. — Именно тогда они принесли меня к себе из больницы.

— А почему родная Ма тебя там оставила? По ошибке?

— Я думаю, она очень устала, — отвечает Ма, — она была еще очень молодой. — Ма садится на кровати и громко сморкается. — Папа со временем привыкнет, — говорит она.

— К чему?

Ма издает короткий смешок.

— Я хотела сказать, что он будет вести себя лучше. Как настоящий дедушка.

Значит, как отчим, только тот — дедушка не настоящий. Засыпаю я легко, а просыпаюсь в слезах.

— Все будет хорошо, все будет хорошо, — успокаивает меня Ма, целуя в голову.

— А почему они не хотели прижимать к своей груди обезьянок?

— Кто?

— Ученые. Почему они не прижимали к своей груди малюток-обезьян?

— Вот ты о чем. — Секунду спустя Ма говорит: — Может, и прижимали. Может, малюткам-обезьянам нравились человеческие объятия.

— Но ведь ты сказала, что они вели себя очень странно и кусали самих себя.

Ма ничего не отвечает.

— А почему ученые не вернули обезьянкам матерей и не попросили у них прощения?

— И зачем только я рассказала тебе эту старую историю, которая произошла много лет назад, когда меня самой не было на свете!

Я кашляю, и мне некуда высморкаться.

— Не думай об этих обезьянках. У них теперь все в порядке.

Ма так крепко прижимает меня к себе, что становится больно шее.

— Ой!

Она отодвигается.

— Джек, в мире много разных вещей.

— Зиллионы?

— Зиллионы и зиллионы. И если ты попытаешься поместить их в свою голову, то она у тебя просто лопнет.

— Но как же быть с малютками-обезьянками?

Я слышу, что она как-то странно дышит.

— Да, в мире есть много плохого.

— Как получилось с обезьянками?

— И даже хуже, — говорит Ма.

— А что хуже? — Я пытаюсь себе представить, что может быть хуже.

— Я тебе расскажу об этом, только не сегодня.

— Когда мне будет шесть лет, да?

— Может быть.

Она укладывает меня спать. Я прислушиваюсь к ее дыханию, считая ее вдохи до десяти. Потом отсчитываю десять своих.

— Ма!

— Да?

— Ты думаешь о том, что может быть хуже?

— Иногда, — отвечает она. — Иногда мне приходится об этом думать.

— Мне тоже.

— Но потом я выкидываю эти мысли из головы и засыпаю.

Я снова считаю вдохи. Я пытаюсь укусить себя за плечо, но мне становится больно. Теперь я уже не думаю об обезьянках, я думаю обо всех детях в мире, но не о тех, которых видел по телевизору, а о настоящих, которые едят и спят, какают и писают, так же как и я. Если уколоть их чем-нибудь острым, из них потечет кровь, а если пощекотать, то они засмеются. Мне хочется увидеть их, но, когда их много, а я один, у меня начинает кружиться голова.

— Так ты понял? — спрашивает меня Ма. Я лежу в постели в комнате номер семь, а она сидит на краю.

— Я буду спать здесь, а ты — в телевизоре, — говорю я ей.

— На самом деле я буду внизу, в офисе доктора Клея, разговаривать с телевизионщиками, — отвечает мне Ма. — Мое изображение будет снято на видеокамеру, и позже, уже вечером, его покажут по телевизору.

— А почему ты хочешь поговорить с телевизионщиками?

— Поверь, мне этого совсем не хочется. Но я должна ответить на все их вопросы, иначе они от нас не отвяжутся. Я вернусь, когда ты еще будешь спать. Во всяком случае, к тому времени, когда ты проснешься, я уже буду здесь.

— Хорошо.

— А завтра нас ждет настоящее приключение. Ты помнишь, куда Пол, Диана и Бронуин обещали нас отвезти?

— В Музей естественной истории, посмотреть на динозавров.

— Правильно. — Ма встает.

— Спой мне песню.

Ма садится и поет песню «Спустись пониже, милая колесница». Но она поет ее слишком быстро, а голос у нее еще хриплый от простуды. Она берет меня за руку и смотрит на мои часы со светящимися цифрами.

— Еще одну.

— Меня уже ждут...

— Я хочу пойти с тобой. — Я сажусь на кровати и обнимаю Ма.

— Но я не хочу, чтобы тебя видели, — возражает Ма, укладывая меня на подушку. — Спи.

— Я не могу спать один.

— Но если ты не поспишь сейчас, то к вечеру будешь сильно измотан. Отпусти меня, пожалуйста. — Ма пытается разомкнуть мои объятия, но я только крепче сжимаю их. — Джек!

— Останься. — Я обвиваю ее тело ногами.

— Слезь с меня. Я уже опаздываю. — Ее руки с силой давят мне на плечи, но я еще крепче прижимаюсь к ней. — Ты же не младенец. Я сказала — отпусти...

Ма с силой отталкивает меня, я ослабляю хватку и, падая, ударяюсь головой о маленький столик. *Крэээээк.*

Ма прижимает ко рту руку. Я кричу от боли.

— Ой! — говорит она. — Ой, Джек, ой, Джек, я так....

— Что случилось? — В двери появляется голова доктора Клея. — Все уже собрались, ждут только вас.

Я кричу так громко, как никогда еще не кричал, и держусь за свою разбитую голову.

— Боюсь, что сегодня не получится, — говорит Ма, гладя меня по мокрому лицу.

— Давайте тогда отложим запись, — предлагает доктор Клей, подходя поближе.

— Нет, откладывать нельзя — ведь нам надо создать фонд для обучения Джека в колледже.

Доктор кривит рот:

— Мы уже обсуждали с вами, достаточно ли такого повода...

— Я не хочу учиться в колледже, — говорю я. — Я хочу сниматься на телевидении вместе с вами.

Ма вздыхает:

— Придется изменить наши планы. Мы возьмем тебя с собой, но только при условии, что ты будешь сидеть совершенно тихо и не издашь ни звука, согласен?

— Согласен.

— Ни единого звука.

Доктор Клей спрашивает Ма:

— Вы думаете, это хорошая идея?

Но я быстро надеваю свои ботинки, хотя голова у меня все еще кружится.

Офис доктора Клея трудно узнать — повсюду люди, лампы и аппараты. Ма сажает меня на стул в углу, целует в разбитую голову и что-то шепчет, но я не слышу ее слов. Она подходит к большому креслу, и какой-то мужчина прикрепляет к ее жакету маленького черного жучка. Потом к ней подходит женщина с коробочкой красок и начинает раскрашивать ее лицо.

Я вижу нашего адвоката Морриса, который читает какие-то листки.

— Мы должны будем посмотреть весь отснятый материал, а также то, что будет вырезано, — говорит он кому-то. Моррис с удивлением смотрит на меня, а потом шевелит пальцами. — Люди! — громко произносит он. — Оторвитесь на минуту! Мальчик тоже здесь, но снимать его нельзя — ни на видео, ни на фото для прессы, ни на личные фотоаппараты. Словом, никаких снимков, понятно?

Тут все поворачиваются ко мне, и я закрываю глаза. Когда же я открываю их, то вижу, что какая-то женщина со взбитыми волосами пожимает руку Ма. Ой, да это же ведущая ток-шоу, которая ездит в красной карете! Только сегодня кареты у нее нет. Я никогда до этого не видел живьем человека, которого показывают по телевизору. Как бы мне хотелось, чтобы это была Дора!

— В качестве заставки мы дадим название вашего шоу на фоне снимка сарая с самолета, — говорит ей какой-то мужчина, — потом — лицо героини крупным планом, а за ним — еще два кадра.

Женщина со взбитыми волосами широко улыбается мне. Все вокруг непрерывно ходят и разговаривают, и я снова закрываю глаза и зажимаю уши, как советовал мне делать доктор Клей, когда шум станет уж совершенно невыносимым. Кто-то считает:

— Пять, четыре, три, два, один...

Неужели сейчас взлетит ракета?

Женщина со взбитыми волосами произносит особым голосом, сложив руки, как на молитве:

— Разрешите мне сначала выразить вам свою благодарность и благодарность всех наших зрителей за то, что вы согласились встретиться с нами, хотя прошло всего шесть дней после вашего освобождения. За то, что вы отказались от дальнейшего молчания.

Ма сдержанно улыбается.

— Не могли бы вы начать нашу передачу с ответа на вопрос: чего вам больше всего не хватало в течение семи лет заключения? Помимо семьи, конечно.

— Зубного врача, — быстро отвечает Ма. — Это меня Бог наказал, поскольку раньше я терпеть не могла чистить зубы!

— После освобождения вы оказались в совершенно новом мире. Глобальный экологический кризис, новый президент...

— Мы смотрели церемонию его вступления в должность по телевизору, — перебивает ее Ма.

— Да, но мир так сильно изменился.

Ма пожимает плечами:

— Мне не кажется, что все изменилось совершенно радикально. Правда, я по-настоящему еще не выходила за пределы клиники, только вот съездила к зубному врачу.

Ведущая улыбается, словно Ма пошутила.

— Да, все кажется другим, но это потому, что я и сама изменилась.

— Вы стали сильнее от ударов судьбы?

Я потираю голову в том месте, где ударился об стол. Ма кривится:

— До этого я была самой обыкновенной девчонкой. Знаете, я даже не была вегетарианкой. И еще не миновала этап варварства.

— А теперь вы — необыкновенная молодая женщина с удивительной судьбой, и мы гордимся тем, что вы, что нам... — Ведущая смотрит в сторону, на одного из мужчин с камерой. — Давай по новой. — Она снова смотрит на Ма и произносит своим особым голосом: — И мы гордимся, что вы пришли именно на наше шоу. А теперь расскажите нашим зрителям, которые озабочены... э... которым интересно узнать, не возник ли у вас так называемый стокгольмский синдром — иными словами, не попали ли вы в какой-то степени в эмоциональную зависимость от человека, который вас украл?

Ма отрицательно трясет головой:

— Да я его просто ненавидела.

Ведущая кивает.

— Я лупила его ногами и кричала. Один раз я даже ударила его по голове крышкой от унитаза. Я перестала мыться и долгое время отказывалась разговаривать с ним.

— А все это было до или после случившейся с вами трагедии — рождения мертвого ребенка?

Ма зажимает себе рот рукой. Но тут вмешивается Моррис, который перелистывает страницы:

— У нас было условие — эту тему не затрагивать...

— Мы не будем вдаваться в подробности, — отвечает ведущая, — но это необходимое условие для восстановления последовательности событий...

— Нет, вы должны придерживаться условий контракта, — возражает Моррис.

Руки Ма сильно дрожат, и, чтобы этого не было видно, она засовывает их себе под ноги. Она совсем не смотрит на меня — неужели забыла, что я здесь? Я про себя разговариваю с ней, но она не слышит.

— Поверьте мне, — говорит ведущая, обращаясь к Ма, — мы просто хотим помочь вам рассказать вашу историю людям. — Она смотрит в бумаги, лежащие у нее на коленях. — Итак, вы обнаружили, что во второй раз беременны, находясь в клетке, где вы уже потеряли два года своей бесценной молодости. Наверное, вы почувствовали, что обстоятельства вынуждают вас смириться с...

Ма перебивает ее:

— Нет, я почувствовала себя свободной.

— Свободной?! Как это мило!

Ма кривит рот:

— Мне ведь даже не с кем было поговорить. Знаете, в восемнадцать лет я сделала аборт и никогда потом об этом не пожалела. Так и тут тоже.

У женщины со взбитыми волосами слегка приоткрывается рот. Потом она кидает взгляд на свои записи и снова обращается к Ма:

— И вот пять лет назад, в холодный мартовский день, буквально в средневековых условиях, вы произвели на свет здорового малыша. Наверное, это был самый тяжелый день в вашей жизни.

Ма качает головой:

— Нет, самый счастливый.

— Ну и это тоже. Все матери говорят...

— Да, но для меня Джек стал всем, понимаете? Я ожила, почувствовав, что кто-то во мне нуждается. И после этого стала вести себя вежливо.

— Вежливо? А, вы хотите сказать...

— Да, я делала это ради безопасности Джека.

— А было ли вам невыносимо трудно вести себя вежливо, как вы выразились?

Ма качает головой:

— Я делала это на автопилоте, ну, знаете, как этакая степфордская жена.

Женщина со взбитыми волосами все время кивает.

— Я представляю, как трудно вам было растить его одной, без книг, без помощи профессионалов и даже родственников.

Ма пожимает плечами:

— Я думаю, что детям больше всего нужно, чтобы их матери все время были рядом с ними. Я боялась только одного — чтобы Джек не заболел. И я тоже, ведь он нуждался во мне, чтобы нормально расти. Поэтому я постаралась вспомнить, чему нас учили на уроках здоровья, и следила за тем, чтобы руки всегда были тщательно вымыты, а пища прошла необходимую тепловую обработку...

Ведущая снова кивает.

— Вы вскормили его своей грудью. И насколько я понимаю, до сих пор кормите, хотя некоторым нашим зрителям это может показаться очень странным.

Ма смеется. Ведущая смотрит на нее с удивлением.

— Во всей этой истории это, наверное, самая шокирующая деталь?

Ведущая снова смотрит в свои записи.

— Итак, вы с вашим ребенком, приговоренные к одиночному заключению...

Ма качает головой:

— Ни он, ни я ни минуты не были в одиночестве.

— Да, но в Африке есть пословица: «Ребенка растит вся деревня»...

— Если у вас есть эта деревня. А если ее нет, то вполне достаточно и двух человек.

— Двух? Вы имеете в виду себя и своего...

Ма каменеет лицом.

— Я имею в виду себя и Джека.

— А.

— Мы все делали вместе.

— Как мило... Могу я спросить — я знаю, вы научили его молиться Иисусу. Для вас очень важны вопросы веры?

— Это... часть того, чему я должна была его научить.

— И еще — я понимаю, что телевизор очень помогал вам развеять скуку.

— Мне никогда не было скучно с Джеком, — отвечает Ма. — И ему со мной тоже, я думаю.

— Замечательно. И вот вы приняли то, что некоторые специалисты называют весьма странным решением. Вы решили сообщить Джеку, что его мир, размером одиннадцать квадратных футов, и все остальное, что он видел по телевизору или о чем узнал из своей жалкой стопки книг, — это просто фантазия. Испытывали ли вы угрызения совести за то, что обманывали его?

Ма выглядит очень сердитой.

— А что, по-вашему, я должна была ему сказать? Что за пределами нашей комнаты существует полный удовольствий мир, который он никогда не увидит?

Ведущая сосет свою губу.

— Я уверена, что всем нашим телезрителям известны захватывающие подробности вашего спасения...

— Побега, — поправляет ее Ма и улыбается мне.

Я удивляюсь этому и улыбаюсь ей в ответ, но она уже не смотрит на меня.

— Да, вы правы: побега и ареста... э... так называемого захватчика. А вам не приходило в голову, что в течение нескольких лет этот человек заботился о своем сыне, удовлетворяя все основные его человеческие потребности, пусть даже в искаженном виде?

Глаза Ма сужаются.

— Это мой сын, и больше ничей.

— Это так в реальном смысле, — соглашается ведущая, — но я хотела спросить, как, по-вашему, генетическая или биологическая связь...

— Не было никакой связи, — произносит Ма сквозь зубы.

— А когда вы смотрели на Джека, не казалось ли вам, что он напоминает своего отца?

Глаза Ма сужаются еще сильнее.

— Он напоминает мне только саму себя, и никого больше.

— Ммм, — произносит ведущая. — А сейчас, когда вы думаете об укравшем вас человеке, вас по-прежнему сжигает ненависть? — Она ждет ответа, но Ма молчит. — И когда вы увидите его на суде, не думаете ли вы, что когда-нибудь сможете его простить?

Рот Ма кривится.

— Сейчас это не главное. Я стараюсь как можно меньше думать о нем.

— Неужели вы не понимаете, что стали для многих людей своего рода символом?

— Чем-чем?

— Символом надежды, — отвечает ведущая. — Как только мы объявили, что хотим взять у вас интервью, зрители стали звонить нам, посылать сообщения по электронной почте и эсэмэски, в которых называют вас ангелом, талисманом доброты...

Ма корчит гримасу:

— Все, что я сделала, — это сумела выжить, и еще я приложила много усилий, чтобы Джек вырос нормальным мальчиком. И мне это удалось.

— Ну, не скромничайте.

— А я и не скромничаю. На самом деле я ужасно сержусь.

Женщина со взбитыми волосами дважды моргает.

— Кому нужны все эти восхваления? Я ведь не святая. — Голос Ма звучит все громче. — Я хочу, чтобы к нам перестали относиться как к единственным людям, которые столкнулись в своей жизни с чем-то ужасным. Я нашла в Интернете такие страшные истории, что в них просто трудно поверить.

— Другие случаи, похожие на ваш?

— Да, и не только их. Я хочу сказать, что, когда я проснулась в своем сарае, мне показалось, что никто никогда не переживал подобного ужаса. Но дело в том, что рабство изобретено уже давно. А что касается одиночного заключения — известно ли вам, что у нас в Америке более двадцати тысяч человек отбывают наказание в одиночках? И некоторые пробыли там уже более двадцати лет. — Ма показывает рукой на ведущую. — Что касается детей, то есть приюты, где сироты спят впятером на одной койке, а соски-пустышки приклеивают к ним скотчем. Других детей ежедневно насилуют отцы. Третьи сидят в тюрьмах и ткут ковры, пока совсем не ослепнут...

В комнате наступает тишина. Потом ведущая говорит:

— Ваш горький опыт научил вас сочувствовать всем страдающим детям в мире.

— Не только детям, — отвечает Ма. — Люди страдают от самых разных форм лишения свободы.

Ведущая прочищает горло и опять смотрит в свои записи.

— Вы сказали, что приложили много усилий, чтобы воспитать Джека, но ведь эта работа еще не окончена. Зато теперь вам будут помогать ваша семья и большое число специалистов.

— На самом деле мне будет теперь гораздо труднее. — Ма глядит вниз. — Когда весь наш мир составлял одиннадцать квадратных футов, его было легче контролировать. Сейчас Джек столкнулся со многими вещами, которые уродуют его психику. И меня просто бесит, когда средства массовой информации называют его уродом, ученым идиотом или просто дикарем, это слово...

— Ну, ведь он очень своеобразный мальчик.

Ма пожимает плечами:

— Он просто провел первые пять лет своей жизни в необычных условиях, вот и все.

— А вам не кажется, что это тяжелое испытание сформировало или, лучше сказать, изуродовало его характер?

— Для Джека это не было испытанием, это было привычным образом его жизни. Что же касается уродства, то все мы чем-то изуродованы.

— Он, несомненно, делает гигантские шаги к выздоровлению, — говорит ведущая. — Итак, вы только что сказали, что в условиях заключения вам было легче контролировать Джека...

— Нет, не Джека, а все, что его окружало.

— Вы, наверное, чувствуете почти патологическое стремление — что, впрочем, вполне понятно — оберегать своего сына от внешнего мира.

— Да, и это называется материнской любовью, — чуть было не рычит Ма.

— Может быть, вы в каком-то смысле испытываете ностальгию по своему заточению?

Ма поворачивается к Моррису:

— Кто позволил ей задавать мне такие идиотские вопросы?

Ведущая протягивает руку, и какой-то человек вкладывает в нее бутылку с водой. Она делает глоток.

Доктор Клей поднимает вверх руку:

— Могу ли я... я думаю, мы все понимаем, что моя пациентка дошла до предела, вернее, уже миновала его.

— Если вам нужен перерыв, мы возобновим запись позже, — говорит ведущая маме.

Но та качает головой:

— Давайте закончим.

— Ну, тогда, — произносит женщина, растянув губы в широкую улыбку, похожую на улыбку робота, — я хотела бы, если позволите, вернуться к одному вопросу. Некоторых наших телезрителей интересует: когда родился Джек, не возникало ли у вас, хотя бы на мгновение, желания...

— Задушить его подушкой, что ли?

О чем это Ма? Ведь подушки нужны для того, чтобы спать.

Ведущая машет на нее руками:

— Упаси боже! Но неужели вам никогда не хотелось попросить укравшего вас мужчину унести Джека куда-нибудь?

— Унести? Куда?

— Ну, оставить его, скажем, на крыльце больницы, чтобы какая-нибудь семья его усыновила? Ведь и вас в свое время тоже удочерили. И вы были счастливы в своей семье, как мне кажется.

Я вижу, как Ма сглатывает слюну.

— Зачем мне было делать это?

— Ну, для того, чтобы он рос свободным.

— Без меня?

— Конечно, для вас это была бы жертва — и огромная жертва, — но тогда бы у Джека было нормальное, счастливое детство в любящей семье.

— У него была я. — Ма произносит эти слова раздельно. — Он провел свое детство со мной, и мне совершенно безразлично, считаете ли вы это нормальным.

— Но ведь вы понимали, что лишаете его всего, — говорит ведущая. — Каждый день его мир должен был становиться все шире и шире, а тот, что вы могли ему дать, все больше сужался. Вы, наверное, с тоской вспоминали о том, чего Джек никогда не видел. О друзьях, траве, плавании, поездках на ярмарки...

— Почему все так любят эти ярмарки? — произносит Ма хриплым голосом. — Когда я была ребенком, я их терпеть не могла.

Ведущая издает короткий смешок. Мамино лицо заливают слезы, она прячет его в ладонях, чтобы успокоиться. Я вскакиваю со стула и бегу к ней, что-то падает и разбивается. Я подбегаю к Ма и обнимаю ее, а Моррис кричит:

— Мальчика не снимать!

Когда я просыпаюсь на следующий день, то вижу, что Ма снова «ушла». А я и не думал, что у нее будут такие дни в окружающем мире. Я трясу ее за руку, но она только слегка стонет и засовывает голову под подушку. Мне очень хочется молока. Я извиваюсь, пытаясь добраться до ее груди, но она не поворачивается ко мне. Сотни часов я лежу, свернувшись калачиком, рядом с ней.

Я не знаю, что мне делать. Когда мы жили в нашей комнате и Ма вот так «уходила», я вставал, готовил себе завтрак и смотрел телевизор. Я фыркаю носом — он теперь свободен; наверное, я потерял свою простуду. Я подхожу к окну и тяну за шнур, чтобы хотя бы немного раздвинуть шторы. На улице ярко светит солнце, и от окон автомобилей отражается свет. Мимо пролетает ворона и пугает меня. Мне кажется, что Ма будет недовольна, что я впустил в комнату свет, и закрываю шторы. В животе у меня урчит *уррррр*.

И тут я вспоминаю о кнопке, расположенной у кровати. Я нажимаю на нее, но ничего не происходит. Но через минуту дверь издает звук *тук-тук*. Я приоткрываю ее и вижу Норин.

— Привет, крошка, как дела?

— Я хочу есть, а Ма «ушла», — шепчу я ей.

— Ну, мы ее с тобой быстро отыщем. Я уверена, что она отлучилась куда-нибудь на минутку.

— Нет, она здесь, но не по-настоящему.

По лицу Норин я вижу, что она меня не понимает.

— Посмотри, — показываю я на кровать. — В такие дни она не встает с постели.

Норин называет Ма ее другим именем и спрашивает, что с ней.

Я шепчу:

— Не надо с ней разговаривать.

Но она спрашивает еще громче:

— Может, вам что-нибудь принести?

— Дайте мне поспать.

Я никогда не слышал, чтобы Ма говорила, когда она «уходит». Ее голос звучит как голос какого-то чудовища.

Норин подходит к шкафу и достает мою одежду. В темноте трудно одеваться, и мне приходится опереться на Норин. Когда я касаюсь других людей по своей воле, это не так страшно, гораздо хуже, когда они прикасаются ко мне. Это действует как удар током.

— Ботинки, — шепчет она. Я нахожу свои ботинки, всовываю в них ноги и застегиваю липучки. Это не мягкие туфли, которые мне нравятся больше всего. — Хороший мальчик. — Норин стоит у двери и машет мне рукой, чтобы я шел за ней.

Я затягиваю свой хвост, который немного ослаб, беру зуб, камень и кленовый ключик и кладу их себе в карман.

— Твоя Ма, наверное, очень устала от этого интервью, — говорит мне Норин в коридоре. — Твой дядя уже полчаса сидит в приемном покое и ждет, когда вы проснетесь.

На сегодня же намечено приключение! Но мы не можем участвовать в нем, потому что Ма «ушла».

На лестнице я вижу доктора Клея, который беседует с Норин. Я обеими руками держусь за перила, опускаю сначала одну ногу, потом другую и скольжу руками по перилам. Я не падаю, хотя была секунда, когда я подумал, что сейчас упаду, но тут же встал на другую ногу.

— Норин!

— Подожди минуточку!

— Посмотри, я сам спускаюсь!

Она улыбается мне:

— Молодчина!

— Давай сюда свою лапу, — говорит доктор Клей. Я отрываю от перил одну руку и здороваюсь с ним. — Так ты хочешь увидеть динозавров?

— Без Ма?

Доктор Клей кивает.

— Ты все время будешь со своими дядей и тетей, так что опасность тебе не грозит. Или ты все-таки отложишь поездку на другой день?

Да, ой, нет, потому что динозавры могут уйти.

— Нет, я поеду сегодня.

— Хороший мальчик, — говорит Норин. — А твоя Ма в это время хорошенько выспится, и ты, вернувшись назад, расскажешь ей о динозаврах.

— Привет, парень.

Это Пол, мой дядя, я и не знал, что его пустили в столовую. Я думаю, что у мужчин обращение «парень» заменяет слово «милый» у женщин. Я завтракаю, а дядя Пол сидит рядом, как странно! Он разговаривает по маленькому телефону. Он говорит мне, что на другом конце — Диана. Другой конец — это конец, которого не видно. А в соке сегодня нет никаких комочков, и он очень вкусный. Норин говорит, что его заказали специально для меня.

— Ну, ты готов к своему первому путешествию в мир? — спрашивает Пол.

— Я в этом мире уже шесть дней, — объясняю я ему. — И три раза был на воздухе. Я видел вертолет, муравьев и зубных врачей.

— Ух ты!

Съев кекс, я надеваю куртку, шапку и очки и мажу лицо кремом от загара. Норин дает мне коричневый бумажный пакет на тот случай, если мне будет трудно дышать.

— Знаешь, — говорит Пол, когда мы проходим через крутящиеся двери, — наверное, это даже к лучшему, что твоя Ма сегодня с нами не поедет, потому что после вчерашней передачи по телевизору ее все знают в лицо.

— Все-все, по всему миру?

— Ну, очень много людей, — отвечает Пол.

На стоянке он предлагает мне руку, но я делаю вид, что не замечаю, и он ее опускает. Что-то падает мне сверху на лицо, и я вскрикиваю.

— Да это просто капля дождя, — успокаивает меня дядя.

Я смотрю на небо — оно серое.

— А небо на нас не упадет?

— Не бойся, Джек, не упадет.

Мне очень хочется вернуться в комнату номер семь к Ма, хотя она и «ушла».

— Ну вот мы и пришли...

Мы подходим к зеленому фургону, за рулем которого сидит Диана. Она машет мне пальцами за стеклом. Внутри машины я вижу чье-то маленькое личико. Двери фургона не открываются, а отъезжают назад, и я забираюсь в него.

— Наконец-то, — произносит Диана. — Бронуин, дорогая, почему ты не здороваешься со своим двоюродным братцем?

Бронуин ростом почти с меня, голова у нее вся в косичках, как и у Дианы, но со сверкающими бусинками на концах. Она держит в руках пушистого слона и баночку с крышкой в форме лягушки, где лежат подушечки.

— Привет, Джек, — произносит она писклявым голосом.

Рядом с ней — сиденье для меня. Пол показывает, как надо застегивать ремень. На третий раз я уже сам с этим справляюсь, и Диана с Бронуин хлопают в ладоши. Потом Пол с громким щелчком закрывает дверь фургона. Я сильно вздрагиваю, я хочу назад, к Ма. Мне кажется, что я сейчас расплачусь, но мне удается сдержаться.

Бронуин все время повторяет:

— Привет, Джек! Привет, Джек! — Но она еще не умеет правильно говорить и произносит: «Дада поет» и «Мивая собачка» или «Мама, еще крендельков, пожаста». *Пожаста* — это *пожалуйста* на ее языке, Дада — это Пол, но так называет его только Бронуин, как я называю свою маму — Ма.

Мне немного страшновато, но не так, как было, когда я притворялся мертвым и меня несли в ковре. Всякий раз, когда навстречу едет машина, я говорю себе, что она должна ехать по своей стороне дороги, иначе офицер Оу посадит ее в тюрьму, где уже находится коричневый грузовичок. Картинки за окном похожи на кадры в телевизоре, только они не такие четкие. Я вижу припаркованные машины, бетономешалку, мотоцикл и трейлер, который везет раз, два, три, четыре, пять машин — мое любимое число. В переднем дворике какой-то ребенок толкает коляску, в которой сидит ребеночек еще меньше его, как смешно. Я вижу собаку, которая переходит дорогу, ведя за собой на веревке человека. Я думаю, он привязан к этой веревке, а не держится за нее, как дети, которых мы видели с Ма. На светофоре загорается зеленый свет, и дорогу переходит женщина на костылях; на мусорном ведре сидит огромная птица. Диана говорит, что это чайка, эти птицы едят все.

— Значит, они всеядные, — замечаю я.

— Подумать только, какие слова он знает!

Мы поворачиваем туда, где много деревьев. Я спрашиваю:

— Мы что, вернулись в клинику?

— Нет-нет, нам надо заскочить в универсам и купить подарок. Бронуин после обеда идет на день рождения к подруге.

Универсам — это большой магазин вроде того, в котором Старый Ник покупал нам продукты. Сначала туда хотели послать Пола, но он сказал, что не знает, что покупать, и Диана решила пойти сама, но тут Бронуин начала канючить:

— Я с мамой, я с мамой.

Так что за подарком пойдут Диана и Бронуин, которую сажают в красную тележку, а мы с Полом будем ждать их в машине.

Я смотрю на красную тележку.

— А можно и мне в ней прокатиться?

— Лучше позже, в музее, — отвечает Диана.

— Послушай, мне ужасно хочется в туалет, — говорит Пол, — так что будет быстрее, если мы все пробежимся по магазину.

— Ну я не знаю...

— Сегодня будний день, и народу не так уж и много.

Диана без улыбки смотрит на меня:

— Джек, хочешь заехать в магазин на тележке, всего на пару минут?

— Да, очень хочу.

Я еду сзади и слежу, чтобы Бронуин не упала, потому что я ее старший брат, как Иоанн Креститель для Иисуса, объясняю я ей, но она меня не слушает. Когда мы подъезжаем к дверям, они раскрываются сами по себе, и я чуть было не падаю от страха, но Пол говорит, что в них встроены маленькие компьютеры, которые подают друг другу сигнал, так что бояться нечего.

Внутри все очень яркое и огромное, а я и не знал, что в помещении может быть так же просторно, как и снаружи. Здесь даже растут деревья. Я слышу музыку, но музыкантов с инструментами не вижу. Но самое удивительное — это сумка с Дорой, я слезаю с тележки, чтобы потрогать ее лицо. Она улыбается мне и танцует.

— Дора, — шепчу я ей.

— А, Бронуин тоже когда-то была от нее без ума, — говорит Пол, — но сейчас она переключилась на Ханну Монтану.

— Ханна Монтана, Ханна Монтана, — поет Бронуин.

313

У сумки есть лямки, она похожа на рюкзак, но только вместо своего собственного лица у нее лицо Доры. А еще у этой сумки есть ручка, и, когда я берусь за нее, она вытягивается. Я думаю, что сломал сумку, но она катится по полу — это сумка на колесиках и одновременно рюкзак. Вот здорово!

— Тебе нравится эта сумка? — спрашивает Диана. — Ты хотел бы носить в ней свои вещи?

— Может, ему больше понравится другой цвет, не розовый, — говорит ей Пол. — Тебе нравится вот эта, Джек? Правда, она крутая? — И он протягивает мне сумку с Человеком-пауком. Но я крепко обнимаю Дору. Мне кажется, она шепчет мне: «Здравствуй, Джек».

Диана пытается забрать у меня сумку, но я не отдаю.

— Не волнуйся, мне надо заплатить за нее вон той женщине. Я верну ее тебе через пару секунд.

Но оплата занимает не две секунды, а целых тридцать семь.

— А, вон где у них туалет, — говорит Пол и убегает.

Продавщица заворачивает мою сумку в бумагу, и я больше не вижу Дору. Она кладет ее в большую картонную коробку, и Диана протягивает ее мне, держа за веревку, которой она обвязана. Но я тут же вытаскиваю сумку из коробки, разворачиваю бумагу и просовываю руки в лямки. Я несу Дору, ура!

— Что надо сказать тете? — спрашивает у меня Диана.

Я не знаю что.

— Красивая сумочка Бронуин, — говорит Бронуин, размахивая украшенной блестками сумочкой, с которой на веревочках свешиваются сердечки.

— Да, милая, но у тебя дома целая куча красивых сумочек. — Диана отбирает ее у дочери, Бронуин вскрикивает, и одно из сердечек падает на пол.

— Неужели нельзя хотя бы один раз обойтись без происшествий! — говорит вернувшийся из туалета Пол.

— Если бы ты был здесь, ты бы ее отвлек, — заявляет Диана.

— Хочу су-у-у-умочку!

Диана быстро сажает дочь в тележку.

— Пошли отсюда.

Я поднимаю с пола сердечко и кладу его в карман, где лежат остальные мои сокровища. Я иду рядом с тележкой. И тут мне приходит в голову отличная мысль — я перекладываю свои вещи в передний карман Дориной сумки и застегиваю молнию. От ботинок у меня болят ноги, и я их снимаю.

— Джек! — зовет меня Пол.

— Ты забыл, что нас просили не называть его по имени? — спрашивает его Диана.

— Ах да, забыл!

Я замечаю огромное деревянное яблоко.

— Мне нравится это яблоко.

— Безумная идея, — отзывается Пол. — Может, купим Ширелл этот барабан? — спрашивает он Диану.

Но она закатывает глаза:

— Тряска вредна для здоровья. Даже не думай!

— А можно мне взять это яблоко, спасибо? — спрашиваю я.

— Да оно же не влезет в твою сумку, — улыбается Пол.

Потом я нахожу игрушку, похожую на ракету и выкрашенную серебристой и голубой краской.

— Я хочу вот это, спасибо.

— Но ведь это же кофеварка, — говорит Диана, ставя ее обратно на полку. — Мы уже купили тебе сумку, на сегодня хватит, хорошо? Сейчас найдем подарок для подружки Бронуин и пойдем в машину.

— Извините, это, случайно, ботинки не вашей старшей дочери? — спрашивает какая-то старушка, держа в руках мою обувь.

Диана в изумлении смотрит на нее.

— Зачем ты снял ботинки, Джек, дружок? — спрашивает Пол, показывая на мои носки.

— Большое вам спасибо, — говорит Диана, забирая у старушки ботинки и опускаясь на корточки. Она всовывает мои ноги сначала в правый, а потом в левый ботинок. — Ты опять произнес его имя, — сквозь зубы выговаривает она Полу.

Интересно, чем им не нравится мое имя?

— Ну извини, — отвечает Пол.

— А почему она назвала меня вашей «старшей дочерью»? — спрашиваю я.

— Из-за того что у тебя длинные волосы, а за спиной — сумка с Дорой, — объясняет мне Диана.

— А эта старушка что, плохая?

— Нет, нет.

— Но если бы она догадалась, что ты тот самый Джек, — говорит Пол, — то сняла бы тебя на свой мобильник или сделала бы еще что-нибудь, и твоя мама нас убила бы.

Сердце у меня начинает громко стучать.

— А почему это моя Ма...

— Я хотел сказать...

— ...что она очень рассердилась бы, вот что он хотел сказать, — вставляет Диана.

Я вспоминаю Ма, которая «ушла» и лежит сейчас в темноте.

— Я не хочу, чтобы она сердилась.

— Мы тоже не хотим.

— А вы можете прямо сейчас отвезти меня назад, в клинику?

— Скоро отвезем.

— Нет, сейчас.

— Разве ты не хочешь посмотреть на динозавров? Мы уйдем отсюда через минуту. Давай купим какую-нибудь мягкую игрушку, — предлагает Диана Полу. — Это совершенно безопасно. Я думаю, за ресторанным двориком есть магазин игрушек.

Я все время качу за собой свою сумку. Ботинки жмут мне ноги — Диана очень туго их застегнула. Бронуин говорит, что хочет есть, и мы покупаем попкорн. Это самая хрустящая вещь из того, что я ел. Попкорн застревает у меня в горле, и я начинаю кашлять. Пол приносит себе и Диане латте. Из моего пакетика падают кусочки попкорна, но Диана говорит, чтобы я их не поднимал, потому что у нас его и так много и мы не знаем, что там лежало, на этом полу. Я весь перепачкался, и Ма будет сердиться на меня. Диана дает мне влажную салфетку, чтобы я вытер липкие пальцы, я кладу ее в сумку с Дорой. Здесь слишком яркий свет, и мне кажется, что мы заблудились. Как мне хочется поскорее вернуться в комнату номер семь!

Я говорю, что хочу писать, и Пол отводит меня в туалет со смешными раковинами, висящими на стене.

— Ну, давай писай.

— А где же унитазы?

— Это специальные унитазы для нас, мужчин. Но я качаю головой и выхожу из туалета. Диана говорит, что я могу пойти с ними. Она разрешает мне самому выбрать кабинку.

— Молодец, Джек, ничего не забрызгал.

А почему я должен был что-то забрызгать?

Диана снимает с Бронуин трусики, и я вижу, что у нее нет пениса, а только толстый кусочек тела со складкой посредине и без волос. Я прикасаюсь к нему пальцем и нажимаю, и он слегка вдавливается внутрь. Диана бьет меня по руке, и я кричу от боли.

— Успокойся, Джек. Я что... оцарапала тебе руку?

Я вижу, как из моего запястья течет кровь.

— Извини, — говорит Диана, — извини. Я, наверное, поцарапала тебе руку кольцом. — Она смотрит на свое кольцо с крупинками золота. — Но послушай, нельзя же трогать интимные места других людей, это нехорошо. Понял?

Я не знаю, что такое интимные места.

— Ты закончила, Бронуин? Давай мама тебя вытрет. — Она вытирает то же самое место у Бронуин, до которого дотронулся я, но почему-то не бьет себя.

Я смываю с руки кровь, но она от этого течет еще сильнее. Диана роется в своей сумке в поисках пластыря. Она складывает коричневое бумажное полотенце и говорит мне, чтобы я прижал его к порезу.

— Все в порядке? — спрашивает Пол, когда мы выходим.

— И не спрашивай, — отвечает Диана. — Давай лучше выбираться отсюда.

— Но мы же еще не купили подарок для Ширелл.

— Подарим ей какую-нибудь игрушку Бронуин, которая поновее выглядит.

— Нет, свою не отдам! — кричит Бронуин.

Они начинают спорить. Я хочу поскорее очутиться в мягкой постели с Ма. И пусть будет темно и не будет этой невидимой музыки, этих красно-лицых толстых людей, проходящих мимо нас, этих смеющихся девчонок, которые ходят под ручку друг с другом и демонстрируют всем участки своего тела, не прикрытые одеждой. Я нажимаю на порез, чтобы остановить кровь, закрываю глаза и натыка-юсь на горшок с каким-то цветком. Это совсем не тот цветок, который рос у нас в комнате, пока не умер, это цветок из пластмассы.

И тут я замечаю, что мне улыбается Дилан! Я под-бегаю и обнимаю его.

— Книга, — говорит Диана, — отлично, я через две секунды вернусь.

— Это Дилан-землекоп, мой друг из комнаты, — объясняю я Полу.

> Во-о-о-от он, Дилан-землекоп,
> Роет землю, словно крот.
> Коль возьмется яму рыть,
> Не умеришь его прыть.

— Отлично, дружок. А теперь давай поищем вы-ход отсюда.

Я глажу обложку «Дилана» — она такая глад-кая и вся сверкает; как это он попал сюда, в уни-версам?

— Осторожно, не запачкай ее кровью. — Пол кладет мне на руку бумажный платочек, коричне-вое полотенце я, наверное, где-то потерял. — А по-чему ты не хочешь выбрать другую книгу, которую еще не читал?

— Мама, мама! — Бронуин пытается вытащить блестящий камешек из обложки какой-то книги.

— Иди заплати, — говорит Диана. Она сует вы-бранную ею книгу в руку Пола и бежит к Бронуин.

Я открываю сумку, кладу туда Дилана и засте-гиваю молнию, чтобы его никто не украл. Подходят

Диана и Бронуин, и мы идем к фонтану послушать, как плещется вода, но держимся поодаль, чтобы на нас не попали брызги. Бронуин просит:

— Денежку, денежку.

И Диана дает ей монетку, чтобы она бросила ее в воду.

— Хочешь тоже бросить? — спрашивает меня Диана.

Это, должно быть, специальное место для мытья грязных монет. Я беру монетку и бросаю ее в фонтан, а потом достаю влажную салфетку и вытираю руки.

— А ты загадал желание?

Я никогда раньше не загадывал желания у бассейна.

— А зачем?

— Ну, чтобы получить то, что тебе больше всего хочется, — объясняет Диана.

Мне больше всего хочется вернуться в нашу комнату, но я не думаю, что это возможно.

С Полом разговаривает какой-то мужчина, все время показывая на мою сумку с Дорой. Пол подходит, расстегивает молнию и вытаскивает моего Дилана.

— Эх, ты!

— Прошу нас извинить, — говорит Диана.

— У него дома есть точно такая же книга, — оправдывается Пол, — и он решил, что это она. — Он протягивает моего Дилана мужчине.

Но я подбегаю и выхватываю его, говоря:

— Во-о-о-от он, Дилан-землекоп, роет землю, словно крот...

— Он не понимает, что делает, — говорит Пол.

— Коль возьмется яму рыть...

— Джек, милый, эта книга принадлежит магазину. — Диана пытается вытащить из моих рук Дилана, но я вцепляюсь в него и прижимаю к своей рубашке.

— Я не отсюда, — объясняю я мужчине. — Старый Ник держал нас с Ма взаперти, а теперь сам попал в тюрьму вместе со своим грузовичком, но ангел его не спасет, потому что он плохой человек. Мы теперь знамениты, но, если вы нас сфотографируете, мы вас убьем.

Мужчина удивленно моргает.

— Сколько стоит эта книга? — спрашивает его Пол.

Мужчина отвечает:

— Мне нужно отсканировать ее на кассе...

Пол протягивает руку в мою сторону, но я ложусь на пол, прижимая к себе Дилана.

— Давайте возьмем другой экземпляр и отсканируем его, — предлагает Пол и бежит назад в магазин.

Диана оглядывается по сторонам и кричит:

— Бронуин, ты где? — Она подбегает к фонтану и осматривает все, что находится рядом с ним. — Бронуин!

Наконец девочка находится. Она стоит у витрины с платьями и, высунув язык, рассматривает свое изображение в зеркале.

— Бронуин! — кричит Диана.

В фургончике я немного задремал, но не заснул до конца.

Норин говорит, что моя сумка с Дорой просто замечательная и сверкающее сердечко тоже, а «Дилан-землекоп», наверное, очень интересная книга.

— А как тебе динозавры?

— У нас не было времени посмотреть на них.

— Ах, какая жалость! — Норин дает мне пластырь, чтобы я заклеил порез на руке, но на этот раз на нем нет рисунков. — Твоя Ма проспала сегодня весь день и будет очень рада тебя видеть. — Норин стучит в дверь комнаты номер семь и открывает ее.

Я снимаю ботинки, но не одежду — наконец-то я снова с Ма. Она теплая и мягкая, и я осторожно залезаю к ней под бочок. Но от подушки почему-то сильно воняет.

— Увидимся за ужином, — шепчет Норин и закрывает дверь.

Подушка пахнет рвотой, я запомнил этот запах со дня нашего Великого побега.

— Проснись, — говорю я Ма, — тебя вырвало на подушку.

Но она не просыпается, не стонет и не поворачивается ко мне. Я тяну ее к себе, но она даже не шевелится. Она никогда еще так не «уходила».

— Ма, Ма, Ма!

Наверное, она превратилась в зомби!

— Норин! — кричу я и бегу к двери. Я не хочу мешать соседям, но... — Норин! — Она успела дойти уже до конца коридора, но, услышав мой крик, поворачивает назад. — Маму вырвало.

— Не волнуйся, мы сейчас все живо уберем. Я только привезу тележку...

— Нет, иди к ней сейчас же.

— Хорошо, хорошо.

Включив свет и посмотрев на Ма, она уже не говорит «хорошо», а поднимает трубку телефона и произносит:

— Голубой код, комната семь, голубой код...

Я не знаю, что это такое... И тут я замечаю открытые бутылочки из-под маминых таблеток — они почти все пустые. Она никогда не пила больше двух таблеток зараз; как же бутылочки могли опустеть, куда подевались таблетки? Норин нажимает сбоку на горло Ма и, называя ее другим именем, спрашивает:

— Вы меня слышите? Вы меня слышите?

Но я не думаю, чтобы Ма ее слышала и видела. Я кричу:

— Это плохая идея, плохая идея, плохая идея!..

В комнату врываются люди, кто-то вытаскивает меня в коридор. Я кричу «Ма!» как можно громче, но разбудить ее не могу.

Глава 5
ЖИЗНЬ

Я в доме с гамаком. Смотрю в окно, надеясь увидеть этот гамак, но бабушка говорит, что его обычно вешают не на переднем, а на заднем дворе и не раньше 10 апреля. Здесь повсюду кусты и цветы, перед домом проходят улица и тротуар, и есть еще другие дома с двориками перед ними. Я насчитал одиннадцать домов, где живут соседи вроде Попрошайки, моего соседа. Я сосу зуб — он лежит как раз на середине моего языка. У дома стоит белая машина, на которой я приехал из клиники, хотя спешки никакой не было, доктор Клей хотел, чтобы я остался для непрерывности и терапевтической изоляции, но бабушка кричала, что не позволит ему держать меня в заточении, раз у меня есть семья. Моя семья — это бабушка, отчим, Бронуин, дядя Пол, Диана и родной дедушка, который, правда, содрогается при одном моем виде. И еще Ма. Я передвигаю зуб за щеку.

— Ма умерла?

— Нет, и я тебе уже много раз говорила об этом. Конечно же нет. — Бабушка кладет голову на деревянную раму стекла.

Я заметил, что, когда люди говорят «конечно же», это звучит весьма подозрительно.

— Может, ты просто притворяешься, что она жива? — спрашиваю я бабушку. — Потому что, если она умерла, я тоже не хочу жить.

По ее лицу текут слезы.

— Я не... я не могу сказать тебе больше того, что я знаю, милый мой внучек. Они сказали, что позвонят нам, как только все прояснится.

— Что значит «прояснится»?

— Ну, станет известно, как она себя чувствует.

— А как она себя чувствует?

— Ну пока что не очень хорошо, поскольку она проглотила слишком много плохих таблеток, о чем я тебе уже говорила. Но врачи, наверное, уже промыли ей желудок и удалили из него все эти таблетки или большую их часть.

— Но почему она...

— Потому что она нездорова. У нее неполадки с головой. Но ее лечат, — отвечает бабушка, — так что тебе не о чем беспокоиться.

— Почему?

— Ну, потому что это ни к чему хорошему не приведет.

Красное лицо Бога зацепилось за трубу. Темнеет. Зуб, больной мамин зуб, вонзается мне в десны.

— Я смотрю, ты совсем не притронулся к своей лазанье, — говорит бабушка, — может, хочешь соку или еще чего-нибудь? — (Но я качаю головой.) — Ты устал? Ты, наверное, сильно устал, Джек? Бог знает, как я измучилась. Спустись вниз и осмотри свободную комнату.

— А почему она свободная?

— Потому что мы ее не используем.

— А зачем вам комната, которую вы не используете?

Бабушка пожимает плечами:

— Ну, она может понадобиться в любой момент. — Она ждет, когда я спущусь по лестнице на попе, потому что здесь нет перил, за которые можно было бы держаться.

Я тащу за собой сумку с Дорой, и она стукается о ступеньки *бамп-бамп*. Мы проходим через комнату, которая называется «гостиная», я не знаю почему. Никаких гостей в ней нет, бабушка и отчим живут в других комнатах, а не в свободной.

Вдруг раздается ужасный звук *вааа-вааа*, и я закрываю уши руками.

— Надо все-таки взять трубку, — говорит бабушка. Через минуту она возвращается и вводит меня в комнату. — Ты готов?

— К чему?

— Ложиться спать, милый.

— Только не здесь.

Она сжимает губы:

— Я знаю, что ты скучаешь по своей Ма, но пока тебе придется спать одному. Не бойся, ведь мы с дедушкой совсем рядом, наверху. Ты ведь не боишься чудовищ?

Все зависит от того, что это за чудовище — настоящее или нет, и еще от того, рядом ли оно или далеко.

— Гм... Комната, где когда-то жила твоя Ма, расположена рядом с нашей, — говорит бабушка, — но мы превратили ее в спортзал. Не знаю, найдется ли там место для надувного матраса...

На этот раз я поднимаюсь по лестнице на своих ногах, опираясь о стену, а бабушка несет мою сумку с Дорой. В комнате я вижу голубые хлюпающие маты, гантели и тренажеры. Вроде тех, что показывают по телевизору.

— Ее кровать стояла здесь, на том самом месте, где была колыбель, в которой она лежала малюткой, — говорит бабушка, показывая на велосипед, прикрепленный к полу. — На стенах висели постеры ее любимых музыкальных групп, огромный веер и ловушка для снов...

— А как он ловил ее сны?

— Кто?

— Ну, этот веер.

— Нет-нет, это были всего лишь украшения. Я долго не хотела относить их в благотворительный магазин, как советовал руководитель группы, в которой нас учили справляться со своим горем...

Я громко зеваю. Зуб падает из моего рта, но я ловлю его рукой.

— Что это? — спрашивает бабушка. — Бусинка или что-нибудь еще? Никогда не соси маленькие предметы, разве ты... — Она пытается разогнуть мне пальцы, чтобы добраться до зуба. Я с силой ударяю ее по животу.

Бабушка в изумлении смотрит на меня. Я кладу зуб под язык и сжимаю зубы.

— Знаешь что, давай-ка я положу надувной матрас рядом с нашей кроватью, всего на одну ночь, пока ты не привыкнешь.

Я тащу за собой сумку с Дорой. В следующей комнате спят бабушка и отчим. Надувной матрас тоже похож на огромную сумку; шланг насоса все время выскакивает из отверстия, и бабушке приходится звать на помощь отчима. Наконец матрас надут — он похож на шарик, только имеет прямоугольную форму. Бабушка стелет мне постель. Кто это промывал желудок Ма? Откуда они взяли насос? А вдруг ее разорвет на куски?

— Я спрашиваю, где твоя зубная щетка, Джек?

Я нахожу ее в рюкзаке, в котором лежат все мои вещи. Бабушка говорит мне, чтобы я надел свою «пэжэ», что означает «пижама». Она показывает на матрас и говорит:

— Запрыгивай. — Люди всегда говорят «прыгай» или «запрыгивай», когда хотят сказать что-нибудь смешное. Бабушка наклоняет ко мне свое лицо, намереваясь поцеловать, но я прячу голову под одеяло. — Прости, — говорит она. — Рассказать тебе сказку?

— Нет.

— Ты слишком устал, чтобы слушать сказку? Ну хорошо. Спокойной ночи.

Комната погружается во тьму. Я сажусь.

— А как же клопы?

— Простыни чистые, и никаких клопов в них нет.

Я не вижу ее, но узнаю по голосу.

— Нет, хочу про клопа.

— Джек, я просто падаю от усталости...

— Скажи, чтобы клоп не кусался.

— А, — говорит бабушка. — Ночь, скорее засыпай... Да, я всегда читала этот стишок, когда твоя Ма была...

— Прочитай его целиком.

— Ночь, скорее засыпай, клоп, малютку не кусай.

В комнату просачивается свет — это открывается дверь.

— Куда ты идешь? — Я вижу черный контур бабушкиной фигуры в дверях.

— Спущусь вниз, — отвечает она.

Я скатываюсь с матраса, он трясется.

— Я тоже.

— Нет, я иду смотреть свои передачи, они не для детей.

— Но ты сказала, что вы с дедушкой ляжете в кровать, а я буду спать рядом, на надувном матрасе.

— Мы еще не устали и ляжем попозже.

— Но ты же говорила, что очень устала.

— Я устала от... — Бабушка почти кричит. — Я еще не хочу спать, я хочу посмотреть телевизор и какое-то время ни о чем не думать.

— Ты можешь не думать здесь.

— Давай-ка ложись и закрывай глаза.

— Я не могу спать один.

— Эх ты, бедное создание, — говорит бабушка.

Почему это я бедное создание?

Она наклоняется над матрасом и касается моего лица. Я отстраняюсь.

— Я просто хочу закрыть тебе глаза.

— Ты будешь спать в постели. А я — на надувном матрасе.

Я слышу, как она переводит дыхание.

— Ну хорошо. Я прилягу к тебе на минуточку...

Я вижу ее тень на одеяле. Что-то со стуком падает на пол — это ее туфля.

— Хочешь, спою тебе колыбельную? — шепчет бабушка.

— А?

— Песню на ночь.

Ма пела мне песни, но ее больше не будет. Она разбила себе голову об стол в комнате номер семь. Она приняла плохие таблетки; я думаю, она так устала от игры и так торопилась вернуться на небеса, что не стала ждать меня. Почему она не дождалась меня?

— Ты плачешь?

Я не отвечаю.

— Милый ты мой. Впрочем, лучше выплакать горе, чем держать его в себе.

Мне хочется пососать, мне безумно хочется пососать мамину грудь, я не могу без этого уснуть. Я сосу мамин зуб, это кусочек ее, ее клетки, коричневые, гнилые и прочные. Не знаю, зуб причинял ли ей боль, или, наоборот, она ему, но теперь они уже не могут причинить друг другу боль. А почему лучше выплакать горе, чем держать его в себе? Ма говорила, что мы будем свободны, но я совсем не чувствую себя свободным.

Бабушка тихо поет, я знаю эту песню, но она звучит совсем не так.

— Автобус колесами крутит...

— Нет, спасибо, — говорю я, и она замолкает.

Мы с Ма в море. Я запутался в ее волосах, я весь обвязан узлами и тону...

Это просто дурной сон. Так сказала бы Ма, если бы была здесь, но ее здесь нет. Я лежу и считаю — пять пальцев на ногах, пять пальцев на руках, пять пальцев на ногах — и по очереди шевелю каждым пальчиком. Я зову Ма про себя: «Ма! Ма! Ма!» — но не слышу ответа.

Когда начинает светать, я натягиваю одеяло на голову, чтобы продлить темноту. Я думаю, что так, наверное, чувствуешь себя, когда покидаешь мир. Вокруг меня ходят и шепчут:

— Джек? — Это бабушка около моего уха, но я переворачиваюсь на другой бок. — Как у тебя дела?

Я вспоминаю о манерах.

— Сегодня не на все сто процентов, спасибо. — Я говорю неразборчиво, потому что в мой язык вонзился зуб.

Когда она уходит, я сажусь и начинаю считать свои вещи, лежащие в сумке с Дорой: одежда, ботинки, кленовый ключик, поезд, дощечка для рисования, погремушка, сверкающее сердце, крокодил, камень, обезьянки, машинка и шесть книг. Шестая — это «Дилан-землекоп» из магазина.

Через много часов снова раздается *вааа-вааа*; это телефон. Ко мне в комнату входит бабушка:

— Звонил доктор Клей и сказал, что состояние твоей Ма стабильное. Хорошо звучит, правда?

Это звучит ужасно.

— На завтрак — оладьи с черникой.

Я лежу неподвижно, словно труп. Одеяло пахнет пылью. Тут раздается *динг-донг, динг-донг*, и бабушка спускается вниз.

Я слышу голоса прямо подо мной. Я считаю пальцы на ногах, потом на руках, потом зубы, потом несколько раз повторяю весь счет. Всякий раз у меня получается правильное число, но я все-таки не уверен.

Бабушка, запыхавшись, снова входит в комнату и говорит, что дедушка пришел попрощаться.

— Со мной?

— Со всеми, он возвращается к себе в Австралию. Вставай, Джек, негоже так долго валяться в постели.

Не знаю, о чем это она.

— Он хотел, чтобы меня не было.

— Что?

— Он сказал, что я не должен был появляться на свет и тогда Ма не была бы Ма.

Бабушка ничего не отвечает, и я думаю, что она ушла вниз. Я высовываю лицо из-под одеяла, но она все еще здесь. Она стоит уперев руки в бока.

— Выкинь из головы эту чушь!

— Что выкинуть?

— Спускайся вниз и поешь оладий.

— Не могу.

— Посмотри на себя, — говорит бабушка.

Как, интересно, я это сделаю!

— Ты ведь сейчас дышишь, ходишь, разговариваешь и спишь без своей Ма. Поэтому я уверена, что и поесть без нее ты тоже сможешь.

Я держу зуб за щекой — на всякий случай. Я долго спускаюсь по лестнице. На кухне сидит мой настоящий дедушка, губы у него темно-красного цвета. Его оладьи лежат в луже сиропа, в котором виднеются темно-красные комочки, — это ягоды черники.

Тарелки имеют нормальный белый цвет, но стаканы — неправильной формы, с углами. На столе стоит большая тарелка с сосисками. А я и не знал, что я такой голодный. Я съедаю одну сосиску, потом еще две.

Бабушка говорит, что у нее нет сока без мякоти, но мне надо чем-то запить сосиски, а то я подавлюсь. Я пью сок с мякотью, и микробы ползут по моему горлу. В кухне стоит огромный холодильник, полный коробок и бутылок. В кладовке так много продуктов, что бабушке приходится подниматься по лесенке, чтобы найти то, что ей нужно.

Она говорит, что я должен принять душ, но я делаю вид, что не слышу.

— Что такое стабильное состояние? — спрашиваю я дедушку.

— Стабильное? — Из его глаза вытекает слеза, и он ее вытирает. — Не лучше и не хуже, я думаю. — Он кладет нож и вилку на свою тарелку.

Не лучше и не хуже, чем что?

Зуб стал кислым от сока. Я поднимаюсь в свою комнату и ложусь спать.

— Милый мой, — говорит бабушка. — Ты что, хочешь снова провести целый день у этого дурацкого ящика?

— А?

Она выключает телевизор.

— Только что звонил доктор Клей и спрашивал, чем ты занимаешься, и мне пришлось сказать, что ты играешь в шашки.

Я моргаю и тру глаза. Зачем она ему соврала?

— А Ма?..

— Он сказал, что ее состояние по-прежнему стабильное. Может, и вправду сыграем в шашки?

— Твои шашки сделаны для великанов и все время падают.

Бабушка вздыхает:

— Говорю тебе, что они совершенно нормальные, и шахматы с картами — тоже. А набор с маленькими магнитными шашками, который был у вас с Ма, предназначался для поездок.

Но мы никуда не ездили!

— Давай сходим на детскую площадку.

Но я качаю головой. Ма сказала, что когда мы освободимся, то сходим вместе.

— Но ведь ты уже много раз бывал на улице.

— Это было в клинике.

— Да ведь воздух везде один и тот же. Пойдем, твоя Ма говорила мне, что ты любишь лазить.

— Да, я тысячу раз залезал на стол, на стулья и на кровать.

— Но не на мой стол, мистер.

А я ведь имел в виду нашу комнату.

Бабушка туго завязывает мне хвост и засовывает его под куртку, но я снова вытаскиваю. Она не говорит о том, чтобы я намазался липкой мазью и надел шапку; может быть, в этой части мира кожа не сгорает на солнце?

— Надень свои очки и нормальные ботинки, в этих шлепанцах ты далеко не уйдешь.

Но мои ноги болят от ходьбы даже после того, как я ослабил липучки на ботинках. Надо все время идти по тротуару, потому что, случайно оказавшись на мостовой, можно попасть под колеса и умереть. Ма не умерла, бабушка говорит, что она не лжет. Но ведь она соврала доктору Клею насчет шашек. Перед тем как пересечь какую-нибудь улицу, нам приходится все время останавливаться, а при переходе бабушка требует, чтобы я брал ее за руку. Я не люблю, когда ко мне кто-нибудь прикасается, и она говорит, что это очень плохо. Ветер бьет мне по глазам, а сбоку под очки проникают яркие солнечные лучи. Нам попадается что-то розовое, это резинка для волос, потом крышка от бутылки, колесо, но не от настоящей машины, а от игрушечной, пакет с орехами, в котором нет орехов, коробка из-под сока, в которой еще плещется остаток сока, и желтые какашки. Она тащит меня за курточку, приговаривая:

— Пойдем отсюда. В этом месте не должно быть мусора, разве что листья, которым не запретишь падать с деревьев. Во Франции собакам разрешают гадить где угодно; может быть, когда-нибудь я смогу поехать туда.

— Чтобы увидеть собачьи какашки?

— Нет, нет, — говорит бабушка, — чтобы посмотреть на Эйфелеву башню. Но ты поедешь во Францию только после того, как научишься подниматься и спускаться по лестнице по-человечески.

— А Франция тоже снаружи?

Бабушка как-то странно смотрит на меня.

— То есть в окружающем нас мире?

— Все находится в окружающем мире. Ну вот мы и пришли!

Я не хочу идти на детскую площадку, потому что там играют дети, которые мне не друзья. Бабушка закатывает глаза.

— Ну, ты играй себе потихоньку, как остальные дети.

Я вижу их через забор из сетки. Точно такая же сетка проложена в стенах и в полу нашей комнаты, чтобы Ма не могла сбежать, но мы все-таки сбежали, я спас ее, а потом она не захотела больше жить. На качелях вниз головой висит большая девочка. Два мальчика колотят по предмету, который ходит вверх и вниз, я не помню его названия. Они громко хохочут и специально падают с него, как мне кажется. Я два раза пересчитываю свои зубы. От проволоки, в которую я вцепился, у меня на пальцах образуются полосы. Я смотрю, как женщина подносит ребенка к горке, он ползет по трубе, а она заглядывает в дырочки по бокам и делает вид, что ищет его. Я смотрю на большую девочку, но она все время качается, так что ее волосы, опускаясь очень низко, достают чуть ли не до самой земли, а потом взлетают вверх. Мальчики гоняются друг за другом и, воображая, что у них в руках ружья, стреляют друг в друга. Один мальчик падает и начинает плакать. Он выбегает из ворот и скрывается в доме. Бабушка говорит, что он, наверное, живет здесь. Откуда она это знает? Она шепчет мне:

— Пойди поиграй с другим мальчиком. — Она кричит: — Здравствуйте, ребята.

Мальчики смотрят на нас, но я падаю прямо в куст, и его колючки впиваются мне в голову.

Через некоторое время бабушка говорит, что сегодня прохладнее, чем ей показалось, и предлагает мне вернуться домой и пообедать. Мы добираемся до дома через много-много часов, и ноги у меня просто отваливаются.

— Может быть, во второй раз тебе больше понравится, — говорит бабушка.

— Мне было очень интересно.

— Это Ма велела тебе так говорить, когда тебе что-нибудь не понравилось? — смеется она. — Это я научила ее этому.

— А она уже умерла?

— Нет. — Бабушка почти не кричит. — Если бы с ней что-нибудь случилось, Лео бы нам позвонил.

Лео — это мой отчим, разные имена все время сбивают меня с толку. Я хочу знать только одно имя — мое собственное, Джек.

Когда мы возвращаемся домой, бабушка показывает мне на глобусе Францию. Глобус — это статуя земли, которая все время вращается. Город, в котором мы живем, — просто точка на глобусе, и клиника — тоже. Наша бывшая комната — тоже точка, но бабушка говорит мне, что я не должен больше думать о ней, что мне надо выбросить ее из головы.

На обед я ем много хлеба и масла, это французский хлеб, но на нем, как мне кажется, нет никаких какашек. Нос у меня стал красным и горячим, и мои щеки, верхняя часть груди, руки, верхняя часть кистей и ноги выше носков — тоже.

Отчим говорит бабушке, что ничего страшного не случилось.

— Но ведь солнца-то почти не было, — все время повторяет она, вытирая глаза.

Я спрашиваю:

— С меня теперь слезет вся кожа?

— Нет, только небольшие кусочки, — отвечает отчим.

— Не пугай мальчика, — говорит ему бабушка. — Все будет в порядке, Джек, не бойся. Намажься вот этим прохладным кремом от загара...

Мазать заднюю часть шеи очень неудобно, но я не люблю, когда ко мне прикасаются чужие руки, и справляюсь сам.

Бабушка говорит, что надо снова позвонить в клинику, но она еще не готова к этому.

Из-за того что я сгорел, мне разрешили лечь на кушетку и смотреть мультфильмы. Отчим сидит в шезлонге и читает журнал «Путешествие по миру».

Ночью ко мне приходит зуб, прыгая по улице *скок-скок-скок*. Он высотой в десять футов, весь заплесневелый, с него падают зазубренные куски, и он разбивается о стену. Потом я плыву в лодке с крышкой, которая заколочена гвоздями, и «червяк вползает, выползает...».

Кто-то шипит в темноте, я не знаю кто, потом вижу бабушку.

— Успокойся, Джек. Все в порядке.

— Нет.

— Засыпай.

Но я боюсь, что уже не засну.

Мне очень трудно разобраться в этом доме. Двери, в которые мне разрешают входить в любое время, ведут в кухню, в гостиную, в спортзал, в свободную комнату и в подвал. За пределами спальни находится площадка, похожая на ту, где садятся самолеты, но здесь они бы не сели. Я могу заходить в спальню, если, конечно, дверь не закрыта. Если она закрыта, я должен постучать и подождать. Я могу заходить в ванную, если дверь в нее не заперта, а если заперта, то это означает, что там кто-то есть и я тоже должен подождать. Ванна, раковина и унитаз в ней зеленого цвета, который называют цветом «авокадо», только сиденье сделано из дерева, чтобы я мог на нем сидеть. Я должен поднимать сиденье, прежде чем пописать, и опускать его после, это любезность, которую мужчины должны оказывать женщинам, то есть бабушке. На бачке унитаза есть крышка вроде той, которой Ма ударила Старого Ника. Мыло — твердый шар, и надо очень долго тереть его, чтобы намылить руки. Другие люди совсем не похожи на нас, им принадлежит миллион вещей и много видов каждой вещи вроде различных шоколадных плиток, машин и туфель. Эти вещи имеют разное назначение — например, щетка для ногтей, зубная щетка, туалетный ершик, одежная щетка, метла и щетка для волос. Один раз я просыпал на пол порошок под названием «тальк» и смел его в совок, но тут вошла бабушка и сказала, что я подмел пол туалетным ершиком, и стала кричать, что я распространяю по всему дому микробов.

Этот дом принадлежит не только бабушке, но и отчиму, но правила в нем устанавливает не он. Он большей частью сидит в своем кабинете — это его собственная комната.

— Люди не всегда хотят общаться с другими людьми, — объясняет он мне. — Это очень утомительно.

— Почему?

— Поверь мне на слово, я был женат дважды.

Мне запрещено уходить из дома без разрешения бабушки, но я не собираюсь уходить. Я сижу на лестнице и усиленно сосу зуб.

— Иди поиграй с чем-нибудь, чего ты все время сидишь? — говорит бабушка, проходя мимо.

Игрушек немного, я не знаю, что выбрать. Это те игрушки, что подарили нам сумасшедшие доброжелатели. Ма думала, что их всего пять, но я взял шесть. Мелки разных цветов, которые прислала Диана, только я не видел когда. Они сильно пачкают пальцы. Огромный рулон бумаги и сорок восемь маркеров в длинной пластиковой упаковке. Ящик с коробками, где лежат фигурки животных, в которых Бронуин больше не играет, я не знаю почему. Если из этих коробок сложить башню, то она будет выше меня.

Я смотрю на свою обувь, на мягкие ботинки. Если посильнее выгнуть ноги, то под кожей этих ботинок можно заметить пальцы.

«Ма!» — громко кричу я про себя.

Но ее здесь нет. Ей не лучше и не хуже. Если, конечно, бабушка с отчимом не врут.

Вдруг под ковром, в том месте, где он переходит в деревянные ступени, я замечаю какую-то маленькую коричневую штучку. Я скребу ее, она металлическая. Это монета! На ней — лицо мужчины и надпись: «В Бога мы верим всегда, 2004». Перевернув ее, я вижу еще одного мужчину — может быть, того же самого, только теперь он машет маленькому домику и говорит: «Соединенные Штаты Америки. E Pluribus unum. Один цент».

Бабушка стоит на нижней ступеньке и смотрит на меня. Я вскакиваю и заталкиваю зуб в заднюю часть десен.

— Здесь написано по-испански, — говорю я ей.

— Где? — хмурится она.

Я показываю ей пальцем.

— Это латынь. E Pluribus unum. Гм... я думаю, что это означает: «Мы едины» — или что-то в этом роде. Хочешь еще?

— Что?

— Давай-ка я поищу в кошельке...

Она достает круглый плоский предмет. Если нажать на него, он неожиданно открывается, словно рот, и в нем видны разные монеты. На серебряной денежке изображен мужчина с точно таким же хвостом, что и у меня, и написано: «Пять центов», но все называют эту монету никелем. Маленькая серебряная монетка — это дайм, или десять центов.

— А почему монета в пять центов больше, чем десять, ведь это же пять?

— Ну, так уж получилось.

Даже один цент больше десяти, я думаю, что это очень глупо. На самой большой серебряной монете изображен другой мужчина, с очень несчастным видом, а на обратной стороне написано: «Нью-Хэмпшир, 1788. Живи свободным или умри». Бабушка говорит, что Нью-Хэмпшир — это другая часть Америки, а не та, где живем мы.

— А «живи свободным» означает «живи бесплатно»?

— Нет, нет, это означает, что никто... не должен тобой командовать.

Есть еще одна монета с тем же мужчиной спереди, но, перевернув ее, я вижу картинку с парусным кораблем, крошечным человечком на нем и подзорной трубой. Здесь написано по-испански: «GUAM E PLURIBUS UNUM, 2009. Guaham ITano' ManChamoro». Бабушка щурит глаза и идет за своими очками.

— Это тоже другая часть Америки?

— Гуам? Нет, я думаю, это где-то в другом месте.

А может быть, этим словом люди, живущие снаружи, называют нашу с Ма комнату? В холле снова звонит телефон, и я убегаю от него вверх по лестнице. Бабушка, плача, поднимается ко мне.

— Кризис миновал.

Я с удивлением смотрю на нее.

— У твоей Ма.

— Какой кризис?

— Это означает, что она пошла на поправку, и я надеюсь, что скоро у нее все будет хорошо.

Я закрываю глаза.

Бабушка будит меня и говорит, что уже три часа. Она боится, что я не буду спать ночью. С зубом трудно ходить, поэтому я кладу его в карман. Под мои ногти забилось мыло. Мне нужно что-нибудь острое, вроде дисташки, чтобы выковырять его оттуда.

— Скучаешь без Ма?

Я качаю головой:

— Нет, без дисташки.

— Ты скучаешь по... ашке?

— По дисташке.

— От телевизора?

— Нет, по дисташке, которая заставляла джип делать *врум-врум,* а потом сломалась в шкафу.

— Ну, — говорит бабушка, — я уверена, что ее можно забрать оттуда.

Я качаю головой:

— Джип и дисташка остались в нашей комнате.

— Давай составим список.

— Чтобы потом спустить его в унитаз?

Бабушка растерянно смотрит на меня:

— Нет, чтобы я могла позвонить в полицию.

— А они быстро привезут?

Она качает головой:

— Они привезут твои игрушки только после того, как закончат там свои дела.

Я в удивлении смотрю на нее.

— А полиция что, может войти в нашу комнату?

— Она, наверное, и сейчас работает там, — отвечает бабушка, — собирает улики.

— Какие улики?

— Ну, доказательства того, что там произошло, которые потом будут показаны судье. Снимки, отпечатки пальцев...

Составляя список, я думаю, стоит ли включать в него Дорожку, дырку под столом и отметки, которые мы с Ма сделали на двери. Потом я представляю себе судью, который рассматривает мой рисунок голубого осьминога.

Бабушка говорит, что грех терять такой прекрасный солнечный день, так что если я надену длинную рубашку, прочные ботинки, шапку, очки и намажу лицо кремом от загара, то мы сможем погулять в заднем дворе.

Она выдавливает крем себе на руку.

— Ты будешь командовать мне «мажь» и «стоп», когда тебе захочется. Как будто управляешь дисташкой.

Вот здорово! Бабушка начинает втирать мне крем в обратную сторону ладоней.

— Стоп! — командую я, а через минуту говорю: — Мажь! — И она снова начинает втирать. — Мажь!

Но бабушка останавливается:

— Ты хочешь, чтобы я продолжила?

— Да.

Она мажет мне лицо. Я боюсь, что она коснется кожи вокруг глаз, но она очень осторожна.

— Мажь.

— Но я уже смазала все, что нужно, Джек. Ты готов идти?

Бабушка выходит из дверей — стеклянной и сетчатой — и машет мне. Свет какой-то зигзагообразный. Мы стоим на деревянном настиле, похожем на палубу корабля. Он покрыт какими-то маленькими узелками. Бабушка говорит, что это, наверное, пыльца, облетевшая с дерева.

— Какого? — Я смотрю вверх и верчу головой.

— Я в них не разбираюсь.

В нашей комнате мы знали названия всех предметов, но в открытом мире их так много, что люди даже не знают их имен. Бабушка усаживается на деревянную скамейку. На земле валяются палки, которые ломаются, когда я на них наступаю, крошечные желтые листочки и полусгнившие бурые листья, которые, как говорит бабушка, Лео должен был убрать еще в ноябре.

— А у отчима есть работа?

— Нет, мы с ним рано ушли на пенсию, и теперь, конечно же, наши капиталы уменьшились...

— А что это значит?

Бабушка закрывает глаза и кладет голову на спинку скамьи.

— Да так, ничего, не забивай себе голову.

— А он скоро умрет?

Бабушка открывает глаза и в изумлении смотрит на меня.

— Или ты умрешь первой?

— Должна вам сказать, молодой человек, что мне всего лишь пятьдесят девять.

А Ма только двадцать шесть. Она пошла на поправку — означает ли это, что она скоро вернется ко мне?

— Никто не собирается умирать, так что не говори глупостей, — заявляет бабушка.

— А вот Ма говорила мне, что все люди когда-нибудь умрут.

Бабушка кривит рот, и морщинки на ее лице разбегаются в стороны, как солнечные лучики.

— Мы совсем недавно встретились, мистер, а вы уже торопитесь сказать нам «до свидания».

Я смотрю на зеленый участок двора.

— А где же гамак?

— Надо будет поискать его в подвале, раз тебя это так интересует. — И она со стоном встает со скамейки.

— Я пойду с тобой.

— Сиди уж, наслаждайся солнышком, я скоро вернусь.

Но я не сижу, а стою. Когда она уходит, наступает тишина, только среди деревьев изредка раздаются резкие крики, я думаю, это кричат птицы, но их не видно. Листья шелестят на ветру. Я слышу крик ребенка — наверное, это в соседнем дворе, позади большой изгороди, поскольку я не вижу этого ребенка. Поверх желтого лица Бога примостилось облако. Вдруг резко холодает. Мир все время меняет свою яркость, температуру и звуки, никогда не знаешь, каким он станет в следующую минуту. Облако какого-то серо-голубого цвета. Интересно, нет ли в нем дождя? Если на меня начнет падать дождь, я убегу в дом, чтобы моя кожа не промокла.

Вдруг я слышу звук *ззззз* и замечаю в цветах удивительное существо — живую пчелу. Огромная, вся в желто-черную полоску, она танцует прямо внутри цветка.

— Привет, — говорю я и прикасаюсь к ней пальцем, чтобы погладить, и тут...

Ай! Мне кажется, что моя рука взорвалась. Такой сильной боли я еще никогда не испытывал.

— Ма! — кричу я, мне больше всего хочется, чтобы она была сейчас рядом со мной, но ее нет ни во дворе, ни в моей голове. Ее нет нигде, я один на один с болью, болью, болью...

— Что ты с собой сделал? — подбегает бабушка.

— Это не я, это пчела.

Бабушка смазывает мне палец специальной мазью, болит уже не так сильно, но все равно болит. Помогая ей повесить гамак, я работаю одной рукой. Гамак вешается на двух крючках, которые вбиты в деревья, растущие на заднем краю двора. Одно дерево низкое, всего лишь в два раза выше меня, и наклоненное, а другое — в миллион раз выше первого и покрыто серебристыми листочками. Веревочные ячейки смялись от долгого лежания в подвале, и нам приходится их растягивать, чтобы они приобрели нужный размер. Две веревки порвались, образовав большие дырки, и, устраиваясь в гамаке, надо быть очень осторожным, чтобы не усесться в эти дырки.

— Это, наверное, от моли, — говорит бабушка.

А я и не знал, что моль может быть такой большой, чтобы прогрызть веревку.

— Честно говоря, мы не вешали его уже тысячу лет, — говорит бабушка, а потом добавляет, что не рискует садиться в него, — ей обязательно нужна опора для спины. Зато я с удовольствием устраиваюсь в гамаке. Я подтягиваю ноги и просовываю их в дырки, а потом сую туда и левую руку. Правая еще сильно болит после укуса пчелы. Я думаю о том, как маленький Пол и маленькая Ма качались в этом гамаке. Как странно, где они сейчас? Большой Пол, наверное, сейчас с Дианой и Бронуин, они сказали, что мы посмотрим динозавров в следующий раз, но я думаю, что они врут. А большая Ма лежит в клинике и идет на поправку.

Я дергаю за веревки, представляя себя мухой, запутавшейся в паутине. Или грабителем, которого поймал Человек-паук. Бабушка качает гамак, и у меня кружится голова, но мне почему-то это нравится.

— Тебя к телефону, — кричит отчим, появляясь на палубе.

Бабушка бежит по траве, снова оставив меня один на один с окружающим миром. Я спрыгиваю с гамака и чуть было не падаю, потому что ботинок цепляется за веревку. Я вытаскиваю ногу, и он падает на землю. Я бегу за бабушкой с такой же скоростью, что и она.

Бабушка в кухне разговаривает по телефону.

— Конечно, надо начинать с самого простого, в этом он прав. Тут кое-кто хочет поговорить с тобой. — Она имеет в виду меня и протягивает мне телефон, но я не беру его. — Догадался, кто это?

Я моргаю.

— Это твоя Ма.

И правда, я слышу в телефоне голос Ма:

— Джек!

— Привет! — Больше я ничего не слышу и отдаю телефон бабушке.

— Это снова я. Как у тебя дела? — спрашивает бабушка. Она все кивает и кивает, а потом говорит: — Он держит хвост пистолетом. — Тут она снова протягивает мне трубку. Ма говорит мне, что она очень сожалеет о том, что сделала.

— А ты уже больше не отравлена плохими таблетками?

— Нет-нет, я поправляюсь.

— Так ты сейчас не на небесах?

346

Бабушка зажимает себе рот. Ма издает какой-то звук — я так и не понял, плачет она или смеется.

— Хотелось бы.

— А почему тебе хочется улететь на небеса?

— На самом деле мне совсем не хочется, это была шутка.

— И совсем не смешная.

— Ты прав.

— Больше не хоти.

— Хорошо. Знай, что я здесь, в клинике.

— Ты что, устала играть?

Я не слышу ничего и думаю, что она опять «ушла».

— Ма?

— Да, устала, — отвечает она. — Это была моя ошибка.

— А теперь ты больше не чувствуешь усталости?

Она снова молчит, а потом говорит:

— Чувствую. Но это хорошо.

— А ты придешь к нам покататься в гамаке?

— Приду, и очень скоро, — отвечает Ма.

— Когда?

— Пока не могу сказать, все будет зависеть от того, скоро ли я поправлюсь. А у бабушки все в порядке?

— Да, и у отчима тоже.

— Это хорошо. А что у вас новенького?

— Все, — отвечаю я.

Она смеется, я не знаю почему.

— Тебе там хорошо, Джек?

— Солнце сожгло мне кожу, и еще меня укусила пчела.

Бабушка закатывает глаза. Ма говорит еще что-то, но я не слышу.

— Я должна идти, Джек, мне надо поспать.

— А ты проснешься?

— Обещаю, что проснусь. Я так... — Ее голос срывается. — Я скоро снова позвоню тебе, хорошо?

— Хорошо.

Больше она ничего не говорит, и я кладу телефон на стол. Бабушка спрашивает:

— А где твой второй ботинок?

Я смотрю, как под кастрюлей с лапшой танцует оранжевое пламя. Спичка с обугленным загнувшимся концом лежит на столе. Я сую ее в огонь, она шипит и снова вспыхивает, и я бросаю ее на плиту. Маленькое пламя становится почти невидимым, потихоньку перемещается по спичке, пока она вся не становится черной и над ней не поднимается дымок, похожий на серебряную ленту. Запах просто божественный. Я беру из коробки другую спичку, зажигаю ее от огня, но на этот раз держу ее до тех пор, пока она не зашипит. Это — мой собственный маленький огонек, который я могу унести с собой. Я рисую спичкой круг в воздухе, думая, что она погасла, но она снова вспыхивает. Пламя разгорается и охватывает всю спичку. Вскоре на ней образуются два языка пламени, а между ними — маленькая красная полоска на дереве...

— Эй, ты что делаешь?

Я вздрагиваю, это кричит отчим. Спички в моих руках больше нет. Он наступает мне на ногу. Я кричу от боли.

— Она упала на твой носок.

Он показывает мне скрученную спичку и потирает мой носок в том месте, где появилось черное пятнышко.

— Разве твоя Ма никогда не говорила тебе, что с огнем играть нельзя?

— А у нас его просто не было.

— Чего не было?

— Огня. Настоящего.

Он с удивлением смотрит на меня.

— А, понимаю, у вас была электрическая плита. Как это я раньше не догадался?

— Что случилось? — входит бабушка.

— Джек изучает кухонную утварь, — отвечает ей отчим, помешивая пасту. Он берет какой-то предмет и смотрит на меня.

— Это терка, — вспоминаю я.

Бабушка накрывает на стол.

— А это что?

— Толкушка для чеснока.

— Не толкушка, а давилка. Давить — это гораздо сильнее, чем толочь. — Он улыбается мне. Он ничего не сказал бабушке о спичке, то есть соврал, но по уважительной причине — чтобы мне не попало. Он берет еще какой-то предмет.

— Еще одна терка?

— Нет, это соковыжималка для цитрусовых.

— А это что?

— Это... ус.

Отчим цепляет лапшу и пробует ее.

— Мой старший брат, когда ему было три года, опрокинул на себя кастрюлю горячего риса, и кожа на руке у него так и осталась морщинистой, словно чипсы.

— Да, я видел чипсы по телевизору.

Бабушка в изумлении смотрит на меня:

— Никогда не поверю в то, что ты ни разу не ел картофельных чипсов. — Потом она поднимается на ступеньки и начинает переставлять банки и пакеты в кладовке.

— Паста будет готова через две минуты, — говорит отчим.

— Ничего, горсточка чипсов не отобьет ему аппетит. — Бабушка спускается вниз с хрустящим пакетом и открывает его. Чипсы покрыты полосками, я беру один и откусываю корочку.

Потом я говорю:

— Нет, спасибо, — и кладу его назад в пакет. Отчим смеется, я не понимаю, что тут смешного.

— Мальчик хочет оставить место для моей домашней лапши, — говорит он.

— А можно мне вместо этого увидеть кожу?

— Какую кожу? — спрашивает бабушка.

— Ну, его брата.

— Он живет в Мексике. Он приходится тебе двоюродным дядей, так, кажется, это называется. — Отчим выливает воду из кастрюли в раковину, отчего над ней поднимается облако горячего пара.

— А почему двоюродный?

— Ну, это просто означает, что он — брат Лео. Теперь ты связан со всеми нашими родственниками, — говорит бабушка. — Все, что наше, и твое тоже.

— Как в «Лего», — вставляет отчим.

— Что? — спрашивает она.

— Ну, как в конструкторе «Лего». Члены семей держатся вместе.

— Я видел «Лего» по телевизору, — сообщаю я. Бабушка снова изумляется.

— Ребенок вырос без «Лего»! — говорит она отчиму. — Не могу себе этого представить!

— Но в мире миллионы детей как-то ухитряются обойтись без «Лего», — говорит ей Лео, — и мы тоже выросли без него.

— Да, наверное, ты прав. — Бабушка выглядит смущенной. — У нас, наверное, завалялась где-то в подвале коробка, хотя...

Отчим одной рукой разбивает яйцо, и оно расплывается по лапше.

— Ужин подан.

В спортзале я катаюсь на велосипеде, который прикреплен к подставке. Если вытянуть ноги, то пальцы достают до педалей. Я кручу их тысячи часов, чтобы мускулы на ногах стали сильными и я смог побежать к Ма и снова спасти ее. Когда ноги устают, я ложусь отдохнуть на голубые маты. Я поднимаю свободный вес, только вот не знаю, почему гири называют «свободным весом». Я кладу их на живот, мне нравится, как они тянут меня вниз, так я не упаду с вращающейся Земли.

Динг-донг. Бабушка кричит, что ко мне пришел гость. Это доктор Клей. Мы садимся на палубе, и он обещает предупредить меня, если вдруг появятся пчелы. Люди и пчелы должны махать руками и крыльями, но не трогать друг друга. Нельзя гладить собаку, если ее хозяин этого не разрешает, нельзя перебегать дорогу, нельзя трогать интимные места, за исключением своих, да и то когда никто не видит. Еще есть особые случаи, когда полиции разрешено стрелять только в плохих людей. Правил слишком много, и они с трудом укладываются у меня в голове, поэтому мы с доктором Клеем составляем их список с помощью тяжеленной ручки с золотым пером. Потом мы записываем все новые вещи, о которых я узнал, вроде свободного веса, картофельных чипсов и птиц.

— Правда гораздо интереснее смотреть на живых птиц, чем видеть их по телевизору? — спрашивает доктор Клей.

— Да. Только то, что показывают по телевизору, никого не кусает.

— Ты прав, — замечает доктор Клей, кивая. — Человечество не выносит слишком много реальности.

— Опять стих?

— А как ты догадался?

— Вы произнесли это особым голосом, — отвечаю я. — А что такое человечество?

— Ну, человеческая раса, все мы.

— И я тоже?

— Конечно, ты же один из нас.

— И Ма?

Доктор Клей кивает:

— И она тоже.

Но я хотел сказать другое.

— Может, я не только человек, а Я-и-Ма тоже. Я не знаю, каким словом нас назвать. Обитатели комнаты, что ли? А она скоро заберет меня к себе?

— Сразу же, как только сможет, — отвечает доктор. — Может быть, тебе лучше было бы жить в клинике, чем здесь, у бабушки?

— Вместе с Ма в комнате номер семь?

Доктор Клей качает головой:

— Она сейчас в другом крыле, ей надо какое-то время побыть одной.

Я думаю, что он ошибается.

— Когда я болею, мне нужно, чтобы Ма была всегда со мной.

— Но она делает все для того, чтобы поправиться, — говорит он мне.

А я думал, что люди либо болеют, либо выздоравливают, я и не знал, что это работа.

На прощание мы с доктором Клеем хлопаем друг друга по ладони, подняв руку, затем опустив ее и заведя за спину. Я иду в туалет и слышу, как он на крыльце разговаривает с бабушкой. Ее голос в два раза выше его.

— Ради всего святого, мы говорим о том, что он слегка обгорел на солнце и был укушен пчелой, — кричит она. — Я вырастила двоих детей, так что не надо рассказывать мне о приемлемом стандарте заботы.

Всю ночь я слушал, как миллионы маленьких компьютеров разговаривают между собой обо мне. Ма взбирается на небо по гороховому стеблю, а я стою на земле и сильно трясу его, чтобы она поскорее упала...

Нет. Это всего лишь сон.

— Мне сегодня кто-то шепнул, — говорит мне на ухо бабушка, свесившись с кровати, — чтобы мы поехали с тобой на детскую площадку, пока там не будет других детей.

Наши тени длинные, они протягиваются через всю комнату. Я трясу гигантскими кулаками. Бабушка не сидит на скамейке, потому что она мокрая, а просто опирается на ее спинку. Все предметы сегодня почему-то мокрые. Она говорит, что это роса, которая похожа на дождь, только идущий не из облаков. Это что-то вроде пота, который выделяется ночью. Я рисую на горке рожицу.

— Не бойся промочить одежду, чувствуй себя свободно.

— Я чувствую, что мне холодно.

На площадке есть участок с песком, бабушка говорит, что я могу посидеть там и поиграть.

— Во что?

— А? — спрашивает она.

— Во что поиграть?

— Ну, я не знаю, покопайся в песке, вырой ямку или еще что-нибудь.

Я трогаю песок, он на ощупь шершавый, и я не хочу, чтобы он запачкал мне руки.

— А может, ты хочешь залезть в домик или покачаться на качелях? — спрашивает бабушка.

— А ты тоже со мной полезешь?

Бабушка издает короткий смешок и говорит, что еще сломает что-нибудь.

— Почему?

— Ну не специально, конечно, а потому, что я тяжелая.

Я поднимаюсь на несколько ступенек не как обезьянка, а как человек. Ступеньки лестницы сделаны из металла, и на них видны грубые пятна оранжевого цвета — это ржавчина. Перила холодные, и у меня замерзают руки. На вершине стоит крошечный домик, вроде как у эльфов, я захожу в него и сажусь за стол, чувствуя, что крыша домика — прямо у меня над головой. Она красная, а стол — голубой.

— Э-ге-гей!

Я вздрагиваю, но это бабушка машет мне рукой в окне. Потом она обходит домик с другой стороны и появляется уже в окне напротив. Я машу ей в ответ, и ей это нравится.

В углу стола что-то движется, это крошечный паучок. Интересно, остался ли паук в нашей комнате и строит ли он свою сеть? Я выстукиваю на столе мелодии, вспоминая, как мы с Ма мычали их и она должна была отгадать, что это за песни. В основном она отгадывала правильно. Потом я выстукиваю их на полу своими ботинками, и звук получается совсем другой, потому что пол — металлический.

— Попробуй съехать с горки, Джек, это очень весело. — Это говорит бабушка.

Я выхожу из домика и смотрю вниз — горка серебристого цвета, и на ней — несколько маленьких камешков.

— Не бойся, съезжай, я тебя поймаю.

— Нет, спасибо.

На площадке есть еще веревочная лестница, похожая на гамак, только свисает она вниз. Для моих рук ее веревки слишком грубые. На площадке много перекладин, и, если бы у меня были сильные руки или я действительно был обезьяной, я мог бы повисеть на них. Потом я замечаю предмет, у которого воры, наверное, украли ступеньки, и показываю его бабушке.

— Смотри, а вон там пожарный шест, — говорит она.

— Да, я видел его по телевизору. Но почему они на нем живут?

— Кто?

— Пожарные.

— Ну это же не настоящий шест, а только для игры.

Когда мне было четыре, я думал, что все в телевизоре было просто картинкой, а когда мне исполнилось пять, Ма сообщила мне, что многие картинки отражают реальность, а все, что снаружи, — совершенно настоящее. Теперь, когда я оказался снаружи, выяснилось, что многие вещи вовсе не настоящие. Я снова залезаю в домик для эльфов. Паучок куда-то исчез. Я снимаю под столом ботинки и вытягиваю ноги.

Бабушка сидит на качелях. Двое из них — плоские, а к третьим прикреплено резиновое ведро с дырками для ног.

— Отсюда ты не упадешь, — говорит она. — Хочешь покачаться?

Ей приходится поднимать меня, и мне страшно ощущать, как ее руки упираются мне в подмышки. Она сажает меня позади ведра, но мне это не нравится, и я все время верчусь, чтобы получше рассмотреть площадку, и тогда она сажает меня спереди. Я поднимаюсь все выше и выше, и взмахи качелей все убыстряются. Я никогда еще не испытывал таких ощущений.

— Запрокинь голову.

— Зачем?

— Доверься мне.

Я запрокидываю голову, и все начинает качаться вверх ногами — небо, деревья дома, бабушка и все остальное. Это невероятно! На других качелях качается девчонка, я и не заметил, как она пришла. Движение ее качелей не совпадает с моим — она летит назад, когда я лечу вперед.

— Как тебя зовут? — спрашивает она.

Я делаю вид, что не слышу.

— Его зовут Дже... Джесон, — говорит бабушка. Почему она меня так назвала?

— А я — Кора, и мне четыре с половиной, — говорит девочка. — А она что, еще совсем маленькая?

— Это мальчик, и ему уже пять лет, — отвечает бабушка.

— Тогда почему же она качается на качелях для малышей?

Я хочу спрыгнуть, но мои ноги запутываются в ведре. Я пинаюсь и дергаю цепи.

— Легче, легче, — говорит бабушка.

— У нее что, приступ? — спрашивает девочка по имени Кора.

Я нечаянно ударяю бабушку ногой.

— Прекрати, — говорит она.

— У братца моего друга бывают приступы.

Бабушка вытаскивает меня из ведра, и я, оказавшись в воздухе, болтаю ногами. Бабушка останавливает меня у ворот и спрашивает:

— Где твои ботинки, Джек?

Я напрягаю память и наконец вспоминаю:

— Они остались в домике.

— Беги туда и принеси их. — Она ждет. — Эта девочка тебе не помешает.

Но я не могу взбираться по лестнице, когда кто-нибудь на меня смотрит. Поэтому бабушке приходится идти самой, и ее попа застревает в дверях. Она приходит в ярость и застегивает мне ботинок на левой ноге так туго, что я сбрасываю его, а за ним и второй. Я иду к белой машине в носках. Бабушка говорит, что я могу поранить ногу о стекло, но все обходится.

Мои штаны промокли от росы, и носки тоже. Отчим сидит в своем кабинете с огромной кружкой в руках. Он спрашивает:

— Ну как наши дела?

— Помаленьку, — отвечает бабушка, поднимаясь по лестнице наверх.

Отчим дает мне отхлебнуть из своей кружки, и от этого меня пробирает дрожь.

— А почему места, куда люди заходят поесть, называются кофейнями? — спрашиваю я его.

— Ну, потому что кофе в них — самый главный товар. Большинство людей не может обходиться без кофе, он придает им силы, совсем как бензин машине.

Ма пьет только воду, молоко и сок, и я тоже. Интересно, что придает ей силы?

— А на чем работают дети?

— На фасоли.

Печеная фасоль и вправду придает мне силы, а вот зеленая — мой самый главный враг. Бабушка готовила ее недавно, но я просто сделал вид, что не вижу ее. Теперь, когда я оказался в мире, я ни за что больше не буду есть зеленую фасоль.

———

Я сижу на лестнице и слушаю, как в гостиной разговаривают бабушкины подруги.

— Ммм. Математику он знает лучше меня и при этом не может съехать с самой обыкновенной горки, — говорит бабушка.

Это она обо мне, я думаю. В доме у бабушки собрался книжный клуб, но я не могу понять, почему он так называется, поскольку никаких книг они здесь не читают. Бабушка забыла сегодня отменить собрание, и они все явились в 3:30 с пирожными и всякой снедью на тарелках. Мне положили три пирожных на маленькое блюдо и велели уйти из комнаты. Бабушка дала мне связку из пяти ключей с брелоком, на котором написано: «Дом пиццы Поццо». Интересно, как можно построить дом из пиццы, он же развалится? Этими ключами ничего нельзя открыть, но они красиво звенят, и я получил их с условием, что не буду больше брать ключ от бара, в котором хранится спиртное. Первое пирожное называется «кокосовое», оно не очень вкусное. Второе пирожное — лимонное, а третье — я не знаю из чего, но оно мне нравится больше всех остальных.

— Ты, наверное, вымоталась до предела, — произносит женщина с высоким голосом.

— Ты просто героиня, — вторит ей другая.

Мне еще дали фотоаппарат, но он не такой навороченный, с одним большим кругом, как у отчима, а спрятанный в глазу бабушкиного мобильника. Если телефон зазвонит, я должен не отвечать, а позвать бабушку. Я сделал пока только десять снимков: первый — своих мягких туфель, второй — окна на потолке спортзала, третий — темноты в подвале (только он почему-то получился слишком ярким), четвертый — своей ладони с линиями на ней, пятый — дырки в полу у холодильника, которая, как я надеюсь, окажется мышиной норой, шестой — своего колена, обтянутого тканью штанов, седьмой — ковра в гостиной с близкого расстояния, восьмой — Доры, когда ее показывали сегодня утром по телевизору, но этот снимок почему-то оказался смазанным, девятый — отчима без улыбки, десятый — чайки, пролетевшей за окном, но только эта чайка на снимок не попала. Я собирался снять еще свое отражение в зеркале, но решил, что после этого меня станут считать папарацци.

— На фотографиях он похож на ангелочка, — говорит одна из дам. Неужели она видела мои десять снимков? Но я совсем не похож на ангела — они все очень большие и с крыльями.

— Ты имеешь в виду тот крупнозернистый снимок, который был сделан у полицейского участка? — спрашивает бабушка.

— Нет, тот крупный план, который был снят во время интервью с...

— Моей дочерью. Но где ты видела крупный план Джека? — в ярости спрашивает бабушка.

— Но, милая, эти снимки попали в Интернет, — отвечает другой голос.

И тут вдруг они начинают говорить одновременно.

— В современном мире ничего нельзя скрыть.

— Наш мир теперь — это большая деревня.

— Это ужасно.

— В выпусках новостей показывают такие ужасы, что мне иногда хочется закрыть шторы и не вылезать из постели.

— А я все никак не могу поверить в то, что случилось с твоей дочерью, — произносит низкий голос. — Помню, семь лет назад я спросила у своего Билла, как такое могло случиться с девушкой, которую мы все хорошо знали?

— Мы ведь были уверены, что она умерла. Конечно, никто не собирался говорить...

— А ты все это время верила, что она жива.

— Кто бы мог себе представить?

— Кому-нибудь налить еще чаю? — раздается голос бабушки.

— Ну, я не знаю. Однажды я провела целую неделю в одном шотландском монастыре, — произносит другой голос, — так там было очень тихо и спокойно.

Я съел все пирожные, кроме кокосового. Я ставлю тарелку на ступеньку, поднимаюсь в спальню и изучаю свои сокровища. Я кладу в рот мамин зуб и начинаю его сосать, но он больше не имеет вкуса моей Ма.

Бабушка находит в подвале большую коробку с «Лего», которая принадлежала Полу и Ма.

— Что бы ты хотел сделать? — спрашивает она меня. — Дом? Небоскреб? А может быть, город?

— Умерь свою прыть, — говорит ей отчим, отрываясь от газеты.

Передо мной целая россыпь маленьких кусочков всех цветов, они похожи на суп.

— Хорошо, — говорит бабушка, — делай что хочешь. А я пойду гладить.

Я смотрю на кусочки «Лего», но не трогаю их: а вдруг они сломаются? Минуту спустя отчим кладет свою газету.

— Давненько я этим не занимался. — Он берет кусочки и соединяет их.

— А почему ты...

— Хороший вопрос, Джек.

— Ты играл в «Лего» со своими детьми?

— У меня нет детей.

— Как так вышло?

Отчим пожимает плечами:

— Как-то не сложилось.

Я наблюдаю за его руками — они легкие, но умные.

— А есть ли слово, обозначающее взрослых, которые не имеют детей?

Отчим смеется.

— То есть людей, которые занимаются другими делами?

— Какими, например?

— Ну, работой, я думаю. Друзьями. Путешествиями. Хобби.

— А что такое хобби?

— Разные способы проводить выходные. Я, например, собирал старые монеты со всего мира. Они хранились у меня в бархатных коробочках.

— Почему?

— Ну, с ними гораздо проще, чем с детьми, никаких вонючих пеленок.

Услышав это, я смеюсь. Он протягивает мне кусочки «Лего», которые каким-то непонятным образом превратились в машинку. У нее есть раз, два, три, четыре колеса, которые крутятся, крыша, водитель и все, что нужно.

— Как ты это сделал?

— По кусочку зараз. Возьми один, — говорит он.

— Какой?

— Какой хочешь.

Я беру большой красный квадрат. Отчим протягивает мне маленький кусочек с колесом.

— Прикрепи это к нему.

Я соединяю кусочки таким образом, чтобы выступ располагался над углублением, и с силой нажимаю. Отчим протягивает мне еще один кусочек с колесом, и я прикрепляю его к своему квадрату.

— Отличный получился велосипед! *Вррррууум!*

Он произносит это так громко, что я роняю велосипед на пол, и одно колесо отваливается.

— Ой, извини.

— Не надо извиняться. Давай я тебе кое-что покажу. — Он ставит свою машинку на пол и наступает на нее. *Крак!* Она рассыпается на кусочки. — Видишь? — спрашивает отчим. — Но проблемо. Можешь начинать все сначала.

Бабушка говорит, что от меня плохо пахнет.

— Я всегда мою тело кусочком ткани, — объясняю я ей.

— Да, но грязь прячется в складках кожи. Так что я наполню ванну, а ты залезешь в нее и помоешься.

Она наливает полную ванну горячей воды и насыпает в нее порошок, который образует на дне сверкающие кучки. Зеленого дна почти не видно, но я знаю, что оно никуда не делось.

— Одежду долой, мой милый. — Она стоит, уперев в бока руки. — Ты не хочешь, чтобы я на тебя смотрела? Так я выйду.

— Нет!

— В чем же дело? — Бабушка ждет ответа. — Ты что, боишься утонуть в ванне без своей Ма или еще чего-нибудь?

А я и не знал, что в ванне можно утонуть.

— Пока ты будешь мыться, я посижу вот здесь, — говорит бабушка, похлопывая по крышке унитаза.

Но я качаю головой:

— Ты тоже залезай в ванну.

— Я? Но, Джек, я же каждое утро принимаю душ. Хочешь, я сяду на край ванны?

— Нет, залезай в нее.

Бабушка в изумлении смотрит на меня. Потом издает стон и говорит:

— Ну хорошо, я залезу, если ты без этого не можешь, но только на этот раз... И я буду в плавательном костюме.

— Я не умею плавать!

— А мы и не будем плавать, я просто не буду раздеваться догола, если ты не возражаешь.

— Ты что, боишься?

— Нет, я просто... я не буду раздеваться, если позволишь.

— А я могу раздеться догола?

— Конечно, ты же еще ребенок.

В нашей комнате мы иногда ходили голыми, а иногда — одетыми, и никто никогда не обращал на это внимания.

— Джек, давай будем мыться, пока вода совсем не остыла.

Но она еще не успела остыть, над ней поднимается пар. Я начинаю раздеваться. Бабушка говорит, что сейчас вернется, и уходит.

Статуям разрешается стоять голышом, даже если они изображают взрослых, а может быть, они вынуждены стоять голыми? Отчим говорит, что им очень хочется быть похожими на древние статуи, которые всегда стояли голыми, потому что древние римляне считали, что человеческое тело — самая прекрасная вещь на свете. Я прислоняюсь к ванне, но ее бортик холодит мне живот. Я вспоминаю стихотворение из «Алисы»:

Я слышал, что, болтая с ней,
Меня ты поминал.
Она сказала, что я смел,
Но плавать с ней не стал.

Мои пальцы превращаются в ныряльщиков. Мыло падает в воду, и я играю с ним, представляя себе, что это акула. Возвращается бабушка с полоской ткани на животе, которая похожа на трусы, соединенные с футболкой при помощи бусинок. На голове у нее — пластиковый мешок, она говорит, что это шапочка для душа, хотя мы собираемся мыться в ванне, а не под душем. Я смеюсь над ней, но только про себя.

Когда она залезает в ванну, вода поднимается, а когда влезаю я, она чуть было не переливается через край. Бабушка сидит в гладкой части ванны, а вот Ма всегда садилась там, где кран. Я устраиваюсь так, чтобы мои ноги не касались бабушкиных, и ударяюсь головой о кран.

— Осторожнее.

Почему это слово всегда произносится уже после того, как ты ударился?

Бабушка не знает никаких водных игр, за исключением «Плыви, плыви, моя лодка». Мы начинаем в нее играть, и вода выплескивается на пол.

У бабушки в ванной нет никаких игрушек. Мне приходится играть со щеткой для ногтей — это подводная лодка, которая чистит дно и находит мыло, превратившееся в липкую медузу. Вымывшись, мы вытираемся. Я чешу себе нос и замечаю под ногтями кусочки своей кожи. В зеркале отражаются маленькие чешуйчатые кружочки, где кожа начала шелушиться. Приходит отчим за своими шлепанцами.

— Я в детстве любил делать вот так... — Он дотрагивается до моего плеча и показывает мне тонкую белую полоску, снятую с моей кожи. А я и не почувствовал, как он ее снял. Он протягивает ее мне. — Держи.

— Прекрати, — говорит бабушка.

Я скатываю из белой полоски шарик — крошечный сухой шарик из моей кожи.

— Сними еще, — прошу я отчима.

— Не шевелись, дай-ка я найду у тебя на шее чешуйку подлиннее...

— Ох уж эти мужчины, — скривившись, произносит бабушка.

Сегодня на кухне никого нет. Я достаю из ящика ножницы и отрезаю себе хвост.

Входит бабушка и в изумлении смотрит на меня.

— Давай я подровняю тебе волосы, если смогу, — говорит она, — а потом ты расчешешь их, как тебе захочется. Надо сохранить прядь волос, это ведь твоя первая стрижка... — Большая часть волос летит в мусорное ведро, но бабушка оставляет три длинные пряди и заплетает их в косичку. Получился браслет, концы которого связаны зелеными нитками.

Бабушка велит мне посмотреться в зеркало, но сначала я проверяю, на месте ли мои мышцы. Нет, моя сила не исчезла с волосами.

Я вижу в заголовке газеты дату: «суббота, 17 апреля», — а это означает, что я провел в доме бабушки и отчима целую неделю. До этого я неделю прожил в клинике, значит, я нахожусь в мире уже целых две недели. Но я все складываю и складываю их — вдруг я посчитал неправильно? — потому что мне кажется, что прошли уже миллионы лет, а Ма все не возвращается ко мне.

Бабушка говорит, что надо пойти погулять. Теперь, когда волосы у меня стали короткими и закудрявились, меня никто не узнает. Она велит мне снять очки, потому что мои глаза уже должны были привыкнуть к яркому свету, а кроме того, очки будут привлекать ко мне внимание.

Мы переходим множество улиц, держась за руки и не позволяя машинам нас задавить. Я не люблю, когда меня держат за руку, и представляю себе, что бабушка ведет за ручку не меня, а какого-то другого мальчика. И тут бабушка подает мне отличную идею — я могу держаться за цепочку ее кошелька.

В мире множество самых разнообразных вещей, и все они стоят денег, даже те, которые потом выбрасывают. Я видел, как мужчина, стоявший в очереди впереди нас, купил что-то в коробке, а потом смял эту коробку и выбросил ее в мусорное ведро. А есть еще маленькие карточки, сплошь покрытые цифрами, которые называют лотерейными билетами. Их покупают придурки, которые думают, что эти билеты превратят их в миллионеров.

Мы покупаем на почте марки, чтобы послать Ма рисунок меня в ракете. Потом мы заходим в небоскреб, где находится офис Пола. Он говорит нам, что безумно занят, но делает ксерокопию моих рук и покупает мне в автомате большую конфету. Потом мы спускаемся вниз на лифте. Нажав кнопку, я воображаю, что нахожусь внутри этого автомата.

Мы идем в государственное здание, где бабушка должна получить новую карточку социальной защиты взамен потерянной старой. Здесь нам приходится ждать целую вечность. Потом она отводит меня в кофейню, где не подают зеленой фасоли, и я выбираю пирожное, которое больше моего лица.

Неподалеку от нас младенец сосет свою маму, я никогда еще такого не видел.

— Мне больше нравится левая, — говорю я ему и показываю на левую грудь. — А тебе?

Но младенец меня не слышит.

Бабушка тут же уводит меня.

— Ради бога, извините.

Женщина набрасывает младенцу на лицо шарф, чтобы я его не видел.

— Она не хочет, чтобы мы обращали на нее внимание, — шепчет мне бабушка.

А я и не знал, что в мире бывают ситуации, когда люди не обращают друг на друга внимания.

Мы заходим в автоматическую прачечную, просто для того, чтобы посмотреть, как работают стиральные машины. Мне очень хочется залезть во вращающийся барабан, но бабушка говорит, что он меня убьет. Потом мы с Дианой и Бронуин идем в парк кормить уточек. Бронуин сразу же бросает все свои кусочки хлеба в пруд и полиэтиленовый пакет из-под них тоже, и бабушке приходится вылавливать его палкой. Бронуин хочет отобрать у меня хлеб, и бабушка говорит, чтобы я отдал ей половину, потому что она маленькая. Диана извиняется, что мы так и не добрались до динозавров, и говорит, что мы обязательно сходим в Музей естествознания в один из ближайших дней.

Мы проходим мимо магазина, у входа в который выставлена обувь. Мне попадаются на глаза яркие пористые туфли, сплошь покрытые дырочками, и бабушка разрешает мне их примерить. Я выбираю желтые. У них нет ни шнурков, ни липучек. Я просовываю в них свои ноги, и все. Они такие мягкие, что я их совсем не чувствую. Мы заходим в магазин, и бабушка платит за них пять долларов, это двадцать монет по двадцать пять центов. Я говорю бабушке, что эти туфли мне очень нравятся.

Когда мы выходим из магазина, то замечаем женщину, которая сидит на тротуаре, положив перед собой шляпу. Бабушка дает мне пару монет по двадцать пять центов и показывает на шляпу. Я кладу туда одну монетку и догоняю ее.

Застегивая на мне ремень в машине, она спрашивает:

— Что это ты держишь в руке?

Я показываю ей вторую монетку:

— Это из Небраски, я присоединю ее к своим сокровищам.

Но бабушка щелкает языком и забирает у меня монетку:

— Надо было отдать ее той женщине на улице, как я тебе велела.

— Хорошо, я сейчас отдам.

— Теперь уже поздно...

Она заводит мотор. Мне виден только ее затылок, покрытый желтоватыми волосами.

— А почему она сидит на улице?

— Потому что она там живет. У нее нет даже своей кровати.

И мне становится очень неловко оттого, что я не отдал ей вторую монетку. По словам бабушки, это означает, что у меня есть совесть.

Вдруг в окне одного магазина я замечаю такую же пробковую плитку, которая была в нашей комнате. Бабушка разрешает мне зайти в магазин, чтобы погладить и понюхать ее, но покупать отказывается.

Потом мы заезжаем на автомойку. Нашу машину трут большие щетки, но внутрь не проникает ни капли воды, а я испытываю настоящий восторг.

Я замечаю, что люди в окружающем мире почти все время живут в напряжении и постоянно жалуются на нехватку времени. Даже бабушка часто жалуется на это, а ведь они с отчимом не работают, и я не могу понять, как другие люди ухитряются работать и заниматься всеми иными, необходимыми в жизни делами. Нам с Ма в нашей комнате хватало времени на все. Я думаю, что время тонюсеньким, словно масло, слоем равномерно распределено по всему миру — по его дорогам, домам, детским площадкам и магазинам. И в каждом месте находится очень маленький кусочек, поэтому все бегут, чтобы успеть его захватить.

И везде, где я вижу детей, мне приходит мысль, что взрослые их не любят, даже их собственные родители. На словах они называют детей лапочками и умницами, заставляют их по многу раз принимать одну и ту же позу, чтобы фотографии получились получше, но играть с ними не хотят. Им больше нравится пить кофе и болтать с другими взрослыми, чем заниматься со своими детьми. Иногда маленький ребенок плачет, а его мама даже не замечает этого.

В библиотеке живут миллионы книг, и не надо платить никаких денег, чтобы почитать их. С потолка свешиваются огромные насекомые, но не настоящие, а сделанные из бумаги. На полке, помеченной буквой «К», бабушка находит «Алису». Эта книга с виду совсем не такая, какая была у нас, но слова и картинки в ней те же самые, как странно! Я показываю бабушке самую страшную картинку, где изображена Герцогиня. Мы садимся на диванчик, и она читает мне «Дудочника в пестром костюме», а я и не знал, что про него есть книга! Больше всего я люблю в ней историю о том, как родители потерявшихся детей слышат смех внутри скалы. Они зовут детей, просят их вернуться, но дети уходят от них в чудесную страну — я думаю, на небеса. И гора никогда не откроется, чтобы пропустить родителей внутрь.

Какой-то большой мальчик играет на компьютере в Гарри Поттера, но бабушка запрещает мне стоять рядом, потому что моя очередь играть еще не подошла.

Неподалеку на столе я вижу игрушечный город с рельсами и домиками. Какой-то малыш играет с зеленым вагончиком. Я подхожу и беру красный паровозик. Он сталкивается с вагончиком, и малыш смеется. Тогда я разгоняю паровозик посильнее, толкаю вагон, и он падает с рельс. Малыш заливается счастливым смехом.

— Ну вот тебе и товарищ для игры, Уолкер. — Это говорит мужчина, который сидит в кресле.

Я догадываюсь, что Уолкером зовут малыша.

— Еще, — просит он.

На этот раз я устанавливаю паровозик на вагончике, потом беру оранжевый автобус и разбиваю им это сооружение.

— Осторожнее, не сломай игрушки, — говорит мне бабушка, но Уолкер просит еще и прыгает от восторга.

Входит еще один мужчина. Он целует первого, а потом и Уолкера.

— Скажи «до свидания» своему другу, — говорит он малышу.

Это мне, что ли?

— До свидания, — машет мне рукой Уолкер.

Я бросаюсь, чтобы обнять его, но, не рассчитав скорости, сбиваю его с ног, и он падает, ударяясь о столик, и начинает плакать.

— Мне очень, очень жаль, — повторяет бабушка, — мой внук еще не... он только учится определять границы...

— Ничего страшного, — успокаивает ее первый мужчина. Они уходят. Они ведут малыша за руки, и он мотается между ними, приговаривая: «Раз-два-три, посмотри». Он уже больше не плачет. Бабушка смотрит им вслед, ужасно сконфуженная.

— Запомни, — говорит она мне, когда мы идем к машине, — нельзя обнимать чужих людей. Даже очень хороших.

— Но почему?

— Потому что это не принято. Мы бережем свои объятия для тех, кого любим.

— Но я люблю этого мальчика Уолкера.

— Джек, ты же видел его первый раз в жизни!

В это утро я поливаю свой оладушек сиропом. Это и вправду очень вкусно.

Я лежу на веранде, а бабушка ползает вокруг меня, объясняя, что сегодня можно рисовать мелом на полу, потому что скоро пойдет дождь и все смоет. Я внимательно слежу за облаками: если из них польется вода, я со сверхзвуковой скоростью убегу в дом, и ни одна капля на меня не упадет.

— Только не испачкай меня мелом, — говорю я бабушке.

— Да не будь ты таким пугливым.

Она поднимает меня, и я вижу нарисованный на полу силуэт ребенка. У него огромная голова без лица, тело без внутренностей и толстенные руки.

— Тебе посылка, Джек, — кричит отчим.

Что он имеет в виду? Я захожу в дом. В это время отчим открывает большую коробку и вытаскивает оттуда какой-то свернутый предмет.

— Ну, — говорит он, — это сразу можно отправлять в мусорное ведро!

Предмет разворачивается.

— Ковер! — кричу я и радостно обнимаю его. — Это же наш ковер!

Отчим поднимает руки и говорит:

— Ну, тогда забирай его.

Но бабушка кривится:

— Надо вынести его во двор и хорошенько выбить, Лео...

— Нет! — кричу я.

— Ну хорошо, я его пропылесошу, но мне даже думать не хочется о том, сколько в нем всякой гадости... — Она трет край ковра между пальцами.

Мне велено положить ковер на мой надувной матрас в спальне, а не таскать его по всему дому. Поэтому я сижу, накинув его на голову, как в палатке, и вдыхаю его привычный запах. Здесь же со мной и другие вещи, которые переслала нам полиция. Я нежно целую джип и дисташку и еще оплавившуюся ложку. Жаль, что дисташка сломалась и не сможет больше заставить джип двигаться. Бумажный шар более плоский, чем казался раньше, а красный шарик совсем сдулся. Космический корабль здесь, но его ракетного двигателя нет, а без него он совсем не похож на ракету. Форт и лабиринт полиция не прислала; наверное, они не поместились в коробках. Зато я получил свои пять книг, даже «Дилана». Я достаю другого «Дилана», нового, которого я взял в универсаме, потому что думал, что это мой «Дилан». Правда, новый гораздо ярче старого. Бабушка говорит, что в мире тысячи копий одной и той же книги и это делается для того, чтобы многие люди могли читать их одновременно. От этого у меня кружится голова. Новый Дилан говорит:

— Привет, Дилан, рад тебя видеть.

— Я — Джеков Дилан, — отвечает старый Дилан.

— Я тоже Джеков, — говорит новый.

— Да, но я был первым.

Тогда старый и новый начинают драться страничками, пока у нового не отрывается кусок. Я перестаю играть в эту игру, потому что порвал книгу, а Ма этого очень не любит. Но ее все нет, и она не сердится, она ничего не знает обо мне, и я горько плачу, а потом убираю книги в кармашек сумки с Дорой и застегиваю молнию, чтобы они не намокли от слез. Оба Дилана обнимаются внутри сумки и извиняются друг перед другом. Я нахожу под матрасом зуб и сосу его до тех пор, пока мне не начинает казаться, что он — мой собственный.

Окно издает смешные звуки — это стучат капли дождя. Я подхожу поближе — мне не страшно, потому что между мной и дождем стекло. Я прижимаюсь к нему носом; оно стало мутным от воды, капли сливаются друг с другом и превращаются в длинные ручьи, бегущие вниз по стеклу.

Мы с бабушкой и отчимом собираемся поехать в белой машине в путешествие — сюрприз!

— А откуда ты знаешь, куда надо ехать? — спрашиваю я бабушку, которая сидит за рулем.

Она подмигивает мне в зеркале:

— Но ведь это сюрприз только для тебя.

Я смотрю в окно и вижу девочку в кресле на колесиках. Ее голова лежит между двумя подушками. Потом я замечаю собаку, которая обнюхивает другую под хвостом, — вот потеха! Мне попадаются на глаза металлический ящик, куда бросают письма, и летящий по ветру полиэтиленовый пакет. Мне кажется, я немного задремал, но не уверен в этом. Мы останавливаемся на стоянке, которая засыпана каким-то белым порошком.

— Ты знаешь, что это? — спрашивает отчим, показывая на него.

— Сахар?

— Нет, это песок, — отвечает отчим. — Теперь уже теплее?

— Нет, мне холодно, — отвечаю я.

— Он хочет сказать, что ты уже близок к правильному ответу.

Я осматриваю местность.

— Это горы?

— Нет, это песчаные дюны. А что там синеет вдали, за ними?

— Небо?

— Нет, под ним, темно-синего цвета.

Моим глазам больно даже в солнечных очках.

— Это море! — восклицает бабушка.

Я иду за ними по деревянной дорожке и несу ведерко. Я представлял себе нашу прогулку совсем по-другому — ветер все время сыплет мне в глаза крошечные камешки. Бабушка расстилает на песке большое цветастое покрывало, скоро оно все будет в песке, но она говорит:

— Ну и пусть, ведь это покрывало для пикников.

— А где тут пикник?

— В этом году еще рановато для пикников.

Отчим предлагает мне пойти к воде. Я набираю полные туфли песку, и одна из них слетает с ноги.

— Отличная идея, — говорит отчим.

Он снимает свои ботинки, засовывает в них носки и, покачивая, несет за шнурки. Я тоже засовываю носки в туфли. Песок еще влажный — очень необычное ощущение, кроме того, в нем попадаются острые камешки. Ма никогда не говорила, что пляж может быть таким.

— Побежали, — командует отчим и бросается к морю.

Но я остаюсь на месте, потому что на море, одна за другой, вырастают высокие горы с белой пеной на вершине и с ревом обрушиваются на берег. Море грохочет не умолкая, и оно слишком большое для нас.

Я возвращаюсь к бабушке, которая сидит на покрывале для пикников. Она шевелит голыми пальцами ног, которые сплошь покрыты морщинками. Мы пытаемся построить замок, но песок для этого не подходит — он все время осыпается. Возвращается отчим — штаны у него закатаны, и с них капает вода.

— Хочешь походить босиком по воде?

— Нет, там повсюду какашки.

— Где?

— В море. Наши какашки по трубам сливаются в море, и я не хочу по ним ходить.

Отчим весело смеется.

— Я смотрю, твоя Ма совсем не знает, как работает канализация.

Мне хочется побить его за эти слова.

— Моя Ма знает все.

— Трубы, отходящие от наших унитазов, идут к большой фабрике. — Отчим сидит на покрывале, и его ноги покрыты песком. — Рабочие убирают из воды какашки и очищают каждую каплю воды до тех пор, пока она снова не становится пригодной для питья. После этого они направляют ее в трубы, которые соединяются с кранами для воды.

— А потом эта вода попадает в море?

Отчим качает головой:

— Я думаю, море состоит из дождевой воды и соли.

— Ты когда-нибудь пробовал на вкус слезу? — спрашивает бабушка.

— Да, пробовал.

— Так вот, в море вода такая же.

Но я все равно не хочу ходить босиком по морской воде, пусть даже она состоит из слез. Потом я все-таки подхожу к морю вместе с отчимом, и мы ищем сокровища. Мы находим белую ракушку, какие бывают у улиток, но когда я засовываю туда палец, то выясняется, что там никого нет.

— Возьми ее себе, — говорит отчим.

— А что будет с улиткой, когда она вернется и увидит, что ее домика нет на месте?

— Ну, — отвечает отчим, — я не думаю, чтобы она бросила его здесь, если бы он был ей нужен.

А может, улитку съела птица? Или лев? Я кладу белую ракушку в карман, а потом еще розовую, черную и длинную, которая называется лезвием и о которую можно порезаться. Мне разрешается взять эти ракушки с собой, потому что нашедший радуется, а потерявший плачет.

Мы обедаем в закусочной, но это не значит, что здесь подают одни закуски. Здесь можно получить самую разную еду. Я съедаю ВСП — горячий сэндвич с салатом, помидором и спрятанной внутри ветчиной.

Когда мы едем домой, я вижу детскую площадку, которую, наверное, уже переделали, потому что качели стоят теперь совсем в другом месте.

— Да нет, Джек, — объясняет мне бабушка, — это просто другая площадка. В каждом городе много разных детских площадок.

Похоже, что в этом мире все повторяется.

— Норин сказала мне, что ты постригся. — Голос Ма в телефоне звучит очень тихо.

— Да, но при этом не лишился своей силы. — Я сижу, набросив на голову ковер, и разговариваю по телефону. Вокруг меня темно, и я представляю себе, что Ма рядом со мной. — Я теперь сам моюсь в ванне, — говорю я ей. — И еще я качался на качелях, научился различать монеты, знаю, как обращаться с огнем и людьми, которые живут на улице. К тому же теперь у меня есть два «Дилана-землекопа», совесть и пористые туфли.

— Ух ты!

— И еще я видел море, в нем нет никаких какашек, ты меня обманула.

— У тебя было очень много вопросов, — отвечает Ма, — я не на все из них знала ответы, так что кое-что мне пришлось присочинить.

Я слышу, как она всхлипывает.

— Ма, ты можешь сегодня прийти ко мне?

— Пока еще нет.

— Почему?

— Врачи все еще подбирают для меня лекарства. Они еще не до конца поняли, что мне нужно.

Ей нужен я. Неужели они не могут этого понять?

Я хочу съесть мой завтрак оплавленной ложкой, но бабушка говорит, что это негигиенично. Потом я иду в гостиную и шарю по телевизионным каналам, то есть как можно быстрее просматриваю все планеты. Вдруг я слышу свое имя, но не по-настоящему, а в телевизоре.

— ...надо выслушать самого Джека.

— Мы все в каком-то смысле Джеки, — говорит второй мужчина, сидящий за большим столом.

— Разумеется, — отвечает ему первый.

Их что, тоже зовут Джеками, как и миллионы других мужчин?

— Да, внутри каждого из нас заключен маленький ребенок, как в комнате один ноль один, — произносит, кивая, еще один мужчина.

Но ведь мы никогда не жили в комнате с таким номером!

— А потом, когда этот ребенок выходит на свободу, он обнаруживает, что страшно одинок в этом мире.

— И страдает от сенсорных перегрузок модернизма, — добавляет первый.

— Скорее, постмодернизма.

Среди выступающих в телевизоре есть женщина.

— Но разумеется, на символическом уровне Джек олицетворяет собой жертвоприношение ребенка, — говорит она, — труп которого замуровывают в фундамент сооружения, чтобы умиротворить духов.

О чем это она?

— А мне кажется, что более подходящим символом является образ Персея, который был рожден от заключенной в темницу девственницы и выброшен в море в деревянной бочке. Иными словами, это жертва, превратившаяся в героя, — возражает ей один из мужчин.

— А вот Каспар Хаузер в свое время утверждал, что был счастлив в тюрьме, но, возможно, он хотел сказать, что немецкое общество девятнадцатого века напоминало ему настоящую тюрьму.

— По крайней мере, у нашего Джека был телевизор.

Другой мужчина смеется.

— Культура как тени на стене платоновской пещеры.

Но тут входит бабушка и, ворча, выключает телевизор.

— Там говорили обо мне, — поясняю я.

— Эти парни слишком заучились в своих колледжах.

— А Ма говорит, что я тоже буду учиться в колледже.

Бабушка закатывает глаза:

— Всему свое время. А теперь надевай пижаму и чисти зубы.

Она читает мне на ночь «Сбежавшего кролика», но сегодня мне эта книга не нравится. Я все думаю: а что было бы, если бы мама-кролик убежала и спряталась, а маленький кролик ее не нашел?

Бабушка решила купить мне футбольный мяч. Ура! Я иду посмотреть на пластикового мужчину в черном резиновом костюме с плавниками на ногах, но замечаю большую витрину с чемоданами самых разных расцветок, от розового до зеленого и голубого, а за ней — эскалатор. Я решаю одну секундочку постоять на нем, но уже не могу сойти, и он везет меня все вниз и вниз. Это очень круто и страшно одновременно. «Крушно» — придумываю я слово-бутерброд. Ма бы оно очень понравилось. В конце эскалатора мне приходится спрыгивать, и я не знаю, как мне подняться наверх к бабушке. Я пять раз пересчитываю зубы, и один раз у меня вместо двадцати получается девятнадцать. Повсюду висят плакаты, на которых написано одно и то же: «До Дня матери осталось всего три недели — разве они не заслуживают лучшего?» Я смотрю на тарелки, плиты и стулья, а потом вдруг, почувствовав усталость, ложусь на кровать.

Но тут какая-то женщина говорит мне, что сидеть здесь запрещено.

— А где твоя мама, малыш?

— Она в клинике, потому что ей захотелось раньше времени отправиться на небеса. — (Женщина изумленно смотрит на меня.) — А я — мальчик-бонсай.

— Что?

— Мы раньше жили взаперти, а теперь мы звезды рэпа.

— О боже, так ты, значит, тот самый мальчик?! Тот, который... Лорана, — кричит она, — иди сюда! Ты не поверишь! Это тот самый мальчик, Джек, из сарая, которого показывали по телевизору.

К нам, качая головой, подходит еще одна женщина. Та, что «из сарая», ростом поменьше своей подруги. У нее длинные волосы, завязанные сзади, и она немного сутулится.

— Это он, — говорит она, — могу поклясться, что это он.

— Ни в коем случае, — возражает ей другая.

Она все смеется и не может остановиться.

— Никак не могу в это поверить. Ты дашь мне свой автограф?

— Лорана, он же не сможет написать свое имя.

— Нет, смогу, — говорю я. — Я могу написать все что угодно.

— Нет, это кто-то другой, — говорит она. — Правда, кто-то другой? — спрашивает она у подруги.

У них нет бумаги, только старые ярлыки от одежды, и я пишу на них слово «Джек» — продавщицы хотят подарить автограф своим подругам, и я подписываю множество ярлыков. Но тут в отдел вбегает бабушка с мячом под мышкой. Я никогда еще не видел ее в такой ярости. Она кричит продавщицам, что они должны были заняться поисками родителей потерявшегося ребенка, и рвет мои автографы на куски. Потом она хватает меня за руку и тащит за собой. Когда мы выбегаем из магазина, дверцы издают звук *аишии-аишии*, и бабушка бросает футбольный мяч на пол.

В машине она не смотрит на меня в зеркале. Я спрашиваю:

— Почему ты бросила мой мяч?

— Потому что сработала сигнализация, — отвечает бабушка, — я ведь за него не заплатила.

— Ты хотела ограбить магазин?

— Нет, Джек, — кричит она, — я бегала по всему зданию как сумасшедшая, разыскивая тебя. — Потом она добавляет уже более спокойным голосом: — Все могло случиться.

— Например, землетрясение?

Бабушка удивленно смотрит на меня в маленькое зеркальце.

— Тебя мог увести с собой чужой человек, вот о чем я говорю, Джек.

Чужой человек — это человек, который мне не друг, но ведь продавщицы были моими друзьями!

— Почему?

— Потому что этот человек мог захотеть иметь своего собственного мальчика, понятно?

Но мне ничего не понятно.

— Или даже ударить тебя.

— Ты имеешь в виду его? — То есть Старого Ника, но я не могу произнести это имя.

— Нет, ему уже не выбраться из тюрьмы, но кто-нибудь вроде него вполне мог бы это сделать, — отвечает бабушка.

А я и не знал, что в мире есть человек, похожий на Старого Ника.

— А ты можешь вернуться и забрать мой мяч? — спрашиваю я.

Но бабушка заводит мотор и так быстро выезжает со стоянки, что у машины взвизгивают колеса. Пока мы едем, я все больше и больше свирепею.

Вернувшись домой, я укладываю свои вещи в сумку с Дорой. Ботинки в нее не влезают, и я выбрасываю их в мусорное ведро. Потом я скатываю наш ковер и тащу его за собой по лестнице. Бабушка входит в прихожую.

— Ты вымыл руки?

— Я возвращаюсь в клинику, — кричу я ей, — и ты не можешь меня остановить, потому что ты, ты мне чужая!

— Джек, — говорит она, — положи этот вонючий ковер на место.

— Сама ты вонючая!.. — реву я.

Бабушка хватается за сердце.

— Лео, — говорит она через плечо, — клянусь, с меня хватит...

Отчим поднимается по ступенькам и берет меня на руки. Я бросаю ковер. Отчим пинком ноги отбрасывает с дороги мою сумку. Он несет меня под мышкой, а я кричу и бью его ногами, потому что это разрешено, — это особый случай, я могу даже убить его, я убиваю и убиваю его...

— Лео, — плачет внизу бабушка. — Лео...

Фи-фай-фо-фам, он сейчас разорвет меня на кусочки, завернет в ковер и зароет в землю, и тогда «червяк вползает, выползает...».

Отчим бросает меня на надувной матрас, но мне совсем не больно. Он садится на край матраса, отчего по нему пробегает волна. Я по-прежнему плачу, меня всего трясет, а на простыню капают сопли.

Наконец я успокаиваюсь. Я достаю из-под матраса зуб, кладу его в рот и с силой сосу. Но он не имеет никакого вкуса. Я вижу руку отчима рядом со мной, у него на пальцах волосы. Его глаза находят мой взгляд.

— Ну что, успокоился, все прошло?

Я передвигаю зуб к деснам.

— Что?

— Будешь есть на диване пирог и смотреть игру по телевизору?

— Буду, — отвечаю я.

Я собираю упавшие с деревьев ветки, даже самые тяжелые. Мы с бабушкой обвязываем их веревкой, чтобы их забрал город...

— А как это — город?..

— Я хотела сказать — парни из города, ну те, в обязанности которых входит уборка территории.

Когда я вырасту, то буду работать великаном, но не тем, который ест детей, а тем, который их ловит, если они падают в море, а потом возвращает домой.

Я кричу:

— Внимание, одуванчики!

И бабушка пропалывает одуванчики тяпкой, чтобы они не мешали расти траве, ведь они все заполонили. Устав от работы, мы усаживаемся в гамаке.

— Я любила сидеть в гамаке с твоей Ма, когда она была маленькой, — говорит бабушка.

— А ты разрешала ей?

— Что?

— Сосать твою грудь?

Бабушка качает головой:

— Она сосала молоко из бутылочки и всегда старалась оторвать от нее мои пальцы.

— А где же была мама, которая ее родила?

— Так ты знаешь об этом? Понятия не имею.

— Может, она родила другого ребенка?

Бабушка молчит, а потом произносит:

— Хочется думать, что это так.

Я рисую за кухонным столом, надев старый бабушкин фартук с крокодилом и надписью: «Я съел Гатора на Байю». Я рисую разными красками большие неровные пятна, полосы и спирали. Некоторые краски я даже смешиваю в маленьких лужицах на листке. Мне нравится рисовать паутину, а потом складывать лист вдвое, как показывала мне бабушка. Разворачивая этот лист, я вижу на нем бабочку.

И тут в окне я замечаю свою Ма.

Я проливаю красную краску, пытаюсь вытереть ее, но ее капли попали мне на ноги и на пол. Лица Ма больше не видно, я подбегаю к окну, но она уже ушла. Может, мне это просто привиделось? Я запачкал краской окно, раковину и стол.

— Бабушка! — кричу я. — Бабушка!

И тут вдруг Ма оказывается прямо позади меня. Я подбегаю к ней, она хочет меня обнять, но я говорю ей:

— Не надо, я весь в краске.

Она смеется, развязывает мой фартук и бросает его на стол. Она крепко прижимает меня к себе, но я стараюсь не прикасаться к ней липкими руками и ногами.

— Я бы тебя не узнала, — говорит она, уткнувшись в мои волосы.

— Почему?

— Потому что ты остригся.

— Гляди, бабушка сделала из моих волос браслет, но он все время за что-то цепляется.

— Можно я посмотрю?

— Конечно.

Когда я снимаю браслет, на него попадает краска. Ма надевает его себе на руку. Она какая-то не такая, но я не могу понять, что в ней переменилось.

— Извини, я испачкал тебе руку.

— Эта краска легко смывается, — говорит бабушка, входя в кухню.

— Ты не говорила ему, что я приеду? — спрашивает Ма, целуя ее.

— Я подумала, что лучше не говорить, а то вдруг все сорвется.

— Не сорвется.

— Рада слышать это. — Бабушка вытирает глаза и начинает отмывать краску. — Джек спал на надувном матрасе в нашей комнате, но я могу постелить тебе на диване...

— Мы сразу пойдем к себе.

Бабушка на мгновение замирает.

— Но ты же поужинаешь с нами?

— Конечно, — отвечает Ма.

Отчим приготовил свиные отбивные с ризотто, но я не люблю обгладывать кости, поэтому съедаю весь рис и скребу по тарелке вилкой, чтобы подобрать соус. Отчим крадет у меня кусочек отбивной.

— Воришка, не воруй!

Он шутливо рычит в ответ:

— Молчать, щенок!

Бабушка показывает мне толстую книгу с фотографиями каких-то детей. Она говорит, что это Ма и Пол, когда они были маленькими. Я делаю вид, что верю ей, пока не замечаю девочку, снятую на пляже, на том самом пляже, куда возили меня бабушка с отчимом. Эта девочка — точная копия Ма. Я показываю ей снимок.

— Да, это я, — говорит она, переворачивая страницу.

Я вижу снимок Пола, машущего рукой из окна огромного банана, который на самом деле является статуей, и другой снимок, где Ма и Пол едят мороженое в рожках. Рядом стоит дедушка, но он здесь совсем другой, и бабушка тоже, на фотографии у нее темные волосы.

— А где фотография с гамаком?

— Мы все время качались на нем, и никому не пришло в голову сделать снимок, — поясняет мне Ма.

— Это ужасно, что у тебя не осталось никаких снимков, — говорит вдруг бабушка.

— Каких снимков? — спрашивает Ма.

— Ну, Джека, когда он был младенцем и потом, когда чуть-чуть подрос, — отвечает бабушка. — Чтобы запомнить его таким.

У Ма делается скучное лицо.

— Я не забуду ни единого дня из этих семи лет. — Она смотрит на свои часы, а я и не знал, что у нее есть часы. У них острые стрелки.

— Когда тебе надо вернуться в клинику? — спрашивает отчим.

Ма качает головой:

— Меня сегодня выписали. — Она вынимает что-то из кармана и показывает нам — это ключ на колечке. — Догадайся, что это такое, Джек. Теперь мы с тобой будем жить самостоятельно.

Бабушка называет Ма по имени.

— Ты думаешь, это хорошая идея?

— Это моя идея, мам. Все в порядке. Меня будут круглые сутки окружать советчики.

— Но ты никогда раньше не жила за пределами родительского дома.

Ма удивленно смотрит на бабушку, и отчим тоже. Он вдруг разражается громким смехом.

— Это совсем не смешно, — говорит бабушка, толкая его в грудь. — Она знает, что я имела в виду.

Мы с Ма идем наверх укладывать мои вещи.

— Закрой глаза, — говорю я ей, — у меня для тебя сюрприз. — Я ввожу ее в спальню. — Та-да! Я жду ее удивленных возгласов. — Это наш ковер и другие вещи, которые прислала нам полиция.

— Я вижу, — отвечает Ма.

— Посмотри, вот мой джип и диташка...

— Давай не будем тащить с собой целый воз старого барахла, — говорит она, — возьми только то, что тебе действительно нужно, и положи в свою новую сумку с Дорой.

— Но мне все это нужно.

Ма вздыхает:

— Делай как знаешь.

А что я знаю?

— Все вещи были привезены в этих коробках.

— Я сказала — бери что хочешь.

Отчим укладывает наши вещи в заднюю часть белой машины.

— Мне надо получить новые права, — говорит Ма, когда бабушка выезжает на дорогу.

— Ты, наверное, утратила навыки вождения.

— Ой, я утратила все свои навыки, — отвечает Ма.

Я спрашиваю:

— Почему?

— Ну, помнишь, что произошло с Железным Человеком, — говорит Ма через плечо. Она поднимает локоть и ойкает от боли. — Ну что, Джек, купим себе машину?

— Да, а еще лучше вертолет. Супервертолет-поезд-автомобиль-субмарину.

— Ну и аппетиты у тебя!

Мы долго-долго едем на машине.

— Почему мы так долго едем? — спрашиваю я.

— Потому что это на другом конце города, — отвечает бабушка. — Фактически в другом штате.

— Мам...

Небо постепенно темнеет. Бабушка оставляет машину там, где велит ей Ма. Я вижу большой плакат: «Независимый жилой комплекс». Бабушка помогает отнести все наши сумки и коробки в здание из коричневого кирпича. Я везу за собой сумку на колесиках. Мы проходим в большую дверь, где стоит человек, называемый швейцаром, который улыбается нам.

— Он стоит здесь для того, чтобы запереть нас? — шепотом спрашиваю я Ма.

— Нет, он просто впускает и выпускает из здания людей.

Нас встречают три женщины и мужчина, которые работают в службе поддержки. Они радостно приветствуют нас и говорят, что если нам потребуется помощь, то мы должны просто нажать кнопку вызова. Это все равно что позвонить по телефону. В доме много этажей, и на каждом из них расположены квартиры. Наша квартира — на шестом этаже. Я тяну Ма за рукав и шепчу:

— На пятом.

— Что он сказал?

— А вы не можете дать нам квартиру на пятом этаже?

— Прошу прощения, но выбора у вас нет, — заявляет одна из женщин.

Когда двери лифта закрываются за нами, Ма вздрагивает.

— Что с тобой? — спрашивает бабушка.

— Это еще одна вещь, к которой мне надо будет заново привыкать.

Чтобы лифт поехал, надо набрать секретный код. Когда лифт трогается, у меня в животе возникает странное ощущение. Но тут двери открываются — мы уже у себя на этаже. Мы взлетели вверх, даже не почувствовав этого. Я замечаю большую крышку люка, на которой написано: «Печь для сжигания мусора». Мы будем кидать сюда всякие отходы, и они будут падать вниз, вниз, вниз, а потом превратятся в дым. На дверях квартир написаны не цифры, а буквы, на нашей двери — буква «В», значит, наш адрес: Шесть В. Шесть, конечно же, не такое плохое число, как девять, хотя шестерка — это просто перевернутая девятка. Ма вставляет ключ в замочную скважину. Поворачивая его, она кривится от боли — рука у нее по-прежнему болит. Ее пока еще не починили.

— Ну вот мы и дома, — говорит Ма, распахивая дверь.

Что это за дом, если мы в нем ни разу не были!

Наша квартира похожа на дом, только вытянута в длину. В ней пять комнат, это хорошо, и еще ванная, где мы можем принимать ванну, а не душ.

— А можно мне искупаться прямо сейчас?

— Давай сначала устроимся, — говорит Ма.

Плита на кухне с огнем, как у бабушки. Рядом с ней — гостиная с диваном, низким столиком и огромным телевизором.

Бабушка на кухне вынимает из коробки продукты, приговаривая:

— Молоко, баранки... не знаю, начала ли ты снова пить кофе... Джек любит подушечки в виде букв, однажды он даже выложил из них слово «вулкан».

Ма обнимает бабушку и останавливает ее:

— Спасибо тебе.

— Может, привезти еще чего-нибудь?

— Нет, я думаю, ты ничего не забыла. До свидания, мам.

Вдруг лицо у бабушки кривится.

— Знаешь...

— Что? — спрашивает Ма. — Что ты хотела сказать?

— Я тоже не забыла ни одного дня, проведенного с тобой. — Они больше ничего не говорят, и я проверяю, на какой кровати лучше прыгать. Когда я кувыркаюсь, до меня доносится их оживленный разговор. Я прохожу по комнатам, открывая все двери.

После того как бабушка уходит, Ма показывает мне, как запирать дверь. Это что-то вроде ключа, благодаря которому открывать или закрывать дверь изнутри сможем только мы. В кровати я вспоминаю, что давно уже не сосал, и начинаю задирать мамину футболку.

— По-моему, там уже ничего не осталось, — говорит Ма.

— Нет, должно было остаться.

— Дело в том, что, когда молоко долго не сосут, грудь говорит себе: «Ну раз мое молоко больше никому не нужно, я перестану его вырабатывать».

— Как глупо. Я уверен, что там еще кое-что осталось...

— Нет, — говорит Ма, закрывая грудь рукой. — Извини, но молока больше не будет. Иди сюда. — Мы крепко обнимаемся. В моем ухе звучит *бум-бум*, это стучит мамино сердце. Я снова задираю ее футболку. — Джек!

Я целую правую грудь и говорю:

— До свидания. — Потом я дважды целую левую, потому что молоко в ней всегда было вкуснее. Ма так крепко прижимает к себе мою голову, что я вынужден ей сказать: — Я сейчас задохнусь.

И она отпускает ее.

Я вижу бледно-красное лицо Бога. Я несколько раз мигаю, и свет исчезает и появляется. Я жду, когда проснется Ма.

— А долго мы будем жить самостоятельно?

Ма зевает.

— Сколько захотим.

— Я хочу одну неделю.

Она поворачивается всем телом:

— Ну хорошо, поживем недельку, а потом посмотрим.

Я наматываю ее волосы себе на руку, словно веревку.

— Я могу остричь тебе волосы, и тогда мы снова станем похожи друг на друга.

Но Ма качает головой:

— Я хочу сохранить длинные волосы.

Мы разбираем свои вещи, и я никак не могу найти мамин зуб. Я просматриваю все свои вещи и все, что лежит рядом, думая, что вчера случайно обронил его. Я пытаюсь вспомнить, где я его нес — в руке или во рту. Я припоминаю, что прошлой или позапрошлой ночью, когда я был еще в доме у бабушки, я, кажется, сосал его. Вдруг мне в голову приходит ужасная мысль: а что, если я нечаянно проглотил его во сне?

— А что происходит с тем, что мы глотаем?

Ма убирает в ящик носки.

— Что ты имеешь в виду?

Но я понимаю, что не могу сказать ей о том, что потерял частицу ее тела.

— Ну, например, маленький камешек или еще что-нибудь?

— Ну, все это просто проходит по нашим кишкам.

Сегодня мы не спускаемся вниз на лифте и вообще даже не одеваемся. Мы обживаем свое самостоятельное жилье.

— Давай будем спать с тобой в этой комнате, — говорит Ма, — а играть ты можешь там, где больше солнца.

— Только вместе с тобой.

— Да, но иногда мне надо будет заниматься своими делами, и тогда наша спальня станет моей комнатой.

Чем это она собирается заниматься без меня?

Ма, не считая, насыпает в наши тарелки подушечки. Я благодарю за них младенца Иисуса.

— В колледже я читала книгу, в которой говорилось, что у каждого человека должна быть своя комната.

— Зачем это?

— Ну, чтобы ему было где подумать.

— Я могу думать в одной комнате с тобой. — Я жду, что она на это скажет. — А ты почему не можешь?

Ма кривится:

— Я могу, конечно, но иногда бывает приятно побыть там, где все принадлежит одной тебе.

— Я так не думаю.

Ма вздыхает:

— Давай сегодня попробуем... Сделаем карточки и прикрепим их к дверям наших комнат...

— Давай! Это круто!

Мы пишем на листах бумаги буквы разного цвета, которые складываются в слова: «Комната Джека» и «Комната Ма», а потом прикрепляем их к дверям с помощью скотча, расходуя его не экономя.

Потом я какаю и рассматриваю свои какашки, но никакого зуба там не вижу.

Мы сидим на диване и глядим на вазу, стоящую на столе. Она сделана из стекла, но не прозрачного, а украшенного голубыми и зелеными пятнами.

— Мне не нравятся эти стены, — говорю я Ма.

— Почему?

— Потому что они белые. Знаешь, что мы сделаем? Купим в магазине пробковые плитки и заклеим ими стены.

— Ни в коем случае, Джек. — Через минуту она говорит: — Ты не забыл, что мы решили начать все с нуля?

Она говорит: «Ты не забыл?» — а сама хочет поскорее забыть нашу комнату. Я вспоминаю о ковре, подбегаю к коробке и, вытащив его оттуда, волочу за собой по полу.

— Куда мы положим ковер — у дивана или около нашей кровати?

Ма качает головой.

— Но...

— Джек, он же совсем вытерся и весь в пятнах после семи лет... я отсюда чувствую его запах. Я смотрела, как ты учился ползать по этому ковру, а потом и ходить. Он помог тебе бежать. Однажды ты на нем обкакался, а в другой раз пролил суп, и мне так и не удалось его отчистить. — Глаза у Ма расширены и сверкают.

— Да, я народился на нем и умер тоже на нем.

— Поэтому я и хочу выбросить его в мусоропровод и поскорее забыть!

— Нет!

— Если бы ты хоть раз в жизни подумал обо мне, а не...

— Я думал! — кричу я. — Я все время думал о тебе, пока ты была в клинике!

Ма на секунду закрывает глаза.

— Вот что я тебе скажу, Джек. Ты можешь забрать его в свою комнату, только пусть он стоит в шкафу, хорошо? Я не хочу его видеть.

Ма уходит на кухню, и я слышу, как она плещет там водой. Я хватаю вазу, бросаю ее об стену, и она разбивается на зиллион мельчайших осколков.

— Джек! — Ма стоит в дверях.

Я кричу ей:

— Я не хочу больше быть твоим сыном! — Я убегаю в свою комнату, таща за собой ковер, который цепляется за что-то в дверях. Я забираюсь в шкаф, накрываюсь ковром и сижу здесь много часов, но Ма так и не приходит.

На щеках, где высохли слезы, кожа становится жесткой. Отчим рассказывал, что так добывают соль: загоняют морские волны в маленькие пруды, а потом ждут, когда они высохнут на солнце.

До меня доносится ужасный звук *бзз-бзз-бзз*, и я слышу, как Ма произносит:

— Да, думаю, можно в любое время. — Через минуту я слышу ее голос за стенками шкафа: — К нам сейчас придут гости.

Это доктор Клей и Норин. Они принесли с собой еду, купленную в ресторане, — лапшу с рисом и какие-то вкусные гладкие кусочки неизвестно чего.

Осколков вазы уже нет — должно быть, Ма выкинула их в мусоропровод. Гости привезли с собой компьютер, и доктор Клей устанавливает его, чтобы мы могли играть в игры и посылать письма по электронной почте. Норин учит меня рисовать прямо на экране с помощью стрелки, которая превращается в кисточку. Я тут же сажусь и рисую нас с Ма в самостоятельной жизни.

— А что означают это белые штрихи? — спрашивает Норин.

— Это космос.

— Открытый космос?

— Нет, тот космос, что внутри, то есть воздух.

— Да, ваша нынешняя слава — новая травма для вас, — говорит доктор Клей маме. — Вы не думали о том, чтобы сменить имя?

Ма качает головой:

— Я не могу себе представить... Я — это я, а Джек — это Джек, правильно? Разве я могу называть его Майклом, или Зейном, или еще каким-нибудь именем?

А зачем ей называть меня Майклом или Зейном?

— Ну а если сменить хотя бы фамилию, — предлагает доктор Клей, — чтобы не привлекать к нему внимания, когда он пойдет в школу?

— А когда я пойду в школу?

— Когда будешь готов к этому, — отвечает Ма, — так что не волнуйся раньше времени.

Мне кажется, я никогда не буду готов к школе.

Вечером мы принимаем ванну, и я лежу, устроив голову на животе у Ма, и дремлю. Потом мы тренируемся жить в разных комнатах и зовем друг друга к себе, только не очень громко, потому что в других самостоятельных квартирах, которые не имеют номера Шесть В, живут другие люди. Когда я нахожусь в «комнате Джека», а Ма — в «комнате Ма», я спокоен, но, когда она уходит в какую-нибудь другую комнату, я начинаю нервничать.

— Не волнуйся, — успокаивает меня Ма, — я всегда тебя услышу.

Мы ужинаем принесенной гостями едой, разогрев ее в микроволновке. Это маленькая плита, которая сверхбыстро работает на невидимых, смертельно опасных лучах.

— Я не могу найти зуб, — говорю я Ма.

— Мой зуб?

— Да, твой больной зуб, который у тебя выпал. Я очень берег его, он все время был со мной, а теперь вот куда-то пропал. Если, конечно, я его не проглотил, но он еще не вышел вместе с какашками.

— Не беспокойся об этом, — говорит Ма.

— Но...

— Люди в этом мире так часто переезжают с места на место, что все время теряют свои вещи.

— Но зуб — это не простая вещь, он мне очень нужен.

— Поверь мне, совсем не нужен.

— Но...

Ма обнимает меня за плечи:

— Давай скажем гнилому зубу «прощай». И забудем о нем. — Она вот-вот рассмеется, но мне совсем не до смеха. Я думаю, что, наверное, случайно проглотил его. И может быть, он не выйдет из меня, а затеряется где-нибудь в моем теле навсегда.

Ночью я шепчу:

— Я не могу уснуть.

— Я знаю, — отвечает Ма, — я тоже.

Мы лежим в «комнате Ма», в самостоятельной квартире, в Америке, которая находится в мире, существующем на зелено-голубом шаре. Этот шар имеет миллионы миль в поперечнике и постоянно вращается. За пределами этого мира — открытый космос. Я никак не могу понять, почему мы не падаем с этого шара. Ма говорит, что нас притягивает невидимая сила, прикрепляющая нас к Земле, но я не ощущаю этой силы.

В небе появляется желтое лицо Бога, мы наблюдаем в окно, как оно поднимается.

— Ты заметил, — спрашивает Ма, — что солнце стало каждое утро появляться все раньше?

В нашей самостоятельной квартире шесть окон, из них открываются разные виды, но из некоторых окон мы видим одни и те же вещи. Самое любимое мое окно — в ванной, оттуда я вижу стройку, краны и экскаваторы. Я читаю им стих о Дилане, и все его слова удивительно подходят к этому месту.

Я в гостиной застегиваю липучки на ботинках — мы собираемся гулять. Я смотрю на то место, где стояла ваза, пока я ее не разбил.

— Давай попросим новую вазу в качестве воскресного подарка, — говорю я Ма и тут же спохватываюсь.

Ма завязывает шнурки на своих ботинках. Она спокойно смотрит на меня:

— Знаешь, тебе не придется больше с ним встречаться.

— Старый Ник, — произношу я его имя, чтобы проверить, звучит ли оно так же страшно, как и раньше. Я все еще чувствую страх, но не такой сильный, как прежде.

— А вот мне придется встретиться с ним еще один раз, — говорит Ма, — когда я пойду в суд. Но это будет через много месяцев.

— А тебе обязательно надо туда идти?

— Моррис говорит, что можно дать показания по видеосвязи, но я хочу еще раз взглянуть в его бесстыжие глаза.

Что она хочет этим сказать? Я пытаюсь вспомнить глаза Старого Ника.

— Может быть, теперь он попросит нас принести ему что-нибудь в качестве воскресного подарка? Это было бы очень смешно, — произносит Ма и смеется, но смех у нее совсем не добрый. Она смотрит в зеркало, рисуя себе черные стрелки вокруг глаз, и красит губы в ярко-красный цвет.

— Ты стала похожа на клоуна.

— Я просто немного подкрасилась, — говорит Ма, — так я лучше выгляжу.

— Ты всегда выглядишь хорошо, — возражаю я. Ма улыбается мне в зеркале. Я прижимаю большие пальцы к носу, приставляю ладони к ушам и шевелю пальцами.

Мы держимся за руки, но день сегодня очень теплый, и наши ладони быстро становятся влажными. Мы разглядываем витрины магазинов, но внутрь не заходим — мы просто гуляем. Ма все время повторяет, что качественные вещи стали теперь очень дорогими, а дешевые можно сразу же выбрасывать на помойку.

— Смотри, вон там продают мужчин, женщин и детей, — говорю я ей.

— Что? — Она резко поворачивается. — А, это магазин одежды, видишь? Поэтому на нем и написано: «Мужчины. Женщины. Дети». Это означает, что здесь продают одежду для всех.

Когда нам надо перейти улицу, мы нажимаем кнопку и ждем, пока не появится маленький серебристый человечек, который будет нас охранять. Я вижу забетонированное углубление с водой, в котором прыгают, вопя от восторга, маленькие дети. Это называется площадкой для плескания. Мы смотрим на этих детей, но недолго, потому что Ма говорит, что глазеть на людей неприлично.

Мы играем в шпионов. Потом мы покупаем себе мороженое — это самая лучшая вещь на свете. У меня мороженое ванильное, а у Ма — клубничное. В следующий раз купим себе какое-нибудь другое, их тут сотни разных видов. Большой кусок промерз до самого низа, и у меня от холода начинает болеть лицо. Тогда Ма показывает, как надо закрыть нос рукой и вдыхать теплый воздух. Я прожил в мире уже три с половиной недели, но никак не могу понять, от чего может быть больно.

У меня с собой несколько монет, которые дал мне отчим, и я покупаю Ма заколку для волос с ненастоящей божьей коровкой. Она снова и снова благодарит меня.

— Носи ее всегда, даже когда умрешь, — говорю я ей. — А ты умрешь раньше меня?

— Таков закон жизни.

— Почему?

— Ну, к тому времени, когда тебе исполнится сто лет, мне будет уже сто двадцать один, и, я думаю, мое тело уже совсем износится. — Она улыбается. — Я буду на небесах готовить к твоему прибытию твою комнату.

— Нашу комнату, — поправляю я.

— Ну хорошо, нашу комнату.

Тут я замечаю телефонную будку и захожу в нее, представляя себе, что я — супермен, которому надо переодеться. Я машу Ма рукой из-за стекла. Я вижу маленькие карточки с улыбающимися лицами и надписями: «Басти Блонд, 18» и «Филипа Шимейл». Я беру их себе, потому что нашедший радуется, а потерявший горюет, но, когда я показываю их Ма, она говорит, что это грязь, и заставляет меня выбросить их в мусорное ведро.

На какое-то время нам кажется, что мы заблудились, но потом Ма находит табличку с тем же названием, которое носит наша улица, так что мы на самом деле совсем не потерялись. У меня болят от усталости ноги. Я думаю, что люди, живущие в мире, должны все время чувствовать усталость. В нашей самостоятельной квартире я все время хожу босиком, потому что терпеть не могу обувь.

В квартире Шесть С живет женщина с двумя маленькими девочками. Они постарше меня, но не намного. Женщина все время носит темные очки, даже в лифте, и ходит с костылем. Девочки с нами не разговаривают, но мне показалось, что, когда я помахал одной из них рукой, она улыбнулась.

Каждый день приносит что-то новое. Бабушка подарила мне набор акварельных красок — это десять цветов в овальных чашечках, которые лежат в коробке с прозрачной крышкой. После каждой краски я тщательно мою кисточку, чтобы они не смешивались друг с дружкой, а когда вода становится грязной, я ее меняю. В первый раз, когда я поднял свой рисунок, чтобы показать его Ма, он потек, и теперь мы высушиваем их на столе.

Мы идем в дом с гамаком, где вместе с отчимом сооружаем из «Лего» великолепный замок и зуммермобиль.

Бабушка теперь может приходить к нам только после обеда, потому что с утра она работает в магазине, где продает парики для тех мужчин, у которых выпали все волосы. Мы с Ма приходим посмотреть на нее через дверь, и бабушка совсем не похожа на себя. Ма говорит, что внутри каждого человека живет несколько разных людей.

Пол приезжает в нашу самостоятельную квартиру с сюрпризом для меня — футбольным мячом вроде того, который бабушка бросила в магазине. Я иду в парк с дядей Полом, а не с Ма, потому что она отправляется в кофейню на встречу со своими старыми друзьями.

— Отлично! — кричит мне Пол. — Ударь еще раз.

— Нет, теперь ты, — говорю я.

Пол с силой бьет по мячу, тот отскакивает от стены здания и улетает в кусты.

— Принеси мяч, — кричит он.

Когда я бью по мячу, он попадает в пруд, и я плачу. Пол достает его веткой. Он гонит мяч и спрашивает меня:

— Хочешь показать мне, с какой скоростью ты бегаешь?

— У нас в комнате была дорожка вокруг кровати, — говорю я ему, — так я три раза пробегал по ней туда и обратно за шестнадцать секунд.

— Ух ты! Я уверен, что теперь ты бегаешь еще быстрее.

Но я качаю головой:

— Я боюсь упасть.

— Не упадешь, — уверяет меня Пол.

— Я все время падаю. Этот мир полон разных препятствий.

— Да, но на поле уже выросла трава, так что если ты и упадешь, то не поранишься.

Тут я замечаю своим острым зрением, что к нам приближаются Диана и Бронуин.

С каждым днем становится все жарче и жарче. Ма говорит, что для апреля это совершенно неслыханная вещь.

Наконец идет дождь. Ма предлагает купить два зонтика и пойти прогуляться под дождем, спрятавшись под ними, но мне эта идея не нравится. На следующий день снова становится сухо, и мы идем гулять. Повсюду видны лужи, но я их не боюсь. Я хожу по ним в своих пористых туфлях, и они промокают насквозь, но это ерунда. Мы с Ма договорились, что попробуем все по одному разу, чтобы понять, что нам нравится, а что — нет. Я уже знаю, что мне нравится ходить в парк погонять мяч, а потом покормить уток. Мне уже нравится на детской площадке, только я не люблю, когда один мальчик съезжает с горки сразу же после меня, толкая в спину ногами. Мне понравился Музей естественной истории, только динозавры оказались мертвыми, и от них остались одни кости.

В ванной я слышу, как соседи разговаривают по-испански, но Ма говорит, что это китайский язык. Существуют сотни разных способов разговаривать, и у меня от этого кружится голова.

Однажды мы заходим в музей, где выставлены картины. Они немного похожи на те шедевры, которые мы вырезали из коробок с подушечками, но гораздо крупнее, и на них можно разглядеть мазки. Мне нравится проходить через комнаты с картинами, но в музее много таких комнат, и я ложусь на диванчик отдохнуть. Тут ко мне подходит человек в форме с сердитым лицом, и я убегаю.

Отчим приходит с суперподарком для меня — велосипедом, который они с бабушкой купили для Бронуин, но она еще слишком маленькая, и они решили отдать его мне, пока она не подрастет. На крыльях его колес я вижу сияющие рожицы. Когда я катаюсь на нем в парке, я должен надевать шлем, наколенники и специальные подушечки на запястья, чтобы не разбиться, если я упаду. Но я не падаю, потому что быстро понимаю, как надо держать равновесие, и отчим говорит, что это у меня от природы. Когда мы идем кататься в третий раз, Ма разрешает мне не надевать шлем и подушечки для колен и рук, а через пару недель собирается снять и дополнительные колеса, потому что они мне больше уже не будут нужны.

Ма ведет меня на концерт в парк, но не в наш ближний парк, а в тот, до которого надо ехать на автобусе. Нам нравится кататься на автобусе, мы любим рассматривать прически людей, идущих по улице. Правило на концерте такое: шуметь разрешено только музыкантам, а нам нельзя даже пикнуть, мы можем только хлопать.

Бабушка спрашивает, почему Ма не отведет меня в зоопарк, но Ма отвечает, что видеть не может клеток.

Мы заходим в две разные церкви. Мне нравится церковь с разноцветными окнами, вот только орган играет слишком громко. А еще мы идем смотреть пьесу, где взрослые одеваются и играют, словно дети, а все остальные смотрят. Пьесу показывают в другом парке, она называется «Сон в летнюю ночь». Я сижу на траве, засунув в рот пальцы, чтобы не разговаривать. Несколько фей борются за маленького мальчика, но произносят так много слов, что ничего не поймешь. Порой феи уходят, и тогда люди в черном передвигают мебель.

— Совсем как мы в своей комнате, — шепчу я Ма, и она еле сдерживает смех.

Вдруг люди, сидящие вокруг нас, начинают кричать: «Взбодрись!» и «Слава Титании!» Я прихожу в ярость и начинаю шикать на них, а потом уже просто кричу, чтобы они замолчали. Ма тянет меня за руку и объясняет, что это называется участием аудитории, это разрешено, поскольку это особый случай.

Вернувшись домой, в нашу самостоятельную жизнь, мы записываем все, что нам удалось попробовать, получается длинный список. А потом мы пишем список того, что надо будет попробовать, когда мы станем немного смелее:

«Полетать на самолете.

Пригласить некоторых из старых маминых друзей на ужин.

Научиться водить машину.

Съездить на Северный полюс.

Пойти в школу (мне) и в колледж (Ма).

Снять собственное жилье.

Изобрести что-нибудь.

Завести новых друзей.

Пожить не в Америке, а в какой-нибудь другой стране.

Сходить в гости к какому-нибудь другому ребенку, как это делали младенец Иисус и Иоанн Креститель.

Научиться плавать.

Маме — отправиться на всю ночь на танцы, а мне — переночевать у отчима и бабушки на надувном матрасе.

Найти работу.

Слетать на Луну».

Самое важное для меня — это завести собаку по имени Счастливчик, я готов хоть сейчас, но Ма говорит, что у нее и так много хлопот. Быть может, мы заведем пса, когда мне исполнится шесть.

— Когда у меня будет пирог со свечами?

— С шестью свечами, — отвечает Ма, — я тебе обещаю.

Ночью, когда мы лежим в постели, но не в кровати из нашей комнаты, я глажу одеяло, оно пушистое, а наше одеяло — нет. Когда мне было четыре, я ничего не знал об окружающем мире или думал, что все это сказки. Потом Ма сказала мне, что он настоящий, и я подумал, что теперь уже знаю все. Но сейчас я живу в этом мире и многого не знаю и все время чувствую себя растерянным.

— Ма.

— Да? — Она пахнет по-прежнему, но не ее грудь, которая стала теперь просто грудью.

— А ты никогда не жалеешь о том, что мы сбежали?

Какое-то время она молчит, а потом говорит:

— Нет, не жалею.

— Это какое-то извращение, — говорит Ма доктору Клею, — все эти годы я тосковала без людей. А теперь они мне совсем не нужны.

Он кивает, и они пьют горячий кофе. Ма теперь пьет его, как и все взрослые, чтобы двигаться. Я по-прежнему пью молоко, но иногда — с шоколадом.

У него вкус как у шоколада, но этот напиток детям пить разрешается. Я лежу на полу, собирая вместе с Норин головоломку. Надо из двадцати четырех кусочков собрать картинку поезда, это очень трудно.

— Почти все время... мне бывает достаточно одного Джека.

— Душа избрала общество себе и дверь для прочих заперла... — произносит доктор Клей особым голосом, которым он читает стихи.

Ма кивает:

— Но я никогда до этого такой не была.

— Вам пришлось измениться, чтобы выжить.

Норин поднимает голову:

— Не забывайте, что вы изменились во всем. Разменяв третий десяток, родив ребенка, вы никак не могли остаться прежней.

Ма молча пьет свой кофе.

Однажды мне захотелось узнать, открываются ли окна. Я пытаюсь открыть окно в ванной — поворачиваю ручку и тяну на себя. Воздух меня пугает, но я собираю все свое мужество, высовываюсь из окна и протягиваю вперед руки. Верхняя половина моего тела — за окном, ощущение удивительное...

— Джек! — Ма втаскивает меня в комнату за футболку.

— Ой!

— Это же шестой этаж, и если ты упадешь, то разобьешься насмерть!

— Но я же не упал, — возражаю я. — Я был одновременно внутри и снаружи.

— И еще одновременно ты вел себя очень глупо, — говорит Ма, но я вижу, что она еле сдерживает улыбку.

Я иду за ней на кухню. Она разбивает в миску яйца для приготовления французского тоста. Скорлупки разбились, и мы выбрасываем их в мусорное ведро. До свидания. Интересно, превратятся ли они в новые яйца?

— А мы когда-нибудь возвращаемся на землю с небес?

Мне кажется, Ма меня не слышит.

— Мы вырастаем снова у мам в животиках?

— Это называется реинкарнацией. — Ма режет хлеб. — Некоторые люди думают, что мы возвращаемся на землю в виде ослов или улиток.

— Нет, в виде людей, которые растут в тех же самых животиках. И если я снова вырасту...

Ма зажигает огонь.

— То что?

— Ты будешь звать меня Джеком?

Она смотрит на меня:

— Да, буду.

— Обещаешь?

— Я всегда буду звать тебя Джеком.

Завтра — майский день, а это означает, что скоро наступит лето и в городе будет праздничное шествие. Мы можем пойти посмотреть на него.

— А майский день бывает только в окружающем мире? — спрашиваю я. Мы сидим на диване и едим из мисок гранолу, стараясь не пролить ее на диван.

— Что ты имеешь в виду? — спрашивает Ма.

— А в нашей комнате тоже майский день?

— Наверное, только праздновать его там некому.

— Мы можем пойти туда.

Ма бросает свою ложку в миску, и она громко звякает.

— Джек!

— Так мы пойдем?

— Тебе что, очень хочется пойти туда?

— Да, очень.

— Но почему?

— Не знаю, — отвечаю я.

— Тебе что, не нравится снаружи?

— Нравится, но не все.

— А если честно? Что тебе больше нравится — окружающий мир или наша комната?

— Окружающий мир. — Я доедаю остатки своей гранолы и то, что осталось в миске у Ма. — А мы можем как-нибудь сходить в нашу комнату?

— Но только ненадолго. Жить там мы не будем.

Я киваю:

— Просто зайдем на минутку, и все.

Ма кладет подбородок на руки.

— Не думаю, что я смогу заставить себя зайти туда.

— Нет, сможешь. — Я жду, что она скажет. — Это что, опасно?

— Нет, но сама мысль об этом вызывает у меня такое ощущение, будто... — Но она не говорит, какое ощущение вызывает у нее эта мысль.

— Я буду держать тебя за руку, — обещаю я.

Ма в изумлении смотрит на меня.

— А может, ты сходишь один?

— Нет.

— Ну, я хотела сказать — с кем-нибудь другим. С Норин, например.

— Нет.

— Или с бабушкой.

— Только с тобой.

— Я не могу...

— Сегодня моя очередь выбирать, — заявляю я.

Ма встает; мне кажется, она рассердилась. Она снимает трубку в своей комнате и кому-то звонит.

Через некоторое время раздается звонок, и швейцар сообщает, что за нами приехала полиция.

— А вы по-прежнему офицер Оу?

— Конечно, — отвечает офицер Оу. — Давненько мы с тобой не виделись.

На стеклах полицейской машины я замечаю крошечные точки — наверное, это капли дождя. Ма грызет ноготь на большом пальце.

— Это плохая идея, — говорю я, отнимая ее руку ото рта.

— Да, — произносит она и снова начинает грызть ноготь. — Как бы мне хотелось, чтобы он умер, — шепчет она.

Я знаю, о ком она думает.

— Но только чтобы его не было на небесах.

— Да, пусть он будет где-нибудь в другом месте.

— Он будет долго стучаться, но его туда не впустят.

— Да.

— Ха-ха-ха!

Мимо нас с воем сирены проносятся две пожарные машины.

— А бабушка сказала, что их на свете очень много.

— Кого?

— Ну, людей вроде Старого Ника.

— А, — отвечает Ма.

— Это правда?

— Да, но самое интересное, что гораздо больше людей, которые находятся посредине.

— Как это?

Ма смотрит в окно, я не знаю, что она там увидела.

— Где-то между добром и злом, — отвечает она, — и в них спокойно уживается хорошее и плохое.

Точки на окнах превращаются в ручейки. Когда мы останавливаемся, я понимаю, куда мы приехали, только после того, как офицер Оу говорит:

— Вот мы и прибыли.

Я не помню, откуда вышла Ма в ночь нашего Великого побега, — рядом со всеми домами стоят гаражи. Ни один из домов не кажется мне подозрительным.

Офицер Оу говорит:

— Надо было взять с собой зонтики.

— Да нет, дождик совсем слабый, — отвечает Ма. Она вылезает из машины и протягивает мне руку, но я не спешу расстегнуть ремень безопасности.

— На нас попадет дождь...

— Давай раз и навсегда покончим с этим, Джек, потому что я сюда больше никогда не приеду.

Я расстегиваю ремень, высовываю голову из машины и зажмуриваю глаза. Ма ведет меня за руку. На меня падают капли дождя — все лицо и руки становятся мокрыми, и куртка тоже, но это не больно, только немного непривычно.

Когда мы подходим к двери какого-то дома, я, увидев желтую ленту, на которой черными буквами написано: «Место преступления. Вход воспрещен», догадываюсь, что это дом Старого Ника. Я вижу большую табличку с оскаленной пастью волка и надписью: «Осторожно, злая собака». Я показываю ее Ма, и она говорит:

— Он повесил эту табличку, чтобы отпугивать непрошеных гостей.

И я вспоминаю о собаке, у которой в тот день, когда Ма было девятнадцать, якобы случился приступ. Полицейский, имени которого я не знаю, открывает изнутри дверь, Ма и офицер Оу ныряют под желтую ленту, а я только чуть-чуть наклоняю голову.

В доме несколько комнат, заставленных разной мебелью — стульями с толстыми сиденьями и огромным телевизором. Я никогда еще не видел такого большого телевизора. Но мы проходим через дом к задней двери и оказываемся на траве. Дождь все еще идет, но я уже не закрываю глаза.

— Весь участок обнесен изгородью высотой в четыре с половиной метра, — говорит офицер Оу маме. — Соседям и в голову не могло прийти, что он вас здесь прячет. Ну, вы понимаете — «человек имеет право на личное пространство» и тому подобное.

Я вижу кусты и яму в земле, которую окружает желтая лента на липучках. Я вдруг вспоминаю один разговор.

— Ма, так это здесь?..

Она останавливается и смотрит в яму.

— Мне кажется, я не смогу идти дальше, — произносит она.

Я подхожу поближе — в яме видны какие-то коричневые предметы.

— Это черви? — спрашиваю я офицера Оу. Сердце у меня громко стучит *бам-бам-бам*.

— Нет, это корни дерева.

— А где же ребенок?

Услышав это, Ма издает какой-то звук.

— Мы его выкопали, — отвечает офицер Оу.

— Я хочу уйти отсюда, — скрипучим голосом произносит Ма. Она прочищает горло и спрашивает офицера Оу: — А как вы нашли место, где...

— С помощью специальных приборов.

— Мы похороним ее в более подходящем месте, — говорит мне Ма.

— В саду у бабушки?

— Знаешь, что я скажу, — мы можем сжечь ее кости, а пепел развеять над гамаком.

— И тогда она снова родится и будет моей сестрой?

Ма качает головой. Ее лицо все мокрое. Дождь немного усилился, но его струи не похожи на душ, они гораздо мягче. Ма поворачивается и глядит на серый сарай в углу двора.

— Вот она, — говорит она.

— Что?

— Наша комната.

— Не-а.

— Это она, Джек, ты ведь видел ее только изнутри.

Мы идем за офицером Оу, переступая через желтую ленту.

— Посмотрите, в этих кустах спрятано отверстие вентиляционной системы, — говорит она Ма. — И вход в сарай сделан сзади, чтобы его никто не увидел.

Я вижу серебристый металл, это, наверное, дверь, но только с той стороны, с какой я ее ни разу не видел. Дверь полуоткрыта.

— Мне пойти с вами? — спрашивает офицер Оу.

— Нет! — кричу я.

— Хорошо.

— Только я и Ма.

Но Ма вдруг бросает мою руку, наклоняется и издает странный звук. На траве и на ее губах появляется какая-то масса. «Ее рвет», — догадываюсь я по запаху. Неужели она опять отравилась?

— Ма, Ма...

— Все в порядке. — Она вытирает рот бумажным платком, который подает ей офицер Оу.

— Может быть, вам... — произносит офицер Оу.

— Нет, — говорит Ма и снова берет меня за руку. — Пошли.

Мы входим в дом, и я вижу, что здесь уже все по-другому. Комната стала меньше, непривычно пустой, да и пахнет в ней как-то странно. На полу нет ковра — он сейчас в моем шкафу, в нашей самостоятельной жизни. Я забыл, что он не может быть в двух местах одновременно. Кровать стоит на месте, но на ней нет ни простыней, ни одеяла. Кресло-качалка осталось здесь, и стол, раковина, ванная и кладовка тоже, но в ней нет тарелок и кастрюль. Комод, телевизор и заяц с пурпурным бантом здесь, и полка тоже никуда не делась, но на ней ничего нет. Наши стулья сложены, но они совсем другие. Ничто не напоминает мне нашу комнату.

— Я думаю, это не она, — шепчу я Ма.

— Нет, она самая.

Наши голоса тоже звучат совсем по-другому.

— Может, она съежилась?

— Нет, она всегда была такой.

Нет моего рисунка с осьминогом, и шедевров, и всех игрушек вместе с замком и лабиринтом. Я заглядываю под стол и не вижу там паутины.

— Здесь стало темнее.

— Нет, сегодня просто дождливый день. Ты можешь включить свет.

Ма показывает на лампу. Но я не хочу трогать ее. Я вглядываюсь в обстановку и пытаюсь вспомнить, как это было. Я нахожу отметки рядом с дверью, которые мы делали в дни моего рождения. Я становлюсь рядом с ними, кладу руку себе на голову и вижу, что отметка с черной цифрой «пять» располагается ниже моей руки. На всех предметах лежит тонкий белый слой какого-то вещества.

— Это пыль? — спрашиваю я.

— Нет, это порошок для проявления отпечатков пальцев, — поясняет офицер Оу.

Я наклоняюсь и заглядываю под кровать. Там, свернувшись клубком, лежит наша яичная змея. Мне кажется, что она спит. Я не вижу ее языка. Я осторожно ощупываю ее голову, пока не чувствую легкий укол, — иголка на месте. Я выпрямляюсь.

— А где стоял наш цветок?

— Ты уже забыл? Вот здесь, — отвечает Ма, постукивая посередине комода, и я замечаю на нем темный кружок. Вокруг кровати видны следы Дорожки, а на полу под столом — маленькая дырочка, протертая нашими ногами. Я понимаю, что мы действительно когда-то жили в этой комнате.

— Но теперь уже нет, — говорю я Ма.

— О чем это ты?

— Теперь это уже не наша комната.

— Ты так думаешь? — Она фыркает. — Запах в ней был гораздо более затхлым. Впрочем, сейчас ведь открыта дверь. Может быть, поэтому.

— А может, комната стала другой из-за того, что открыли дверь.

Ма слегка улыбается.

— Хочешь... — Она прочищает горло. — Хочешь, закроем ее на минутку?

— Нет.

— Хорошо, пойдем отсюда.

Я подхожу к кроватной стене, дотрагиваюсь пальцем до пробки, но ничего не чувствую.

— А бывает днем «спокойной ночи»?

— Не поняла.

— Можем ли мы желать «спокойной ночи», когда ночь еще не наступила?

— Я думаю, лучше сказать «прощай».

— Прощай, стена. — Я говорю это всем другим стенам, а потом полу: — Прощай, пол. — Я гляжу кровать. — Прощай, кровать. — Потом я заглядываю под нее и говорю: — Прощай, яичная змея. — Заглянув в шкаф, я шепчу: — Прощай, шкаф.

На его стене я замечаю свой портрет, нарисованный Ма ко дню моего рождения. Я на нем совсем маленький. Я жестом подзываю ее и показываю этот рисунок. Потом я целую ее лицо — там, где текут слезы. Вкус у них совсем как у моря. Я снимаю рисунок со стены шкафа и прячу его под куртку. Ма уже у двери. Я догоняю ее и прошу:

— Возьми меня на руки.

— Джек...

— Ну пожалуйста.

Ма сажает меня к себе на бедро, но я тянусь вверх:

— Подними меня повыше.

Она обхватывает мою грудь и поднимает меня вверх.

Дотронувшись до крыши, я говорю:

— Прощай, крыша.

Ма со стуком ставит меня на пол.

— Прощай, комната. — Я машу рукой окну. — Скажи «прощай», — прошу я Ма. — Прощай, комната.

Ма повторяет это про себя. Я в последний раз оглядываю нашу комнату. Она похожа на кратер, дыру, в которой что-то произошло. И мы с Ма уходим.

Оглавление

Литературно-художественное издание

ЭММА ДОНОХЬЮ
КОМНАТА

Ответственный редактор Александр Етоев
Художественный редактор Виктория Манацкова
Технический редактор Татьяна Раткевич
Компьютерная верстка Михаила Львова
Корректоры Валерий Камендо, Татьяна Брылева

Главный редактор Александр Жикаренцев

Подписано в печать 17.02.2016. Формат издания 84 × 100 $^1/_{32}$.
Печать офсетная. Тираж 6000 экз. Усл. печ. л. 20,28. Заказ № 7216/16.

Знак информационной продукции
(Федеральный закон № 436-ФЗ от 29.12.2010 г.): **16+**

ООО «Издательская Группа „Азбука-Аттикус“» —
обладатель товарного знака АЗБУКА®
119334, г. Москва, 5-й Донской проезд, д. 15, стр. 4

Филиал ООО «Издательская Группа „Азбука-Аттикус“»
в Санкт-Петербурге
191123, г. Санкт-Петербург, Воскресенская наб., д. 12, лит. А

ЧП «Издательство „Махаон-Украина“»
04073, г. Киев, Московский пр., д. 6 (2-й этаж)

Отпечатано в соответствии с предоставленными материалами
в ООО «ИПК Парето-Принт».
170546, Тверская область, Промышленная зона Боровлево-1,
комплекс № 3А.
www.pareto-print.ru

ПО ВОПРОСАМ РАСПРОСТРАНЕНИЯ ОБРАЩАЙТЕСЬ:

В Москве: ООО «Издательская Группа „Азбука-Аттикус“»
Тел.: (495) 933-76-01, факс: (495) 933-76-19
E-mail: sales@atticus-group.ru; info@azbooka-m.ru

В Санкт-Петербурге:
Филиал ООО «Издательская Группа „Азбука-Аттикус“»
Тел.: (812) 327-04-55, факс: (812) 327-01-60
E-mail: trade@azbooka.spb.ru

В Киеве: ЧП «Издательство „Махаон-Украина“»
Тел./факс: (044) 490-99-01. E-mail: sale@machaon.kiev.ua

Информация о новинках и планах
на сайтах: www.azbooka.ru, www.atticus-group.ru

Информация по вопросам приема рукописей и творческого сотрудничества
размещена по адресу: www.azbooka.ru/new_authors/

HABA1907401R